MW01678491

高等学校文科教材

GAO DENG XUE XIAO WEN KE JIAO CAI

# 中国古代文学作品选

## 四

袁世硕 主编

中国古代文学作品选

人民文学出版社

(京)新登字 002 号

图书在版编目(CIP)数据

中国古代文学作品选(四)/袁世硕主编. - 北京:人民文学出版社,2004.8 重印

ISBN 7-02-003800-X

Ⅰ.中…　Ⅱ.袁…　Ⅲ.古典文学-作品-中国-高等学校-教材　Ⅳ.I212.1

中国版本图书馆 CIP 数据核字(2002)第 015156 号

责任编辑:冯伟民　刘文忠　周绚隆

装帧设计:柳　泉

责任印制:李　博

中国古代文学作品选(四)

Zhong Guo Gu Dai Wen Xue Zuo Pin Xuan

袁世硕　主编

人民文学出版社出版

http://www.rw-cn.com

北京市朝内大街 166 号　邮编:100705

北京瑞古冠中印刷厂印刷　新华书店经销

字数 266 千字　开本 850×1168 毫米　1/32　印张 11.25　插页 2

2002 年 5 月北京第 1 版　2004 年 8 月第 5 次印刷

印数　35001-45000

ISBN　7-02-003800-X/I·2888

定价　16.00 元

# 目　录

## 清代文学

一　钱谦益

金陵秋兴八首次草堂韵(八首选一)[1]　后秋兴之十三(选一)[2]　淮阴舟中忆龚圣予遗事书赠张伯玉[3]

二　吴伟业

梅村[5]　鸳湖曲[6]　圆圆曲[8]　过淮阴有感(二首选一)[12]

三　黄宗羲

山居杂咏(六首选一)[14]　周公谨砚(四首选二)[15]　原君[16]

四　顾炎武

海上(四首选一)[20]　五十初度时在昌平[21]　又酬傅处士原韵[22]　与潘次耕札[23]

五　王夫之

正落花诗(十首选一)[26]　补落花诗(九首选一)[27]

六　杜　濬

佛殿[29]　登金山寺塔(六首选二)[30]

七　吴嘉纪

灶户[32]　风潮行[32]　一钱行赠林茂之[33]

八　屈大均

云州秋望[35]　通州望海[36]　壬戌清明作[36]

九　陈恭尹
虎丘题壁[38]
一〇　侯方域
李姬传[40]　马伶传[43]
一一　魏　禧
吾庐记[47]　大铁椎传[50]
一二　汪　琬
江天一传[53]　陶渊明像赞并序[57]
一三　廖　燕
金圣叹先生传[60]
一四　宋　琬
清水道中[64]　舟中无事忽忆故乡海错之美因疏其状戏为俳体(五首选二)[65]
一五　施闰章
浮萍兔丝篇[67]　太白祠[68]
一六　陈维崧
点绛唇(晴髻离离)[70]　满江红(坏堞崩沙)[71]　醉落魄(寒山几堵)[72]　贺新郎(战舰排江口)[73]
一七　朱彝尊
哭王处士(六首选一)[75]　来青轩[76]　卖花声(衰柳白门湾)[76]　解珮令(十年磨剑)[77]
一八　王士禛
秋柳(四首选一)[79]　秦淮杂诗十四首(选三)[80]　真州绝句五首(选一)[82]　灞桥寄内二首(选一)[82]　戏题蒲生聊斋志异卷后[83]
一九　赵执信
萤火[84]　吴民多[85]
二〇　查慎行

中秋洞庭湖对月[86]　　秦邮道中即目[87]　　自湘东驿遵陆至芦溪[88]

二一　曹贞吉

留客住(瘴云苦)[89]

二二　顾贞观

金缕曲(季子平安否)[91]

二三　纳兰性德

金缕曲(德也狂生耳)[93]　　蝶恋花(辛苦最怜天上月)[94]　　长相思(山一程)[95]

二四　蒲松龄

聊斋自志[96]　　公孙九娘[99]　　王桂庵[106]

二五　洪　昇

长生殿(惊变　弹词)[112]

二六　孔尚任

桃花扇(骂筵　会狱)[126]

二七　沈德潜

江村[140]

二八　厉　鹗

忆旧游(溯溪流云去)[142]　　灵隐寺月夜[143]

二九　方　苞

左忠毅公逸事[145]　　狱中杂记[147]

三〇　姚　鼐

登泰山记[153]　　复鲁絜非书[155]

三一　郑　燮

偶然作[159]　　潍县署中画竹呈年伯包大中丞括[160]　　竹石[161]　　潍县署中与舍弟墨第二书[161]

三二　袁　枚

马嵬(四首选一)[163]　　独秀峰[164]　　蠹鱼[164]　　祭

妹文[165]
三三 蒋士铨
梅花岭吊史阁部[170] 京师乐府词(十六首选一)[171]
三四 赵 翼
高黎贡山歌[173] 题元遗山集[175] 论诗(五首选一)[176]
三五 黄景仁
杂感[177] 癸巳除夕偶成(二首选一)[178] 都门秋思(四首选一)[178]
三六 张问陶
芦沟[180] 咏怀旧游十首(选一)[181] 斑竹塘车中[182]
三七 汪 中
哀盐船文[183] 经旧苑吊马守真文[187]
三八 恽 敬
游庐山记[191]
三九 张惠言
书山东河工事[195] 水调歌头(今日非昨日)[197]

## 近代文学

一 龚自珍
漫感[199] 夜坐(二首选一)[200] 咏史[201] 西郊落花歌并序[202] 己亥杂诗(三百一十五首选四)[204] 湘月(天风吹我)[206] 己亥六月重过扬州记[208]
二 张维屏
新雷[211] 三元里[212]
三 林则徐
赴戍登程口占示家人(二首选一)[214] 出嘉峪关感赋(四首

选一)[215]　塞外杂咏(八首选一)[216]

四　魏　源

江南吟(十首选一)[217]　寰海十章(选一)[219]　钱塘观潮行[220]　海国图志叙[222]

五　西林春

鹊桥仙(一年死别)[226]　海棠春(扶头怯怯娇如滴)[227]

江城梅花引(故人千里寄书来)[228]

六　梅曾亮

游小盘谷记[229]　记棚民事[230]

七　吴敏树

君山月夜泛舟记[232]

八　姚　燮

卖菜妇[235]　双鸩篇[236]　太守门[242]

九　郑　珍

江边老叟诗[244]　经死哀[247]

十〇　金　和

印子钱[248]　断指生歌[249]

一一　黎庶昌

卜来敦记[252]

一二　薛福成

观巴黎油画记[255]

一三　黄遵宪

杂感(五首选一)[257]　冯将军歌[258]　今别离(四首选一)[261]　哀旅顺[262]　书愤(五首选一)[263]

一四　王鹏运

满江红(荷到长戈)[265]　点绛唇(抛尽榆钱)[266]

一五　林　纾

苍霞精舍后轩记[268]

一六　陈三立

黄公度京卿由海南人境庐寄书并附近诗感赋[271]

一七　严　复

译天演论自序[273]

一八　文廷式

水龙吟(落花飞絮茫茫)[279]　忆旧游(怅霜飞榆塞)[280]

一九　朱孝臧

乌夜啼(春云深宿虚坛)[282]

二〇　康有为

苏村卧病写怀(四首选二)[284]　过昌平城望居庸关[286]

出都留别诸公(五首选二)[287]　强学会序[289]

二一　况周颐

苏武慢(愁入云遥)[293]

二二　丘逢甲

春愁[295]　汕头海关歌寄伯瑶[296]

二三　谭嗣同

潼关[300]　崆峒[301]　狱中题壁[302]

二四　梁启超

志未酬[303]　少年中国说[304]

二五　章炳麟

序革命军[313]

二六　徐自华

满江红(岁月如流)[317]　金缕曲(送子春申去)[318]

二七　金天羽

读黑奴吁天录(六首选一)[319]

二八　秋　瑾

题芝龛记(八首选一)[321]　宝刀歌[322]　日人石井君索

和即用原韵[324]　对酒[325]　黄海舟中日人索句并见

日俄战争地图[325]
二九　高　旭
海上大风潮起作歌[327]
三〇　马君武
去国辞(五首选一)[331]　寄南社同人[332]　变雅楼三十年诗征题词[333]
三一　宁调元
感怀四首(选一)[334]　武昌狱中书感(四首选一)[335]
三二　苏曼殊
以诗并画留别汤国顿(二首)[337]　过蒲田[338]　东居杂诗(十九首选一)[339]
三三　柳亚子
放歌[340]　吊鉴湖秋女士(四首选一)[343]　孤愤[344]　哭苏曼殊(四首选二)[345]

附录:参考书目[346]

# 清代文学

## 一 钱谦益

钱谦益(1582—1664),字受之,号牧斋,江苏常熟人。明万历进士,崇祯间官礼部侍郎,被劾罢官。福王在南京监国,召为礼部尚书。清兵渡江,迎降,授官礼部侍郎,充修《明史》副总裁,旋自请归里,参预东南地区的抗清复明运动。在文学上,力排明前后七子之拟古、公安派之粗率和竟陵派之孤峭,主灵心、世运、学养并举,为清代文风之转变起了先导作用。诗作甚丰,工于近体,庞材宏富,沉郁流丽。有《初学集》、《有学集》、《投笔集》。

### 金陵秋兴八首次草堂韵[①](八首选一)

龙虎新军旧羽林[②],八公草木气森森[③]。楼船荡日三江涌[④],石马嘶风九域阴[⑤]。扫穴金陵还地肺,埋胡紫塞慰天心[⑥]。长干女唱平辽曲,万户秋声息捣砧[⑦]。

风雨楼排印本《投笔集笺注》卷上

①作者于清顺治十六年(1659)至康熙二年(1663)五年间,相继依杜甫《秋兴八首》韵作诗,凡十三叠,加上第十二叠末附《吟罢自题长句拨闷二首》、第十三叠末附《癸卯中夏六日重题长句二首》,共一百零八首,取班超投笔从戎意,总题《投笔集》。此大型组诗,效杜甫《秋兴八首》诗法,假典故、隐喻、自然意象

言事抒怀，写郑成功水师入长江反攻南京、败退入海，及南明永历政权覆灭诸事发生时其哀乐心态及隐秘行迹，典丽蕴藉，歌哭情深。此为第一叠之第一首，题下自注："己亥七月初一日作。"己亥为顺治十六年。是时，郑成功、张煌言率水师入长江，破瓜州、镇江，围南京，东南大震。诗写作者欢欣鼓舞之情。②龙虎新军：指郑成功水军。程大昌《雍录》：唐睿宗时置龙武军。唐祖讳虎，故曰龙武。"龙武者，龙虎也，言其人材质、服饰，有似龙虎。"羽林：汉武帝时选诸郡良家子弟宿卫建章宫，名羽林骑，后世称禁卫军为羽林军。诗曰"旧羽林"，乃谓郑成功水师本为南明之禁卫军。　③八公草木：《晋书·苻坚载记》：前秦苻坚在淝水战败，登寿春城望晋军，阵容整齐，将士精锐；又望八公山上，草木皆类人形，有惧色。森森：威严可畏貌。此谓郑成功水军令清军惊畏。④"楼船"句：用杜甫《秋兴八首》之一"江间波涛兼天涌"意，形容水军气势强大。楼船，高大的战船。荡日，震动天中之日。三江，有多种指说，钱曾《投笔集笺注》引晋庾仲初（阐）《扬都赋》注，指太湖水东注之吴淞江、娄江、南江。涌，波浪腾起。　⑤"石马"句：唐太宗昭陵有浮雕石马六匹。相传，安史之乱中，唐军败于潼关，人见有一彪黄旗军与叛军战，俄不知所在。后守陵人奏，是日灵宫前石人马汗流。参见姚汝能《安禄山事迹》。韦庄《闻再幸梁洋》诗："昭陵石马夜嘶空。"此用其意，谓反攻水军犹有神助。九域，犹九州，全国。阴，谓肃杀之气密布。　⑥"扫穴"二句：拟想一举收复南京，进而消灭清兵于塞外。扫穴，扫除敌方巢穴。还地肺，意即恢复南京之形胜、气象。地肺，大地之灵秀处。南朝陶弘景《许长史旧坛碑》："旁枕雷车，前瞰下泊，东际连冈，北横长岭，柳汧阳谷，俱会四垂，四域之内，皆金陵地肺也。"紫塞，北方边塞。崔豹《古今注·都邑》："秦筑长城，土色皆紫，汉塞亦然，故称紫塞焉。"
⑦"长干"二句：拟想南京收复后，民众欢庆。长干，南京里巷名，有大长干、小长干，屡为诗人咏及，所以用以指代南京。平辽曲，清王朝兴起于辽东，故拟此曲名。捣砧（zhēn 真），捣衣石。古人咏捣衣多为表达闺妇思念远征丈夫之意。李白《子夜吴歌》："长安一片月，万户捣衣声。秋风吹不尽，总是玉关情。何日平胡虏，良人罢远征。"此反用其意。息捣砧，喻闺妇无思征夫之怨。

## 后秋兴之十三[①]（选一）

海角崖山一线斜，从今也不属中华[②]。更无鱼腹捐躯地③,况有龙涎泛海槎④。望断关河非汉帜,吹残日月是胡笳⑤。嫦娥老大无归处,独倚银轮哭桂花⑥。

风雨楼排印本《投笔集笺注》卷下

①题下原注:"自壬寅七月至癸卯五月,讹言繁兴,鼠忧泣血,感恸而作,犹冀其言之或诬也。"壬寅为康熙元年(1662)。上年冬,清军入缅甸,南明永历帝朱由榔被俘,旋遇害,南明最后一个政权告亡。这首诗即就其事而抒发亡国之痛。 ②"海角"二句:用南宋事喻南明之亡。崖山,在广东新会大海中。南宋末,张世杰奉帝昺退守崖山,元兵追击,陆秀夫负帝昺投海溺死,宋亡。中华,古代指华夏族,此指明朝。 ③"更无"句:谓清王朝已统治全国,故臣无葬身之地。鱼腹,原出《楚辞·渔父》:"宁赴湘流,葬于江鱼之腹中。"钱曾《投笔集笺注》引元方回《挽陆君实(秀夫)》诗:"曾微一抔土,鱼腹葬君臣。" ④"况有"句:谓清王朝亦已交通海外。龙涎(xián 贤),名贵香料,鲸鱼胃病分泌物之结石。钱曾笺注引元汪大渊《岛夷志略》:"龙涎屿,值天气清和,群龙游戏,时吐涎于其上,故以得名";"其地前代无人居之,间有他番之人,用完木凿舟,驾驶以拾之,转鬻于他国。"槎(chá 查),木筏。 ⑤"望断"二句:谓天下尽归清王朝。关河,犹山河。吹残日月,写意兼寓意。日月,可喻天地、帝后,合之则为"明"字。胡笳,古代北方民族军中乐器,比喻清军。 ⑥"嫦娥"二句:唐罗浮《咏月》:"嫦娥老大应惆怅,泣倚苍苍桂一轮。"此化用其意,以嫦娥自喻。日月既"残",故云"无归处"。哭桂花,喻哭吊永历帝。朱由榔原为桂王。

## 淮阴舟中忆龚圣予遗事书赠张伯玉①

幕府遗民尽古丘②,长淮南北恨悠悠。龙媒画得神应取③,鱼腹诗成鬼亦愁④。青史高文留劫火⑤,绿林激赞寄阳秋⑥。对君沧海缁馀录,老泪平添楚水流⑦。

《四部丛刊》本《有学集》卷一〇

①诗作于顺治十六年(1659)。龚圣予,龚开,宋末淮阴人,工书、画,曾为两淮制置司监当官,宋亡不仕。作者过淮阴,诗咏龚开事迹,赞叹其品节,寄亡国之悲。　②幕府遗民:指龚开。元吴莱《桑海遗录序》:"龚开,字圣予,尝与(陆)秀夫同居广陵幕府。"居广陵幕府,即指为两淮制置司监当官。丘,坟墓。《方言》:"冢,自关而东谓之丘。"　③龙媒:指马。《汉书·礼乐志·祀歌》有云:"天马来,龙之媒。"另据《桑海遗录序》云,龚开"作唐马图,风鬃雾鬣,毫骭兰筋,备尽诸态。"神应取:喻画马栩栩如生。　④"鱼腹"句:借方回《挽陆君实》诗中"鱼腹葬君臣"语,喻龚开所作之《挽陆君实》诗感天地,泣鬼神。鱼腹,见前《后秋兴之十三》注③。龚开挽诗见《有学集》钱曾笺注,诗云:"立事宁将败事论,在边难与在朝分。从来大地为沧海,可得孤臣抱幼君?南北一家今又见,乾坤三造古曾闻。他年自有《春秋》笔,不比田横祭墓文。"⑤青史高文:指龚开所作的文天祥、陆秀夫二传。《桑海遗录序》云,龚开"所作如宋瑞(文天祥字)、陆秀夫二传,大率类马迁、班固所为,陈寿以下不及也。予故私列二传以发其端,题曰《桑海遗录》,且以待太史氏之采择。"留劫火:劫火之后仍得以留存。　⑥绿林激赞:指龚开所作之《宋江三十六人赞》。阳秋:皮里阳秋之省文,谓其文外无臧否,而内实有所褒贬。寄阳秋,即谓用阳秋笔法,内有深意。龚开《宋江三十六人赞序》云:"《东都事略》载侯蒙传,有书一篇陈制贼之计云:'宋江三十六人横行河朔、京东,官军数万无敢抗者,其材必有过人,不若赦罪招降,使讨方腊,以此自赎,或可平东南之乱。'余然后知江辈真有闻于时者。于是即三十六人,人为一赞,而箴体在焉。"此句当是作者有感于明末时事,赞龚开作赞之深有用心。　⑦"对君"二句:谓读龚开遗文,悲伤不已。缁(fān 翻),翻阅。馀录,指吴莱所辑以龚开所作文天祥、陆秀夫二传为主体的《桑海遗录》。原书未见,吴莱序和龚开文载《知不足斋丛书》本《宋遗民录》卷十。楚水,指淮水,其地古属楚国。

# 二　吴伟业

吴伟业(1609—1671),字骏公,号梅村,江苏太仓人。明崇祯四年(1631)会元、榜眼,官南京国子监司业。弘光朝,召授少詹士,旋假归。清顺治十年(1653)被迫应征入京,授秘书院侍读,晋国子监祭酒,不久以丁嗣母忧辞归。

吴伟业是清初杰出诗人。诗宗法唐人,大抵早年所作以才情胜,藻思清丽;及经丧乱,感时伤世,忏悔失节,沉郁苍凉,情词悱恻。其歌行专取明清之际人物之浮沉,感慨盛衰,映照兴亡,叙事俯仰多姿,伸缩有致,词藻富丽,情韵悠然,开拓了中国古代叙事诗的艺术境界。有《梅村家藏稿》。

## 梅　村[1]

枳篱茅舍掩苍苔[2],乞竹分花手自栽。不好诣人贪客过[3],惯迟作答爱书来。闲窗听雨摊诗卷,独树看云上啸台[4]。桑落酒香卢橘美[5],钓船斜系草堂开。

诵芬室刻本《梅村家藏稿》卷五

①梅村:吴伟业别墅。靳荣藩《吴诗集览》卷十一引《镇洋县志》:"梅村,在太仓卫东,旧为明吏部郎王士祺别墅,名贲园,亦名新庄。祭酒吴伟业拓而新之,易今名。"诗约作于崇祯十六年到十七年(1643—1644)间,写闲居适意之情。　②枳篱:枳树围成的篱笆。枳,灌木名,多刺,常栽作绿篱。

③诣人：到人家访问。贪：希望。　　④独树：一棵树。陶渊明《饮酒》之九："连林人不觉，独树众乃奇。"啸台：河南尉氏县有阮籍台，传说阮籍善啸，"每追名贤携酌长啸于此"。（参看乐史《寰宇记》）这里取啸吟意。　　⑤桑落酒：古代美酒名。其得名有两种说法。郦道元《水经注·河水四》谓其为河东郡人刘白堕所酿，因成于"桑落之辰"而得名。又据刘绩《霏雪录》载，河东郡桑落坊有井，每至桑叶飘落时取水酿酒，味甚醇美，故名"桑落酒"。卢橘：即金橘。

## 鸳 湖 曲①

鸳鸯湖畔草粘天，二月春深好放船。柳叶乱飘千尺雨，桃花斜带一溪烟②。烟雨迷离不知处，旧堤却认门前树。树上流莺三两声③，十年此地扁舟住④。

主人爱客锦筵开⑤，水阁风吹笑语来⑥。画鼓队催桃叶伎⑦，玉箫声出柘枝台⑧。轻靴窄袖娇妆束，脆管繁弦竞追逐⑨。云鬟子弟按霓裳，雪面参军舞鸲鹆⑩。酒尽移船曲榭西⑪，满湖灯火醉人归。朝来别奏新翻曲⑫，更出红妆向柳堤。

欢乐朝朝兼暮暮，七贵三公何足数⑬。十幅蒲帆几尺风，吹君直上长安路⑭。长安富贵玉骢骄，侍女薰香护早朝⑮。分付南湖旧花柳，好留烟月待归桡⑯。那知转眼浮生梦⑰，萧萧日影悲风动。中散弹琴竟未终，山公启事成何用⑱！东市朝衣一旦休，北邙抔土亦难留⑲。白杨尚作他人树，红粉知非旧日楼⑳。烽火名园窜狐兔㉑，画阁偷窥老兵怒㉒。宁使当时没县官，不堪朝市都非故㉓。

我来倚棹向湖边，烟雨台空倍惘然㉔。芳草乍疑歌扇绿，落英错认舞衣鲜[25]。人生苦乐皆陈迹，年去年来堪痛惜。闻笛休嗟石季伦[26]，衔杯且效陶彭泽[27]。君不见白浪掀天一叶危[28]，收竿还怕转船迟。世人无限风波苦，输与江湖钓叟知[29]。

诵芬室刻本《梅村家藏稿》卷三

①鸳湖：鸳鸯湖，即嘉兴南湖。清顺治六年(1649)春，吴伟业过嘉兴，游鸳湖，重至明末吴昌时湖墅，感而有作。吴昌时，嘉兴人，崇祯间夤缘首相周延儒，擢吏部文选郎，奢靡骄横，结交宦官，把持朝官，后被处斩，周延儒亦被勒令自尽。(参看《明史·周延儒传》)诗就今昔游鸳湖所遇，映照吴昌时之荣辱，婉而多讽，情韵尤深。 ②带：笼罩。 ③流莺：即莺。流，谓叫声婉转。 ④"十年"句：作者同时所作《鸳湖感旧》小序云："予曾过吴来之(昌时)之竹亭湖墅，出家乐，张饮。……重游，感赋此诗。"前游当在明崇祯间吴昌时生前家居时。 ⑤主人：指吴昌时。锦筵：丰美的宴席。 ⑥水阁：临水楼阁。 ⑦画鼓队：乐队。画鼓，有彩绘图案之鼓。桃叶伎：家伎。因晋王献之有爱妾名桃叶，尝为作《桃叶歌》，南朝颇盛传，故云。(见《乐府诗集·清商曲辞二》) ⑧柘枝：古乐舞名。《词谱·柘枝引》："此舞因曲为名，用二女童，帽施金铃，抃转有声。"台：舞台。 ⑨竞追逐：言管、弦诸乐器竞奏。 ⑩"云鬟"二句：概写女伎奏曲、舞蹈情形。云鬟子弟，女伎。子弟，古时称教坊、行院艺人为子弟。按，演奏。《霓裳》，《霓裳羽衣曲》之省称，泛指乐曲。雪面参军，指女子扮参军角色者。唐代参军戏，妇女扮假官，绿衣秉简者，谓参军妆。(参看《因话录》)鸲鹆(qúyù 渠玉)，本鸟名，此为舞蹈名。《晋书·谢尚传》载，谢尚善此舞。 ⑪榭：木台。 ⑫翻：犹"谱"，谱写、改编。 ⑬七贵三公：指朝廷中的权贵显宦。七贵，《文选》潘岳《西征赋》："窥七贵于汉庭。"李周翰注："汉庭七贵：吕、霍、上官、丁、赵、傅、王，并后族也。"三公，朝廷最高官职的合称，始于周朝以司马、司徒、司空为三公。
⑭"十幅"二句：写吴昌时崇祯十五年起复为文选郎，得意进京。蒲帆，编蒲为帆，此指船帆。 ⑮"长安"二句：写吴昌时在北京为朝官的骄贵气势。玉骢，骏马，名马。侍女薰香，用汉代故事。应劭《汉官仪》载，尚书郎入值郎廨，

女侍“执香炉烧熏从入台中，给使护衣”。　⑯“分付”二句：言吴昌时还想荣归时再纵情于声色之乐。归桡（ráo 饶），犹“归帆”，“返棹”。桡，桨。　⑰浮生梦：谓浮生若梦，转眼成空。　⑱“中散”二句：谓情况骤变，吴昌时得罪被杀。中散，嵇康，官中散大夫，被诬，临刑时，索琴弹奏，说：“《广陵散》于今绝矣！”（见《晋书·嵇康传》）山公启事，山涛居选职十馀年，所奏喜甄拔人才，并加以品评，时称“山公启事”。（见《晋书·山涛传》）此以山涛喻指周延儒。　⑲“东市”二句：谓吴昌时被斩首，身败名裂。东市朝衣，用西汉晁错被谗，“衣朝衣斩东市”故事。（见《史记·吴王濞列传》）北邙，即邙山，在今洛阳市北，东汉及北魏的王侯公卿多葬于此。抔土，一抔土，指坟墓。亦难留，言其死后亦为人唾弃。　⑳“白杨”二句：用唐人白居易《和关盼盼燕子楼感事诗》“今春有客洛阳回，曾到尚书墓上来。闻说白杨堪作柱，争教红粉不成灰”诗意，写竹亭湖墅易主，面目全非，昌时家的姬妾、女伎都已入他人之家。　㉑烽火：指明末清初的战火。窜狐兔：喻园林荒废。　㉒“画阁”句：暗示湖墅已成为南下的清兵驻扎之所。　㉓“宁使”二句：由吴昌时园林之衰败，连及社会变迁。没县官，指罪人家产被没入官府。朝市都非故，谓改朝换代。　㉔烟雨台：一名烟雨楼，在鸳湖中。　㉕“芳草”二句：以游湖错觉，写物是人非之感，并与诗前面所写相呼应。　㉖闻笛：用向秀闻笛而思亡友嵇康故事。（参看向秀《思旧赋》）石季伦：石崇，晋大富豪，穷极奢侈，为赵王伦所杀。（见《晋书·石崇传》）　㉗衔杯：饮酒。陶彭泽：陶渊明，曾官彭泽令，后辞官归隐田园。　㉘白浪掀天：喻宦海险恶。一叶：指一叶小舟。　㉙输：送，告。

## 圆　圆　曲[①]

鼎湖当日弃人间[②]，破敌收京下玉关[③]；恸哭六军俱缟素[④]，冲冠一怒为红颜[⑤]。红颜流落非吾恋，逆贼天亡自荒宴[⑥]；电扫黄巾定黑山[⑦]，哭罢君亲再相见[⑧]。

相见初经田窦家[⑨]，侯门歌舞出如花。许将戚里箜篌伎，等取将军油壁车[10]。家本姑苏浣花里，圆圆小字娇罗绮[11]；梦向夫差苑里游，宫娥拥入君王起[12]。前身合是采莲人[13]，门前一片横塘水[14]。横塘双桨去如飞，何处豪家强载归[15]？此际岂知非薄命，此时只有泪沾衣。薰天意气连宫掖，明眸皓齿无人惜[16]。夺归永巷闭良家[17]，教就新声倾坐客。坐客飞觞红日暮，一曲哀弦向谁诉？白皙通侯最少年，拣取花枝屡回顾[18]。早携娇鸟出樊笼，待得银河几时渡[19]？恨煞军书底死催，苦留后约将人误[20]。相约恩深相见难，一朝蚁贼满长安[21]；可怜思妇楼头柳，认作天边粉絮看[22]；遍索绿珠围内第，强呼绛树出雕栏[23]。若非壮士全师胜，争得蛾眉匹马还[24]？蛾眉马上传呼进，云鬟不整惊魂定；蜡炬迎来在战场，啼妆满面残红印[25]。专征箫鼓向秦川，金牛道上车千乘[26]；斜谷云深起画楼，散关月落开妆镜[27]。

传来消息满江乡，乌桕红经十度霜[28]；教曲妓师怜尚在，浣纱女伴忆同行[29]。旧巢共是衔泥燕，飞上枝头变凤凰[30]。长向尊前悲老大，有人夫婿擅侯王[31]。

当时只受声名累[32]，贵戚名豪竞延致；一斛明珠万斛愁，关山漂泊腰支细[33]。错怨狂风扬落花[34]，无边春色来天地[35]。尝闻倾国与倾城，翻使周郎受重名[36]。妻子岂应关大计[37]，英雄无奈是多情；全家白骨成灰土[38]，一代红妆照汗青[39]。

君不见，馆娃初起鸳鸯宿，越女如花看不足[40]。香径尘生乌自啼，屧廊人去苔空绿[41]。换羽移宫万里愁，珠歌翠舞古梁州[42]。为君别唱吴宫曲[43]，汉水东南日夜流[44]！

诵芬室刻本《梅村家藏稿》卷三

①诗咏陈圆圆身世，讽刺吴三桂为爱姬而叛明降清行径。此为明清鼎革

中一大关节,清初人多有记载。吴伟业此诗约作于顺治八年(1651)前后,所叙与陆次云《圆圆传》、钮琇《觚剩》卷四所记大体相同。诗用《春秋》笔法,叙述宛转,声情兼胜,咏叹中伏有刺骨冷语,获得当时及后世诗家一致称赞。
②鼎湖:传说黄帝铸鼎于荆山,鼎成,乘龙飞升。(《史记·封禅书》)此指明思宗之死。　③“破敌”句:指吴三桂引清兵入关攻北京,李自成军败走。玉关,本为玉门关之简称,此指山海关。　④“恸哭”句:指原明朝将士为明思宗服丧志哀。六军,指朝廷军队。《周礼·夏官·司马》:“凡军制,万有二千五百人为军,王六军,大国三军,次国二军,小国一军。”缟素,指丧服。　⑤红颜:指陈圆圆。　⑥“红颜”二句:与下面两句,摹拟吴三桂自辩语。红颜流落,指陈圆圆为李自成部将所俘获。逆贼,对李自成军之蔑称。荒宴,耽于宴乐。　⑦电扫:扫荡迅疾如闪电。黄巾:汉末张角所领导之起义军,以黄巾为标志,称黄巾军。黑山:汉末张燕所领导的起义军,活跃于常山一带,号黑山军。这里均指李自成起义军。　⑧君:指明思宗。亲:指吴三桂父吴襄。史载,李自成陷北京,要吴襄致书吴三桂劝降,吴三桂拒降,吴襄被杀。再相见:再与陈圆圆相见。　⑨“相见”句:叙吴三桂初见陈圆圆于贵戚家。田窦,汉武安侯田蚡和魏其侯窦婴。田蚡是汉景帝王皇后同母弟,窦婴是汉文帝窦皇后之侄。这里指代明思宗田贵妃父田弘遇。一说为思宗周后父周奎。⑩“许将”二句:贵戚将陈圆圆许给吴三桂,等待迎娶。戚里,汉代长安城中外戚所住的地方,这里指贵戚家。箜篌伎,弹箜篌的乐伎,指陈圆圆。箜篌,乐器,体长而曲,二十三弦。油壁车,用青油涂饰车壁的车子。古乐府《苏小小歌》:“我乘油壁车,君乘青骢马。”后用以指美女所乘车。　⑪“家本”二句:陈圆圆原为苏州歌妓。据陆次云《圆圆传》,陈圆圆名沅,字畹芬,圆圆为小字,色艺超群。浣花里,唐蜀中名妓薛涛居浣花溪,此是借以点明陈圆圆身份。小字,小名。娇罗绮,取江淹《别赋》“罗与绮兮娇上春”句意,形容陈圆圆服饰华丽,容颜娇美。　⑫“梦向”二句:拟写陈圆圆梦想进入皇宫,为皇帝所宠爱。夫差苑,春秋吴王宫苑。夫差宠爱西施,故以为喻。　⑬合:当。采莲人:西施。李白《子夜吴歌》:“镜湖三百里,菡萏发荷花。五月西施采,人见隘若耶。回舟不待月,归去越王家。”　⑭横塘:在苏州西南。　⑮“何处”句:指崇祯十五年(1642),贵戚在苏州物色到陈圆圆,强载北去。豪家,指田弘遇,一说指周奎。　⑯“熏天”二句:陈圆圆入宫,不为后妃所容,思宗不纳。熏天意气,谓宫中后妃竞宠,气焰冲天。宫掖,犹“掖庭”、“后宫”。明

眸皓齿，指陈圆圆美貌。 ⑰夺归：斥退。永巷：宫中嫔妃所居处。良家：用《玉台新咏序》中“四姓良家，驰名永巷”句意，指贵戚家。 ⑱“白皙（xī 析）”二句：言吴三桂在贵戚筵上为陈圆圆声容所动。通侯，汉代爵位最尊者。当时，吴三桂受思宗信任，召对平台，赐蟒、玉，命出守山海关，继封平西伯，故云。花枝，喻陈圆圆。屡回顾，频频顾盼。 ⑲“早携”二句：谓陈圆圆希望吴三桂早日迎娶。樊笼，喻在贵戚家为家伎的处境。银河，用牛郎织女故事，以渡银河喻结婚。 ⑳“恨煞”二句：怨军情紧急，迫使吴三桂赴山海关，仅与陈圆圆相约而去。底死催，拚命地催促。孙殊《菩萨蛮》词：“楼头尚有三通鼓，何须底死催人去。”后约，相约以后迎娶。 ㉑蚁贼：对起义军的蔑称。蚁，形容极多。满长安，指李自成军占领北京。 ㉒“可怜”二句：李自成部下误将陈圆圆当作风尘无主女子。思妇楼头柳，喻征人之妇。王昌龄《闺怨》诗：“闺中少妇不知愁，春日凝妆上翠楼。忽见陌头杨柳色，悔教夫婿觅封侯。”陈圆圆已为吴三桂所聘，故用王昌龄诗意为喻。天边粉絮，喻风尘女子。 ㉓“遍索”二句：李自成部下搜索得陈圆圆。绿珠，晋石崇爱妾。内第，大家内宅。绛树，魏文帝曹丕所宠舞妓。曹丕《与繁钦书》：“今之妙舞，莫过于绛树。”绿珠、绛树，均指陈圆圆。 ㉔“若非”二句：谓吴三桂反攻北京获胜，方找回陈圆圆。壮士，指吴三桂军队。争得，同“怎得”，唐宋人多以“争”作“怎”。蛾眉，妇女，指陈圆圆。 ㉕“蛾眉”四句：据《觚剩》卷四记载，吴三桂追李自成至山西，尚不知陈圆圆存亡，部下于北京访得，飞骑传送。吴三桂结彩楼，箫鼓三十里，亲往迎接。此四句即写其事。传呼，喝道。残红印，指脸上的胭脂被泪痕冲毁。 ㉖“专征”二句：吴三桂携陈圆圆进军陕西。专征，受命专司一方面之征伐。秦川，今陕西关中地区。金牛道，川陕间栈道之一段，由陕西沔县至四川剑阁。 ㉗“斜谷”二句：写吴三桂携陈圆圆所至地方，为之造楼安置。斜谷，褒斜谷，在今陕西眉县西南。散关，大散关，在今陕西宝鸡市西南大散岭上。 ㉘“传来”二句：谓陈圆圆消息传至苏州，时间已过去了十年。江乡，指苏州。乌桕（jiù 旧），乌桕树，落叶乔木，秋叶经霜变红。十度霜，谓十年。 ㉙“教曲”二句：昔日曲师、同伴闻圆圆消息而感叹。怜尚在，以陈圆圆经离乱而尚存为幸。浣纱女伴，西施未入吴宫前曾浣纱于若耶溪。王维《西施咏》：“当时浣纱伴，莫得同车归。”此指陈圆圆昔日同伴。同行（háng 杭），同伴。 ㉚“旧巢”二句：同伴感叹陈圆圆荣贵。衔泥燕，喻地位低贱之人。变凤凰，由贱变贵。刘宋时王微与王僧绰书曰：“吾得若此(原指隐居),则鸡鹜变凤凰。”(《宋书·王微传》) ㉛“长向”二句:亦同伴感叹语,自伤年老色衰,而陈圆圆却成为侯王夫人。尊前,指饮酒时,含借酒浇愁意。尊,通“樽”。擅侯王,据有侯王之爵位。 ㉜当时:指崇祯十五年陈圆圆被购致时。声名累:谓陈圆圆以色艺擅名天下,遭致许多颠沛。㉝“一斛(hú 狐)”二句:谓陈圆圆赢得极多缠头,也招来无穷愁苦。斛,量器,古时以十斗或五斗为一斛。腰支细,言其因愁苦而消瘦。腰支,即腰肢。㉞狂风扬落花:喻陈圆圆所经历的坎坷。 ㉟“无边”句:喻陈圆圆终得非常之荣贵。 ㊱“尝闻”二句:用周瑜有美妻小乔故事,谓吴三桂因得有艳色的陈圆圆而有大名。倾国倾城,语出汉李延年《李夫人歌》:“北方有佳人,绝世而独立。一顾倾人城,再顾人国。宁不知倾城与倾国,佳人难再得。”后世遂以“倾城倾国”形容绝色女子。周郎,指三国时吴国周瑜,他年纪很轻就做了吴国都督。相传曹操为抢夺小乔及其姐姐大乔而发兵攻吴,被周瑜在赤壁击败,使其名声大震。此以周瑜隐喻吴三桂。 ㊲关大计:关系军国大事。 ㊳“全家”句:史载,李自成劝降不成,与得清兵之助的吴三桂战于一片石,大败,遂杀吴襄全家。 ㊴红妆:陈圆圆。照汗青:光耀史册。汗青,古时记事用竹简,竹简须火炙出汗(水)方可书写,遂用以称史册。 ㊵“馆娃”二句:仍借夫差宠西施故事兴叹。馆娃,宫名,代指西施。西施由越至吴,夫差为之于灵岩山筑馆娃宫。(见《吴越春秋》)越女,亦指西施。 ㊶“香径”二句:喻人逝楼空。香径,采香径,又名箭径,在苏州香山上。屧(xiè 泄)廊,响屧廊,吴宫中长廊,传说西施着屧行其上有声响。屧,一种空心木底鞋。㊷“换羽”二句:谓吴三桂与陈圆圆于社会动乱中歌舞宴乐。换羽移宫,指奏乐。古梁州,包括陕西西南部和四川。顺治五年(1648),吴三桂移驻汉中。汉中古属梁州。 ㊸别唱吴宫曲:指作本诗。此以吴王夫差比拟吴三桂,暗示他不会有好下场。吴宫曲,指吴王夫差时的宫曲。 ㊹“汉水”句:李白《白头江上吟》:“功名富贵若长在,汉水亦应西北流。”汉中临汉水上游,故化用其诗意,言功名富贵之无常。

## 过淮阴有感①(二首选一)

登高怅望八公山②,琪树丹崖未可攀③。莫想《阴符》遇黄石[4]，好将《鸿宝》驻朱颜[5]。浮生所欠止一死[6]，尘世无由识九还[7]。我本淮王旧鸡犬[8]，不随仙去落人间[9]。

诵芬室刻本《梅村家藏稿》卷一五

①诗作于清顺治十年(1653)作者被迫应诏入京途中，借汉淮南王刘安故事，抒写无奈出仕新朝的悲哀。原诗共二首，此选其二。 ②八公山：在寿县北。相传，刘安遇"八公"于此，后白日升天。 ③琪树丹崖：仙境木石。琪树，犹"玉树"。丹崖，崖石赤如丹砂。 ④"莫想"句：反用张良遇黄石公故事，表示已不能作抗清复明的想法。《史记·留侯世家》载，张良于下坯遇黄石公，得《太公兵法》，后辅汉灭秦。《阴符》，《阴符经》，太公兵书。 ⑤"好将"句：用刘安学仙故事，谓只求健康长寿。《汉书·刘向传》载，刘安有《枕中鸿宝苑秘书》，"言神仙使鬼物为金之术"。驻朱颜，使青春长驻。 ⑥所欠止一死：语本《宋史·范质传》："惜其欠世宗一死耳！"谓未为旧君主死节。 ⑦无由：靳荣藩《吴梅村诗集笺注》本作"无缘"。九还：亦称"九转"，道家炼丹，循环九次为最佳。葛洪《抱朴子·金丹》："九转之丹，服之三日得仙。"唐吕岩《七言诗》："九转九还功若就，定将衰老返长春。" ⑧淮王旧鸡犬：据王充《论衡·道虚》载，相传淮南王刘安得道成仙后，连他的鸡犬也随之升天。此以刘安喻崇祯帝，以鸡犬自比，说明自己本是崇祯帝旧臣。 ⑨不随仙去：言其未随崇祯帝而死。

# 三　黄宗羲

黄宗羲(1610—1695),字太冲,号南雷,世称梨洲先生,浙江馀姚人。早年即关心政治,为明末复社领袖之一。清兵渡江,于家乡募兵抵抗,依附于绍兴监国之鲁王政权,授兵部主事,升左副都御史。事败后,屏居家乡,著书立说,著有《明夷待访录》、《明儒学案》、《宋元学案》等,在政治学、经济学、学术史诸方面,卓有建树,为我国十七世纪卓越的思想家、史学家。强调文学之社会功用,文章质朴、犀利;诗宗宋人,不事雕琢。有《南雷文定》等。

## 山居杂咏[1](六首选一)

锋镝牢囚取次过[2],依然不废我弦歌[3]。死犹未肯输心去,贫亦其能奈我何[4]!廿两绵花装破被,三根松木煮空锅。一冬也是堂堂地[5],岂信人间胜著多[6]!

《四部丛刊》本《南雷诗历》卷一

①清顺治十六年(1658),郑成功、张煌言水师反攻长江,旋失败。时作者避居四明山中,感复明无望,作此诗以排解苦闷。此为第一首,写历经危难而心终不改、贫穷终老亦心甘之心境,沉郁苍劲。　②锋镝(dí 狄):刀锋和箭镞,喻战争。牢囚:被囚禁。取次:挨次,一个接一个。作者自明末二十馀年来,多次经历危难,故云。　③弦歌:歌咏,诵读。《孔子家语·在厄》:"绝粮七日,外无所通,藜羹不充,从者皆病。孔子愈慷慨讲诵,弦歌不绝。"诗本此。

④其:岂。 ⑤一冬:一死,终其身。冬,《说文》:“古‘终’字。”段玉裁注:“冬之谓终也。”马王堆汉墓帛书《老子·道经》:“飘风不冬朝,暴雨不冬日。”通行本“冬”均作“终”。堂堂:光明正大貌。 ⑥胜著:一作胜着,成功之举动。

## 周公谨砚[①](四首选二)

弁阳片石出塘栖[②],馀墨犹然积水湄[③]。一半已书亡宋事,更留一半写今时[④]。

①诗作于康熙十七年(1678)。周公谨,宋末周密,字公谨,号草窗,曾居吴兴,号弁阳翁。入元未仕,专事著述,有《癸辛杂识》、《武林旧事》、《草窗词》等。作者自康熙初年,抱遗民之痛,隐居著述,类乎周密,遂借旧井中发现之周密遗砚以写心。所选为第一、二首。 ②弁阳片石:指周密砚石。出塘栖:从塘栖井中发现。塘栖,镇名,在杭州北。 ③“馀墨”句:谓残留之墨汁犹存。唐刘言史《右军墨池》:“永嘉人事尽归空,逸少遗居蔓草中。至今池水涵馀墨,犹共诸泉色不同。”此诗用其意。水湄,水边。 ④“一半”二句:就砚之用处说,前句谓周密,后句自谓。亡宋,犹“故宋”,已亡之宋朝。

剩水残山字句饶[①],剡源仁近共推敲[②]。砚中斑驳遗民泪[③],井底千年恨未消。

《四部丛刊》本《南雷诗历》卷二

①“剩水”句:谓周密记故宋事,著作甚丰赡。剩水残山,残破之山水,喻亡宋遗事。《四库全书总目》卷七《武林旧事》:“是书记南宋都城杂事”,“最为真确”,“于乾道淳熙间三朝授受、两宫奉养之故迹,叙述尤详”;“其间逸闻秩事,皆可备考稽。而湖山歌舞,靡丽纷华,著其盛,正著其所以衰。遗老故臣,恻恻兴亡之隐,实曲寄于言外。”饶,富赡。 ②剡(shàn 善)源:戴表元,字

帅初，浙江鄞县人，因鄞县为剡溪发源地，故人称其剡源戴先生，著名文章家。仁近：仇远，字仁近，杭州人，以诗名。二人均为周密文友。戴曾为周密《齐东野语》作序，仇远与周密倡和甚密。共推敲：一起斟酌文字。 ③斑驳：颜色错杂。此指砚中颜色斑驳如泪痕交错。

## 原　君[①]

有生之初[②]，人各自私也，人各自利也[③]；天下有公利而莫或兴之，有公害而莫或除之[④]。有人者出[⑤]，不以一己之利为利，而使天下受其利；不以一己之害为害，而使天下释其害[⑥]，此其人之勤劳，必千万于天下之人。夫以千万倍之勤劳，而己又不享其利，必非天下之人情所欲居也[⑦]。故古之人君，量而不欲入者[⑧]，许由、务光是也[⑨]；入而又去之者，尧、舜是也[⑩]；初不欲入而不得去者，禹是也[⑪]。岂古之人有所异哉？好逸恶劳，亦犹夫人之情也[⑫]。

后之为人君者不然。以为天下利害之权皆出于我，我以天下之利尽归于己，以天下之害尽归于人，亦无不可；使天下之人，不敢自私，不敢自利，以我之大私为天下之大公[⑬]。始而惭焉，久而安焉。视天下为莫大之产业，传之子孙，受享无穷。汉高帝所谓"某业所就，孰与仲多"者[⑭]，其逐利之情，不觉溢之于辞矣。此无他，古者以天下为主，君为客，凡君之所毕世而经营者[⑮]，为天下也。今也以君为主，天下为客，凡天下之无地而得安宁者，为君也。是以其未得之也[⑯]，屠毒天下之肝脑[⑰]，离散天下之子女，以博我一人之产业[⑱]，曾不惨然[⑲]，曰："我固为子孙创业也。"其既得之也，敲剥天下之骨髓，离散天下之子女，以奉我一人之淫乐，视为当然，曰："此我产业之花息也[20]。"然则为天下之大害者，君而已矣！向使无君[21]，人各得自私也，人各得自利也。呜呼！岂设君之道固如是乎[22]？

古者天下之人爱戴其君，比之如父，拟之如天，诚不为过也。今也天下之人怨恶其君，视之如寇仇[23]，名之为独夫[24]，固其所也[25]。而小儒规规焉[26]，以君臣之义无所逃于天地之间[27]，至桀、纣之暴[28]，犹谓汤、武不当诛之[29]，而妄传伯夷、叔齐无稽之事[30]，使兆人万姓崩溃之血肉[31]，曾不异夫腐鼠！岂天地之大，于兆人万姓之中，独私其一人一姓乎！是故，武王，圣人也；孟子之言[32]，圣人之言也。后世之君，欲以如父如天之空名，禁人之窥伺者[33]，皆不便于其言[34]，至废孟子而不立[35]，非导源于小儒乎？

虽然，使后之为君者果能保此产业，传之无穷，亦无怪乎其私之也。既以产业视之，人之欲得产业，谁不如我[36]？摄缄縢，固扃鐍[37]，一人之智力，不能胜天下欲得之者之众，远者数世，近者及身，其血肉之崩溃在其子孙矣。昔人愿世世无生帝王家[38]，而毅宗之语公主，亦曰"若何为生我家！"[39]痛哉斯言！回思创业时其欲得天下之心，有不废然摧沮者乎[40]？是故，明乎为君之职分[41]，则唐、虞之世[42]，人人能让，许由、务光非绝尘也[43]；不明乎为君之职分，则市井之间，人人可欲[44]，许由、务光所以旷后世而不闻也[45]。然君之职分难明，以俄顷淫乐[46]，不易无穷之悲[47]，虽愚者亦明之矣。

《四部备要》本《明夷待访录》

①本文是作者《明夷待访录》中之首篇。《明夷待访录》成书于康熙二年(1663)，包括《原君》、《原臣》、《原法》等二十馀篇政论文，基本思想是反封建君主专制主义。作者认为封建君主以天下为私有，掌天下利害之权，实为天

下之“大害”，应破除以“君臣之义”为至上的观念。论说简明、犀利，逻辑性较强，行文中含有痛切之情。 ②有生之初：从有人类社会开始。 ③“人各”二句：谓人人都为生存而自私自利。 ④莫或：没有人。或，代词，指人。 ⑤人者：仁者。人，通“仁”。这里指下面要说的“古之人君”。⑥释：解脱。 ⑦居：处。引申为担任。 ⑧量：衡量，考虑。入：指为君。 ⑨许由、务光：传说中的高士。许由，亦作“许繇”，相传尧欲让位给他，他拒不接受，隐居箕山，自耕而食。（见《高士传》）务光，传说商汤要让位给他，他力辞，后负石自沉于蓼水。（见《列仙传》） ⑩尧、舜：传说中的古贤君。《吕氏春秋·去私》：“尧有子十人，不与其子而授舜；舜有子九人，不与其子而授禹。至公也。” ⑪禹：原为夏后氏部落领袖，奉舜命治理洪水，功业卓著，后继舜位，为夏代开国国君。（见《尚书》中《禹典》、《禹贡》等篇）⑫夫：语助词。 ⑬为：当作，充作。 ⑭汉高帝：刘邦。“某业所就，孰与仲多”，出自《史记·高祖本纪》，是刘邦得天下后，以质问的口吻向其父矜夸所得家业比其兄大得多。孰与仲多，即与仲孰多。仲，指其善于经营的二兄。⑮毕世：终生。 ⑯未得：未得天下。 ⑰屠毒：即荼毒，残害。肝脑：指人的身体或生命。 ⑱博：讨取。 ⑲曾：竟，从来。惨：羞惭。唐李愿《观翟玉妓》：“艳粉宜斜烛，羞蛾惨向人。” ⑳花息：利息。 ㉑向使：假设之词，犹“假若”。 ㉒设君之道：设立国君之理由。 ㉓视之如寇仇：语出《孟子·离娄下》：“君之视臣如土芥，则臣视君如寇仇。”寇仇，仇敌。㉔独夫：残害万民、众叛亲离之国君。《尚书·泰誓》：“独夫受（商纣），洪惟作威，乃汝世仇。” ㉕固其所也：本是其所应得的。所，宜，适当。《易·系辞下》：“交易而退，各得其所。” ㉖规规焉：浅薄拘束貌。《庄子·秋水》：“子乃规规然而求之以察，索之以辨，是直用管窥天，用锥指地也。” ㉗“以君臣之义”句：谓天地间君主主宰臣民、臣民效忠君主之伦理关系，是绝对的。㉘桀：夏朝末代君主。纣：商朝末代君主。两人都是古代暴君。 ㉙汤：又名成汤。传说夏桀暴虐，汤兴兵伐夏，将桀流放。武，周武王，继周文王遗志，兴兵灭商，纣自焚。诛：杀。 ㉚伯夷、叔齐：传说为商朝孤竹君之子，周武王伐纣，曾扣马谏阻；武王灭商后，耻食周粟，饿死于首阳山。（参见《史记·伯夷列传》）作者认为其事不可信，故说“妄传”“无稽之事”。 ㉛兆人万姓：千万百姓。兆，一百万。崩溃之血肉：指被残害之臣民。 ㉜孟子之言：见《孟子·梁惠王下》：“贼人者谓之贼，残义者谓之残。残贼之人，谓之一夫。闻诛一夫纣矣，未闻弑君也。”　㉝窥伺：犹“觊觎”，指对君位抱有非分之想。㉞“皆不”句：谓都认为孟子的话对自己不利。　㉟“至废”句：指明太祖朱元璋曾认为《孟子》中“民为贵，社稷次之，君为轻”一类话语过激，下诏撤除孟子在孔庙中的配享地位。（《南雍志》卷一《事纪》）　㊱如我：像我一样。㊲“摄缄縢（téng 滕）”二句：语出《庄子·胠箧》：“将为胠箧探囊发匮之盗，而为守备，则必摄缄縢，固扃鐍，此世俗之所谓知也。”摄，紧收。缄，结。縢，绳子。扃鐍（jiōngjué 迥决），门窗、箱子之锁钥。　㊳“昔人”句：指南朝宋顺帝被逼退位，“一泣而弹指，唯愿后身生生世世不复天王作因缘。”（《南史·王敬则传》）　㊴“而毅宗”三句：明崇祯帝于李自成将陷北京时，用剑砍长平公主，说：“若何为生我家！”（《明史·公主列传》）毅宗，崇祯帝朱由检死后士民所谥之号。　㊵废然：灰心貌。摧沮：沮丧。　㊶职分：职责。　㊷唐、虞之世：尧、舜时代。唐，尧之国号。虞，舜之国号。　㊸绝尘：超越世俗。㊹人人可欲：人人都想做君主。　㊺旷后世：后世空缺。　㊻俄顷：犹瞬间，指极短暂的时间。　㊼不易：不换取。

# 四　顾炎武

顾炎武(1613—1682),初名绛,后改炎武,字宁人,学者称亭林先生,江苏昆山人。少年即持清议,重名节,为复社成员。清兵渡江,在家乡一带参加抗清义军。清兵初定江南,出走北方,考察山川边塞形势,曾垦田于山东章丘、山西雁北,以待有变。晚年卜居陕西华阴。生平治学主经世致用,于古代典制、地理沿革、河漕兵农、音韵训诂之学,均悉心研讨,开有清一代学术风气。论文主"文须有益于天下",论诗"主性情"。诗作感事抒怀,沉郁工稳,典雅矜练,字字贴实,"真合靖节、浣花于一手"(汪端《明三十家诗钞》评语)。著有《日知录》、《天下郡国利病书》、《亭林诗文集》。

## 海　　上①(四首选一)

日入空山海气侵②,秋光千里自登临。十年天地干戈老,四海苍生痛哭深③。水涌神山来白鸟,云浮仙阙见黄金④。此中何处无人世,只恐难酬烈士心⑤!

《四部丛刊》本《亭林诗文集》卷一

①诗作于清顺治三年(1646)秋。前此,清兵渡钱塘江,在绍兴监国抗清的鲁王由江门入海,在福州称帝的唐王南移延平。作者于家中守孝,登山望海,感慨万端,作此诗,哀明王室之衰败,嗟其失计,虽寄希望于入海抗清的武装力量,又感前景渺茫。全诗四首,此为第一首。　②空山:幽深无人迹的

山。　③"十年"二句：自明崇祯年间起天下战乱不已，百姓遭涂炭，创痛至深。十年，举成数而言。天地干戈老，天地因多年战争而衰老。"老"字取法于李贺《金铜仙人辞汉歌》"天若有情天亦老"句。　④"水涌"二句：相传，渤海中有蓬莱、方丈、瀛洲三神山，上有"诸仙人及长生不死之药，其物禽兽尽白，而黄金银为宫阙。"(《史记·封禅书》)这里借喻海岛可作抗清力量之依托。⑤"此中"二句：谓海岛固然有人世可以依托，但却未必能实现复国之志。《顾亭林诗集汇注》引黄节注："《南疆逸史》：鲁王之出海也，富平将军张名振弃石浦，以舟师扈王至舟山，黄斌卿(舟山守将)不纳，飘泊外洋。诗所谓'难酬烈士心'也。"可作参考。

## 五十初度时在昌平[①]

居然濩落念无成[②]，隙驷流萍度此生[③]。远路不须愁日暮，老年终自望河清[④]。常随黄鹄翔山影[⑤]，惯听青骢别塞声[⑥]。举目陵京犹旧国，可能钟鼎一扬名[⑦]？

《四部丛刊》本《亭林诗文集》卷三

①康熙元年(1662)五月，作者在昌平(今北京郊区)逢五十岁生日。有人馈赠致贺，先生作《与友人辞祝书》，中云："鄙人生丁不造，情事异人，流离四方，偷存视息"，"知我者当悯其不幸而吊慰之，不当施之以非礼之礼，使之拂其心而夭其性也。"诗自抒心声，于俯仰身世中，重在明其心志，所以其感慨更加幽愤深广。对仗工整，无斧凿之迹；转笔多用常语，气势灵活而上下贯通，声情并壮。　②"居然"句：化用杜甫《自京赴奉先县咏怀》"居然成濩落"原句。濩(huò货)落，大而无用。　③隙驷：喻易逝之时光。《礼记·三年问》："则三年之丧，二十五月而毕，若驷之过隙。"流萍：喻人生飘泊无定。④"远路"二句：谓抱定"河清"之志愿，其路漫长，故无日暮途穷之感。河清，鲍照有《河清颂》，喻天下太平，此指恢复故国。　⑤"常随"句：谓自己长期为谋求复国而奔走。黄鹄，喻高人志士。《楚辞·卜居》："宁与黄鹄比翼乎？

将与鸡鹜争食乎?"此用其意。 ⑥"惯听"句:言自己多年进出塞北,对兵马过往,习以为常。 ⑦"举目"二句:谓心怀故国,不求功名富贵。陵京,指明十三陵。钟鼎,钟鸣鼎列之省文,喻高官、富贵。曹操《陈损益表》:"臣以区区之质,而当钟鼎之任。"杜甫《清明》诗:"钟鼎山林各天性。"

## 又酬傅处士原韵①

清切频吹越石笳②,穷愁犹驾阮生车③。时当汉腊遗臣祭④,义激韩仇旧相家⑤。陵阙生哀回夕照,河山垂泪发春花⑥。相将便是天涯侣,不用虚乘犯斗槎⑦。

①傅处士,傅山,字青主,太原人,著名学者。明亡后,改衣道装,隐居山中,以行医为业。曾拒绝博学鸿词之考试。著有《霜红龛集》。康熙二年(1663),顾炎武游太原,与之相晤,先有《赠傅处士山》,傅山有《晤言宁人先生还村途中叹息有诗》。此诗二首是和其韵之作。诗抒写二人不忘复国,彼此相慰藉、激励之情怀,用典娴熟,熨帖自然。 ②清切:声调清冷凄切。越石笳:晋刘琨,字越石,曾在晋阳(太原)为胡骑所围困。他夜吹胡笳,胡骑闻之动乡思,解围而去。(见《晋书·刘琨传》)这里借以写傅山隐居清吟,抒故国之思。 ③阮生车:晋阮籍常驾车独出,不由路径,辄穷途,恸哭而返。(见《晋书·阮籍传》)傅山坚守名节,曾牵连一叛逆案而下狱受刑(全祖望《阳曲傅先生事略》),仍不降志屈节,故曰"穷愁"、"犹驾"。 ④汉腊:汉制,十二月戌日行腊祭,祭百神。遗臣祭:西汉末,王莽篡位,原尚书令陈咸与三子弃官归里,腊祭仍依汉制,人问其故,曰:"我先人岂知王氏腊乎?"(见《后汉书·陈宠传》)喻傅山仍奉明朝正朔。 ⑤"义激"句:张良先人五世相韩,秦灭韩,张氏散尽家产,"求客刺秦王,为韩复仇。"(《史记·留侯世家》)喻傅山仍怀复明之志。 ⑥"陵阙"二句:抒亡国之痛。上句用李白《忆秦娥》"西风残照,汉家宫阙"词意,下句用杜甫《春望》"感时花溅泪"诗意。 ⑦"相将"二句:谓有志同道合者在,千里为侣,不必为乘槎浮海之行。相将,携手,相偕。王安石《次韵答平甫》:"物物此时皆可赋,悔予千里不相将。"犯斗槎(chá 查),

张华《博物志》:“天河与海通,近世有人居海渚者,年年八月有浮槎去来,不失期。”后有人乘槎至天河,见一人牵牛饮于渚次,归访蜀郡严君平,则曰:“某年月日,有客星犯牵牛宿。”计其年月,恰是此人到天河时也。斗,星宿名。槎,木筏,筏子。

愁听关塞遍吹笳,不见中原有战车[①]。三户已亡熊绎国[②],一成犹启少康家[③]。苍龙日暮还行雨,老树春深更著花[④]。待得汉廷明诏近,五湖同觅钓鱼槎[⑤]。

《四部丛刊》本《亭林诗文集》卷四

①“愁听”二句:谓清朝已征服天下,战事基本平息。 ②“三户”句:反用《史记·项羽本纪》中“楚虽三户,亡秦必楚”语,喻明桂王等抗清政权已败亡。三户,春秋战国时楚国昭、屈、景三大家族。熊绎国,指楚国,熊绎为楚武王名。周成王时,赏开国有功勋者之后嗣,封熊绎于楚蛮,是为楚武王。(参看《史记·楚世家》) ③“一成”句:用夏少康中兴故事,喻有志者事竟成,复明有望。《左传·哀公元年》载:夏代,过国浇灭夏帝后相,后相子少康长大,奔于有虞,虞君妻以二女,予以一邑,“有田一成,有众一旅,能布其德,而兆其谋,以收夏众,抚其官职”,终于灭过,兴复夏朝。杜预注:“方十里为成,五百人为旅。”启,开拓。 ④“苍龙”二句:言自己年虽老而复明的志气不衰。⑤“待得”二句:隐用范蠡助越灭吴,功成身退故事,谓恢复故国后,再优游江湖。范蠡事见《史记·货殖列传》。

## 与潘次耕札[①]

原一南归[②],言欲延次耕同坐[③]。在次耕今日食贫居约[④],而获游于贵要之门,常人之情,鲜不愿者。然而世风日下,人情日谄,而彼之官弥贵,客弥多,便佞者留[⑤],刚方者去[⑥],今且欲延一二学问之士,以盖其群丑,不知薰莸不同器而藏也[⑦]。吾以六十四之舅氏,主于其家[⑧],见彼蝇营蚁附之流[⑨],骇人耳目,至于征色发声而拒之[⑩],乃仅得自完而已[⑪],况次耕以少年而事公卿,以贫士而依庑下者乎[⑫]!夫子言[⑬]:"吾死之后,则商也日益,赐也日损。子贡之为人,不过与不若己者游。"夫子尚有此言。今次耕之往,将与豪奴狎客朝朝夕夕[⑭],不但不能读书为学,且必至于比匪之伤矣[⑮]!孟子曰:"饥者甘食,渴者甘饮,是未得饮食之正也,饥渴害之也。"[⑯]今以百金之脩脯[⑰],而自侪于狎客豪奴[⑱],岂特饥渴之害而已乎[⑲]?荀子曰:"白沙在泥,与之俱黑[⑳]。"吾愿次耕学子夏氏之战胜而肥也[㉑]。"吾驾不可回[㉒]。"当以靖节之诗为子赠矣[㉓]。

中华书局点校本《顾亭林诗文集·馀集》

①潘次耕,名耒,又字稼堂,江苏吴江人,曾从顾炎武学,亦为著名学者,后应博学鸿词科,授检讨,与修《明史》。《清史列传》卷七十二有传。顾炎武此信写于康熙十七年(1678)。这年,顾炎武外甥徐乾学在太湖洞庭山开设书局,延揽东南名士,聘潘耒参与其事。作者作此信劝阻,坦率诚恳,严督中含爱护之意,对背亲事清、夤缘以进的徐乾学的痛恶之情,溢于言表。　②原一:徐乾学,字原一,号健庵,昆山人。康熙九年进士,媚事清廷,结党营私,官至刑部尚书。其弟徐元文也官至内阁大学士。　③延:聘请。同坐:共事。坐,通"座"。　④食贫居约:生活贫困。食贫,语出《诗经·卫风·氓》:"三岁食贫。"马瑞辰通释:"食贫,犹居贫。"居约,犹《论语·里仁》"不可以久处约"之"处约",生活贫困。　⑤便(pián 骈)佞:以言语媚人。《论语·季氏》:"友便佞,损矣。"　⑥刚方:刚正方直。　⑦薰莸不同器:《孔子家语·致思》:"薰莸不同器,尧桀不共国而治,以其类异也。"是以薰(香草)、莸(臭草)喻善、恶不能共处。　⑧主于其家:即客居其家。主,寓居。徐乾学为顾炎武之外甥,顾炎武至北京曾住徐乾学府第。　⑨蝇营蚁附:像苍蝇一样往来飞

逐,像蚂蚁一样趋附聚集。喻热衷钻营,趋炎附势。　⑩征色发声:怒斥貌,犹疾言厉色。江藩《汉学师承记》载,顾炎武至北京,徐乾学兄弟请与之夜饮,顾炎武怒曰:"古人饮酒,卜昼不卜夜。世间惟淫奔、纳贿二者皆夜行之,岂有正人君子而夜行者乎!"此为一例。　⑪完:保全名节。　⑫依庑(wǔ 五)下:犹寄人篱下。庑,堂屋周边的廊房。　⑬夫子:指孔子。下引五句,语本刘向《说苑·杂言》:"丘死之后,商也日益,赐也日损。商也好与贤己者处,赐也好说(悦)不如己者。"商,卜商,字子夏。赐,端木赐,字子贡。皆为孔子弟子。　⑭狎客:伴权贵游乐的清客。《陈书·江总传》:"总当权宰,不持政务,但日与后主游宴后庭,共陈暄、孔范、王瑗等十馀人,当时谓之狎客。"⑮比匪之伤:语本《易·比卦》:"比匪之人,不亦伤乎!"比,接近。匪,品行不端之人。伤,可悲。　⑯"饥者"四句:引自《孟子·尽心上》,谓饥渴时饮食不得正常滋味。甘,以为甘美。　⑰脩脯(xiūfǔ 休府):义同"束脩",教学的酬金。　⑱侪(chái 柴):等同。　⑲"岂特"句:岂只是受了口腹饥渴之害呢?特,独,只是。　⑳"白沙"二句:引自《荀子·劝学》,原作"白沙在涅,与之俱黑。"涅,黑泥。泥,通"涅"。　㉑"吾愿"句:劝潘耒重义守名节,勿为富贵动心。子夏,卜商。《韩非子·喻老》:"子夏见曾子,曾子曰:'何肥也?'对曰:'战胜,故肥也。'曾子曰:'何谓也?'子夏曰:'吾入见先王之义则荣(羡慕)之,出见富贵之乐又荣之。两者战于胸中,未知胜负,故臞(瘦)。今先王之义胜,故肥。'"这里用其语。　㉒吾驾不可回:陶渊明《饮酒》诗句,意为坚持归隐田园,不重返官场。作者借以表示决不降志屈节。驾,车驾。㉓靖节:陶渊明私谥靖节。

# 五 王夫之

王夫之(1619—1692),字而农,号薑斋,湖南衡阳人。明末举人,明亡,起兵衡阳抗清,事败,走依南明桂王,授行人司行人。清顺治七年(1650),潜身湘西石船山土屋中,著书四十年,学者称船山先生。博通经史,思想深邃,志节文章与顾炎武、黄宗羲并立。论诗以“导性情”为核心,精湛而成体系。诗作步武《离骚》,喜托喻以抒其遗民心思,造语奇瑰,含意幽曲。生平著作,后人辑为《船山遗书》。

## 正落花诗[①](十首选一)

弱羽殷勤亢谷风[②],息肩迟暮委墙东[③]。销魂万里生前果[④],化血三年死后功[⑤]。香老但邀南国颂[⑥],青留长伴小山丛[⑦]。堂堂背我随馀子[⑧],微许知音一叶桐[⑨]。

《四部丛刊》本《薑斋诗文集》

①作者作有数组咏落花诗,此为第一组。据题后小序,诗作顺治十七年(1660)冬,题曰《正落花诗》,“正”取“雅正”之义。所选为第一首,以花落而树青果香为喻,抒写身虽隐而爱国志节不衰之心迹。　②“弱羽”句:用苏轼《次韵答子由》“平生弱羽寄冲风”句意。弱羽,飞行力弱之鸟,喻力量薄弱。亢,通“抗”。谷风,语本《诗经·邶风·谷风》:“习习谷风,以阴以雨。”谓山谷中之风。作者曾参加抗清活动,故云。　③息肩:喻卸除负担,此指放弃抗清

斗争。迟暮:衰老。委:弃置。墙东:语出《后汉书·逸民传》:“君公遭乱独不去,侩牛自隐。时人谓之论曰:‘避世墙东王君公。’”后用以指隐居之地。④销魂万里:指作者为抗清曾奔走于湖广、云贵数省。生前果:犹说“命定”。果,佛教所谓“因果”。 ⑤“化血”句:《庄子·外物》:“苌弘死于蜀,周人藏其血,三年化而为碧。”后以“碧血”喻为国家而牺牲的精神。此云“死后功”,谓忠贞之志生死不渝。 ⑥“香老”句:屈原《橘颂》:“受命不迁,生南国兮。深固难徙,更壹志兮。”朱熹《楚辞集注》云:“原自比志节如橘,不可移是也。”此谓志节不移,如《橘颂》之所颂。 ⑦青留:谓花落而树犹青。小山丛:汉淮南小山《招隐士》云:“桂树丛生兮山之幽。”又云:“攀桂枝兮聊淹留。”诗用以喻桂王。作者矢志心系桂王,故云“长伴”。 ⑧堂堂背我:语本唐薛能《春日使府寓怀》诗:“青春堂堂背我去。”堂堂,公然貌。馀子:《后汉书·祢衡传》载,祢衡尝称曰:“大儿孔文举,小儿杨德祖。馀子碌碌,莫足数也。”此指庸碌之人。 ⑨“微许”句:稍称知音的为桐树。一叶,宋唐庚《文录》云:“山僧不解甲子数,一叶落知天下秋。”此用其意。

## 补落花诗[1](九首选一)

乘春春去去何方,水曲山限白昼长[2]。绝代风流三峡水,旧家亭榭半斜阳[3]。轻阴犹护当时蒂,细雨旋催别树芳[4]。唯有幽魂消不得,破寒深醴土膏香[5]。

《四部丛刊》本《薑斋诗文集》

①《补落花诗》作于顺治十八年(1661)秋。此为第一首,托喻于落花的游魂护蒂、催芳,抒写自己为复兴国家而奔走、著述、授徒,期待国家重兴之心志。 ②水曲山限:本为山水转弯的地方,此指幽深偏僻之地。作者脱离桂王政权后,隐居湘西,为躲避清政府之侦缉,曾辗转流徙,故云。白昼长:既指时令已入夏季,开始变得昼长夜短,也点出了自己在逃避追捕的过程中度日如年的心境。 ③“绝代”二句:谓江山依然美好,而人事已非。“旧家亭

榭半斜阳”系用刘禹锡《乌衣巷》“乌衣巷口夕阳斜”诗意。　④“轻阴”二句：此前数年，作者曾于宁西设帐授徒，讲授《春秋》，明“夷夏之辨”；顺治十三年(1656)著成《黄书》，总结明亡之教训，提出政治改革主张。此二句即隐喻其事，自以为将有助于国家之再兴。旋，马上。　⑤“唯有”二句：谓贞志不消，影响后人。深醴(lǐ礼)，浓甜酒。古代祭礼用醴。《仪礼·士冠礼》：“醴辞曰：‘甘醴惟厚，嘉荐令芳。’”

## 六 杜 濬

杜濬(1611—1687),字于皇,号茶村,湖北黄冈人。明副贡生。崇祯末,举家移居南京。明亡,绝意仕进,以诗自娱,时出游,与江南遗民、过往名流唱酬。家渐贫,赖友好资助度日,曾一度往依李渔。诗宗魏晋初唐,多用寻常语,不假修饰,而思颖笔峭,意蕴悠然。尤以五律著称,吴伟业曾云:"吾于此体,自得杜茶村《金焦诗》而一变,然犹以为未逮若人也。"(《变雅堂文集·祭少詹吴公文》)有《变雅堂诗文集》。

### 佛 殿[①]

大树风多叶尽飘,庄严犹自见前朝。黑头江令残碑在[②],不记君王旧姓萧[③]。

同治刻本《变雅堂诗集》卷九

①清顺治十五年(1658),作者游南京摄山,所作诗总题《摄山草》。摄山,即栖霞山,山麓有栖霞寺,寺内佛殿北廊下有江总所书碑。诗讽江总仕梁复仕陈、隋之无品节,用语通俗,末句极辛辣。　②黑头江令:江总,字总持,初仕梁,为太子舍人;梁亡,复仕陈,擢仆射尚书令,世称江令,日与陈后主游宴后庭,竞为艳诗,号狎客,君臣俱昏;陈亡,又仕隋,拜上开府。(参见《南史·江总持传》)黑头,谓江总年轻已居高位。杜甫《晚行口号》:"远愧梁江总,还

家尚黑头。”杜濬诗本此。　③“不记”句:梁朝为武帝萧衍创建,简称萧梁。因江总碑末署“陈侍中尚书令宣惠将军参掌选事菩萨弟子济阳江总持书”,故作者出此愤语。明清鼎革,明朝官僚降清者颇不乏人,是为作者讥讽江总之底蕴。

## 登金山寺塔[①](六首选二)

虚空谁得住[②],万顷塔前奔[③]。孤日沿波转,遥天入海吞[④]。端倪应楚越[⑤],气候岂寒温[⑥]!赤县神州意,悠悠何可论[⑦]?

①诗约作于顺治十六年(1659)初春。是年,作者游镇江诸名胜,所吟诗总题《三山草》,自序云:“为诗贵得其意,总者近而远,反而正,止而行也。极其至,虽辩者不能以言言。”此诗凡六首,多是就登金山塔远眺所见景观,抒发感慨,诗中寄托幽深,只可约略会其意。　②“虚空”句:《晋书·天文志》:“日月众星,自然浮生于虚空之中,其生其止,皆须气焉。”此用其意。虚空,天空。　③万顷:指长江水面。金山在今镇江市北长江南岸,俯之即见江。④“孤日”二句:写眼前空阔景观。日影随波而转动,天际水天一色,入海而没。吞,没入。　⑤“端倪”句:谓此地边界连接楚、越。端倪,边际。应,应接。喻都是中国版图。　⑥“气候”句:反诘语,谓各地不该不同寒暑。气候,喻时局。当时,清王朝已占据北方,并初定江南,而西南永历政权尚存,郑成功据海上抗清,奉明正朔,川、鄂亦有抗清武装斗争,故以“寒温”为喻。⑦“赤县”二句:为中国发生明清鼎革之乱而生无限感慨。赤县神州,战国邹衍创大九州说,谓“中国名曰赤县神州”。(《史记·孟子荀卿列传》)后用以指中国。

凭栏专眺听[①],指点忽悲歌。岁月荒龙窟[②],乾坤此鹳河[③]。愁云天畔起,烟草润州多[④]。遑复悲身世[⑤]?飞霜满薜萝⑥。

同治刻本《变雅堂诗集》卷一〇

①此为原诗第四首。作者凭栏远眺，指点江山，发国破之悲伤。专，专注。　②荒龙窟：喻国破，京阙荒废。龙窟，原谓龙宫，此借喻京阙。③乾坤：天下。鹳（guàn 贯）河：战地。鹳，水鸟，以其善飞旋，用以作军阵名。《左传·昭公二十一年》："与华氏战于赭丘，郑翩愿为鹳，其御愿为鹅。"杜预注："鹳、鹅，皆阵名。"镇江一带自古多战争，清兵渡江亦有激烈战事，故云。④烟草：泛指蔓草。烟草多，喻荒凉。唐黄滔《景阳井赋》："台城破兮烟草春。"润州：镇江，隋唐时旧名。　⑤遑：何暇。　⑥飞霜：江淹《诣建平王上书》："昔者，贱臣扣心，飞霜击于燕地。"后用以喻身有冤苦，感动上天。薜萝：《楚辞·九歌·山鬼》："若有人兮山之阿，被薜荔兮带女萝。"后喻隐者、高士之衣服。此指诗人自己。

# 七 吴嘉纪

吴嘉纪(1618—1684),字宾贤,号野人,江苏泰州人。家居荒僻海滨,少逢明清易代,绝意功名,终身未仕。家贫,自甘藜藿,独好为诗。年逾不惑,时往来扬州,以诗会友,亦藉以稍解饥寒之苦。所交渐多,先后受到龚鼎孳、王士禛等名流之称赏,遂诗名大起。诗就实见实感而发,多吟己苦、友苦、民苦,不事雕琢,不假典实,出语真朴,自成一家。有《陋轩集》。

## 灶　户[①]

白头灶户低草房[②],六月煎盐烈火傍。走出门前炎日里,偷闲一刻是乘凉[③]。

康熙刻本《陋轩集》卷一

①灶户:以煮盐为业之民户。《清会典·户部三·尚书侍郎职掌五》:"凡户之别","有灶户"。原注:"各盐场、井灶丁,是为灶户。"诗咏灶丁之苦,就寻常瞬间细事写出,朴实明快,颇有深致。原题《绝句》。　②白头:老年。③"走出"二句:以到炎日下站片刻为"偷闲"、"乘凉",于俳谐中见苦涩。

## 风　潮　行[①]

辛丑七月十六夜[②],夜半飓风声怒号[③]。天地震动万物乱，大风吹起三丈潮。茅屋飞翻风卷去，男妇哭泣无栖处[④]。潮头骤到似山摧[⑤]，牵儿负女惊寻路。四野沸腾那有路，雨洒月黑蛟龙怒[⑥]。避潮墩作波底泥[⑦]，范公堤上游鱼渡[⑧]。悲哉东海煮盐人[⑨]，尔辈家家足苦辛。频年多雨盐难煮[⑩]，寒宿草中饥食土。壮者流离去故乡，灰场蒿满池无卤[⑪]。招徕初蒙官长恩[⑫]，稍有遗民归旧樊[⑬]。海波忽促馀生去，几千万人归九原[⑭]。极目黯然烟火色，啾啾妖鸟叫黄昏[⑮]。

康熙刻本《陋轩集》卷一

①清顺治十八年(1661)夏，泰州一带遭台风袭击，海潮腾涌，滨海民舍被摧毁，淹没灶户甚多。诗人纵笔直书受灾惨状，对灶户之苦难寄无限同情。②辛丑：指顺治十八年。 ③飓风：海上大风，此指台风。 ④男妇：男子和妇女。 ⑤似山摧：形容海潮来势甚猛。 ⑥蛟龙：古代传说中江海中的神物，蛟能发洪水，龙能兴云雨。 ⑦避潮墩：海滨用以防海潮冲击之土堆。《北堂书钞》卷一五七引晋郭璞《尔雅注》："江东呼堆为墩。" ⑧范公堤：苏北沿海之捍海堰，南起通州、泰州，北至淮安，长达数百里。原为唐李承式创建，北宋范仲淹监西溪盐仓时重修，故名。 ⑨东海：指苏北滨海地方。 ⑩频年：多年。 ⑪灰场：弃置灶灰的场所。卤(lǔ 鲁)：盐卤，经晾晒蒸发待煮盐之海水。灰场长满蒿草，盐池中无卤水，均表明长期没人煮盐。 ⑫招徕(lái 赖)：招引。 ⑬遗民：灾后馀生之民。《三国志·魏书·卫凯传》："当今千里无烟，遗民困苦。"旧樊：旧家。樊，篱笆。此指篱笆院落。 ⑭九原：犹九泉，墓地。 ⑮妖鸟：不祥之鸟。

## 一钱行赠林茂之[①]

先生春秋八十五，芒鞋重踏扬州土[②]。故交但有丘茔存[③]，白杨吹尽留根枯。昔游倏过五十秋[④]，江山宛然人代改[5]。满地干戈杜老贫[6]，囊底徒存一钱在。桃花李花三月天，同君扶杖上渔船。谁家酒垆可赊饮[7]，一钱先与人传看。酒人睇视皆垂泪，乃是先朝万历钱[8]。

康熙刻本《陋轩集》卷三

①林茂之，名古度，福建福清人。自明末流寓南京，以布衣终老。在清初遗民中，年辈最高，颇为人敬重，钱谦益、顾炎武、王士禛等名家均有赠诗。诗以清新见称，王士禛称之"刻意六朝，未染楚派(指公安、竟陵派)者"(《渔洋诗话》)。此诗约作于康熙三年(1664)，咏林古度经历国变战乱虽老而贫，尚身佩一枚明朝钱币，显扬其不忘故国之心。"囊底徒馀一钱在"，既见其贫，又见其志。以平淡语叙出，寓无限兴亡之悲。　②芒鞋：草鞋。　③丘茔：坟墓。丘茔存，谓其人已死。　④五十秋：为林古度初游扬州至今之大约年数。　⑤"江山"句：江山依然，而朝代已改。人代，人世、朝代。梁武帝《守护晋宋齐诸陵诏》："命世兴王，嗣贤传业，声称不朽，人代徂迁。"　⑥干戈：指明清易代的战争。杜老：诗人杜甫，喻林古度。　⑦酒垆：酒店放置酒罐之土台。　⑧万历钱：明万历年间所铸铜钱。

# 八　屈大均

屈大均(1630—1696),初名绍隆,字翁山,中年改名大均,广东番禺(今属广州市)人。少年逢明清易代,曾参加武装抗清,广州陷,削发为僧,仍图恢复,奔走四方,曾入越,密谋响应郑成功水师之反攻,事后走秦、晋、燕、齐等地,联络志士,还俗易服。吴三桂叛清,曾一度入其军。生平所至皆有诗,多感时吊古,抒亡国之愤与不屈之志。诗初祖屈原,继兼学李白、杜甫,时而激昂奔放,时而沉郁苍劲,夭矫多变,不拘一格。与陈恭尹、梁佩兰并称岭南三大家。有《翁山诗外》、《翁山文外》等。

## 云州秋望[①]

白草黄羊外[②],空闻觱篥哀[③]。遥寻苏武庙,不上李陵台[④]。风助群鹰击,云随万马来。关前无数柳,一夜落龙堆[⑤]。

国学扶轮社印本《翁山诗外》卷五

①诗作于康熙七年(1668),时作者游晋北。云州,唐地名,今山西大同市。诗写塞北秋日景象,寓情志于其中。　②白草黄羊:北方草原景物。白草,牧草的一种。《汉书·西域传上·鄯善国》:"地沙卤,少田……多葭苇、柽柳、胡桐、白草。"颜师古注:"白草似莠而细,无芒,其干熟时正白色,牛马所嗜也。"黄羊,沙漠草原中一种野生羊,毛棕黄色,腹下白色,亦称蒙古羚。《唐

书·回鹘传》:"黠戛斯,古坚昆国也。其兽有野马……黄羊。" ③觱篥(bìlì必立):古北方簧管乐器,截竹为管,卷芦为首,又名葭管,其声悲。(参见《文献通考·乐考·竹属》) ④"遥寻"二句:就游踪言志,敬重汉代出使匈奴持节不屈之苏武,鄙视降志屈节之李陵。云州燕然山(今名杭爱山)上有李陵台,故言及。 ⑤"关前"二句:言云州秋气肃杀,树木一夜就凋零殆尽。龙堆,白龙堆的简称,本为新疆南部古沙丘名,后泛指塞外沙漠地方。

## 通州望海①

狼山秋草满②,鱼海暮云黄③。日月相吞吐,乾坤自混茫④。乘槎无汉使⑤,鞭石有秦皇⑥。万里扶桑客,何时返故乡⑦?

国学扶轮社印本《翁山诗外》卷六

①通州,此指南通州(今江苏南通市)。诗作于顺治十年(1653),时作者游江南,于南通州眺望茫茫大海,感时咏怀,寓恢复希望渺茫之意。 ②狼山:在江苏南通。 ③鱼海:此处泛指大海。 ④"日月"二句:明写海上气象。混茫,模糊不分明。 ⑤"乘槎"句:传说汉张骞出使西域寻河源,乘槎三月,至天河。(参看《荆楚岁时记》)无汉使,喻没有奔走复明之志士。 ⑥"鞭石"句:《艺文类聚》卷七九引《三齐略记》:秦始皇欲造石桥过海观日出,有神人能驱石下海,"石去不速,神人辄鞭之,尽流血,石莫不悉赤"。后遂以"鞭石"喻神功。此处喻清军暴行。 ⑦"万里"二句:盼望抗清军反攻复明。扶桑,古时谓日出之处,亦为东方海中国名,后指日本。这里说的"扶桑客"隐指当时退入海岛抗清的郑成功。

## 壬戌清明作①

朝作轻寒暮作阴,愁中不觉已春深。落花有泪因风雨,啼鸟无情自古今[2]。故国江山徒梦寐，中华人物又销沉[3]。龙蛇四海归无所，寒食年年怆客心[4]。

国学扶轮社印本《翁山诗外》卷一〇

①壬戌，康熙二十一年(1682)。此时，以吴三桂为主的三藩已先后败亡，退居台湾的郑氏尽失福建沿海据点，行将覆灭，清王朝基本统治全国。作者俯仰形势，痛感恢复无望，归依无所，作此诗抒其悲哀。诗以情运笔，如泣如诉，词婉意切。 ②"落花"二句：自杜甫《春望》"感时花溅泪，恨别鸟惊心"化出，翻作实写，寓伤国变世移之意。 ③人物：指杰出人士。范成大《送通守林彦强寺丞还朝》："地灵境秀有人物，新安府丞今第一。" ④"龙蛇"二句：借寒食节传说，慨叹有志复国的志士无处可归。龙蛇，《易·系辞》："龙蛇之蛰，以存身也。"《汉书·扬雄传》："君子得时则大行，不得时则龙蛇。"遂以龙蛇喻隐居自处、待时而出的贤人志士。又，春秋时，介子推从晋公子重耳出亡齐国，重耳返晋为国君，是为晋文公，赏赐从亡诸臣，独未及介子推。介子推作《龙蛇歌》，归隐绵上。文公欲烧山迫使其出山，介子推不出，被烧死。(参看《史记·晋世家》)后来相传为纪念介子推，其死日禁火寒食，称寒食节。寒食节在清明节前一日，一说后二日，再后又谓清明即寒食。

# 九 陈恭尹

陈恭尹(1631—1700),字元孝,晚号独漉子,广东顺德人。父邦彦于家乡起兵抗清,事败罹难。以此,南明永历朝授为世袭锦衣卫指挥佥事。清兵再陷广州,出走江南、川湘、豫皖等地。南明亡,返广州定居,以诗文自娱。诗宗唐人,衔悲含痛,感时怀古,沉郁雄健,晚趋于清新俊逸。七律最杰出。有《独漉堂诗集》。

## 虎丘题壁①

虎迹苍茫霸业沉②,古时山色尚阴阴③。半楼月影千家笛,万里天涯一夜砧。南国干戈征士泪,西风刀剪美人心④。市中亦有吹篪客,乞食吴门秋又深⑤。

清刻本《独漉堂诗集》卷三

①顺治十年(1653)作者至苏州,游虎丘作此诗,题一壁上。虎丘,虎丘山,在今苏州市西北。相传,吴王阖闾葬此,"筑三日而有白虎居上,故号为虎丘"。(《越绝书·外传》)上有阖闾冢、剑池等名胜古迹。诗吊古伤今,抒写对南方战局的关切。当时,南明永历政权尚在抵抗清兵。诗沉挚稳健,寄意幽深,为当时人称赏。　②"虎迹"句:冢上虎迹难辨,阖闾霸业早已消亡。霸业,指吴王阖闾用伍子胥之言,兴兵伐楚,大败之,声威曾一时大振。(参看《史记·吴太伯世家》)　③阴阴:犹"阴森",树木浓密貌。　④"半楼"四句:为家乡所在之南方正有战争而忧思。月影千家笛,化用杜甫《洗兵马》"三

年笛里关山月”句意。一夜砧，用杜甫《捣衣》“宁辞捣衣倦，一寄塞垣深”意。西风刀剪，用杜甫《秋兴八首》之一“寒衣处处催刀尺”句。美人心，指战士妻子的相思之情。　　⑤“市中”二句：以春秋时伍子胥自喻。伍子胥父为楚平王所杀，出亡吴国，无以糊其口，乃“鼓腹吹篪，乞于吴市”。（《史记·范雎蔡泽列传》）作者遭国难家仇，此时正客于吴，故以为喻。篪（chí 池），古乐器，竹制，单管横吹，如箫。

# 一〇 侯方域

侯方域(1618—1654),字朝宗,号雪苑,河南商丘人。祖、父皆为明末朝官、东林党人。及冠,应试南京,交结复社名流,流连秦淮妓馆,与方以智、冒襄、陈贞慧并称“四公子”。南明弘光朝,执政兴党狱,逮复社中坚,遂避难依史可法、高杰。明亡,归里。清顺治八年(1651),被迫应乡试,中副榜,旋抑郁而死。少有文名,为文师法唐之韩柳、明之归有光,染有晚明率易恣肆文风,传记文多写小人物之奇行异事,被称为“以小说为古文辞”(汪琬《跋王于一遗集》。有《壮悔堂文集》、《四忆堂诗集》。

## 李 姬 传[①]

李姬者,名香,母曰贞丽[②]。贞丽有侠气,尝一夜博,输千金立尽;所交接皆当世豪杰,尤与阳羡陈贞慧善也[③]。姬为其养女,亦侠而慧,略知书,能辨士大夫贤否[④]。张学士溥、夏吏部允彝急称之[⑤]。少风调皎爽不群[⑥]。十三岁,从吴人周如松受歌[⑦],玉茗堂四传奇皆能尽其音节[⑧];尤工《琵琶词》[⑨],然不轻发也[⑩]。

雪苑侯生[⑪],己卯来金陵[⑫],与相识。姬尝邀侯生为诗,而自歌以偿之。初,皖人阮大铖者[⑬],以阿附魏忠贤论城旦[⑭],屏居金陵[⑮],为清议所斥[⑯]。阳羡陈贞慧、贵池吴应箕实首其事[17]，持之力[18]。大铖不得已，欲侯生为解之，乃假所善王将军[19]，日载酒食与侯生游。姬曰："王将军贫，非结客者[20]，公子盍叩之[21]？"侯生三问，将军乃屏人述大铖意[22]。姬私语侯生曰："妾少从假母识阳羡君[23]，其人有高义，闻吴君尤铮铮[24]，今皆与公子善，奈何以阮公负至交乎！且以公子之世望[25]，安事阮公[26]？公子读万卷书，所见岂后于贱妾耶[27]？"侯生大呼称善，醉而卧，王将军者殊怏怏[28]，因辞去，不复通[29]。

未几，侯生下第[30]。姬置酒桃叶渡[31]，歌《琵琶词》以送之，曰："公子才名文藻，雅不减中郎[32]。中郎学不补行[33]，今《琵琶》所传词固妄[34]，然尝昵董卓[35]，不可掩也。公子豪迈不羁，又失意，此去相见未可期，愿终自爱，无忘妾所歌《琵琶词》也[36]！妾亦不复歌矣。"

侯生去后，而故开府田仰者[37]，以金三百锾[38]，邀姬一见。姬固却之。开府惭且怒，且有以中伤姬[39]。姬叹曰："田公岂异于阮公乎[40]？吾向之所赞于侯公子者谓何[41]？今乃利其金而赴之，是妾卖公子矣！"卒不往。

《四部备要》本《壮梅堂文集》卷五

①李姬，指李香，明末南京秦淮名妓。南京是明朝之陪都，江南第一大都会，金粉繁华，江南文士多流连歌馆酒楼，声气相求，议论时事。妓女亦多知书，不乏善绘、工诗者，以附丽清流名士为荣幸。崇祯末，侯方域以世家公子游学南京，入复社，参与复社反阉党馀孽阮大铖的活动，介入弘光朝之政治斗争，遂使其所宠爱之李香也卷入其中。后侯方域缅怀往事，感其品节之可贵，作成此传。文章以实事为主，叙事简洁，不失史传文笔法，然亦不全遵传纪文体，只叙出侯生所见李香品节之二、三事，结末无论赞，又类乎记逸事之文。论者谓"近唐人小说"（宋荦《国朝三家文钞·凡例》）。　②贞丽：姓李，字淡

如，秦淮名妓，李香假母。 ③阳羡：江苏宜兴旧名。陈贞慧：字定生，宜兴人，为复社重要成员，明亡不仕，有《皇明语林》。 ④贤否（pǐ 匹）：贤与恶。⑤张学士溥：张溥，字天如，江苏太仓人，进士及第，复社发起人，著有《七录斋诗文合集》、《汉魏六朝百三名家集》。夏吏部允彝：夏允彝，字彝仲，华亭（今属上海市）人，崇祯进士，官福建长乐知县，与陈子龙组织几社，与复社相呼应。南明弘光朝，官吏部主事。清兵渡江，于家乡起兵抵抗，兵败投水死。著有《幸存录》。 ⑥风调：风度、格调。皎爽：纯洁爽朗。 ⑦周如松：苏昆生原名，本河南固始人，精通音律，善歌，为著名昆曲教习。明亡后，流落苏州。 ⑧玉茗堂四传奇：即汤显祖的《紫钗记》、《牡丹亭》、《邯郸记》、《南柯记》。玉茗堂是汤显祖书斋名。 ⑨《琵琶词》：即高明《琵琶记》。⑩不轻发：不轻易演唱。 ⑪雪苑侯生：作者自称。雪苑，汉梁孝王林苑，初名兔园，规模甚大，司马相如等名士曾为座上客，故著名，也称梁苑。南朝谢惠连作《雪赋》，描绘梁苑雪景，传诵极广，故梁苑亦称雪苑。故址在今河南商丘东南。侯方域为商丘人，故称雪苑侯生。 ⑫已卯：明崇祯十二年（1639），时侯方域二十二岁。 ⑬皖人阮大铖：字圆海，安徽省怀宁人。明天启朝为京官，依附权阉魏忠贤。崇祯初，削职为民，流寓南京，作戏曲，蓄声伎，结纳文士、游侠。南明弘光朝，依附马士英，官至兵部尚书。清兵渡江，出降，从清兵南侵，死于仙霞关。作有《春灯谜》、《燕子笺》等传奇。事具《明史·奸臣传》。 ⑭论城旦：被定罪判刑。城旦，古代刑罚名。《墨子·号令》："以令为除死罪二人，城旦四人。"孙诒让《墨子闲诂》引应劭语："城旦者，旦起行治城，四岁刑也。"后指徒刑或流放。阮大铖被判处"赎徒为民"，故云。⑮屏（bǐng 丙）居：退居。 ⑯为清议所斥：指复社陈贞慧、吴应箕等人在南京联合发布《留都防乱揭帖》，揭发阮大铖为阉党馀孽，蓄意再起。清议，在野士人对时政之评议。 ⑰首其事：首先发起那件事情。 ⑱持之力：态度坚决。 ⑲假：借，委托。所善：所交好的人。王将军：事迹不详。⑳非结客者：不是有能力广交宾客的人。 ㉑盍：何不。叩：询问。㉒屏人：让周围人退避。 ㉓阳羡君：指陈贞慧。 ㉔吴君：指吴应箕。铮铮：正直刚强貌。 ㉕世望：家世和名望。侯方域祖执蒲、父恂、叔恪，在明末天启、崇祯间为朝官，均立身正直，未阿附权阉魏忠贤，属东林党人。㉖安：如何。事：为之服务。 ㉗后于：低于，不如。 ㉘怏怏：失意貌。㉙不复通：不再交往。通，往来。 ㉚下第：指侯方域应江南乡试未中。

㉛桃叶渡:在南京秦淮河口,相传因晋王献之送其爱妾桃叶于此而得名。㉜雅:甚。中郎:《琵琶记》演蔡伯喈与赵五娘故事,系据宋元间民间传说而作成,附会为东汉蔡邕之事。蔡邕字伯喈,官左中郎将,以职称名中郎。㉝学不补行:谓学问虽富,而品行有缺陷。补,修补,引申为掩盖。㉞《琵琶》所传词固妄:谓《琵琶记》所写并非蔡邕实有之事。固,诚然。㉟尝昵董卓:汉献帝时,董卓擅政,征蔡邕为侍中,再拜中郎将,封高阳乡侯。王允诛董卓,独蔡邕哭之,坐董卓党下狱死。(参看《后汉书·蔡邕传》)昵,亲近。㊱"无忘"句:勿忘所以歌之意,即勉之以蔡中郎为鉴。㊲开府:古代高级官员设立官署,自选僚属,称"开府"。明清两代用以指称方面大员,如总督、巡抚。田仰:字百源,贵州人,与马士英有亲,弘光朝官淮扬巡抚。㊳锾(huán还):货币量词。《书·吕刑》:"墨辟疑赦,其罚百锾。"孙星衍《尚书今古文注疏》:"一说为六两,一说为十铢二十五分之十三。"后借用为钱币数,三百锾,即三百金。㊴有以:因此。中伤姬:诬陷李香。侯方域有《答田中丞书》,驳斥田仰声称李香却金拒招是受其指使。此所谓"中伤",当是指田仰羞怒,诬陷李香拒招有复社人物反马士英、阮大铖擅政之政治背景。㊵岂异:何异。㊶向:前时。赞:支持。谓何:为了什么。谓,通"为"。

# 马伶传[①]

马伶者,金陵梨园部也[②]。金陵为明之留都[③],社稷百官皆在[④];而又当太平盛时,人易为乐,其士女之问桃叶渡[⑤]、游雨花台者,趾相错也[⑥]。梨园以技鸣者,无论数十辈[⑦],而其最著者二:曰兴化部,曰华林部。

一日,新安贾合两部为大会[⑧],遍征金陵之贵客文人[⑨],与夫妖姬静女[⑩],莫不毕集[⑪]。列兴化于东肆[⑫],华林于西肆,两肆皆奏《鸣凤》所谓椒山先生者[⑬]。迨半奏[⑭],引商刻羽[⑮],抗坠疾徐[⑯],并称善也。当两相国论河套[⑰],而西肆之为严嵩相国者曰李伶,东肆则马伶。坐客乃西顾而叹[⑱],或大呼命酒，或移座更近之，首不复东[19]。未几更进[20]，则东肆不复能终曲。询其故，盖马伶耻出李伶下，已易衣遁矣[21]。

马伶者，金陵之善歌者也。既去[22]，而兴化部又不肯辄以易之[23]，乃竟辍其技不奏[24]，而华林部独著。

去后且三年[25]，而马伶归，遍告其故侣[26]，请于新安贾曰："今日幸为开宴[27]，招前日宾客，愿与华林部更奏《鸣凤》[28]，奉一日欢。"既奏，已而论河套[29]，马伶复为严嵩相国以出，李伶忽失声，匍匐前称弟子[30]。兴化部是日遂凌出华林部远甚[31]。

其夜，华林部过马伶曰[32]："子[33]，天下之善技也，然无以易李伶[34]。李伶之为严相国至矣[35]，子又安从授之而掩其上哉[36]？"马伶曰："固然[37]，天下无以易李伶；李伶即又不肯授我。我闻今相国昆山顾秉谦者[38]，严相国俦也[39]。我走京师，求为其门卒三年，日侍昆山相国于朝房，察其举止，聆其语言[40]，久乃得之。此吾之所为师也。"华林部相与罗拜而去[41]。

马伶名锦，字云将，其先西域人[42]，当时犹称马回回云。

侯方域曰：异哉！马伶之自得师也。夫其以李伶为绝技，无所于求[43]，乃走事昆山[44]，见昆山犹之见分宜也；以分宜教分宜[45]，安得不工哉！呜乎！耻其技之不若[46]，而去数千里为卒三年，倘三年犹不得，即犹不归尔[47]。其志如此，技之工又须问耶[48]？

《四部备要》本《壮悔堂文集》卷五

①文章写马姓演员不能胜人，负气出走，长期深入社会生活，从而演技大进，扮演人物非常逼真，说明了戏剧表演中的一个深刻道理：要获得成功，必须长期观察体验生活。文章选材集中，简繁得当，先叙两次会演，马伶始败终胜，后借马伶答问叙其缘由，颇有章法。 ②金陵：南京市旧名。梨园部：戏班。《新唐书·礼乐志》：唐玄宗"选坐部伎子弟三百，教于梨园，号梨园弟

子。"后世因称戏剧团体为梨园。　③明之留都：明代开国时建都金陵，成祖朱棣迁都北京，以金陵为留都，改名南京，也设置一套朝廷机构。　④社稷：古代帝王、诸侯所祭的土神和谷神。《白虎通义·社稷》："王者所以有社稷何？为天下求福报功。人非土不立，非谷不食。土地广博，不可遍也；五谷众多，不可一一祭也。故封土立社，示有土尊；稷，五谷之长，故立稷而祭之也。"后来遂用作国家之代称。这里仍用本义。　⑤问：探访。　⑥趾相错：脚印相交错，形容游人之多。　⑦无论：大概，约计。　⑧新安：今安徽歙(shè 射)县。贾(gǔ 古)：商人。　⑨征：召集。　⑩妖姬：艳丽女人。静女：语出《诗经·邶风·静女》"静女其姝"。指少女。　⑪毕集：都来了。⑫肆：店铺，这里指戏场。　⑬《鸣凤》：指明传奇《鸣凤记》，传为王世贞门人所作，演夏言、杨继盛诸人与权相严嵩斗争故事。椒山先生：杨继盛，字仲芳，号椒山，容城(今属河北省)人，官至南京兵部右侍郎，因弹劾严嵩被害。⑭迨(dià 代)：等到。半奏：演到中间。　⑮引商刻羽：演奏音乐。商、羽，古五音名。宋玉《对楚王问》："引商刻羽，杂以流徵，国中属而和者，不过数人而已。是其曲弥高，其和弥寡。"　⑯抗坠疾徐：声音高低快慢。《礼记·乐记》："歌者上如抗，下如队(坠)。"孙希旦集解引方氏悫曰："抗，言声之发扬；队，言声之重浊。"　⑰两相国论河套：指《鸣凤记》第六出《两相争朝》，情节是宰相夏言和严嵩争论收复河套事。河套，地名，黄河流经今内蒙古自治区西南部，形曲如套子，中间一带称作河套。在明代，河套为鞑靼(dádá 达达)族所聚居，经常内扰，杨继盛、夏言诸人主张收复，严嵩反对，所以发生廷争。严嵩为当时专揽朝政的权臣，官至太子少师，结党营私，后被劾罢免。⑱西顾：往西看，指为华林部李伶的演出所吸引。叹：赞叹，赞赏。　⑲首不复东：头不再往东看，意为不愿看兴化部马伶演出。　⑳更进：继续往下演出。　㉑"盖马伶"两句：原因是马伶耻于居李伶之下，卸装逃走。易衣，这里指卸装。　㉒既去：已离开。既，表行动完成。　㉓辄以易之：随便换人。辄，犹"即"。《汉书·吾丘寿王传》："盗贼不辄伏辜，免脱者众。"可引申为随便。　㉔辍(chuò 龊)：停止。　㉕且：将近。　㉖故侣：旧日伴侣，指同班艺人。　㉗幸：冀也，希望。　㉘更奏：再次献演。　㉙已而：不久。　㉚"李伶"二句：李伶顿然惊愕，不禁出声，伏地称弟子。匍匐(púfú 蒲伏)，伏在地上。　㉛凌出：高出，凌驾于对方之上。　㉜华林部：指华林部伶人。过：拜访。　㉝子：你，对对方的尊称。　㉞易：轻视。《左传·襄公四年》:“贵货易土。”引申为胜过。　㉟为:此是扮演的意思。至矣:象极、妙极。　㊱安从授之:从哪里学到。掩其上:盖过他。掩,盖过。《国语·晋语五》:“尔童子,而三掩人于朝。”　㊲固然:确实。㊳昆山:县名,在江苏省。顾秉谦:明熹宗天启年间为首辅,是阉党中人。㊴俦:同类人。　㊵“察其”二句:观察其行动,聆听其言语。聆,听。㊶罗拜:数人环列行礼。　㊷西域:古代地理名称,指今新疆维吾尔自治区及中亚一部分地方。　㊸无所于求:没有办法得到。　㊹走事昆山:到顾秉谦处去做仆从。事,侍奉。昆山,古人习惯以籍贯指代人,这里即指顾秉谦。下句“分宜”,即指严嵩,严嵩为分宜(今江西分宜县)人。　㊺以分宜教分宜:意即以生活中之严嵩为榜样来学演严嵩。　㊻“耻其”句:耻于自己的演技不如人家。不若,不如。　㊼尔:同“耳”,表决然语气。㊽工:精。

# 一一　魏　禧

魏禧(1624—1681),字冰叔,一字叔子,世称勺庭先生,江西宁都人。少年成诸生,弱冠逢明清鼎革,遂隐居本邑翠微峰,与兄祥(后改际瑞)、弟礼,研读经史,肆力于古文。中年一度出游江淮,广泛结识文人奇士。平生抱忧患意识,为文以砥砺士风、恢弘志气为宗旨。论策以识见卓越见长,碑传文叙中有评议,笔端带有感情,皆凌厉雄放。有《魏叔子文集》、《魏叔子诗集》。

## 吾庐记[1]

季子礼[2],既倦于游——南极琼海[3],北抵燕,于是作屋于勺庭之左肩[4],曰:"此真吾庐矣!"名曰吾庐。

庐于翠微址最高,群山宫之[5],平畴崇田,参错其下[6],目之所周[7],大约数十里,故视勺庭为胜焉[8]。于是高下其径[9],折而三之。松鸣于屋上,桃、李、梅、梨、梧桐、桂、辛夷之华[10],荫于径下[11],架曲直之木为槛[12],垩以蜃灰[13],光耀林木。

客曰:"斗绝之山[14],取蔽风雨足矣。季子举债而饰之,非也。"或曰:"其少衰乎[15]!其将怀安也[16]。"

方季子之南游也,驱车瘴癞之乡[17],蹈不测之波,去朋友[18],独身无所事事,而之琼海,至则飓风夜发屋[19],卧星露之下。兵变者再[20]，索人而杀之[21]，金铁鸣于堂户[22]，尸交于衢[23]，流血沟渎[24]。客或以闻诸家[25]。家人忧恐泣下，余谈笑饮食自若也。及其北游山东，方大饥，饥民十百为群，煮人肉而食。千里之地，草绝根，树无青皮。家人闻之，益忧恐，而季子竟至燕。

客有让余者曰[26]："子之兄弟一身矣[27]，又唯子言之从。今季子好举债游，往往无故冲危难，冒险阻，而子不禁，何也？"余笑曰："吾固知季子之无死也[28]。吾之视季之举债冒险危而游，与举债而饰其庐，一也。且夫人各以得行其志为适[29]。终身守闺门之内[30]，选耎趑趄[31]，盖井而观[32]，腰舟而渡[33]，遇三尺之沟，则色变不敢跳越，若是者，吾不强之适江湖。好极山川之奇[34]，求朋友，揽风土之变[35]，视客死如家，死乱如死病[36]，江湖之死如衽席[37]，若是者，吾不强使守其家。孔子曰：'志士不忘在沟壑[38]。'夫若是者，吾所不能而子弟能之，其志且乐为之，而吾何暇禁[39]！"

季子为余言，渡海时舟中人眩怖不敢起[40]，独起视海中月，作《乘月渡海歌》一首；兵变，阖而坐[41]，作《海南道中诗》三十首。余乃笑吾幸不忧恐泣下也。

庐既成，易堂诸子[42]，自伯兄而下皆有诗[43]，四方之士闻者，咸以诗来会，而余为之记。

易堂原版《魏叔子文集》卷一六

①本文是作者借为其弟魏礼筑吾庐作记，写魏礼之为人，突出魏礼冒险危而远游的性情，弘扬"志士不忘在沟壑"之精神。文章叙议交错，转换自然。②季子礼：魏礼，字和公，号季子。 ③极：远至。琼海：琼州，今海南岛。④勺庭：作者翠微山堂号。左肩：犹"左首"。 ⑤宫之：围绕。《礼记·丧大记》："吾为庐宫之。"郑玄注："宫，谓围障之也。" ⑥参（cēn 岑阴平）错：参

差交错。　⑦周：至，遍及。　⑧视勺庭为胜：比勺庭更好。视，比较。《吕氏春秋·仲秋》：“量大小，视长短，皆中度。”　⑨高下其径：随地势高下为路。　⑩辛夷：木名，亦称木兰，开紫红花。华，通“花”。　⑪荫：遮蔽。　⑫槛：栏干。　⑬垩(è饿)以蜃灰：涂刷蛤壳粉。垩，涂刷。蜃，指大蛤。　⑭斗绝：非常陡峭。斗，通“陡”。　⑮其：揣度之词。少：稍。衰：减退，懈怠。　⑯怀安：留恋家室，图安逸。唐欧阳詹《出门赋》：“惕怀安以败名，曾何可以少留。”　⑰瘴癞(lài赖)：我国南方湿热，山林间蒸发之烟气，使人致病，故有此称。　⑱去：离开。　⑲发屋：揭去屋顶。⑳兵变：军队哗变，叛乱。再：多次。　㉑索：搜索。　㉒金铁：指兵器。㉓尸交于衢：道路中尸体交错。衢，大道。　㉔沟渎(dú毒)：犹“沟壑”，山野溪谷。　㉕以闻：以之闻，即告知的意思。　㉖让：责备。　㉗“子之”句：谓与兄弟关系至亲。之，与。《左传·文公十一年》：“皇父之二子死焉。”杜预注：“皇父与谷甥及牛父皆死。”一身，犹“一体”，喻关系密切。㉘无死：不会死。　㉙得行其志：做志愿要做的事。适：适意。　㉚闺门：内室。　㉛选耎(ruǎn软)：怯懦。选，通“巽”，怯懦、柔弱。耎，同“软”。趑趄(zījū资居)：犹豫貌。　㉜盖井而观：盖住井口观天，喻眼光闭塞。㉝腰舟而渡：腰间系着葫芦渡水。《庄子·逍遥游》：“今子有五石之瓠，何不虑以为大樽，而浮于江湖。”陆德明释文引司马彪曰：“樽如酒器，缚之于身，浮于江湖，可以自渡。虑，犹结缀也。案，所谓腰舟。”后喻做事过慎。《晋书·蔡谟传》：“性尤笃慎，每事必为过防，故时人云：‘蔡公过浮航，脱带腰舟。’”㉞极：穷尽。　㉟揽风土之变：阅历各地风俗人情之变异。　㊱死乱如死病：死于变乱同病死一样，谓不畏死于变乱。　㊲衽(rèn任)：指家中床席。《仪礼·士丧礼》：“衽如初。”郑玄注：“衽，寝卧之席也。”　㊳志士不忘在沟壑：出自《孟子·滕文公下》，赵岐注：“志士，守义者也。君子固穷，故常念死无棺椁殁沟壑而不恨也。”此语是孟子就齐景公不按常规方法招虞人，虞人不至而将杀之一事说的，后文又有“孔子奚取焉？取非其招不往也”之语，本文作者便径直作“孔子曰”了。　㊴何暇禁：何须禁止。　㊵眩怖：头晕并惊恐。　㊶阖(hé河)：闭门。　㊷易堂诸子：作者与魏祥、魏礼，及李腾蛟、丘维屏、彭时空等人，在翠微峰建立学舍，讲学论文，号易堂。　㊸伯兄：大哥。

# 大铁椎传[①]

庚戌十一月[②]，予自广陵归[③]，与陈子灿同舟[④]。子灿年二十八，好武事，予授以左氏兵谋兵法[⑤]，因问数游南北，逢异人乎？子灿为述大铁椎，作《大铁椎传》。

大铁椎，不知何许人也，北平陈子灿省兄河南[⑥]，与遇宋将军家。宋，怀庆青华镇人[⑦]，工技击[⑧]，七省好事者皆来学[⑨]。人以其雄健，呼宋将军云。宋弟子高信之，亦怀庆人，多力善射，长子灿七岁，少同学，故尝与过宋将军[⑩]。时座上有健啖客[⑪]，貌甚寝[⑫]，右胁夹大铁椎[⑬]，重四五十斤，饮食拱揖不暂去[⑭]。柄铁折叠环复如锁上练[⑮]，引之长丈许[⑯]。与人罕言语，语类楚声[⑰]，扣其乡及姓字，皆不答。既同寝，夜半，客曰："吾去矣。"言讫不见。子灿见窗户皆闭，惊问信之。信之曰："客初至，不冠不袜，以蓝手巾裹头，足缠白布，大铁椎外，一物无所持，而腰多白金[⑱]。吾与将军俱不敢问也。"子灿寐而醒，客则鼾睡炕上矣[⑲]。一日，辞宋将军曰："吾始闻汝名，以为豪[⑳]，然皆不足用。吾去矣！"将军彊留之[㉑]，乃曰："吾数击杀响马贼[㉒]，夺其物，故雠我[㉓]。久居，祸且及汝[㉔]。今夜半，方期我决斗某所[㉕]。"宋将军欣然曰："吾骑马挟矢以助战。"客曰："止！贼能且众[㉖]，吾欲护汝，则不快吾意[㉗]。"宋将军故自负，且欲观客所为，力请客。客不得已，与偕行。将至斗处，送将军登空堡上，曰："但观之，慎弗声[㉘]，令贼知汝也。"时鸡鸣月落，星光照旷野，百步见人。客驰下，吹觱篥数声[㉙]。顷之，贼二十馀四面集，步行负弓矢从者百许人。一贼提刀突奔客。客大呼挥椎，贼应声落马，马首裂。

众贼环而进[30]，客奋椎左右击，人马仆地，杀三十许人。宋将军屏息观之[31]，股栗欲堕[32]。忽闻客大呼曰："吾去矣。"尘滚滚东向驰去。后遂不复至。

魏禧论曰：子房得力士，椎秦皇帝博浪沙中。大铁椎其人欤[33]？天生异人，必有所用之。予读陈同甫《中兴遗传》[34]，豪俊、侠烈、魁奇之士，泯泯然不见功名于世者[35]，又何多也！岂天之生才不必为人用欤？抑用之自有时欤？子灿遇大铁椎为壬寅岁[36]，视其貌当年三十，然则大铁椎今年四十耳。子灿又尝见其写市物帖子[37]，甚工楷书也。

易堂原版《魏叔子文集》卷一七

①本文属作者所谓"布衣独行士"传。铁椎(chuí 垂)，古兵器。传主姓名无考，传其勇武，以其兵器名之，题曰《大铁椎传》。传文主体部分采用传中特定人物的视点，叙写传主之非常相貌、诡秘行动、搏斗场面，活现一位隐身民间的豪侠形象，有神龙见首不见尾之致。结末论赞亦留有不尽之意。

②庚戌：康熙九年(1670)。 ③广陵：扬州古名。 ④陈子灿：生平不详。 ⑤左氏兵谋兵法：指《左传》中记述战事的文字。 ⑥北平：北京。明初改元大都为北平，成祖永乐元年改名北京。此用明初名称。 ⑦怀庆：府名，今河南沁阳。 ⑧工技击：擅长搏斗术。 ⑨七省：指河南及周边相邻各省。 ⑩过：访问。 ⑪健啖(dàn 淡)：食量很大。 ⑫貌甚寝：相貌甚丑陋。寝，貌丑。 ⑬右胁：右腋下。 ⑭"饮食"句：谓椎不离身。 ⑮"柄铁"句：椎之铁柄可折叠环绕，如同锁链。练，通"链"。 ⑯引：伸开。 ⑰类楚声：像湖北地方口音。 ⑱白金：银子。 ⑲鼾(hān 酣)睡：熟睡。鼾，打呼噜。炕：用土坯搭制的床。 ⑳豪：豪杰。 ㉑彊：同"强"。 ㉒响马贼：结伙拦路抢劫的强盗，抢劫时先打呼哨，或放响箭，故云。 ㉓雠：同"仇"。 ㉔且：将。 ㉕期：约定。 ㉖能：有本领。 ㉗不快吾意：不能让我痛快搏斗。 ㉘慎弗声：千万勿出声。 ㉙觱篥(bìlì 必栗)：古簧管乐器，本出西域龟兹，又名羌管，其声悲。 ㉚环而进：围攻。 ㉛屏息：因恐惧不敢大喘气。屏，

抑制。　㉜股栗:两腿发抖。栗,通“慄”,瑟缩。　㉝“子房”三句:谓大铁椎与汉张良所得力士为一类人。子房,张良,字子房。秦灭韩,张良欲为韩复仇,得力士,为铁椎重百二十斤,狙击秦始皇于博浪沙,中副车。(参看《史记·留侯世家》)　㉞陈同甫:南宋陈亮,字同甫,文学家,著有《龙川文集》、《龙川词》。其所著《中兴遗传》,为宋南渡前后大臣、大将、死节、能臣、能将各类人物立传,其中有侠士、义勇两门,人物类似大铁椎,故言之,以引出下文之感慨。　㉟泯泯然:形容纷纷消亡。　㊱壬寅岁:康熙元年(1662)。　㊲市物帖子:购物单。

# 一二　汪琬

汪琬(1624—1691),字苕文,号钝庵,世称尧峰先生,江苏长洲(今苏州市)人。顺治间进士,官刑部郎中、户部主事。康熙九年(1670)辞官归里,筑尧峰山庄,专事著述。康熙十八年(1679)举博学鸿辞,授编修,与修《明史》,旋辞归。擅古文辞,与侯方域、魏禧齐名,而思想较正统,文风称雅正,碑传文以叙议有法、简当不繁著称。著有《钝翁类稿》,晚年自订为《尧峰文钞》。

## 江天一传①

江天一,字文石,徽州歙县人②。少丧父,事其母,及抚弟天表,具有至性③。尝语人曰:"士不立品者④,必无文章。"前明崇祯间,县令傅岩奇其才⑤,每试辄拔置第一⑥。年三十六,始得补诸生⑦。家贫屋败⑧,躬畚土筑垣以居⑨。覆瓦不完,盛暑则暴酷日中⑩。雨至,淋漓蛇伏⑪,或张敝盖自蔽⑫。家人且怨且叹,而天一挟书吟诵自若也⑬。

天一虽以文士知名,而深沉多智,尤为同郡金佥事公声所知⑭。当是时,徽人多盗,天一方佐佥事公,用军法团结乡人子弟,为守御计⑮。而会张献忠破武昌⑯,总兵官左良玉东遁⑰,麾下狼兵哗于途⑱,所过焚掠。将抵徽,徽人震恐,佥事公谋往拒之,以委天一。天一腰刀帓首⑲,黑夜跨马,率壮士驰数十里，与狼兵鏖战于祁门，斩馘大半[20]，悉夺其马牛器械，徽赖以安。

顺治二年夏五月，江南大乱[21]，州县望风内附[22]，而徽人犹为明拒守。六月，唐藩自立于福州[23]，闻天一名，授监纪推官[24]。先是，天一言于佥事公曰："徽为形胜之地[25]，诸县皆有阻隘可恃[26]，而绩溪一面当孔道[27]，其他独平迤[28]，是宜筑关于此，多用兵据之，以与他县相犄角[29]。"遂筑丛山关[30]。已而清师攻绩溪[31]，天一日夜援兵登陴不少怠[32]，间出逆战[33]，所杀伤略相当。于是，清师以少骑缀天一于绩溪[34]，而别从新岭入[35]，守岭者先溃，城遂陷。

大帅购天一甚急[36]。天一知事不可为，遽归，嘱其母于天表[37]，出门大呼："我江天一也。"遂被执。有知天一者[38]，欲释之，天一曰："若以我畏死也[39]？我不死，祸且族矣[40]。"遇佥事公于营门，公目之曰："文石，女有老母在[41]，不可死。"笑谢曰："焉有与人共事而逃其难者乎[42]？公幸勿为我母虑也[43]。"至江宁[44]，总督者欲不问[45]，天一昂首曰："我为若计，若不如杀我；我不死，必复起兵。"遂牵诣通济门[46]。既至，大呼高皇帝者三[47]，南向再拜讫，坐而受刑。观者无不叹息泣下。越数日，天表往收其尸，瘗之[48]。而佥事公亦于是日死矣。

当狼兵之被杀也，凤阳督马士英怒[49]，疏劾徽人杀官军状[50]，将致佥事公于死。天一为赍辨疏[51]，诣阙上之[52]，复作《吁天说》[53]，流涕诉诸贵人[54]，其事始得白[55]。自兵兴以来，先后治乡兵三年，皆在佥事公幕。是时幕中诸侠客号知兵者以百数[56]，而公独推重天一，凡内外机事悉取决焉。其后竟与公同死，虽古义烈之士无以尚之[57]。

汪琬曰：方胜国之末[58]，新安士大夫死忠者[59]，有汪公伟、凌公駉与佥事公三人[60]，而天一独以诸生殉国。予闻天一游淮安，淮安民妇冯氏者，刲肝活其姑[61]，天一征诸名士作诗文表章之[62]，欲疏于朝，不果。盖其人好奇尚气类如此[63]。天一本名景，别自号石稼樵夫，翁君汉津云。

《四部丛刊》本《尧峰文钞》卷三四

①作者为明清鼎革之际抗清义士江天一立传，重点叙其智谋和失败被执、慷慨就义的经过，以顺叙为主，间用补叙、插叙，有详有略，笔法灵活有致。②徽州：清代徽州府，辖歙（shè 设）县、休宁、祁门、绩溪等六县，府治在歙县。③具：通“俱”。至性：善良天性，指孝顺父母、友爱兄弟。 ④立品：树立良好品德。 ⑤傅岩：字野清，浙江义乌人，崇祯初年进士，授歙县令，官至监察御史。 ⑥试：指童生岁试。 ⑦补诸生：考取秀才，成为县学生员。⑧败：破、坏。 ⑨躬畚（běn 本）土筑垣：亲自取土筑墙。畚，竹制或木制撮土工具。此作动词用。 ⑩暴（pù 铺）：通“曝”，晒。 ⑪蛇伏：像蛇一样蜷伏着。 ⑫敝盖：破伞。 ⑬自若：自如，像平常一样。 ⑭金佥事：金声，字正希，休宁人，崇祯间进士，授庶吉士，辞归，后授山东佥事，未就。清兵南下，于家乡起兵守御，相持累月，失败被俘，被杀于南京。休宁与歙县同属徽州府，故称“同郡”。知：赏识。 ⑮为守御计：作防御的打算。⑯会：逢、遇。张献忠：农民起义军领袖。他率军破武昌，时在明崇祯十六年(1643)五月。 ⑰左良玉：明末为总兵，驻军武昌，崇祯十六年以缺粮就食为名，移兵九江，沿途掳掠。事载《明史》本传。然《明史》、温睿临《南疆逸史》两书《金声传》，谓金声率徽州民击破的是凤阳总督马士英的黔军。此传所记，可能是传闻之误。 ⑱狼兵：以广西东兰、那地、南丹等地人组成的军队。该地少数民族强悍善斗，历史上称狼人，亦作俍人。明后期，该地土司兵可由朝廷调用，世称狼兵。（参看《明史·兵志三》、清陆次云《洞溪纤志·狼人》）讙：同“哗”，哗变之省文，指军队叛乱。 ⑲帓（mò 末）首：以巾裹头。帓，头巾。 ⑳斩馘（guó 国）：杀死杀伤。馘，原意为作战时割下所杀敌人的左耳，用以计功。《诗经·鲁颂·泮水》：“在泮献馘。”郑玄笺：“馘，所格者之左耳。” ㉑江南大乱：指清兵渡江，南京弘光小王朝覆灭。 ㉒内附：归

附本方，指降清。汪琬为清朝官员，故如此说。 ㉓唐藩：明唐王朱聿键。弘光王朝覆灭后，原礼部尚书黄道周等在福州拥立唐王为帝，改元隆武。古代称分封各地之王为藩王。朱聿键八世祖为朱元璋第二十二子，分封于南阳，藩号为唐。 ㉔监纪推官：明代无此官名。推官为府级掌刑狱的官。当时，唐王政权遥授金声为右都御史、兵部左侍郎、提督南直军务。这里所谓"监纪推官"，当为其属下掌监察司法之官职。 ㉕形胜之地：地势险要的地方。《史记·高祖本纪》："秦形胜之国。"裴骃集解引张晏曰："秦地带山河，得形势之胜便也。" ㉖阻隘：险阻要隘。 ㉗孔道：通道。 ㉘平迤(yí 夷)：平坦。 ㉙相犄(jī 机)角：相互牵制，攻击敌方。《左传·襄公十四年》："譬如捕鹿，晋人角之，诸戎犄之。"犄，捉住脚；角，抓住角。后遂以"犄角"喻从不同方向辖制、攻击敌人。 ㉚丛山关：在绩溪县北。 ㉛已而：不久。 ㉜援兵：引兵。陴(pí 皮)：城上矮墙，也叫女墙。 ㉝逆战：迎战。 ㉞少骑：少数骑兵。骑，一兵一马之合称。缀：牵制。 ㉟新岭：在休宁县南。 ㊱大帅：指清派往攻击金声义军的总兵张天禄。购：悬赏捉拿。 ㊲嘱：托付。 ㊳知天一者：指知道江天一之为人的清官兵。㊴若：你。 ㊵祸且族：将遭灭族之祸。族，灭族。《书经·泰誓上》："罪人以族。"孔安国传："一人有罪，刑及父母兄弟妻子。" ㊶女：通"汝" ㊷焉：哪里。逃其难：指遇难而逃。 ㊸幸：敬词。 ㊹江宁：清顺治二年(1645)，改南京应天府为江宁府，今南京。 ㊺总督：指洪承畴。洪承畴原为明三边总督，被俘降清，顺治二年，以内阁学士、兵部尚书总督军务，招抚江南各省。不问：不问罪。 ㊻通济门：南京城南面偏西之门，当时为刑场。 ㊼高皇帝：明太祖朱元璋谥号。 ㊽瘗(yì 意)：埋葬。 ㊾马士英：明天启间进士，崇祯末官兵部侍郎，总督庐州凤阳道军务，曾遣使者征调贵州兵抵抗农民军。 ㊿疏劾：上疏弹劾。状：情状、罪状。 (51)赍(jī 机)：携带。 (52)诣阙：到朝廷上。 (53)《吁天说》：传主所写的说明真相的文字。吁天，向天呼吁。 (54)贵人：指朝廷中权贵。 (55)白：澄清冤诬。 (56)号知兵者：号称懂兵法之人。 (57)无以尚之：没有人超过他。尚，通"上"。 (58)胜国：已亡之国。《周礼·地官·媒氏》："凡男女之阴讼，听之于胜国之社。"郑玄注："胜国，亡国也。"谓为今国所胜之国。此指明朝。(59)新安：古新安郡，即徽州。死忠者：为国家而死者。 (60)汪公伟：汪伟，休宁人，崇祯末官翰林院检讨，李自成破北京，自缢死。凌公駉(jiōng 迥平声)：

凌駉,休宁人,崇祯末官兵部主事;弘光朝,巡抚河南,守归德,清兵破城,自缢死。 ㉑刲(kuī 亏)肝活其母:割下自己之肝为药,治好婆母之病。此显然是不经之传说。 ㉒征:征集。表章:表彰。章,通"彰"。 ㉓好奇尚气:喜做非常之事,崇尚气节。类如此:如同这样。

## 陶渊明像赞 并序[1]

渊明《桃花源记》述其人之语曰:"尚不知有汉,何论魏晋。"[2]此渊明之所为寓意也。盖自魏晋以来,君臣父子兄弟之际,操戈攘臂,斗争纷纭[3],为耳目之所不忍见闻者多矣。渊明思得穷山曲隩[4]、深阻夐绝[5]、萧然遗世之地而逃之[6],而卒不可得,则姑托诸文以自见[7],设为虚辞以示其欣慕想像之意[8],固不必实有其地与实有其人也。后世能诗之士,遂因渊明之言而为歌为行者不绝[9],最后苏子瞻、洪驹父之流,则又从而辨之,以为源中之人非神仙,是不已大误乎[10]?

昔阮嗣宗当魏晋之间[11],其才无所发摅[12],辄寄之于酒。时人讥其放诞任达,而大将军昭独称之为至慎[13]。昭虽奸雄[14],然不谓之深知嗣宗不可也。渊明之好饮亦然,当其醺然微醉[15],悠然长吟,不自以为黄、绮[16],即自以为无怀、葛天之民[17],故其诗有云:"一酌百情远,重觞忽忘天[18]。"几若不知此身在义熙、永初时者[19]。彼其视醉乡,亦甚无以异于桃花源也。

吾见子瞻爱孔北海[20],子由爱管幼安[21],皆为之赞,遂作渊明赞曰:

金行既衰[22],寄奴嗣起[23],蚁斗蝇营[24],公实憎耻[25]。欲群鸟兽[26],无所栖止;桃花之源,特寓言尔。风生北窗,菊抽东篱㉗;何以悦志,拊琴赋诗㉘。遗诗百篇,澹漠冲兮㉙;二苏而后㉚,其孰能和之㉛。

《四部丛刊》本《尧峰文钞》卷三七

①赞是一种文体,用以评论人物,以颂赞为主。赞例用韵文,往往前置散文为序。汪琬此文的佳处是序。陶渊明《桃花源记》、《桃花源诗》,影响深远,历代皆有人就此题目为诗为文,然对原作的理解多不中肯。此文联系陶渊明所处时代,揭明《桃花源记》是虚拟之辞,以写其厌恶魏晋政治险恶而崇尚古朴无争世界之避世心理。 ②"尚不知"二句:引《桃花源记》中语,原文为:"问今是何世,乃不知有汉,无论魏晋。" ③"操戈"二句:谓魏晋间攘夺残杀不断。其中有曹丕代汉称帝、司马昭杀曹髦、司马炎代魏称帝、晋八王之乱、东海王司马越毒杀晋惠帝等,都是君臣、父子、兄弟间的血腥斗争。 ④穷山曲隩(yù 遇,又读 aò 奥):偏僻地方。隩,水涯深曲处。 ⑤深阻敻(xiòng 兄去声)绝:幽深阻绝。 ⑥萧然:潇洒貌。遗世:超然世外。 ⑦自见:自我表现,即表露自己心迹。 ⑧虚辞:虚拟之文。 ⑨"遂因"句:就陶渊明诗文作诗者相继不断。这里特指《桃源行》(作者王维)、《桃源图》(作者韩愈)一类把"桃源"看作神仙世界的诗人。因,依。为歌为行,作歌行诗。歌、行,都是古诗体名称。姜夔《白石诗话》:"体如行书曰行,放情曰歌,兼之曰歌行。" ⑩"最后"四句:认为苏轼等郑重辨明"桃源"中人非神仙,亦"大误"。苏轼有《和桃源诗并序》,序云:"世传桃源事,多过其实。考渊明所记,止言先世避乱来此,则渔人所见,似是其子孙,非秦人不死者。又云'杀鸡作食',岂有仙而杀者乎?"洪驹父,名刍,宋诗人,有《洪老圃集》。其议论从略。 ⑪阮嗣宗:阮籍。他生当魏晋之际,感时伤乱,又惧遭祸,遂纵酒谈玄,狂放不羁。 ⑫发摅(shū 书):舒展。 ⑬"而大将军"句:大将军昭,指司马昭,魏时为大将军,其子司马炎篡魏称帝,追封为文帝。他对阮籍颇"亲爱,恒与谈戏,任其所欲",曾称之"至慎"。(参看《世说新语·放诞》) ⑭昭虽奸雄:司马昭在魏时,继其父司马懿、兄司马师,专揽朝政,用阴谋手段铲除亲曹势力,为司马炎篡位奠定基础,后世视为奸雄。 ⑮醺(xūn 勋)然:酒醉貌。 ⑯黄、绮:秦末隐士夏黄公、绮里季。二人同东园公、角(lù 路)里先生避乱隐居于商山,称"商山四皓"。 ⑰无怀、葛天:传

说中的古帝王。《路史·禅通纪》载："无怀氏，帝太昊之先"，"当世之人，甘其食，乐其俗，安其居而重其生意，形有动作而心无善恶，老死不相往来，令之曰无怀氏之民。"又载："葛天者，权天也"，"其为治也，不言而自信，不化而自行，荡荡乎无能名之。"陶渊明《五柳先生传》中曾云："无怀氏之民欤？葛天氏之民欤？" ⑱"一酌"二句：引自陶诗《连夜独饮》，原文上句作"试酌百情远"。试酌，初饮。重觞，再饮。忘天，忘掉一切。 ⑲几若：好像。义熙：晋安帝司马德宗年号。永初：宋武帝刘裕年号。 ⑳"子瞻"句：苏轼喜孔融。孔融，字文举，汉末曾为北海相，为人刚直，因触犯曹操被杀。苏轼有《孔北海赞并序》，称："文举以英伟冠世之姿，师表海内，此人中龙也。" ㉑"子由"句：苏辙喜管宁。苏辙，字子由，苏轼弟。管幼安，管宁，汉末避居辽东，魏文帝、明帝曾征召之，固辞不赴。苏辙有《管幼安画赞并引》，中云："予独何以谓贤？贤其明于知时，审于处己，以能自全。" ㉒金行：指晋朝。《晋书·舆服志》："晋氏金行，而服色尚赤。" ㉓寄奴：宋武帝刘裕，小字寄奴，晋时以武功封宋王，晋义熙十五年代晋自立，国号宋。 ㉔蚁斗蝇营：喻权势攘夺、钻营。陈维崧《沁园春·又戏代叔岱先生答》："叹古往今来，几场蚁斗。"韩愈《送穷文》："蝇营狗苟，驱之还复。" ㉕公：指陶渊明。憎耻：厌恶和鄙视。 ㉖群鸟兽：以鸟兽为群，意为远离世间。 ㉗"风生"二句：化用陶渊明诗文句意，写其隐逸之乐。风生北窗，摘自其《与子伊等疏》："尝言五六月中，北窗下卧，遇凉风暂至，自谓是羲皇上人。"菊抽东篱，摘自其《饮酒》诗："采菊东篱下，悠然见南山。" ㉘拊(fǔ 府)：击，弹奏。 ㉙澹漠：犹淡泊，不关心名利。冲：谦和。 ㉚二苏：苏轼、苏辙。 ㉛和：协和，引申为同调。

# 一三 廖燕

廖燕(1644—1705),字柴舟,广东曲江(今韶关)人。十九岁进学,不久即弃举业,以读书著作为务。三十三岁遭兵燹,家益贫,长期以做塾师为生计。生平著作有诗、古文、戏曲,以古文为最。他高奇自负,所论皆独出己见,对程朱理学和儒家传统观点多持异议,其思想既有晚明的异端精神,又多与清初启蒙思想家相合。王源称其文:“卓荦奇伟,矫矫绝依傍,议论发前人所未发,序事宗龙门(司马迁、班固)。”(《廖柴舟墓志铭》)有《二十七松堂集》。

## 金圣叹先生传[①]

先生金姓,采名,若采字,吴县诸生也。为人倜傥高奇,俯视一切。好饮酒,善衡文评书,议论皆发前人所未发。时有以讲学闻者,先生辄起而排之[②],于所居贯华堂设高座,召徒讲经,经名《圣自觉三昧》[③],稿本自携自阅,秘不示人。每升座开讲,声音宏亮,顾盼伟然[④]。凡一切经史子集、笺疏训诂,与夫释道内外诸典[⑤],以及稗官野史、九彝八蛮之所记载[⑥],无不供其齿颊[⑦],纵横颠倒,一以贯之,毫无剩义[⑧]。座下缁白四众[⑨],顶礼膜拜,叹未曾有,先生则抚掌自豪,虽向时讲学者闻之,攒眉浩叹,不顾也。

生平与王斫山交最善[⑩]。斫山固侠者流,一日以千金与先生，曰："君以此权子母[11]，母后仍归我，子则为君助灯火，可乎？"先生应诺，甫越月，已挥霍殆尽，乃语斫山曰："此物在君家，适增守财奴名，吾已为君遣之矣。"斫山一笑置之。

鼎革后[12]，绝意仕进，更名人瑞，字圣叹，除朋从谈笑外，惟兀坐贯华堂中，读书著述为务。或问"圣叹"二字何义？先生曰："《论语》有两'喟然叹曰'，在颜渊为叹圣，在与点为圣叹[13]。予其为点之流亚欤！"所评《离骚》、《南华》、《史记》、杜诗、《西厢》、《水浒》，以次序定为"六才子书"[14]，俱别出手眼。尤喜讲《易》，"乾"、"坤"两卦，多至十万馀言。其馀评论尚多[15]，兹行世者，独《西厢》、《水浒》、《唐诗》、制艺、《唱经堂杂评》诸刻本[16]。

传先生解杜诗时，自言有人从梦中语云："诸诗皆可说，惟不可说《古诗十九首》[17]。"先生遂以为戒。后因醉纵谈《青青河畔草》一章，未几，遂罹惨祸。临刑叹曰："砍头最是苦事，不意于无意中得之。"

先生殁，效先生所评书，如长洲毛序始、徐而庵[18]，武进吴见思、许庶庵为最著[19]，至今学者称焉。

曲江廖燕曰：予读先生所评诸书，领异标新，迥出意表[20]，觉千百年来，至此始开生面。呜呼！何其贤哉！虽罹惨祸，而非其罪，君子伤之。而说者谓文章妙秘，即天地妙秘，一旦发泄无馀[21]，不无犯鬼神所忌，则先生之祸，其亦有以致之欤！然画龙点睛，金针随度[22]，使天下后学，悉悟作文用笔墨法者，先生力也，又乌可少乎哉！其祸虽冤屈一时，而功实开拓万世，顾不伟耶[23]！予过吴门，访先生故居，而莫知其处，因为诗吊之[24]，并传其略如此云[25]。

国学扶轮社印本《二十七松堂集》卷一四

①康熙三十五年(1696)作者至苏州,吊金圣叹,并为之作传。传中叙金圣叹生平甚简,于其“哭庙案”遭杀身之祸,闪烁其词,有所避忌,然亦可见其性情;主要内容是称赞其学问广博,评点诸书,别开生面,阐发作文之奥秘,开后世读书人之眼界,道出金圣叹在中国文学批评史上的基本贡献。

②排:批驳。 ③《圣自觉三昧》:金圣叹未刊文稿。抄本《沉吟楼诗选》(有上海古籍出版社影印本)所附《唱经堂遗书目录》,有《圣自觉三昧私钞》。 ④伟然:形容神采卓异。 ⑤释道内外诸典:佛、道两教经书和经书以外的书。 ⑥九彝八蛮:泛指众多少数民族。《书·旅獒》:“遂通道于九夷八蛮。”清代避忌,以“彝”代“夷”。 ⑦齿颊:引伸为谈论。 ⑧毫无剩义:讲得极其透彻。 ⑨缁白:僧侣和俗人。四众:本佛家语,谓比丘、比丘尼、优婆塞、优婆夷。此处泛指诸色人物。 ⑩王斫山:金圣叹《第六才子书西厢记》第三本二折评语中说到其人,大概谓王斫山为世家子,多才艺,为人慷慨,晚年落拓,“瓶中未必有三日粮,而得钱犹以与客。彼视圣叹为弟,圣叹视之为兄”。 ⑪权子母:古谓国家铸钱,以重币为母,轻币为子,权衡其轻重铸之,以利通行。(参看《国语·周语下》)后世遂称借贷生息为“权子母”,“子”为利息,“母”为本金。 ⑫鼎革:指明清易代。 ⑬“《论语》”三句:两“喟然叹曰”,一见于《论语·子罕》,颜渊感叹孔子伟大,育人有方,是“叹圣”;一见于《论语·先进》,孔子赞叹诸弟子独曾点志向与自己一致,是“圣叹”。 ⑭六才子书:依《沉吟楼诗选》所附《唱经堂遗书目录》,次第为《南华经》(《庄子》)、《离骚》、《史记》、杜诗、《水浒》、《西厢》。 ⑮其馀评论尚多:详见邓实《风雨楼丛书·贯华堂才子书汇稿》所列《唱经堂外书总目》。 ⑯《唐诗》:传主生前有《选批唐才子诗》。制艺:即制义,八股文。《唱经堂杂评》:疑为传主生前已刊之《必读才子古文》。 ⑰“惟不可”句:《古诗十九首》粗略读之,大体是抒写离别、失志、寿命无常之悲哀,但诗中若干具体意象之内蕴,则又难于捉摸,有见仁见智的不同解释。金圣叹谓之“不可说”,在当时当隐含某种特别的意思,现在只能依此传之前后文,解作说之则不祥。 ⑱长洲毛序始:名宗岗,其评点之《三国志演义》,取代明代刊行的多种本子,风行天下。徐而庵:名增,江苏长洲人,著有《而庵诗话》。 ⑲武进徐见思:监生,江苏武进人,著有《杜诗论文》、《杜诗论事》、《史记论文》(《武进阳湖合志·

艺文志》)。许庶庵:不详。 ⑳迥出意表:谓意见卓越,超乎常人所想。 ㉑发泄:表露,阐明。 ㉒金针:比喻作诗文秘法。元好问《论诗》其三:“鸳鸯绣了从教看,莫把金针度与人。”后以教人作诗文方法为“金针度人”。度,授与。 ㉓顾:岂,难道。 ㉔吊:凭吊。吊诗载林子雄编《廖燕作品补编》(台北中央研究院中国文哲研究所出版)。 ㉕略:行略、事略,即生平大概。

## 一四　宋琬

宋琬(1614—1673),字玉叔,号荔裳,山东莱阳人。顺治四年(1647)进士。顺治末,官浙江按察使,以家乡于七起义事,株连下狱。赦免后,避居江南。晚年起复为四川按察使。适吴三桂反清,四川亦有响应,遂返北京,惊惫旋卒。以诗名,与施闰章并称"南施北宋"。诗宗杜甫、陆游,沉稳淡雅,抚时触事,多悲愤激宕之词。有《安雅堂诗集》。

### 清水道中[①]

陇阪高无极[②],清秋望更赊[③]。石林千叠水[④],板屋几人家[⑤]。古驿羊酥饭[⑥],空山燕麦花[⑦]。停骖问耆旧[⑧],井税说频加[⑨]。

《四部备要》本《安雅堂诗集·五言律》

①此诗作于顺治十三年(1656),时作者任甘肃分巡陇右道佥事,驻秦州(今甘肃天水市)。清水,秦州所辖县名,清水河发源于境内。诗写行清水道中所见风土民情,着笔简淡,可见其地方特色。　②陇阪:甘肃陇山。张衡《四愁诗》:"我所思兮在汉阳,欲往从之陇阪长。"李善注:"应劭曰:'天水有大阪,名曰陇阪。'《秦州记》曰:'陇阪九曲,不知高几里。'"　③赊(shē):远。④千叠水:水流多而曲折。叠,重叠,曲折。　⑤板屋:一作"版屋",我国古代西部地区简陋屋舍。《诗经·秦风·小戎》:"在其板屋。"左思《三都赋》:"见

'在其版屋',则知秦野西戎之宅。" ⑥羊酥饭:用羊奶制成的酥油糌粑。⑦燕麦:似小麦而穗细粒小,野生,西北地区亦种植作饲料。《本草纲目·谷一》集解:"子亦细小,春去皮,作面蒸食,及作饼食,可以救荒。" ⑧停骖(cān 餐):驻马。耆旧:老人。 ⑨"井税"句:说是租税频频增加。井税,田税。

## 舟中无事忽忆故乡海错之美因疏其状戏为俳体[①](五首选二)

### 刀　鱼[②]

银花烂漫委筠筐[③],锦带吴钩总擅场[④]。千载专诸留侠骨[⑤],至今匕箸尚飞霜[⑥]。

①康熙十二年(1673)春,作者赴四川按察使任,诗作于途中。海错,海产食物。《书·禹贡》:"海物唯错。"谓海产物多种多样。后因称海味。疏,分条记述。俳体,俳谐体,内容诙谐的游戏之作。 ②刀鱼:即带鱼。诗就带鱼形状,称扬战国时刺客专诸刺杀吴王僚,垂名后世。 ③银花烂漫:形容鱼色闪光。委:置放。筠(yún 匀)筐:竹筐。 ④"锦带"句:谓带鱼如丝带,又如钢刀。吴钩,古代吴地所造的一种弯刀。擅场,超群出众。 ⑤专诸:战国吴国人,受命公子光,将匕首藏于炙就的鱼腹中,假献食之际刺杀吴王僚,旋为僚卫士所杀。公子光遂得立为吴王。(参见《史记·刺客列传》) ⑥"至今"句:谓专诸之死感动天地,名垂百世。飞霜,明喻食带鱼匕箸沾有鳞沫,暗用战国邹衍故事,喻专诸之死至今令人感动。参见前杜濬《登金山塔》第二首注。

### 蛏[①]

雕虫小技旧知名[②],食邑由来号管城[③]。曾与江郎书恨赋[④]，莫将刀笔博公卿[⑤]。

《四部备要》本《安雅堂诗集·入蜀集》

①蛏（chēng 称），海边蚌类动物，周身有介壳，长可五、六寸。作者诗前说明：“以其甲（介壳）似竹筒，故名笔管蛏。”诗以蛏喻笔，假以言为文之志。②雕虫小技：喻作诗文。《隋书·李德林传》：“经国大体，贾生、晁错之俦；雕虫小技，相如、子云之辈。”文人靠运笔行文而流传，故云笔“旧知名”。 ③食邑：古代君主赐予臣子世禄之封地。韩愈《毛颖传》称笔为“管城子”，故云。④江郎：南朝江淹，《恨赋》是其代表作。这里借喻一切抒写忧愤之作。⑤“莫将”句：谓不愿作官方文牍以博得高官。刀笔，古时记事行文书写竹简，故用刀、笔。后用以指诉讼、奏议、制诰等公牍文字。博，讨取，获取。

# 一五 施闰章

施闰章(1618—1683),字尚白,号愚山,安徽宣城人。顺治六年(1649)进士,历官山东学道、江西参议分守湖西道,以裁缺归里。康熙十八年(1679)举博学鸿词,授翰林院检讨,擢侍读。诗宗法唐人,多叹息民间疾苦,而质朴醇厚,格调平和,论者谓其以温柔敦厚胜。五言律诗有空灵隽永之韵致。有《施愚山先生全集》。

## 浮萍兔丝篇[①]

李将军言[②]:部曲尝掠人妻[③],既数年,携之南征,值其故夫,一见恸绝;问其夫已纳新妇,则兵之故妻也。四人皆大哭,各反其妻而去。予为作《浮萍兔丝篇》。

浮萍寄洪波,飘飘东复西。兔丝罥乔柯[④],袅袅复离披[⑤]。兔丝断有日,浮萍合有时;浮萍语兔丝,离合安可知!健儿东南征,马上倾城姿;轻罗作障面[⑥],顾盼生光仪。故夫从旁窥,拭目惊且疑;长跪问健儿:“毋乃贱子妻[⑦]?贱子分已断,买妇商山陲[⑧];但愿一相见,永诀从此辞。”相见肝肠绝,健儿心乍悲,自言“亦有妇,商山生别离,我戍十馀载,不知从阿谁?尔妇既我乡,便可会路歧。”宁知商山妇[⑨],复向健儿啼:“本执君箕帚[⑩],弃我忽如遗。”黄雀从乌飞,比翼长参差,雄飞占新巢,雌伏思旧枝。两雄相顾诧,各自还其雌。

雌雄一时合，双泪沾裳衣。

康熙刻本《施愚山全集》卷二

①诗写战乱中两家夫妇错位之悲剧。此类事明清兴替战乱中多有，小说中曾写之。诗人前用兴起，末以比结，中间截取两家夫妇相遇的场面，写出其辛酸苦涩，格调似汉乐府。诗约作于顺治十五年(1658)前后作者任山东学政期间。兔丝，菟丝子，蔓生植物，多缠绕其他植物上。《古诗十九首·冉冉孤生竹》："菟丝生有时，夫妇会有宜。"即此诗取喻所本。　②李将军，不详。　③部曲：军队，此指部下。　④罥(juàn 绢)：缠挂。乔柯：高枝。　⑤离披：形容分散。　⑥障面：面纱。　⑦贱子：男子谦称。　⑧商山：疑指山东桓台东南之商山，亦称铁山。　⑨宁知：哪知，不料。　⑩执箕帚：意即作妻子。箕、帚，均为扫除工具。

## 太　白　祠[①]

太白骑鲸去[②]，空留采石祠。当轩千里水[③]，绕屋万松枝。山月长清夜，江云无尽时[④]。谁将一尊酒，把臂一论诗[⑤]。

康熙刻本《施愚山全集》卷二六

①太白祠，亦称谪仙楼，在安徽当涂采石矶。唐代宗宝应元年，李白病卒于当涂。后传说李白醉后入水捉月溺死于采石江中，于此建祠。诗写祠外远近景，空旷清幽，含"念天地之悠悠"意，追慕之心即寓其中。　②"太白"句：谓李白仙逝。骑鲸，原出扬雄《羽猎赋》："乘巨鳞，骑京(鲸)鱼。"后因以喻隐遁或游仙。杜甫《送孔巢父归游江东兼呈李白》"南寻禹穴见李白"句，一作"若逢李白骑鲸去"。(据清仇兆鳌《杜诗详注》)后由李白捉月溺死之传说，又常用以喻李白之死。宋周必大《二老堂诗话》引梅圣俞诗："采石月下逢谪仙，夜披锦袍坐钓船"，"不应暴落饥蛟涎，便当骑鲸上青天。"明李东阳《李太白》

诗:“人间未有升腾地,老去骑鲸却上天。”　　③千里水:指长江。采石矶位于长江岸边,故云。　　④“山月”二句:山川永在,喻诗人千古同心。⑤“谁将”二句:向往能与大诗人一起论诗,寓表示敬慕之意。把臂,手拉手,亲近之态。

# 一六　陈维崧

陈维崧(1625—1682)，字其年，号迦陵，江苏宜兴人。明末家世清贵，祖父陈于廷官左都御史，东林党人；父陈贞慧，为南京"四公子"之一，复社中坚，明亡埋身土室，离群索居。他少逢国变，又遭地方侵夺，外出依如皋冒襄，应乡试不中，中年落拓走南北。康熙十八年(1679)，举博学鸿词，授翰林院检讨，不四年而卒。

陈维崧性豪迈，自负才情，诗、骈文皆工，尤擅填词，生平所作达一千八百馀阕。词宗苏、辛，感时怀古，记游赠答，多牢落不平之气，词情激烈，骨力遒劲，大大开拓了词之境界。有《湖海楼全集》。

## 点绛唇

### 夜宿临洺驿①

晴髻离离，太行山势如蝌蚪②。稗花盈亩③，一片霜皮厚。　　赵魏燕韩④，历历堪回首⑤。悲风吼，临洺驿口，黄叶中原走⑥。

《四部备要》本《迦陵词全集》卷一

①临洺(míng 名)驿，在今河北永平临洺镇。词作于康熙七年(1668)作者自北京赴河南途中。词写景开阔，运笔遒劲，寓落泊之感于其中，蕴含苍凉之气。　②"晴髻"二句：写遥望太行山山势之所见。髻，喻山峰。离离，若

续若断貌。　③稗花：一种杂草，此指田野枯草。　④赵魏燕韩：战国四个诸侯国，在今河北、河南北部一带，即作者所经过地方。　⑤“历历”句：谓这些地方历史的兴替可清晰回顾、寻味。历历，清晰貌。回首，回顾。⑥“黄叶”句：写景，假以自喻身世如风中黄叶。

## 满　江　红

### 汴京怀古十首·夷门①

坏堞崩沙②，人说道、古夷门也。我到日，一番凭吊，泪同铅泻③。流水空祠牛弄笛，斜阳废馆风吹瓦④。买道旁、浊酒酹先生⑤，班荆话⑥。　摄衣坐，神闲暇⑦。北向刭，魂悲吒⑧。行年七十矣，翁何求者⑨？四十斤椎真可用，三千食客都堪骂⑩。使非公、万骑压邯郸⑪，城几下⑫。

《四部备要》本《迦陵词全集》卷一二

①汴京，今河南开封，战国时为魏都，名大梁，北周改名汴州；唐五代梁，升为开封府，晋、汉、周及北宋均为国都，称东京开封府，遂有“汴京”之名。康熙七年(1668)冬，作者到开封，客居三年，用[满江红]调作《汴京怀古十首》。此为第一首。夷门，战国魏都大梁城东门。词凭吊古夷门遗迹，咏侯嬴行事之可歌可泣。侯嬴，战国时魏国人，家贫，年七十，为夷门监者。后秦围赵，赵求救于信陵君，侯嬴为信陵君献策，荐朱亥椎杀晋鄙，夺军却秦兵，救赵国，事成不居功受禄，自刎死。(参看《史记·魏公子列传》)词直书感观，寓愤世之情，迳用古文笔法，沉着痛快。　②坏堞崩沙：言古城已破残。堞，城墙上凹凸形的矮墙。崩沙，城上留有洪水冲刷之沙痕。汴京临近黄河，数次受洪水冲击，故云。　③泪同铅泻：语本李贺《金铜仙人辞汉歌》：“空将汉月出宫门，忆君清泪如铅水。”形容极沉痛。　④“流水”二句：写侯嬴祠、夷门馆舍都十分荒凉。牛弄笛，指该地已成牧牛之野地。韦庄《村笛》：“却见孤村明

月夜,一声牛笛断人肠。” ⑤先生:指侯嬴。 ⑥班荆话:《左传·襄公二十六年》:楚伍举与声子友善,伍举将奔晋,二人相遇于郑郊,声子“班荆相与食,而言复故”。杜预注:“班,布也。布荆坐地,共议归楚,事朋友世亲。”后以“班荆道故”喻朋友相遇,共叙旧情。此谓以古人侯嬴为知己而话旧事。 ⑦“摄衣坐”二句:写侯嬴宠辱不惊之风貌神采。信陵君大会宾客,亲自到夷门迎接侯嬴,侯嬴“摄敝衣冠,直上载公子上坐,不让,欲以观公子”。(《史记·魏公子列传》) ⑧“北向”二句:《史记·魏公子列传》载:信陵君用侯嬴计窃得兵符后,与之在夷门相别,侯嬴曰:“臣宜从,老不能,请数公子行日,以至晋鄙军之日,北向自刭,以送公子。”至期,果自刭死。悲吒(zhà 诈),悲伤怒斥。 ⑨翁何求者:谓侯嬴高风亮节,无所求取。 ⑩“四十斤椎”二句:斥信陵君门下三千食客皆庸碌无用。 ⑪万骑:指秦兵。邯郸:赵国都城。 ⑫城几下:谓邯郸将不止一次被攻破。

# 醉落魄

## 咏鹰[1]

寒山几堵[2],风低削碎中原路[3]。秋空一碧无今古。醉袒貂裘,略记寻呼处[4]。 男儿身手和谁赌[5]?老来猛气还轩举[6],人间多少闲狐兔!月黑沙黄,此际偏思汝[7]。

《四部备要》本《迦陵词全集》卷五

①词借咏鹰抒壮怀,言其欲像雄鹰搏击狐兔一样,消除恶人、小人,声色俱厉,可见作者在郁闷中迸发之愤慨。词大概作于作者旅寓河南期间。 ②堵:一般为用于墙的量词,词中形容山高。 ③“风低”句:写鹰在广阔平原上迅疾低飞。削碎,犹“划破”。 ④寻呼处:行猎地方。寻呼,即呼鹰逐兽。杜甫《壮游》:“呼鹰皂枥林,逐兽云雪冈。” ⑤身手:指才能、本领。和谁赌:没有机会与别人比高低。 ⑥轩举:昂扬貌。 ⑦汝:指鹰。

# 贺新郎

## 纤夫词[①]

战舰排江口[②],正天边、真王拜印,蛟螭蟠钮[③]。征发棹船郎十万[④],列郡风驰雨骤[⑤]。叹闾左、骚然鸡狗[⑥]。里正前团催后保[⑦],尽累累、锁系空仓后。捽头去[⑧],敢摇手?

稻花恰称霜天秀[⑨]。有丁男、临歧诀绝,草间病妇[⑩]。“此去三江牵百丈,雪浪排樯夜吼。背耐得、土牛鞭否[⑪]?”“好倚后园枫树下,向丛祠、亟倩巫浇酒。神佑我,归田亩[⑫]。”

《四部备要》本《迦陵词全集》卷二七

①康熙十二年(1673),吴三桂于云南举兵反清,贵州、湖广、四川相继响应,清王朝派大兵征讨。词写清王朝于江南强征民夫助军运,给百姓造成之痛苦。全词基本用白描手法,后半阕叙写被征民夫与病妇诀别之惨状,真切动人。　②江口:长江与他水汇合处。　③“正天边”二句:谓吴三桂自立反清。天边,指云南。真王,语出《史记·淮阴侯列传》:韩信平齐,欲称王,借口齐人诡诈,请为“假王”以镇服。刘邦说:“大丈夫定诸侯,即为真王可耳,何以假为?”吴三桂降清后初封平西王,后进亲王,举兵反清,自号周王、天下都招讨兵马大元帅。此处说“真王拜印”,含讥刺意。蛟螭(chī 痴)蟠钮,印钮上雕刻着蛟螭形状。蛟螭,即螭龙,古传说中一种独角龙,器物上多刻有其形,以示华贵。钮,印鼻。　④棹船郎:船夫。　⑤列郡:诸郡府,各州县。风驰雨骤:形容各州县雷厉风行地强征民夫,其势凶猛。　⑥闾左:闾里的左侧,指贫民居住的地方。《史记·陈涉世家》索引:“凡居,以富强为右,贫弱为左。”　⑦里正:犹后来之地保。团、保:均为旧时户籍单位名称。⑧捽(zuó 作)头:揪住头发。捽,揪。　⑨“稻花”句:写景,点出强征民夫的

季节，也为后文作铺垫，见得影响农事，波及被征民夫的家庭生活。恰称(chèn 趁)，正值。秀，农作物扬花。 ⑩"有丁男"二句：有一农民被强征，临行时与有病的妻子作别。丁男，成丁的男子。诀绝，永别。这里是极言难于重聚。 ⑪"此去"三句：病妇语，是说此去江上拉纤，艰苦自不必说，士兵的鞭打也难受得住。三江，异说甚多，这里指鄱阳湖一带。百丈，牵引船的纤绳。"百"字极言其长。如施闰章《牵船夫行》："十八滩头石齿齿，百丈青绳可怜子。"排樯，浪高激打着船上的桅竿。土牛鞭，打春牛的鞭子。土牛，土作的牛，即春牛。在封建时代，立春之日，举行劝农的仪式，官吏在祭农神后，用彩鞭抽打春牛。这里指一般鞭子。 ⑫"好倩"四句：夫嘱妇语，要病妇向神祠祈祷，保佑他平安归来。丛祠，树木掩映的神庙。亟(qì 乞)，多次。倩(qiàn 欠)，请人去做。浇酒，泼酒于地，表示祭祀。

# 一七 朱彝尊

朱彝尊(1629—1709),字锡鬯,号竹垞,浙江秀水(今嘉兴)人。青年逢明清易代,社会动乱,居家致力于经史、古文辞,曾载书客游南北。康熙十八年(1679),举博学鸿词,授翰林院检讨,与修《明史》。罢归后,专心著述。博学多识,诗词并负盛名。诗清新浑朴,与王士禛并称。词宗南宋姜夔、张炎,空灵清疏,讲究字句声律,开浙西词派。有《曝书亭集》。

## 哭王处士[①](六首选一)

相送悲长别[②],还家惨独行。流连简书札[③],次第念交情[④]。自有《箧中》作[⑤],何难身后名。泉台应快意,未必似平生[⑥]。

《四部备要》本《曝书亭集》卷二

①王处士,指王翃(hóng 洪),字介人,作者同邑友人,能诗,终身未仕。顺治十年(1653),王翃病卒,作者作此诗,抒丧友之痛,伤其终身落拓,诗意朴实真切。 ②相送:指送葬。长别:永别。 ③简:检看。《周礼·地官·遂大夫》:"正岁简稼器。" ④次第:犹一一。 ⑤《箧中》作:指足以为名家赏识并采录编集的优秀诗作。唐代元结曾选辑沈千运、孟云卿等七位"无禄位"、"久贫贱"的诗人之诗,名曰《箧中集》,序云:"已长逝者,遗文失散;方阻绝者,不见近作。尽箧中所有,总编次之。" ⑥"泉台"二句:以慰藉语,

哀王翃坎坷不遇。

## 来　青　轩[①]

天书稠叠此山亭[②]，往事犹传翠辇经[③]。莫倚危栏频北望[④]，十三陵树几曾青[⑤]？

《四部备要》本《曝书亭集》卷八

①康熙十年(1671)，作者游北京西山作。来青轩在香山寺内。明世宗至香山寺说："西山一带，香山独有翠色。"后明神宗题殿侧之轩曰"来青"。(参见刘侗《帝京景物略》)诗由古迹而感慨兴亡。　②天书：指皇帝墨迹。稠叠：形容多。该处除"来青轩"，另有"郁秀"、"清雅"、"望都"三匾，亦为明朝皇帝所写，故云。　③翠辇：皇帝所坐车。　④危栏：高楼、高亭之栏杆。⑤十三陵：在北京昌平，明成祖以下十三朝皇帝的陵墓。

## 卖　花　声

### 雨　花　台[①]

衰柳白门湾[②]，潮打城还[③]。小长干接大长干[④]。歌板酒旗零落尽，剩有渔竿。　秋草六朝寒[⑤]，花雨空坛[⑥]。更无人处一凭栏。燕子斜阳今又去[⑦]，如此江山[⑧]！

《四部备要》本《曝书亭集》卷二四

①雨花台，在南京中华门(旧称聚宝门)外。相传，梁武帝时云光法师于此讲经，上感于天，为之雨花，故名。(参看宋周应合《建康志·台观》)词写清

初南京萧条景象，中间揉合前人诗中意象，和谐自然，意境清疏。 ②白门湾：南京临江地方。白门，本古建康城外门，后指代南京。 ③“潮打”句：用刘禹锡《石头城》诗“潮打空城寂寞回”句意。城，指石头城，在今南京清凉山一带。《文选》谢灵运《初发石首城》诗李善注引伏韬《北征记》：“石头城，建康西界临江城也。” ④小长干、大长干：均为南京旧里巷名，故址在城南。《渔洋精华录·宿长干寺》惠栋注引《梁京寺记》：“建康南五里，有山岗，其间地平，庶民杂居，有大长干、小长干、东长干，并是地名。” ⑤寒：荒凉。⑥“花雨”句：雨花台空无所有。 ⑦燕子斜阳：化用刘禹锡《乌衣巷》诗意。原诗是：“朱雀桥边野草花，乌衣巷口夕阳斜。旧时王谢堂前燕，飞入寻常百姓家。” ⑧“如此”句：慨叹语，谓江山依旧，而人事已非。

# 解　珮　令

## 自题词集[①]

十年磨剑[②]，五陵结客[③]，把平生涕泪都飘尽。老去填词，一半是空中传恨，几曾围燕钗蝉鬓[④]。　不师秦七，不师黄九[⑤]，倚新声玉田差近[⑥]。落拓江湖，且分付歌筵红粉[⑦]。料封侯白头无分。

《四部备要》本《曝书亭集》卷二五

①作者晚年作此词，自述蹉跎，填词寄托忧愤，风格近似宋末张炎。词写得朴实而不失清逸。 ②十年磨剑：唐贾岛《剑客》诗：“十年磨一剑，霜刃未曾试。”喻多年研讨经世学问。 ③五陵结客：结交豪杰。五陵，西汉高祖、武帝等五位皇帝陵墓，地址在今陕西咸阳附近。汉早期每立皇帝陵墓，即迁豪富、贵戚居其地。后以“五陵少年”、“五陵客”指豪迈有志之士。④“一半是”二句：谓填词多是自抒忧愤，并非男女艳歌。宋僧惠洪《冷斋夜话》载：“法秀师曾谓鲁直（黄庭坚）曰：‘诗多作无害，艳歌小词可罢之。’鲁直

曰:‘空中语耳,非偷非杀,终不坐此恶道。’”此是借以自谓。燕钗蝉鬓,指华丽女子。　⑤“不师”二句:不学秦观、黄庭坚。陈师道《后山诗话》:“今代词手,惟秦七、黄九耳。”皆以其行第称之。一般认为,秦观词柔弱,黄庭坚词生硬。　⑥倚新声:按照新的曲子填词,这里指一般的填词。玉田:张炎,号玉田。他生活于宋末元初,身经国亡家破之患难,论词尚清空,词作多身世之感、故国之思。　⑦“且分付”句:交给唱曲女子传唱。

# 一八　王士禛

王士禛(1634—1711),字贻上,号阮亭,又号渔洋山人。生长于山东新城(今桓台)世家,顺治十四年(1657)进士,初官扬州推官,入为部曹,转翰林,官至刑部尚书。

王士禛未仕时赋《秋柳》诗,崭露头角;官扬州五年,得江山之助,诗名大起。后名位日高,不改名士风流,朝野名流多出其门,被尊为诗坛领袖。论诗本之于严羽,以盛唐为宗,标举"神韵",以含蓄蕴藉、意在言外为最佳境界。诗作多流连风景,咏怀古迹,赠答友朋,大都着墨简淡,意境清远,饶有韵致,尤以七言绝句最富此特色。诗文集为《带经堂集》,又删订其诗为《渔洋精华录》。

## 秋　　柳①(四首选一)

秋来何处最销魂?残照西风白下门②。他日差池春燕影,只今憔悴晚烟痕③。愁生陌上黄骢曲④,梦远江南乌夜村⑤。莫听临风三弄笛,玉关哀怨总难论⑥。

康熙刻本《渔洋精华录》卷一

①此诗为作者成名之作。作者自云:顺治十四年秋,与诸名士集饮济南大明湖水面亭,见亭下杨柳千馀株,"乍染秋色,若有摇落之态,怅然有感",赋诗四章,和者数十人,不数年传至大江南北,和者益众,遂为"艺苑口实"。(《菜根堂诗集序》)全诗别出一格,融入众多秋柳摇落之自然意象和有关的历

史人事意象，并与春日之诸般意象相映照，传达出一种浓郁的青春不再、繁华已逝的感伤情绪，故能引起明清鼎革后怀有亡国之痛的人们的广泛共鸣。此为第一首。　②“秋来”二句：以问答形式，谓最使人感伤的是南京秋柳。残照西风，出自李白《忆秦娥》：“西风残照，汉家宫阙。”白下门，白下城门。白下，故址在今南京市西北。李白《金陵白下亭留别》：“驿亭三杨树，正当白下门。”　③“他日”二句：写杨柳之春、秋景象。乐府诗《阳春曲》：“杨柳垂地燕差池。”差（cī 雌）池，高低不齐貌。语本《诗经·邶风·燕燕》：“燕燕于飞，差池其羽。”　④“愁生”句：旧注谓用《乐府杂录》记唐太宗征辽，其所乘爱马毙，惜之，命乐工谱《黄骢叠》事。疑“愁生陌上”，隐用乐府《折杨柳枝歌》“上马不捉鞭，反拗杨柳枝。下马吹长笛，愁杀行客儿”意。《宋书·五行志》：“晋太康末，京洛为《折杨柳》之歌，其曲有兵革苦辛之辞。”　⑤“梦远”句：旧注引范成大《吴郡志》，晋穆宗后诞生时，有群乌惊鸣，所居遂名乌夜村。疑不确。乐府有《杨叛儿》：“暂出白门前，杨柳可藏乌。”又有《乌夜啼》，多写男女恋情离思，亦有思征夫者。李白《乌栖曲》：“姑苏台上乌栖时，吴王宫里醉西施。”寓乐极悲生之意。清初余怀《板桥杂记·轶事》：“为唱当时《乌衣啼》，青衫泪满江南客。”亦为此意。　⑥“莫听”二句：用王之涣《凉州词》“羌笛何须怨杨柳，春风不度玉门关”诗意。总难论，谓其中愁苦至深，难以尽言。

## 秦淮杂诗十四首[①]（选三）

年来肠断秣陵舟[②]，梦绕秦淮水上楼[③]。十日雨丝风片里[④]，浓春烟景似残秋[⑤]。

①秦淮河流贯南京城中，明末河畔歌馆舞榭特盛。顺治十八年（1661），王士禛以扬州推官奉命至南京谳狱，居河侧，感秦淮旧事，作此组诗，抒盛衰兴亡之感。诗流丽悱恻，情韵悠远。原作二十首，《渔洋精华录》删六首。此乃组诗之第一首，写作此组诗之缘由。　②秣陵：南京古名。　③梦绕：往事萦怀。　④雨丝风片：细雨微风。多指春景。汤显祖《牡丹亭·惊梦》：“雨丝风片，烟波画船，锦屏人忒看的这韶光贱！”　⑤“浓春”句：情语，谓春

光依旧，而人事凋零。

青溪水木最清华[①]，王谢乌衣六代夸[②]。不奈更寻江总宅，寒烟已失段侯家[③]。

①此乃组诗之第六首，诗写秦淮河畔昔日的世家皆荡然不存。青溪：东吴时所开沟渠，泄玄武湖水入秦淮河。水木最清华，语本晋谢混《游西池》诗："水木湛清华。"谓风景极清秀美丽。 ②王谢乌衣：金荣注引《方舆胜览》："乌衣巷，在秦淮南，去朱雀桥不远，（东晋）王、谢子弟所居。"后人咏金陵诗词，多用此典。六代：即六朝。 ③"不奈"二句：宋朝段侯家已消失，更不必寻找南朝的江总宅矣。不奈，即不耐。奈，通"耐"。江总，南朝人，仕陈，为仆射尚书令，世称江令。参见本书杜濬《佛殿》注②。段侯，宋人段约之。张敦颐《六朝事迹类编》："江令宅在秦淮，今段大夫约之宅，即其故第也。"王安石《招约之职方并示达甫书记》："昔时江总宅，近在青溪曲"，"故人晚得此，心事付草木。"

傅寿清歌沙嫩箫[①]，红牙紫玉夜相邀[②]。而今明月空如水[③]，不见青溪长板桥[④]。

康熙刻本《渔洋精华录》卷二

①此乃组诗之第十首，诗中感叹昔时繁华之消失。傅寿、沙嫩：皆明末秦淮旧院名妓。傅寿能弦索，喜登台演剧。沙嫩，名宛在，字嫩儿，善吹箫，为曲中第一。（见徐釚《本事诗》） ②红牙：红牙拍板，唱曲用以整饬节奏。紫玉：箫。箫多用紫竹制成，故多称"紫玉箫"。 ③如水：形容月色空旷清彻。苏轼《记承天寺夜游》："庭下如积水空明，水中藻荇交横，盖竹柏影也。" ④长板桥：桥名，跨青溪上。徐釚《本事诗》："旧院有长板桥为最胜，今院址为菜圃，独板桥尚存。"

## 真州绝句五首[①](选一)

江干多是钓人居[②],柳陌菱塘一带疏[③],好是日斜风定后,半江红树卖鲈鱼[④]。

康熙刻本《渔洋精华录》卷二

①组诗作于康熙元年(1662),时作者任扬州推官。真州,今江苏仪征,在扬州西南,南临长江。这首诗咏真州江边景致,全取远景,明丽如画,"江淮间多写为图画"(《渔洋诗话》)。　②江干:江边。钓人:渔民。　③疏:稀疏。　④"好是"二句:写傍晚景象。日斜,日西下。红树,夕阳映照下,树呈红色,故云。欧阳修《丰乐亭游春》:"红树青山日欲斜。"鲈鱼,鱼名,长江下游所产,味甚鲜美,故名贵。

## 灞桥寄内二首[①](选一)

太华终南万里遥[②],西来无处不魂销[③]。闺中若问金钱卜[④],秋雨秋风过灞桥[⑤]。

康熙刻本《渔洋精华录》卷五

①灞桥,在今西安市东郊,唐代长安人多于此送别。康熙十一年(1662),作者奉使入蜀主四川乡试,途中作此诗,寄给居留北京的妻子。诗写得深切自然,含无限体贴之情。作者《张宜人行述》曾言及其事。　②太华:即华山,在陕西华县境内。终南:终南山,主峰在今西安市南,山脉走势为东西走向,绵亘八百馀里。作者路经华山、终南山北麓西去,故有"万里遥"之感。③魂销:即销魂,谓忧伤失神。语本江淹《别赋》:"黯然销魂者,唯别而已矣。"④"闺中"句:设想妻子惦念自己。金钱卜,以掷铜钱占卜吉凶。唐于鹄《江南

曲》:“众中不敢分明语,暗掷金钱卜远人。”即此诗所本。　⑤“秋雨”句:告以行程,寓忧思之情。《雍录》释“灞桥”云:“唐代送别者多于此,因亦谓之销魂桥。”

## 戏题蒲生聊斋志异卷后[①]

姑妄言之妄听之,豆棚瓜架雨如丝[②]。料应厌作人间语[③],爱听秋坟鬼唱时[④]。

康熙刻本《蚕尾诗集》卷一

①诗作于康熙二十八年(1689),时作者居父丧在新城家中。王氏与蒲松龄馆东毕家世代联姻,王士禛得以阅读蒲松龄《聊斋志异》部分书稿,阅后题此诗。当时,王士禛已由国子监祭酒迁詹事府少詹事、翰林院侍读学士,蒲松龄只是一名秀才,故称之“蒲生”。该诗意象蕴藉,道出《聊斋志异》的志怪性,及蒲松龄的创作心态。　②“姑妄”二句:谓言之无稽,听之有趣。“姑妄言之”,参看本书《聊斋自志》注⑪。豆棚瓜架,喻说故事之场合。　③料应:揣度之词。　④秋坟鬼唱时:化用李贺《秋来》诗“秋坟鬼唱鲍家诗”句意。

# 一九　赵执信

赵执信(1662—1744),字仲符,号秋谷,晚号饴山,青州颜神镇(今山东淄博市博山区)人。康熙十八年(1679)进士,官至右春坊右赞善兼翰林院检讨。康熙二十八年(1689),因在佟皇后国丧期间观演《长生殿》,被削职。嗣后居里,间出游岭南、吴越,寄情诗文。论诗服膺常熟冯班,主"诗以言志"、"诗之中须有人在"、"诗之外须有事在",而对王士禛神韵说大加非议。诗作质实奔放,思路峭拔。有《饴山诗文集》、《谈龙录》。

## 萤　火①

和雨还穿户②,经风忽过墙。虽缘草成质③,不借月为光。解识幽人意,请今聊处囊④。君看落空阔⑤,何异大星芒⑥。

《四部备要》本《饴山诗集》卷一

①诗作于康熙二十七年(1688),时作者居北京为右赞善。诗假咏物以抒怀抱,言其自有禀赋、志节,不借权贵名流援引,亦自有其光辉。　②和雨:细雨。《后汉书·西南夷传》:"冬多霜雪,夏多和雨。"　③缘草成质:因《礼记·月令》云:"腐草为萤。"故云。其实这是没有根据的说法。　④"解识"二句:喻志节高洁,虽居下位而无怨。幽人,隐士,高士。处囊,晋车胤家贫,不常得油,"夏月则练囊盛数十萤火以照书,以夜继日"。(《晋书·车胤传》)

又，战国时，毛遂自荐于平原君，平原君曰："夫贤士之处世也，譬若锥之处囊中，其末立见。"毛遂曰："臣乃今日请处囊中耳。使遂早得处囊中，乃颖脱而出，非特其末见而已。"(《史记·平原君虞卿列传》)此处兼用二事。 ⑤空阔：天空。 ⑥芒：光芒。

## 吴民多①

吴城郁嵯峨②，吴民百万过。昨日城中哭，今日城中歌③。歌声如沸羹④，讼口如悬河⑤。攫金搜粟恨民少，反唇投牒愁民多⑥。昔知临吴附臭蝇⑦，今知临吴赴火蛾⑧。逝辞吴城不反顾⑨，呜呼奈此吴民何！

《四部备要》本《饴山诗集》卷一四

①雍正元年(1723)，作者旅居苏州。诗咏苏州民众揭发并驱逐严刑追比钱粮之恶官的胜利，文笔率直奔放，欢快之情，溢于言表。 ②郁：繁。嵯峨：高峻貌。 ③"昨日"二句：前时官吏追比，民无生路；今日恶官去职，民相欢庆。 ④如沸羹：《诗经·大雅·荡》："如沸如羹。"谓商朝社会动乱，"如汤之沸，羹之方熟。"(郑玄笺)此指歌声喧腾。 ⑤"讼口"句：化用韩愈《石鼓歌》"但借辩口如悬河"句，谓苏州民众控诉恶官罪行，滔滔不绝。讼，控告。 ⑥反唇：表示不满。 ⑦临吴：到苏州做官。临，监临，引申为治理。韩愈《祭故陕府李司马文》："历临大邑，惟政有声。"附臭蝇：逐臭之蝇，喻贪污受贿。 ⑧赴火蛾：扑火之蛾，喻贪官下场。 ⑨逝辞：决心离去。逝，通"誓"。《诗经·魏风·硕鼠》："逝将去女，适彼乐土。"

# 二〇 查慎行

查慎行(1650—1727),原名嗣琏,字夏重,浙江海宁人。少时曾入贵州军幕,继为太学生,因观演《长生殿》与洪昇同除名。是以改名慎行,字悔馀,号初白。康熙四十二年(1703)成进士,官翰林院编修,受知康熙帝,以老病乞休归里。雍正四年(1726),坐弟嗣庭文字狱,全家罹罪,独以其原居官端谨赦免放归,旋卒。幼曾受学黄宗羲,诗宗法苏轼、陆游,诗作多写行旅闻见感受与地方风土,长于素描,清新隽永,以字句稳惬见称。有《敬业堂诗集》、《苏诗补注》等。

## 中秋洞庭湖对月[①]

长风霾云莽千里[②],云气蓬蓬天冒水[③]。风收云散波乍平,倒转青天作湖底[④]。初看落日沉波红,素月欲升天敛容[⑤];舟人回首尽东望,吞吐故在冯夷宫[⑥]。须臾忽自波心上,镜面横开十馀丈[⑦];月光浸水水浸天,一派空明互回荡。此时骊龙潜最深,目眩不敢衔珠吟[⑧];巨鱼无知作腾踔[⑨],鳞甲一动千黄金。人间此境知难必[⑩],快意翻从偶然得。遥闻渔父唱歌来,始觉中秋是今夕。

《四部丛刊》本《敬业堂诗集》卷四

①康熙二十一年(1682),作者自贵州回故乡,船过洞庭湖作此诗,写湖上月出景象,逐次展现,声色俱摄录其间。 ②霾云:阴云。莽:迷茫无际。③蓬蓬:云气蒸腾貌。冒:蒙罩。 ④“倒转”句:写青天映入湖中景象。⑤天敛容:指日已落、月未升时,天空暂时昏暗无光。 ⑥故:原来。冯夷宫:古代传说中的水府,水神冯夷所居。此指湖水中。 ⑦“镜面”句:形容月初升处水面一片光亮。 ⑧“此时”二句:《庄子·列御寇》载,在九重之渊,骊龙颔下有“千金之珠”。此借用其说,以骊龙深藏不敢出声,喻湖上非常寂静。 ⑨腾踔(chuō 戳):飞腾跳跃。 ⑩难必:难以料定,不必然有。

## 秦邮道中即目[①]

不知淫潦啮城根[②],但看泥沙记水痕。去郭几家犹傍柳[③],边淮一带已无村[④]。长堤冻裂功难就[⑤],浊浪侵南势易奔[⑥]。贱买河鱼还废箸,此中多少未招魂[⑦]。

《四部丛刊》本《敬业堂诗集》卷二二

①秦邮,今江苏高邮,以秦代于此置邮亭而得名。高邮处淮河下游,运河纵贯,境内有高邮湖,地势低洼,清初长期水泛成灾。康熙三十五年(1696)十月作者途经高邮,诗写所见水灾景象,感慨系之,朴实无华。 ②淫潦:洪水。啮(niè 聂):咬,引申为浸没。 ③去郭:城外一带地方。郭,本为外城,此处泛指城。傍(bàng 棒):靠。 ④边淮:淮河边。 ⑤功:指固堤工程。 ⑥侵南:高邮在淮水之南,故云。势易奔:水势甚猛,容易决口。⑦“贱买”二句:就食鱼而发感叹。废箸,不动筷子,喻心情悲哀。未招魂,指被洪水淹死的黎民百姓。古有招魂之礼,死于洪水之百姓,无人为之招魂,故云“未招魂”。

## 自湘东驿遵陆至芦溪[1]

黄花古渡接芦溪[2],舟过萍乡路渐低。吠犬鸣鸡村远近,乳鹅新鸭岸东西。丝缫细雨沾衣润[3],刀剪良苗出水齐[4]。犹与湖南风土近[5],春深无处不耕犁。

《四部丛刊》本《敬业堂诗集》卷四八

①湘东驿在江西萍乡西南。康熙五十七年(1718)作者游广东归里,经萍乡,诗咏旅途所见景色,历历如绘。芦溪,在萍乡东。　②黄花:疑古渡口名。　③丝缫细雨:如抽丝一样的细雨。润:湿。　④“刀剪”句:出水禾苗如剪刀剪过一样整齐。　⑤风土:一个地方的地理、风俗情况。

# 二一 曹贞吉

曹贞吉(1634—1689),字升六,号实庵,山东安丘人。康熙三年(1664)进士,授内阁中书,出为徽州府同知,内迁礼部郎中,以疾辞湖南学政,归里。工诗,王士禛选其诗人《十子诗略》;而以词著称,吴绮选名家词,推为压卷。词多咏物、怀古,尚寄托,运笔惝恍夭矫,论者谓"如蜃气结成楼阁"。有《珂雪诗》、《珂雪词》。

## 留客住

### 鹧鸪[①]

瘴云苦[②]!遍五溪、沙明水碧[③]。声声不断,只劝行人休去[④]。行人今古如织,正复何事关卿[⑤]?频寄语。空祠废驿,便征衫湿尽,马蹄难驻[⑥]。 风更雨。一发中原,杳无望处[⑦]。万里炎荒,遮莫摧残毛羽[⑧]。记否越王春殿,宫女如花,只今惟剩汝[⑨]?子规声续[⑩],想江深月黑,低头臣甫[⑪]。

《四部备要》本《珂雪词》卷上

①康熙十二年(1673)冬,吴三桂于云南起兵反清,贵州提督响应,时作者胞弟曹申吉为贵州巡抚,行踪不明,被举报为附逆。(蒋良骐《东华录》)作者对胞弟之遭难,生死未卜,忧心如焚,焦虑万端。原在曹申吉幕中之浙西词人李良年,先期出黔,有《鹧鸪怨·怀渠丘(安丘古称)公》诗,又有《留客住·鹧鸪》

词,哀念曹申吉。此词是与李良年倡酬之作。词假光怪离奇之语,拟想曹申吉陷身南瘴祸难之苦况,寓为之传幽怨、代申辩之意。　②瘴云:瘴气。此代指瘴气较多的云贵地方。　③五溪:汉武陵郡有雄溪、蒲溪、无溪、酉溪、辰溪,在今湖南西部、贵州东部。古为偏远之地。　④“声声”二句:指鹧鸪语。因鹧鸪鸣声类人语“行不得也哥哥”,故云。　⑤“行人”二句:质问鹧鸪语,以启下文。卿,你,指鹧鸪。　⑥马蹄难驻:指无可居停之处。⑦“一发”二句:化用苏轼《澄迈驿通潮阁》诗“杳杳天低鹘没处,青山一发是中原”句意,拟想曹申吉在苦难中心系中原家乡,哀苦无奈。　⑧“万里”二句:谓曹申吉在炎热荒远地方备遭摧残。遮莫,任凭。　⑨“记否”三句:化用李白《越中览古》诗:“越王勾践破吴归,义士还家尽锦衣。宫女如花满春殿,只今惟有鹧鸪飞。”哀念曹申吉尚在黔中受苦。汝,明指鹧鸪,隐喻曹申吉。　⑩子规:杜鹃别名,传为蜀望帝所化,其鸣声类人语“不如归去”。梅尧臣《杜鹃》诗:“蜀帝何年魄,千春化杜鹃。不如归去语,亦自古来传。”
⑪“想江深”二句:谓曹申吉如陷贼时之杜甫一样忠贞。低头臣甫,指杜甫。杜甫《北征》:“东胡反未已,臣甫愤所切。”此用其意。

## 二二 顾贞观

顾贞观(1637—1714),字华峰,号梁汾,江苏无锡人。康熙十一年(1672)举人,为内阁中书。喜填词,与纳兰性德交情甚笃。词善抒情,真挚委婉,有与陈维崧、朱彝尊"称词家三绝"之誉。有《弹指词》。

### 金缕曲(二首选一)

寄吴汉槎宁古塔,以词代书。丙辰冬,寓京师千佛寺,冰雪中作①。

季子平安否②?便归来、平生万事,那堪回首!行路悠悠谁慰藉③,母老家贫子幼④。记不起、从前杯酒。魑魅搏人应见惯,总输他、覆雨翻云手⑤。冰与雪,周旋久。　泪痕莫滴牛衣透⑥。数天涯、依然骨肉,几家能够⑦?比似红颜多命薄,更不如今还有⑧。只绝塞、苦寒难受。廿载包胥承一诺⑨,盼乌头、马角终相救⑩。置此札,君怀袖。

《四部备要》本《弹指词》卷下

①汉槎,吴兆骞字。吴兆骞,江苏吴江人,少有诗名,为吴伟业所赏识。顺治十四年(1657)因江南科场案受牵连,流放宁古塔(今黑龙江宁安)。作者与之友谊甚笃,并曾代其求助于纳兰性德,使得释归里。康熙十四年(1675)冬,作者怀念吴兆骞,作此词寄之,表深切同情和关切之意,发自肺腑,婉转动

人。词后附注:"二词,容若见之,为泣下数行",并许诺尽力设法使吴兆骞放归。纳兰性德后来在祭吴兆骞文中说:"《金缕》一章,声与泣随,我誓返子,实由此词。"(《通志堂集》卷十四)丙辰,指康熙十四年。　②季子:春秋时吴王寿梦子季札,不受君位,有贤名,封于延陵,称延陵季子,省称"季子"。(参看《史记·吴太伯世家》)此借称吴兆骞。　③行路:路人。《后汉书·范滂传》:"行路闻之,莫不流涕。"悠悠:形容路人众多,各不相关。何景明《赠李献吉》:"悠悠行路子,谁为识其音。"　④母老家贫:此时,吴兆骞尚有老母在家,其《寄母书》云:"更逢凶岁,殊难度日。"(《秋笳集·后集》)吴兆骞流放后,其妻曾赴宁古塔与之同住,康熙三年(1664)生子振臣,这年方十三岁,故云"子幼"。　⑤"魑魅(chīmèi 吃妹)"二句:谓吴兆骞于江南科场案中定罪流放,是遭反覆无常之小人陷害。吴振臣《秋笳集跋》称其父"为仇家所中,遂至遣戍"。抟,抓。覆雨翻云手,本杜甫《贫交行》"翻手作云覆手雨"句。⑥牛衣:粗劣衣裳。牛衣原指供牛御寒之物。《汉书·王章传》:"章疾病,无被,卧牛衣中。"后遂以喻贫寒,或指粗劣衣物。　⑦"数天涯"二句:虽然流徙荒远之地,尚骨肉团聚,流徙者中少有。吴兆骞与妻子同在宁古塔,生有一男四女,故云。　⑧"比似"二句:比起同案中身遭不幸者还算不幸中有幸。红颜多命薄,喻身死而妻寡者多有。　⑨廿载:自江南科场案发至今恰二十年。包胥承一诺:春秋时,伍子胥避难逃出楚国,为报父兄之仇,曾向其好友楚大夫申包胥发誓灭楚,申包胥曰:"我必存之。"后伍子胥引吴兵陷郢都,申包胥入秦乞兵,终复楚国。(参看《史记·伍子胥列传》)此借喻作者此前所许欲救助吴兆骞之诺言。　⑩乌头、马角:战国末,燕太子丹为质于秦,求归,秦王说:"乌头白,马生角,乃许耳!"太子丹仰天长叹,乌头变白,马亦生角。(参看《史记·刺客列传》荆轲传赞"索引")此喻吴兆骞必能得到有力者的救助,脱离流放地。

# 二三　纳兰性德

纳兰性德(1654—1685),字容若,满洲正黄旗籍。大学士明珠子。少好读书,博通经史,喜结交朝野文士,以才学贡入国子监肄业。康熙十五年(1676)进士,官至一等侍卫,颇受皇帝宠信,然与其志向不合,心情郁闷。能诗文,尤以词著称。词作多抒写扈驾出巡之凄苦、与妻子之离情别绪,以及"羁栖良苦"之人生感受,感情真切,着笔自然,风格婉丽清新。陈维崧评其词:"哀感顽艳,得南唐二主之遗。"(《饮水词序》)有《通志堂集》行世。其词集另题《饮水词》。

## 金　缕　曲

### 赠梁汾[①]

德也狂生耳[②],偶然间、淄尘京国[③],乌衣门第[④]。有酒唯浇赵州土[⑤],谁会成生此意[⑥]!不信道、竟逢知己。青眼高歌俱未老[⑦],向尊前、拭尽英雄泪[⑧]。君不见,月如水。

共君此夜须沉醉。且由他、娥眉谣诼[⑨],古今同忌。身世悠悠何足问[⑩],冷笑置之而已。寻思起、从头翻悔。一日心期千劫在[⑪],后身缘、恐结他生里[⑫]。然诺重[⑬],君须记。

《四部备要》本《纳兰词》卷四

①梁汾,顾贞观号。康熙十五年(1676),作者与顾贞观相识,情意相投,引为知己,作此词赠之。词直抒胸臆,情辞恳切,不假修饰,直如散文。徐釚《词苑丛谈》说:"词旨嵚奇磊落,不啻坡老、稼轩。" ②德:作者自称。③淄尘京国:谢朓《酬王晋安》诗:"谁能久京洛,缁尘染素衣。"此用其意,表居北京之无奈。淄尘,黑尘,喻污垢。此处作动词用,指混迹。淄,通"缁",黑色。京国,京城。 ④乌衣门第:东晋王、谢大族多居金陵乌衣巷,后世遂以该巷名指称世家大族。作者出身满洲贵族,父明珠官至武英殿大学士,累加太傅,晋太子太师,故云。 ⑤"有酒"句:用李贺《浩歌》"买丝绣作平原君,有酒唯浇赵州土"句意,表示愿学战国时赵国的平原君,虚己下士,广结宾客。浇,浇酒祭祀。赵州土,平原君墓土。 ⑥成生:作者自称。作者原名成德,后避太子讳改性德。 ⑦"青眼"句:化用杜甫《短歌行赠王郎司直》"青眼高歌望吾子,眼中之人吾老矣"句。作者和顾贞观当时都尚年轻,故云"俱未老"。青眼,契重之眼光。阮籍能为青白眼,"嵇康赍酒挟琴造之,籍大悦,乃见青眼"。(《世说新语》) ⑧"向尊前"句:为二人均不得志而感伤。顾贞观这年未第;作者虽中进士,却授三等侍卫,甚不合其志。故有此语。⑨娥眉谣诼:语出《离骚》:"众女嫉余之娥眉兮,谣诼谓余以善淫。"娥眉,亦作"蛾眉",此喻才能。谣诼,造谣毁谤。 ⑩悠悠:遥远而不定貌。 ⑪心期:心心相许,情投意合。陶渊明《酬丁柴桑》诗:"实欣心期,方从我游。"千劫在:经久历险而不变(心)。 ⑫后身缘:来生情缘。 ⑬然诺重:即重然诺,守信用。此指作者许诺竭力救助吴兆骞事。

## 蝶　恋　花[①]

辛苦最怜天上月,一昔如环,昔昔长如玦[②]。但似月轮终皎洁,不辞冰雪为卿热[③]。 无那尘缘容易绝[④],燕子依然,软踏帘钩说[⑤]。唱罢秋坟愁未歇[⑥],春丛认取双栖蝶[⑦]。

《四部备要》本《纳兰词》卷三

①词悼念亡妻卢氏，前片说生前，后片说死后，情炽词婉，哀感动人。约作于康熙十六年(1677)前后。　②"辛苦"三句：以月之暂圆常缺，感叹人生会少离多。昔，通"夕"。《庄子·天运》："蚊虻噆肤，则通昔不寐矣。"郭庆藩集释："昔，犹夕。"玦(jué 决)，古玉器，环形，有缺口。　③"不辞"句：《世说新语·惑溺》："荀奉倩与妇至笃，冬月妇病热，乃出中庭自取冷，还以身熨之。"此用其意。　④无那(nuò 诺)：无奈。王昌龄《从军行》："更吹羌笛关山月，无那金闺万里愁。"尘缘：本佛家语，谓人身所受多种感官欲求的牵累。此指姻缘，即夫妇之情。　⑤"燕子"二句：梁间燕子不知人亡，依旧呢喃诉说往事。　⑥"唱罢"句：李贺《秋来》诗："秋坟鬼唱鲍家诗，恨血千年土中碧。"此用其意。　⑦"春丛"句：愿如古传说中韩凭夫妇化为双蝶，永世相伴。春丛，春日花丛。认取，认从，表示意向。

## 长　相　思①

山一程，水一程，身向榆关那畔行②。夜深千帐灯③。

风一更，雪一更，聒碎乡心梦不成④。故园无此声。

《四部备要》本《纳兰词》卷一

①作者为清圣祖玄烨之侍卫，常扈从出行。此词当作于康熙二十一年(1682)扈从出山海关祀长白山途中。词写宿营夜中感受，景象开阔，传达出其人其境中之一种哀愁，真切自然。　②榆关：山海关。那畔：那边。③千帐：极言行在帐幕之多。　④聒(guō 郭)碎：被嘈杂声音搅乱。乡心：思乡之情。

# 二四　蒲松龄

蒲松龄(1640—1715),字留仙,别号柳泉,山东淄川(今属淄博市)人。十九岁进学,后屡应乡试不中,晚年仅得岁贡。家贫不足自给,除四十岁时到江苏宝应县作幕一年,大半生在本县缙绅人家作塾师。一生著述甚富,有诗、词、文、俚曲、杂著等集,近人辑为《蒲松龄集》;使他名著文学史册的是其所著之文言短篇小说集《聊斋志异》。

蒲松龄作《聊斋志异》历时四十馀年,凡四百九十馀篇,大抵记奇闻异事,叙狐鬼花妖神仙故事。创作的基本特征是将六朝志怪小说之神秘思维及其故事模式化作文学的审美和表现方式,又发展了唐人传奇小说的叙事艺术,针贬现实,抒写忧愤,寄托心迹,成为中国古代志怪传奇小说中最富有现实内容和艺术创造性的文学名著,影响深巨。现已有近三十多个语种的译本,流传海内外。

## 聊斋自志[①]

披萝带荔,三闾氏感而为骚[②];牛鬼蛇神,长爪郎吟而成癖[③]。自鸣天籁[④],不择好音,有由然矣[⑤]。松落落秋萤之火[⑥],魑魅争光[⑦];逐逐野马之尘[⑧],罔两见笑[⑨]。才非干宝,雅爱搜神[⑩];情类黄州,喜人谈鬼[⑪]。闻则命笔,遂以成编。久之,四方同人,又以邮筒相寄[⑫],因而物以好聚[⑬],所积益夥。甚者，人非化外[14]，事或奇于断发之乡[15]；睫在目前，怪有过于飞头之国[16]。遄飞逸兴[17]，狂固难辞；永托旷怀，痴且不讳[18]。展如之人[19]，得毋向我胡卢耶[20]？然五父衢头，或涉滥听[21]；而三生石上，颇悟前因[22]。放纵之言[23]，或有未可概以人废者[24]。

松悬弧时[25]，先大人梦一病瘠瞿昙[26]，偏袒入室[27]，药膏如钱，圆粘乳际，寤而松生，果符墨志[28]。且也，少羸多病[29]，长命不犹[30]。门庭之凄寂，则冷淡如僧；笔墨之耕耘[31]，则萧条似钵[32]。每搔头自念，勿亦面壁人果是吾前身耶[33]？盖有漏根因[34]，未结人天之果[35]；而随风荡堕，竟成藩溷之花[36]。茫茫六道[37]，何可谓无其理哉！独是子夜荧荧[38]，灯昏欲蕊[39]；萧斋瑟瑟，案冷疑冰。集腋为裘[40]，妄续幽冥之录[41]；浮白载笔[42]，仅成孤愤之书[43]。寄托如此，亦足悲矣。嗟乎！惊霜寒雀，抱树无温；吊月秋虫[44]，偎阑自热[45]。知我者，其在青林黑塞间乎[46]！

康熙己未春日[47]。

文学古籍刊行社影印手稿本《聊斋志异》第一册卷首

①康熙十八年(1679)，蒲松龄将已作成的篇章初步结集，题《聊斋志异》，作此文为序，自伤半生落拓，执著撰写志异之文，寄托忧愤，而少知音，情词凄切。文中历数典实，含自辩自信之意。 ②"披萝"二句：屈原曾为三闾大夫，《离骚》是其代表作。"披萝带荔"，语本《九歌·山鬼》："若有人兮山之阿，披薜荔兮带女萝。" ③"牛鬼"二句：晚唐诗人李贺有吟诗之癖。每出行，辄骑弱马，背古锦囊，得句即投其中。其诗风以奇谲幻诞著称。杜牧《李长吉诗序》云："鲸呿鳌掷，牛鬼蛇神，不足为其虚荒诞幻也。"贺字长吉，以其身材细瘦，指爪修长，故有长爪郎之称。李商隐《李长吉小传》云："长吉细瘦，通眉，长指爪。" ④天籁：语出《庄子·齐物论》，意为自然之音。后用以指称

诗文发自胸臆,无雕琢之迹。　⑤由然:因由,来由。　⑥松:作者自称,"松龄"之省文。落落:形容孤独寡合。　⑦魑魅(chīmèi 痴妹)争光:晋裴启《语林》载,嵇康于夜间灯下弹琴,见一鬼怪,于是将灯吹灭,说:"耻与魑魅争光。"这里反用其意。　⑧逐逐:竞求,急于得利。野马之尘:《庄子·逍遥游》:"野马也,尘埃也,生物之以息相吹也。"这里喻尘世名利。　⑨罔两见笑:《南史·刘损传》:刘损族人刘伯龙家贫,及为武陵太守,贫窭尤甚,慨然欲贩卖营利,一鬼在傍抚掌大笑。伯龙曰:"贫穷固有命,乃复为鬼所笑也。"罔两,亦作"魍魉",传说中的鬼怪。　⑩"才非"二句:干宝,东晋著名作家,集古今怪异非常之事,作成《搜神记》,为六朝志怪书中的代表作。雅,颇,甚。⑪"情类"二句:宋叶梦得《避暑录话》载,苏轼以"谤讪朝廷"罪,被贬为黄州团练副使,日与人聚谈,强人说鬼,或辞无有,便说:"姑妄言之。"　⑫邮筒:古代传递书札、诗文所用的竹筒。　⑬好:喜好。　⑭化外:未开化的地方。　⑮断发之乡:蛮荒之地。《史记·吴太伯世家》:"太伯、仲雍乃奔荆蛮,文身断发。"　⑯"睫在"二句:言眼前所发生的怪事,竟比飞头国的事更为离奇。飞头之国,古代传说中的怪异地方。唐段成式《酉阳杂俎·异境》:"岭南溪洞中,往往有飞头者,故有飞头獠子之号。"　⑰遄(chuán 船)飞逸兴:意兴飞扬。　⑱不讳:不避忌。　⑲展如之人:语出《诗经·鄘风·君子偕老》:"展如之人兮,邦之媛也。"朱熹集传:"展,诚也。"展如,诚实,老实。⑳胡卢:形容笑声。《孔丛子·抗志》:"卫君乃胡卢大笑。"　㉑"五父"二句:《史记·孔子世家》载,叔梁纥与颜氏女野合而生孔子,颜氏讳言叔梁纥葬处。颜氏死后,孔子"乃殡五父之衢,盖其慎也"。五父衢,道名,在今山东曲阜东南。滥听,无稽传说。这里用其事,意甚曲微。　㉒"而三生"二句:唐袁郊《甘泽谣·圆观》,叙僧圆观能知前生、今生、来生事,他与李源友善,同游三峡,见一妇人汲水,对李源说:"是某托身之所。更后十二年中秋月夜,杭州天竺寺外,与君相见。"届时李源到杭州,见一牧童唱道:"三生石上旧精魂,赏月吟风不要论。惭愧情人远相访,此身虽异性长存。"牧童就是圆观后身。后遂以"三生石"表情谊前生已定,绵延不断。　㉓放纵之言:随便说的话。

㉔概:一概,完全。以人废:以人废言。　㉕悬弧:《礼记·内则》:"子生,男子设弧于门左,女子设帨于门右。"弧,木弓。后以"悬弧"表男子诞生。

㉖先大人:死去的父亲,指蒲槃。瞿昙:梵语,原为佛教始祖姓氏,后泛指僧人。　㉗偏袒:和尚身穿袈裟,袒露右肩,故称。《释氏要览·礼数》:"偏袒,

天竺之仪也。” ㉘墨志：黑痣。 ㉙羸（léi 雷）：瘦。 ㉚长命不犹：长大成人后命运不好。不犹，不如别人。《诗经·召南·小星》：“实命不犹。” ㉛笔墨之耕耘：犹谓卖文度日。 ㉜萧条似钵：像托钵和尚一样清贫。钵，梵语“钵多罗”之省文，俗称钵盂。 ㉝面壁人：《五灯会元》卷一载，佛教禅宗祖师达摩来中国，面壁而坐九年。此处泛指佛僧。 ㉞有漏根因：佛家语。《景德传灯录》卷二载，梁武帝问达摩：“朕即位以来，造寺写经，度僧不可胜记，有何功德？”师曰：“并无功德。”帝问何以无功德，师曰：“此但人天小果，有漏之因，如影随形，虽有非实。”帝曰：“如何是真功德？”答曰：“净智妙圆，体自空寂，如是功德，不可世求。”按，佛家谓三界之情，由眼、耳、鼻、舌、身、意六根泄漏。“有漏根因”，谓未断绝尘缘，归于寂空。 ㉟“未结”句：承上句而言，谓未得“证果”。人天，佛教语。六道轮回中的人道和天道。人天之果，即行善者得到的果报。 ㊱藩溷（hùn 混）之花：《梁书·范缜传》：“缜在齐世尝侍竟陵王子良。子良精信释佛，而缜盛称无佛。子良问曰：‘君不信因果，世间何得有富贵？何得有贫贱？’缜答曰：‘人之生譬如一树花，同发一枝，俱开一蒂，随风而堕，自有拂帘幌坠于茵席之上，自有关篱墙落于粪溷之侧。贵贱虽复殊途，因果竟在何处？’”溷，粪坑。这里是借以自喻。 ㊲六道：佛教语，谓天道、人道、阿修罗道、畜生道、饿鬼道、地狱道六样轮回去处。 ㊳荧荧：烛光微弱貌。唐许浑《下第贻友人》：“夜寒歌苦烛荧荧。” ㊴蕊：指灯油将尽，灯芯结花。 ㊵腋：指狐腋下毛皮。裘，皮袍。 ㊶幽冥之录：南朝刘义庆著《幽冥录》，记神鬼怪异事。这里泛指志怪小说。 ㊷浮白：本义为罚满饮一杯酒。浮，旧时行酒令罚酒之称，后指满饮。白，古代罚酒用的杯子。后以“浮白”泛指饮酒。 ㊸孤愤之书：战国韩非著有《孤愤》。《史记·老子韩非列传》索引云：“孤愤，愤孤直不容于时也。”此指代《聊斋志异》。 ㊹吊月：望月哀伤。 ㊺阑：栏干。 ㊻青林黑塞：语本杜甫《梦李白二首》：“魂来枫林青，魂返关塞黑。”比喻冥冥中。 ㊼康熙己未：康熙十八（1679）年。

## 公孙九娘[①]

于七一案[②]，连坐被诛者[③]，栖霞、莱阳两县最多。一日俘数百人，尽戮于演武场中。碧血满地，白骨撑天[4]。上官慈悲，捐给棺木，济城工肆[5]，材木一空[6]。以故伏刑东鬼[7]，多葬南郊。

甲寅间[8]，有莱阳生至稷下[9]。有亲友二三人，亦在诛数，因市楮帛，酹奠榛墟[10]，就税舍于下院之僧[11]。

明日，入城营干[12]，日暮未归。忽一少年，造室来访[13]，见生不在，脱帽登床，着履仰卧。仆人问其谁何[14]，合眸不对。既而生归，则暮色朦胧，不甚可辨[15]，自诣床下问之。瞠目曰[16]："我候汝主人，絮絮逼问，我岂暴客耶？"生笑曰："主人在此。"少年急起着冠[17]，揖而坐，极道寒暄。听其音，似曾相识。急呼灯至，则同邑朱生，亦死于七之难者。大骇，却走。朱曳之云："仆与君，文字交[18]，何寡于情？我虽鬼，故人之念[19]，耿耿不去心。今有所渎[20]，愿无以异物遂猜薄之[21]。"生乃坐，请所命[22]。曰："令女甥寡居无耦[23]，仆欲得主中馈[24]。屡通媒妁，辄以无尊长之命为辞。幸无惜齿牙馀惠[25]。"先是，生有甥女，早失恃[26]，遗生鞠养[27]，十五始归其家。俘至济南，闻父被刑，惊恸而绝。生曰："渠自有父，何我之求[28]？"朱曰："其父为犹子启榇去[29]，今不在此。"问："女甥向依阿谁[30]？"曰："与邻媪同居。"生虑生人不能作鬼媒，朱曰："如蒙金诺[31]，还屈玉趾[32]。"遂起握生手。生固辞，问："何之？"曰："第行[33]。"勉从与去。

北行里许，有大村落，约数十百家。至一第宅，朱叩扉。即有媪出，豁开二扉，问朱何为。曰："烦达娘子，阿舅至。"媪旋反，须臾复出，邀生入。顾朱曰："两椽茅舍子[34]，大隘，劳公子门外少坐候。"生从之入，见半亩荒庭，列小室二。甥女迎门啜泣，生亦泣。室中灯火荧然。女貌秀洁如生时，凝眸含涕[35]，遍问妗、姑。生曰："俱各无恙，但荆人物故矣[36]。"女又呜咽，曰："儿少受舅妗抚育，尚无寸报，不图先葬沟渎[37]，殊为恨恨。旧年，伯伯家大哥迁父去，置儿不一念[38]，数百里外，伶仃如秋燕[39]。舅不以沉魂可弃[40]，又蒙赐金帛，儿已得之矣。"生乃以朱言告，女俛首无语。媪曰："公子曩托杨姥三五返[41]。老身谓是大好，小娘子不肯自草草，得舅为政[42]，方此意慊得[43]。"

言次，一十七、八女郎，从一青衣[44]，遽掩入；瞥见生，转身欲遁。女牵其裾曰[45]："勿烦尔！是阿舅，非他人。"生揖之，女郎亦敛衽[46]。甥曰："九娘，栖霞公孙氏。阿爹故家子，今亦'穷波斯'[47]，落落不称意[48]。旦晚与儿还往。"生睨之[49]，笑弯秋月，羞晕朝霞[50]，实天人也，曰："可知是大家，蜗庐人那如此娟好[51]！"甥笑曰："且是女学士，诗词俱大高。昨儿稍得指教。"九娘微哂曰[52]："小婢无端败坏人，教阿舅齿冷也[53]。"甥又笑曰："舅断弦未续[54]，若个小娘子[55]，颇能快意否？"九娘笑奔出，曰："婢子颠疯作也[56]！"遂去。言虽近戏，而生殊爱好之。甥似微察，乃曰："九娘才貌无双，舅倘不以粪壤致猜[57]，儿当请诸其母。"生大悦，然虑人鬼难匹。女曰："无伤，彼与舅有夙分。"生乃出。女送之，曰："五日后，月明人静，当遣人往相迓[58]。"

生至户外，不见朱。翘首西望，月啣半规[59]，昏黄中犹认旧径。见南向一第，朱坐门石上，起逆曰[60]："相待已久。寒舍即劳垂顾[61]。"遂携手入，殷殷展谢。出金爵一、晋珠百枚[62]，曰："他无长物[63]，聊代禽仪[64]。"既而曰："家有浊醪，但幽室之物[65]，不足款嘉宾，奈何？"生㧑谢而退[66]。朱送至中途，始别。生归，僧、仆集问。生隐之，曰："言鬼者妄也，适赴友人饮耳。”

后五日，果见朱来，整履摇箑[57]，意甚忻适；才至户庭，望尘即拜[68]。少间，笑曰：“君嘉礼既成[69]，庆在今夕，便烦枉步。”生曰：“以无回音，尚未致聘，何遽成礼？”朱曰：“仆已代致之矣。”生深感荷，从与俱去。直达卧所，则甥女华妆迎笑。生问：“何时于归[70]？”朱云：“三日矣。”生乃出所赠珠，为甥助妆[71]。女三辞乃受，谓生曰：“儿以舅意白公孙老夫人，夫人作大欢喜，但言老耄无他骨肉[72]，不欲九娘远嫁，期今夜舅往赘诸其家。伊家无男子，便可同郎拜也。”朱乃导去。村将尽，一第门开，二人登其堂。俄白：“老夫人至。”有二青衣扶妪升阶。生欲展拜，夫人云：“老朽龙钟，不能为礼，当即脱边幅[73]。”乃指画青衣[74]，追酒高会[75]。朱乃唤家人，另出肴俎[76]，列置生前；亦别设一壶，为客行觞[77]。筵中进馔，无异人世，然主人自举，殊不劝进。

既而席罢，朱归，青衣导生去。入室，则九娘华烛凝待。邂逅含情[78]，极尽欢昵。初，九娘母子原解赴都，至郡[79]，母不堪困苦死，九娘亦自刭。枕上追述往事，哽咽不成眠，乃口占两绝云：“昔日罗裳化作尘，空将业果恨前身[80]。十年露冷枫林月，此夜初逢画阁春[81]。”“白杨风雨绕孤坟，谁想阳台更作云[82]？忽启镂金箱里看[83]，血腥犹染旧罗裙。”天将明，即促曰：“君宜且去，勿惊厮仆[84]。”自此昼来宵往，嬖惑殊甚[85]。一夕，问九娘：“此村何名？”曰：“莱霞里[86]。里中多两处新鬼，因以为名。”生闻之欷歔。女悲曰：“千里柔魂，蓬游无底[87]；母子零孤，言之怆恻。幸念一夕恩义，收儿骨归葬墓侧[88]，使百世得所依栖，死且不朽。”生诺之。女曰：“人鬼路殊，君亦不宜久滞。”乃以罗袜赠生，挥泪促别。生凄然而出，忉怛若丧[89]，心怅怅不忍归，因过拍朱氏之门。朱白足出逆[90]；甥亦起，云鬟笼鬆[91]，惊来省问。生怊怅移时，始述九娘语。女曰："妗氏不言，儿亦夙夜图之。此非人世，久居诚非所宜。"于是相对汍澜[92]。生亦含涕而别。叩寓归寝，展转申旦[93]。欲觅九娘之墓，则忘问志表[94]。及夜复往，则千坟累累，竟迷村路，叹恨而返。展视罗袜，着风寸断，腐如灰烬，遂治装东旋。

半载不能自释，复如稷门，冀有所遇。及抵南郊，日势已晚，息驾庭树[95]。趋诣丛葬所，但见坟兆万接[96]，迷目榛荒，鬼火狐鸣，骇人心目，惊悼归舍。失意遨游，返辔遂东。行里许，遥见女郎独行丘墓间，神情意致，怪似九娘。挥鞭就视，果九娘。下骑欲语，女竟走，若不相识，再逼近之，色作努[97]，举袖自障。顿呼"九娘"，则烟然灭矣[98]。

异史氏曰：香草沉罗[99]，血满胸臆；东山佩玦[100]，泪渍泥沙。古有孝子忠臣，至死不谅于君父者。公孙九娘岂以负骸骨之托，而怨怼不释于中耶[101]？脾鬲间物[102]，不能掬以相示[103]，冤乎哉！

文学古籍刊行社影印手稿本《聊斋志异》第二册

①本篇以当时胶东于七起义遭残酷镇压为背景，虚构莱阳一书生入鬼村为株连致死的甥女主婚，与同死于非命的公孙九娘相爱的故事，为死难者一掬同情之泪，凄怆动人。结末以莱阳生之疏忽而不见谅于公孙九娘作结，寄寓深邃。　②于七一案：清顺治五年(1649)山东栖霞县民于七聚众起义，以锯齿山为依托，先后攻占莱阳、栖霞、蓬莱等县，持续十馀年。清廷派大军围剿，康熙元年(1662)始败，于七突围，不知所终。嗣后大肆搜捕，株连极广。(参看《山东通志·兵防志·国朝兵事》)　③连坐：株连获罪。　④"碧血"二句：极言杀戮之多。碧血，原出《庄子·外物篇》："苌弘死于蜀，藏其血，三年

而化为碧。”后用以称冤死、死于国事者之血。　⑤济城：济南。工肆：指棺材铺。　⑥材木一空：指棺材全被卖光。　⑦伏刑：被判刑处死。栖霞、莱阳在山东东部，故称被逮来在济南杀戮的于七一案中的人为“东鬼”。　⑧甲寅：康熙十三年(1674)。因该故事是虚构的，故年代当是就近随意拈出。　⑨稷(jì寄)下：此指济南。春秋战国时，齐都临淄有稷山、稷门。《史记·田敬仲完世家》：“(齐)宣王喜文学游说之士”，“是以稷下学士复盛。”集解引刘向《别录》：“齐有稷门，城门也。谈说之士期会于稷下也。”济南北魏时为齐州，唐为临淄郡。(参看《济南府志·沿革》)后来诗文中也常以“稷下”、“稷门”指称济南。　⑩楮(chǔ楚)帛：祭鬼神时焚化的纸钱，也称楮钱、冥钱。榛墟：荆棘丛生的荒野，指野葬坟地。　⑪税舍：租房居停。下院：大佛寺的分院。　⑫营干：办事。　⑬造室：到房里来。造，到。　⑭谁何：谁，何人。《庄子·应帝王》：“吾虚而与之委蛇(yí夷)，不知其谁何。”　⑮辨：辨认。　⑯瞠(chēng撑)目：瞪眼。　⑰着冠：戴帽子。　⑱文字交：以诗文相交的朋友。　⑲故人之念：对旧友故交的思念。　⑳渎(dú独)：冒犯，轻漫，这里是烦劳之意。　㉑“愿无”句：希望勿以我为已死之人而有所猜疑、嫌弃。猜薄，猜疑、轻视。　㉒请所命：问对方有何事分付。命，分付。　㉓女甥：外甥女。　㉔主中馈：主办家务饮食，意即作主妇。　㉕“幸无”句：希望多说成全话。《南史·谢朓传》：谢朓好奖掖人才，对人说：“士子声名未立，应共奖成，无惜牙齿馀论。”即此句所本。　㉖失恃：丧母。语本《诗经·小雅·蓼莪》：“无母何恃。”　㉗遗生鞠养：交给莱阳生抚养。鞠养，抚育。　㉘“渠自”二句：彼自有父亲，为何求我。渠，她，指甥女。　㉙犹子：《礼记·丧服》：“兄弟之子，犹子也。”启榇：开棺取骨殖，谓迁葬。　㉚阿谁：即谁，什么人。　㉛金诺：由“一诺千金”化出，对对方诺言之敬语。　㉜屈玉趾：请委屈走一趟。玉趾，对人行止的敬词。《左传·僖公二十六年》：“闻君亲举玉趾，将辱于敝邑。”　㉝第行：只管去。第，但，只。　㉞椽(chuán船)：屋梁上支架屋顶的木棍，亦作房屋间数之量词。　㉟凝眸：眼睛呆滞。涕：泪。　㊱荆人：称妻子的谦词，取东汉梁鸿妻孟光“荆钗布裙”故事。物故：死亡。《汉书·苏武传》：“前以降及物故，凡随武还者九人。”颜师古注：“物故谓死也，言其同于鬼物而故也。”　㊲葬沟渎：谓死。　㊳“置儿”句：承上句，谓对自己完全不问。儿，甥女自指。　㊴伶仃：孤独无依貌。　㊵沉魂：沉冥、沉冤之鬼魂。　㊶曩(nǎng攮)：往日。　㊷为政：主持。　㊸慊(qiè 窃)：满足。　㊹青衣：古时地位低下者着青衣，后用作婢女之代称。　㊺裾(jū 居)：衣前襟。　㊻敛衽(rèn 认)：整整衣襟，表示恭敬。原为古代一种拜礼，元以后专指妇女行礼。(参看赵翼《陔馀丛考》)　㊼穷波斯：唐代俗语。波斯，古西域国名，即今伊朗。唐代长安等大城市居住着许多经营珠宝的波斯富商。李商隐《义山杂纂》有"不相称"条，列举"瘦人相扑"、"屠家念经"、"先生不识字"等其人与其行事不相合的现象，"穷婆斯"为其中一项。此处用其意，谓公孙氏原为故家大族，现已零落，如同"波斯人"而"穷"，名实不相称了。　㊽落落：零落，落寞。　㊾睨(ní 泥)：斜视。　㊿"笑弯"二句：形容公孙九娘美丽而带娇羞之态。秋月，喻眉。朝霞，喻脸颊红晕。　51蜗庐人：乡村小户人家。《古今注·鱼虫》："野人结圆舍，如蜗牛之壳，曰蜗舍。"　52微哂(shěn 审)：微笑。　53齿冷：耻笑。　54继弦未续：《风俗编·妇女·续弦》："丧妻曰断弦，再娶曰续弦。"未续，即未续娶。　55若个：这个。　56颠疯作：犹发疯。　57粪壤：粪土，泉壤，引伸为死去的人。曹丕《与吴质书》："观其姓名(指徐幹、陈琳等)已为鬼录，追思昔游，犹在心区，而此诸子，化为粪壤，可复道哉！"
58迓：迎。　59月啣半规：月亮半圆。啣，含。规，圆。　60逆：相迎。
61垂顾：对来访的敬语。　62晋珠：晋地(山西)产的珠玉。《尔雅·释地》："西方之美者，有霍山之多珠玉焉。"霍山在山西霍县境。　63长(zhàng 丈)物：多馀之物。《世说新语·德行》：王大索取了王恭所坐竹席，王恭无馀席，便坐草垫上。后王大闻之，甚惊曰："吾本谓卿多，故求耳。"王恭对曰："恭作人无长物。"　64禽仪：聘婚礼物。古时订婚以雁为聘礼，称"委禽"。仪，礼品。　65幽室：指阴间。　66扮(huī 挥)谢：谦谢。扮，谦逊，退让。
67箑(shà 霎)：扇子。《淮南子·精训》："知冬日之箑，夏日之裘，无用于己。"高诱注："箑，扇也。"　68望尘即拜：谓迎候权贵，望见其车尘即叩拜，喻卑恭屈膝或敬畏之态。语出《晋书·潘岳传》："(岳)与石崇等谄事贾谧，每候其出，与崇辄望尘而拜焉。"这里表极其感激恭敬之意。　69嘉礼：古代五礼(吉、凶、军、宾、嘉)之一。《周礼·春官·大宗伯》："以嘉礼，亲万民。"后世多专指婚礼。　70于归：《诗经·周南·桃夭》云："之子于归，宜其家室。"后遂称女子出嫁为"于归"。　71助妆：女子出嫁，亲友赠送衣饰。　72老耄(mào 茂)：老年。古称大约七十至九十的年纪曰耄。　73脱边幅：不拘礼节。
74指画：指挥、布置。　75追酒高会：语出唐沈亚之《秦梦记》，谓开筵。

⑯肴:荤菜。俎:本为祭器,泛指食具。 ⑰行觞(shāng 商):行酒。觞,酒杯。 ⑱邂(xiè 懈)逅:欢悦貌。语出《诗经·唐风·绸缪》:“今夕何夕,见此邂逅!子兮子兮,如此邂逅何!”亦指不期之遇合。 ⑲郡:指济南。⑳“昔日”二句:空自怨恨遭惨死之不幸。业果,佛教语,谓前世之业必有后世之果报。 ㉑“十年”二句:十年沉魂荒野,今逢新婚之喜。画阁,装饰华美之楼阁,指闺房。春,此喻新婚之喜。 ㉒阳台:宋玉《高唐赋序》:楚襄王游高唐,梦一妇人来会,自云:“妾在巫山之阳,高丘之阻,朝为行云,暮为行雨,朝朝暮暮,在阳台之下。”后因指“阳台”为男女欢爱之所。 ㉓镂金箱:饰有雕金花纹的箱子。 ㉔厮仆:仆人。 ㉕嬖(bì 闭)惑:宠爱迷恋。㉖莱霞里:承本篇开头所说:“于七一案,连坐被诛者,栖霞、莱阳两县最多。”此作者臆造鬼村名,后竟流传世间。 ㉗蓬游无底:喻飘泊无依归。底,归宿。 ㉘“收儿骨”句:古时风俗,夫妇合葬。白居易《赠内》云:“生为同室亲,死为同穴尘。”公孙九娘要莱阳生收其骨殖“归葬墓侧”,表达终有所“归”之意。儿,古代年轻女子的自称。《乐府诗集·木兰诗》:“木兰不用尚书郎,愿驰千里足,送儿还故乡。” ㉙忉怛(dāodá 刀达):哀伤貌。 ㉚白足:赤脚,谓出迎仓促,不及着履。 ㉛笼鬆:蓬松散乱的样子。 ㉜汍(wán 完)澜:流泪貌。 ㉝展转申旦:通宵未入睡。申旦,自夜达旦。宋玉《九辩》:“独申旦而不寐兮,哀蟋蟀之宵征。”李周翰注:“申,至也。” ㉞志表:碑志、墓表。此指墓前标志。 ㉟息驾庭树:谓停车马于(下院)庭中,顾不上解装。 ㊱坟兆:坟地。 ㊲努:青柯亭本作“怒”,是。当从。㊳烟然:如烟貌。青柯亭本作“湮”。 ㊴香草沉罗:屈原受谗被放,自沉汨罗江。屈原《离骚》中以香草喻忠贞之士,这里指屈原。 ㊵东山佩玦:晋太子申生为晋献公所恶,命之伐东山皋落氏,临行佩之金玦,表示决绝。(参看《左传·闵公二年》)玦,佩器,圆形而有玦,古时又用作表示决绝。 ㊶怨怼(duì 队):怨恨。中:通“衷”,内心。 ㊷脾鬲间物:指心。鬲,同“膈”。㊸掬(jū 居):捧出。

## 王　桂　庵[1]

王樨,字桂庵,大名世家子[2]。适南游,泊舟江岸。邻舟有榜人女[③]，绣履其中，风姿韶绝。王窥既久，女若不觉。王朗吟“洛阳女儿对门居”[④]，故使女闻。女似解其为己者，略举首一斜瞬之，俛首绣如故。王神志益驰，以金锭一枚遥投之，堕女襟上。女拾弃之，若不知为金也者，金落岸边。王拾归，益怪之，又以金钏掷之，堕足下，女操业不顾。无何，榜人自他归。王恐其见钏研诘[⑤]，心急甚。女从容以双钩覆蔽之[⑥]。榜人解缆，顺流径去。王心情丧惘[⑦]，痴坐凝思。时王方娶而丧其偶，悔不即媒定之。乃询诸舟人，并不识其何姓。乃返舟急追之，目力既穷，杳不知其所往，不得已，返舟而南。务毕北返，又沿江细访，并无音耗。至家，寝食皆萦念之。

逾年，复南，买舟江际，若家焉，日日细数行舟，往来者帆楫皆熟，而曩舟殊渺[⑧]。居半年，资罄而归。行思坐想，不能少置[⑨]。

一夜，梦至江村，过数门，见一家柴扉南向，门内疏竹为篱，意是亭园，径入之。有夜合一株[⑩]，红丝满树，隐念诗中“门前一树马缨花”[⑪]，此其是矣。过数武[⑫]，苇笆光洁[⑬]。又入之，见北舍三楹，双扉合焉。南有小舍，红蕉蔽窗[⑭]。探身一窥，有椸架当门[⑮]，罥画裙其上[⑯]，为女子闺闼[⑰]，愕然却退。而内已觉之，有奔出瞰客者[⑱]，粉黛微呈，则舟中人也。喜出非望，曰：“亦有相逢之期乎！”方欲狎就，女父适归，倏然惊觉[⑲]，始知为梦。景物历历，如在目前。秘之，恐与人言，破此佳梦。

后年馀，再适镇江。郡南有徐太仆[⑳]，与有世谊，招之饮。信马而去，误入小村，道途景色，仿佛生平所历。一门内，马缨一树，景象宛然。骇极，投鞭径入，种种物色，与梦无别。再入，则房舍一如其数。梦既验，不复疑虑，直趋南舍，舟中人果在其中。遥见王，惊起，以扉自障，叱问："何处男子？"王逡巡间，犹疑是梦。女见步履渐近，闬然扃户[21]。王曰："卿不忆掷钏者耶？"备述相思之苦，且言梦征[22]。女隔窗审其家世，王具道之。女曰："既属宦裔，中馈必有佳人[23]，焉用妾？"王曰："非以卿故，婚娶固已久矣。"女曰："果如所言，足知君心。妾此情难告父母，然亦方命而绝数家[24]。金钏犹在，料钟情者必有耗问耳[25]。父母偶适外戚，行且至。君姑退，倩冰委禽[26]，计无不遂。若望以非礼成耦[27]，则用心左矣。"王仓卒欲出[28]，女遥呼王郎曰："妾芸娘，姓孟氏，父字江蓠。"王诺记而出。罢筵早返，谒江蓠。江逆入，设座篱下。王自道家阀，即致来意，兼纳百金为聘。翁曰："息女已字矣[29]。"王曰："讯之甚确，固待聘耳，何见绝之深[30]？"翁曰："适间所诺[31]，不敢为诳。"王神情俱失，拱别而返，不知其言信否。当夜辗转，无人可以媒之。向欲以情告太仆，恐娶榜人女为先生笑[32]。今情急，无可为媒，质明[33]，实告之。太仆曰："此翁与有瓜葛[34]，是祖母嫡孙，何不早言？"王始吐隐情。太仆疑曰："江蓠固贫，素不以操舟为业，得毋误乎？"乃遣子大郎谒孟。孟曰："仆虽空匮[35]，非卖婚者，曩公子以金自媒，谅仆必为利动[36]，故不敢附为婚姻。既承先生命，必无错谬。但顽女颇恃宠爱，好门户辄便拗却[37]，不得不与商榷，免他日怨远婚也。"遂起，少入而返[38]，拱手一如尊命，约期而别。大郎复命，王乃盛备禽妆[39]，纳采于孟，假馆太仆之家，亲迎成礼。

居三日，辞岳北归。夜宿舟中，问芸娘云："向于此处遇卿，固疑不类舟人子，当时泛舟何之？"答云："妾叔家江北，偶借扁舟一往视耳。妾家仅可自给，然傥来物颇不贵视之[40]。

笑君双瞳如豆[41]，屡以金赀动人。初闻吟声，知为风雅士，又疑为儇薄子作荡妇之挑也[42]。使父见金钏，君死无地矣。妾怜才心切否？”王笑曰：“卿固黠甚，然亦堕吾术矣。”女问：“何事？”王止而不言。又因诘之，乃曰：“家门日近，此亦不能终秘。实告卿，我家中固有妻在，吴尚书女也。”芸娘不信，王故庄其词以实之[43]。芸娘色变，默移时，遽起奔出，王蹑履追之[44]，则已投江中矣。王大呼，诸船惊闹，夜色昏濛，惟有满江星点而已[45]。王悼痛终夜，沿江而下，以重金觅其骸骨，亦无见者。邑邑而归[46]，忧恸交集，又恐翁来视女，无词可以相对。有姊婿官河南，遂命驾造之[47]，年馀始归。

途中遇雨，休装民舍[48]，见房廊清洁，有老妪弄儿厦间。儿睹王入，即求援抱。王怪之，又视儿秀婉可爱，揽置膝头。媪唤之，不去。少顷，雨霁，王举儿付妪，下堂趣装[49]。儿啼曰：“阿爹去矣。”妪耻之，呵之不止，强抱而去。王坐待治任[50]，忽有丽者自屏后抱儿出，则芸娘也。方诧异间，芸娘骂曰：“负心郎，遗此一块肉，焉置之？”王乃知为己子，酸来刺心[51]，不暇问其往迹，先以前言之戏，矢日自白[52]。芸娘始反怒为悲，相向涕零。先是，第主莫翁，六旬无子，携媪往朝南海。归途泊江际，芸娘随波下，适触翁舟。翁命从人拯出之，疗控终夜[53]，始渐苏。翁媪视之，是好女子，甚喜，以为己女，携之而归。居数月，欲为择婿，女不可。逾十月，举一子，名之寄生。王避雨其家，寄生方周岁也。王于是解装，入拜翁媪，遂为岳婿。居数日，始举家归。至，则孟翁坐待，已两月矣。翁初至，见仆辈情词恍惚，心颇疑怪，既见，始共欢慰。历数所遭，乃知其枝梧者有由也[54]。

康熙抄本《聊斋志异》

①这是一篇人间好事多磨的婚恋故事，女主人的迟疑、稳重，因不知为戏言而含怒投江，均显示出维护女性尊严的意识。 ②世家子：世代作官之家的子弟。 ③榜(bàng 棒)人：船夫。 ④洛阳女儿对门居：王维《洛阳女儿行》："洛阳女儿对门居，才可容颜十五馀。谁怜越女颜如玉，贫贱江头自浣纱。" ⑤研诘：追究，查问。 ⑥双钩：指女子两脚。当时女子裹脚，纤小而微曲，故以为喻。 ⑦丧惘：丧神怅惘。 ⑧曩舟：以前那只船。渺：铸雪斋本作"杳"，不见踪影。 ⑨置：弃置，丢开。 ⑩夜合：学名合欢，一名马缨花，落叶乔木，偶数羽状复叶，夜间成对相合。 ⑪门前一树马缨花：元虞集《水仙神》诗句，原诗是："钱塘江上是奴家，郎若闲时来吃茶。黄土筑墙茅盖屋，门前一树马缨花。" ⑫武：《国语·周语下》："夫目之察度也，不过步武尺寸之间。"韦昭注："六尺为步，半步为武。" ⑬苇笆：苇杆编成之篱笆。 ⑭红蕉：红色的美人蕉。花名。 ⑮椸(yí 夷)架：晾衣服的竹架。 ⑯罥(juān 绢)：挂。 ⑰闺闼：闺房，女子内室。 ⑱瞰(kàn 看)：迎看。 ⑲倏(shū 书)然：忽然，骤然。 ⑳太仆：官名，太仆寺卿之省称。明清两代之太仆寺，专掌牧马政令。 ㉑闸(pēng 烹)然：关门声。扃(jiǒng 迥阴平)户：关门。 ㉒梦征：梦中征兆，指上文所写梦境。 ㉓中馈：《易·家人》："无攸遂，在中馈。"指家中妇人供膳诸事。后指妻室。 ㉔方命：违命。《书·尧典》："方命圮族。"蔡沈集传："方命者，逆命而不行也。"后常用作难于应命之婉辞。绝，拒绝。 ㉕耗问：音信。 ㉖倩冰委禽：托媒纳聘礼，即求婚。冰，媒人。委禽，《左传·昭公元年》："郑徐吾犯之妹美，公孙楚聘之矣，公孙黑又使委禽焉。"委，致送。禽，雁，上古订婚以雁为聘礼。 ㉗耦：通"偶"，配偶。 ㉘仓卒(cù 猝)：匆忙。 ㉙字：《礼记·曲礼》："女子许嫁，笄而字。"原意为取表字，后称许嫁为字。 ㉚见绝：被拒绝，"见"字表被动。 ㉛诺：应答。 ㉜先生：年长之人。 ㉝质明：黎明。《仪礼·士冠礼》："宰告曰：'质明行事。'"程大昌《演繁露》卷十："质明，则已晓也。" ㉞瓜葛：指有亲戚关系。 ㉟空匮：贫穷。 ㊱谅：料想。 ㊲拗却：坚决拒绝。 ㊳少入而返：入内室少时即返回。 ㊴禽妆：订婚的彩礼，即下句"纳采"之物品。 ㊵傥来物：语本《庄子·缮性》："轩冕在身，非性命也。物之傥来，寄者也。"成玄英疏："傥者，意外忽来

者耳。” ㊶双瞳如豆:喻眼光短小,轻视他人。 ㊷儇(xuān 喧)薄子:轻薄少年。作荡妇之挑:当作荡妇而挑逗之。 ㊸故庄其词以实之:故意郑重其词使人信以为实事。 ㊹蹝(xǐ 徙)履:趿着鞋,谓事发突然,来不及穿好鞋。 ㊺满江星点:江面上映照着点点星光。 ㊻邑邑:同“悒悒”,形容忧郁不乐。 ㊼命驾:驾车,谓动身起行。 ㊽休装:解装休止。 ㊾趣(cù 促)装:急整行装。 ㊿治任:治装,整理行李。任,指行李。 (51)酸:悲痛。 (52)矢日:指日发誓。矢,通“誓”。 (53)疗控:救治溺水者的方法,使弯背垂头,吐出腹中水。 (54)枝梧:犹支吾,说话含混躲闪。

# 二五 洪 昇

洪昇(1645—1704),字稗畦,钱塘(今杭州)人。出身于败落的名门之家。康熙七年(1668)入国子监肄业,从王士禛、朱彝尊、李天馥、王泽弘等名流联吟倡酬,有诗名。由于同父母失和,加之其父曾"被诬遣戍"(被赦免),家道愈衰落,在京贫甚,以卖文为活。康熙二十七年(1688),撰成《长生殿》传奇。次年,因赵执信等在佟皇后丧期观演《长生殿》,遭朝廷议处,被革去国子监籍。康熙四十三年(1704),于吴兴舟中酒醉落水死。有《稗畦集》、《啸月楼诗集》。所作戏曲除《长生殿》外,尚存《四婵娟》杂剧。

## 长 生 殿

### 惊 变[①]

(丑上)"玉楼天半起笙歌[②],风送宫嫔笑语和[③];月殿影开闻夜漏[④],水晶帘卷近秋河[⑤]。"咱家高力士,奉万岁爷之命,着咱在御花园中,安排小宴,要与贵妃娘娘同来游赏,只得在此伺候!(生、旦乘辇[⑥],老旦、贴随后,二内侍引上)

[北中吕·粉蝶儿[⑦]]天淡云闲,列长空数行新雁。御园中秋色斓斑[⑧],柳添黄,蘋减绿,红莲脱瓣。一抹雕栏[⑨],喷清香桂花初绽。

(到介)(丑)请万岁爷、娘娘下辇。(生、旦下辇介)(丑同内侍

暗下)(生)妃子,朕与你散步一回者。(旦)陛下请。(生携旦手介)(旦)

[南泣颜回]携手向花间,暂把幽怀同散。凉生亭下,风荷映水翩翻[10];爱桐阴静悄,碧沉沉并绕回廊看。恋香巢秋燕依人,睡银塘鸳鸯蘸眼[11]。

(生)高力士,将酒过来[12],朕与娘娘小饮数杯。(丑)宴已排在亭上,请万岁爷、娘娘上宴。(旦作把盏,生止住介)妃子坐了。

[北石榴花]不劳你玉纤纤高捧礼仪烦[13],子待借小饮对眉山[14]。俺与你浅斟低唱互更番,三杯两盏,遣兴消闲。妃子,今日虽是小宴,倒也清雅。回避了御厨中、回避了御厨中烹龙炰凤堆盘案[15],咿咿哑哑乐声催趱[16];只几味脆生生,只几味脆生生蔬和果清肴馔,雅称你仙肌玉骨美人餐[17]。

妃子,朕与你清游小饮,那些梨园旧曲[18],都不耐烦听他。记得那年在沉香亭上赏牡丹[19],召翰林李白草《清平调》三章[20],命李龟年度成新谱[21],其词甚佳。不知妃子还记得么?(旦)妾还记得。(生)妃子可为朕歌之,朕当亲倚玉笛以和[22]。(旦)领旨。(老旦进玉笛,生吹介)(旦按板介)

[南泣颜回]花繁,秾艳想容颜。云想衣裳光璨[23]。新妆谁似,可怜飞燕娇懒[24]。名花国色,笑微微常得君王看。向春风解释春愁,沉香亭同倚阑干[25]。

(生)妙哉!李白锦心,妃子绣口[26],真双绝矣!宫娥,取巨觞来[27],朕与妃子对饮。(老旦、贴送酒介)(生)

[北斗鹌鹑]畅好是喜孜孜驻拍停歌[28],喜孜孜驻拍停歌,笑吟吟传杯送盏。妃子干一杯!(作照干介)不须他絮烦烦射覆藏钩[29],闹纷纷弹丝弄板[30]。(又作照杯介)妃子,再干一杯!(旦)妾不能饮了。(生)宫娥每,跪劝。(老旦、贴)领旨。(跪旦介)

娘娘请上这一杯。(旦勉饮介)(老旦、贴作连劝介)(生)我这里无语持觞仔细看,早子见花一朵上腮间[31]。(旦作醉介)妾真醉矣。(生)一会价软咍咍柳亸花欹[32],软咍咍柳亸花欹,困腾腾莺娇燕懒。

妃子醉了,宫娥每,扶娘娘上辇进宫去者。(老旦、贴)领旨。(作扶旦起介)(旦作醉态呼介)万岁!(老旦、贴扶旦行)(旦作醉态介)

[南扑灯蛾]态恹恹轻云软四肢[33],影濛濛空花乱双眼[34];娇怯怯柳腰扶难起,困沉沉强抬娇腕,软设设金莲倒褪[35],乱松松香肩亸云鬟[36],美甘甘思寻凤枕,步迟迟,倩宫蛾搀入绣帏间[37]。

(老旦、贴扶旦下)(丑同内侍暗上)(内击鼓介)(生惊介)何处鼓声骤发?(副净急上[38])"渔阳鼙鼓动地来,惊破霓裳羽衣曲[39]。"(问丑介)万岁爷在那里?(丑)在御花园内。(副净)军情紧急,不免径入。(进见介)陛下,不好了。安禄山起兵造反,杀过潼关,不日就到长安了。(生大惊介)守关将士何在?(副净)哥舒翰兵败[40],已降贼了。(生)

[北上小楼]呀!你道失机的哥舒翰,称兵的安禄山,赤紧的离了渔阳[41],陷了东京[42],破了潼关。唬得人胆战心摇,唬得人胆战心摇,肠慌腹热,魂飞魄散,早惊破月明花粲。

卿有何策,可退贼兵?(副净)当日臣曾再三启奏,禄山必反,陛下不听,今日果应臣言。事起仓卒,怎生抵敌?不若权时幸蜀[43],以待天下勤王[44]。(生)依卿所奏。快传旨:诸王百官,即时随驾幸蜀便了。(副净)领旨。(急下)(生)高力士,快些整备军马。传旨令右龙武将军陈元礼,统领御林军士三千[45],扈驾前行[46]。(丑)领旨。(下)(内侍)请万岁爷回宫。(生转行叹介)唉!正尔欢娱,不想忽有此变,怎生是了也!

[南扑灯蛾]稳稳的宫廷宴安,扰扰的边廷造反。冬冬的鼙鼓

喧，腾腾的烽火黫[47]。的溜扑碌臣民儿逃散[48]，黑漫漫乾坤覆翻，磣磕磕社稷摧残[49]，磣磕磕社稷摧残。当不得萧萧飒飒西风送晚，黯黯的，一轮落日冷长安。

(向内问介)宫娥每，杨娘娘可曾安寝？(老旦、贴内应介)已睡熟了。(生)不要惊他，且待明早五鼓同行。(泣介)天那！寡人不幸，遭此播迁[50]；累他玉貌花容，驱驰道路，好不痛心也！

[南尾声]在深宫兀自娇慵惯，怎样支吾蜀道难[51]。(哭介)我那妃子呵。愁杀你玉软花柔，要将途路趱。

宫殿参差落照间(卢纶)[52]，渔阳烽火照函关(吴融)[53]。
遏云声绝悲风起(胡曾)[54]，何处黄云是陇山(武元衡)[55]。

稗畦草堂刻本《长生殿》卷上

①《长生殿》是洪升的代表作。它本于白居易《长恨歌》及陈鸿《长恨歌传》，参以白朴《梧桐雨》杂剧和有关传说，重新演绎唐明皇杨贵妃的故事，从中展现深邃的历史内蕴，寄寓“乐极哀来，垂戒来世”(《自序》)的思想。该剧场面壮阔，虚实相生，章法井然，排场有致，语言精美，音律和谐，是明清传奇中的上品。《惊变》是其中第二十四出，写李隆基和杨玉环在《密誓》之后，爱情发展到高潮，正在忘情欢乐之际，“渔阳鼙鼓动地来”，安史叛军杀过潼关，李隆基吓得“魂飞魄散”，决定入蜀避乱。这是全剧剧情发展中关键一出，集中表现了作者的寓意。　②玉楼：华丽的高楼，指宫殿。天半：犹言半空中，形容极高。　③宫嫔：宫女。嫔是宫廷中的女官。　④夜漏：古代计时的工具。器中贮水下滴，有声，故曰“闻”。　⑤水晶帘：珠帘。秋河：银河。以上四句引用唐马逢《宫词二首》其二。　⑥生：扮李隆基。旦：扮杨玉环。下面之老旦、贴，扮宫女念奴、永新。辇(niǎn 拈)：人拉的车。此指帝王所乘的便车。　⑦北中吕：指北曲的中吕宫。《粉蝶儿》曲，属北中吕宫。这出戏用南北曲合套，北曲由李隆基唱，南曲由杨玉环唱。　⑧斓(lán 兰)斑：亦作斑斓，颜色错杂灿烂。　⑨一抹：一带。　⑩风荷：风中的莲花。翩翻：飘忽摇曳貌。　⑪蘸(zhàn 占)眼：招眼，引人注目。　⑫将：拿。

⑬玉纤纤:喻洁白纤细的手。 ⑭子待:只待。眉山:用青色画过的眉毛,其色、状与远山相似,故称为眉山、眉峰。 ⑮烹龙炰(páo 袍)凤:指烹制的珍贵食品。炰,同"炮制"的炮。 ⑯催趱(zàn 赞):各种乐器竞奏。 ⑰雅称:非常适合、相称。雅,极、甚。 ⑱梨园:唐玄宗设置的教练伶人的机构。《新唐书·礼乐志》:"明皇既知音律,又酷爱法曲,选坐部伎子弟三百,教于梨园。" ⑲沉香亭:亭名,在唐兴庆宫内。 ⑳"召翰林"句:天宝初,李白在长安供奉翰林。玄宗与杨妃在兴庆宫沉香亭前赏牡丹,命李白进新词,李白宿醉未醒,援笔写成《清平调词》三章。(参见《松窗杂录》) ㉑李龟年:唐玄宗时著名乐人,精音律,受到玄宗的宠遇。(参见《明皇杂录》)度:作曲。 ㉒倚玉笛以和:用玉笛来伴奏。 ㉓"花繁"三句:化用李白《清平调词》其一"云想衣裳花想容,春风拂槛露华浓"两句。 ㉔"新妆"二句:化用《清平调词》其二"借问汉宫谁得似?可怜飞燕倚新装"两句。可怜,可爱。飞燕,赵飞燕,西汉成帝的皇后赵飞燕,以貌美著称。 ㉕"名花"四句:化用《清平调词》其三:"名花倾国两相欢,长得君王带笑看。解释春风无限恨,沉香亭畔倚阑干。"名花,指牡丹。国色,国中最美的女子。《公羊传·昭公三十一年》:"颜夫人者,国色也。"旧注:"谓颜色一国之选也。"解释,解除,消除。 ㉖"李白"二句:谓李白文思美妙,杨妃歌喉优雅。锦心,形容写文章的人的文心。绣口,指文章词藻富丽。这里指声音优美。语出柳宗元《乞巧文》:"骈四俪六,锦心绣口。" ㉗觞(shāng 商):古代酒器。 ㉘畅好是:正好是。驻:同住。 ㉙射覆藏钩:古代两种游戏。射覆,《汉书·东方朔传》:"上尝使诸数家射覆。"颜师古注:"数家,术数之家也。于覆器之下而置诸物,令暗射之,故云射覆。"即让人猜出器物覆盖的东西。后世称猜迷语为射覆。藏钩,《艺经》:"腊日饮祭之后,叟妪儿童为藏钩之戏,分为二曹(两队),以较胜负。"即寻找物件藏匿之处。 ㉚弹丝弄板:弹奏乐器。 ㉛早子见:早见。子为语助词,无义。 ㉜软咍(hāi 嗨)咍:软绵绵。柳亸(duǒ 朵)花欹(qī 七):形容杨贵妃醉后不能支持,身体软得如柳条低垂,花枝倾斜。亸,垂下。欹,倾斜。 ㉝恹恹:软弱无力的样子。 ㉞"影濛濛"句:形容杨贵妃醉眼朦胧,看不清楚。空花,佛教语。本指隐现于病眼者视觉中繁花状的虚影,常以喻纷繁的妄想和假相。 ㉟软设设:软绵绵。金莲:指女子的脚。 ㊱云鬟:形容妇女发鬟如云。 ㊲倩:使,请。 ㊳副净:扮杨国忠。 ㊴"渔阳"二句:借用白居易《长恨歌》原句。渔阳,郡名,

今河北冀县、平谷一带,安禄山盘踞之地。鼙(pí 皮)鼓,古代军中的一种小鼓。霓裳羽衣曲,唐乐曲名。来自西凉,名《婆罗门曲》,经玄宗润色,天宝十三载改为《霓裳羽衣曲》。后附会为玄宗游月宫闻仙乐,归而记之,乃为此曲。㊵哥舒翰:唐天宝年间,任河西节度使。安史之乱,李隆基委命驻守潼关,失败被俘。新旧《唐书》有传。　㊶赤紧的:曲中习用语,形容时间短促,犹转眼间。　㊷东京:唐代以洛阳为东都。　㊸幸:皇帝去到某地的专用词。㊹勤王:指封建时代由地方出兵援救王朝。　㊺"传旨"二句:陈元礼,陈玄礼,为避清圣祖玄烨讳而改为"元"。皇帝的亲军有四军,即左右龙武军和左右羽林军。陈玄礼是右龙武军的将领。御林军,泛指皇帝卫军。　㊻扈(hù 户):即护驾,保卫皇帝。　㊼黫(yān 烟):黑色,指烽烟的颜色。㊽的溜扑碌:口语,形容慌乱。　㊾碜(chěn 趁上声)磕磕:也作碜可可,曲中常用语,凄惨可怕的意思。　㊿播迁:迁徙、流移。　51支吾:应付,支应。　52"宫殿"句:摘自卢纶《长安春望》。　53"渔阳"句:摘自吴融《华清宫四首》其二。函关,函谷关,在今河南灵宝西南。　54"遏云"句:摘自胡曾《咏史诗·铜雀台》。遏云,谓乐声高入云霄。　55"何处"句:摘自武元衡《摩诃池送李侍御之凤翔》诗。黄云,黄色云气。此指天子之气。陇山,山名,在陕西甘肃一带。唐玄宗由长安奔成都,途经陇山。

## 弹　词[①]

(末白须[②],旧衣帽,抱琵琶上)"一从鼙鼓起渔阳,宫禁俄看蔓草荒[③]。留得白头遗老在,谱将残恨说兴亡[④]。"老汉李龟年,昔为内苑伶工[⑤],供奉梨园,蒙万岁爷十分恩宠。自从朝元阁教演《霓裳》[⑥],曲成奏上,龙颜大悦,与贵妃娘娘,各赐缠头[⑦],不下数万。谁想禄山造反,破了长安,圣驾西巡[⑧],万民逃窜。俺每梨园部中,也都七零八落,各自奔逃。老汉来到江南地方[⑨],盘缠都使尽了,只得抱着这面琵琶,唱个曲儿餬口。今日乃青溪鹫峰寺大会[⑩],游人甚多,不免到彼卖唱。(叹科)哎,想起当日天上清歌,今日沿门鼓板,好不颓气人

也[11]。(行科)

[南吕一枝花]不提防馀年值乱离[12],逼拶得歧路遭穷败[13]。受奔波风尘颜面黑,叹衰残霜雪鬓须白。今日个流落天涯,只留得琵琶在。揣羞脸上长街又过短街。那里是高渐离击筑悲歌[14],倒做了伍子胥吹箫也那乞丐[15]。

[梁州第七]想当日奏清歌趋承金殿,度新声供应瑶阶[16]。说不尽九重天上恩如海:幸温泉骊山雪霁[17],泛仙舟兴庆莲开[18];玩婵娟华清宫殿[19],赏芳菲花萼楼台[20]。正担承雨露深泽,蓦遭逢天地奇灾[21]。剑门关尘蒙了凤辇鸾舆[22],马嵬坡血污了天姿国色[23]。江南路哭杀了瘦骨穷骸[24]。可哀落魄,只得把《霓裳》御谱沿门卖[25],有谁人喝声采!空对着六代园陵草树埋[26],满目兴衰。

(虚下)(小生巾服上)"花动游人眼,春伤故国心。《霓裳》人去后[27],无复有知音。"小生李謩[28],向在西京留滞,乱后方回。自从宫墙之外,偷按《霓裳》数叠,未能得其全谱。昨闻有一老者,抱着琵琶卖唱,人人都说手法不同,像个梨园旧人。今日就鹫峰寺大会,想他必在那里,不免前去寻访一番。一路行来,你看游人好不盛也。(外巾服,副净衣帽,净长帽、帕子包首,扮山西客,携丑扮妓上[29])(外)"闲步寻芳惜好春,"(副净)"且看胜会逐游人。"(净)大姐,咱和你"及时行乐休空过"。(丑)客官,"好听琵琶一曲新"。(小生向副净科)老兄请了,动问这位大姐说什么"琵琶一曲新"?(副净)老兄不知,这里新到一个老者,弹得一手好琵琶,今日在鹫峰寺赶会,因此大家同去一听。(小生)小生正要去寻他,同行如何?(众)如此极好。(同行科)行行去去,去去行行,已到鹫峰寺了,就此进去。(同进科)(副净)那边一个圈子,四围板凳,想必是波。我每一起挨进去,坐下听者。(众作坐科)(末上见科)列位请

了,想都是听曲的,请坐了,待在下唱来请教波。(众)正要领教。(末弹琵琶唱科)

[转调货郎儿[30]]唱不尽兴亡梦幻,弹不尽悲伤感叹,大古里凄凉满眼对江山[31]。我只待拨繁弦传幽怨,翻别调写愁烦[32],慢慢的把天宝当年遗事弹。

(外)"天宝遗事",好题目波。(净)大姐,他唱的是什么曲儿,可就是咱家的西调么[33]?(丑)也差不多儿。(小生)老丈,天宝年间遗事,一时那里唱得尽者。请先把杨贵妃娘娘,当时怎生进宫,唱来听波。(末弹唱科)

[二转]想当初庆皇唐太平天下,访丽色把娥眉选刷[34]。有佳人生长在弘农杨氏家[35],深闺内端的玉无瑕。那君王一见了欢无那[36],把钿合金钗亲纳,评跋做昭阳第一花[37]。

(丑)那贵妃娘娘,怎生模样波?(净)可有咱家大姐这样标致么?(副净)且听唱出来者。(末弹唱科)

[三转]那娘娘生得仙姿佚貌[38],说不尽幽闲窈窕[39]。真个是花输双颊柳输腰[40]。比昭君增妍丽,较西子倍风标。似观音飞来海峤[41],恍嫦娥偷离碧霄。更春情韵饶,春酣态娇,春眠梦悄。纵有好丹青[42],那百样娉婷难画描。

(副净笑科)听这老翁说杨娘娘标致,恁般活现,倒像是亲眼见的,敢则谎也?(净)只要唱得好听,管他谎不谎。那时皇帝怎样看待他来,快唱下去者。(末弹唱科)

[四转]那君王看承得似明珠没两,镇日里高擎在掌[43]。赛过那汉宫飞燕倚新妆[44]。可正是玉楼中巢翡翠,金殿上锁着鸳鸯[45],宵偎昼傍。直弄得个伶俐的官家[46],颠不剌,懵不剌[47],撇不下心儿上。弛了朝纲,占了情场,百支支写不了风流账[48]。行厮并,坐厮当,双,赤紧的倚了御床,博得个月夜花朝同受享。

(净倒科)哎呀,好快活,听的咱似雪狮子向火哩[49]。(丑扶科)怎么说?(净)化了。(众笑科)(小生)当日宫中有《霓裳羽衣》一曲,闻说出自御制,又说是贵妃娘娘所作,老丈可知其详?请唱与小生听咱。(末弹唱科)

[五转]当日呵,那娘娘在荷亭把宫商细按,谱新声将《霓裳》调翻,昼长时亲自教双鬟[50]。舒素手,拍香檀[51],一字字都吐自朱唇皓齿间。恰便似一串骊珠[52],声和韵闲[53],恰便似莺与燕弄关关[54],恰便似鸣泉花底流溪涧,恰便似明月下泠泠清梵[55],恰便似缑岭上鹤唳高寒[56],恰便似步虚仙珮夜珊珊[57]。传集了梨园部、教坊班,向翠盘中高簇拥着个娘娘,引得那君王带笑看[58]。

(小生)一派仙音,宛然在耳,好形容波。(外叹科)哎,只可惜当日天子宠爱了贵妃,朝欢暮乐,致使渔阳兵起。说起来令人痛心也!(小生)老丈,休只埋怨贵妃娘娘,当日只为误任边将,委政权奸,以致庙谟颠倒,四海动摇[59]。若使姚、宋犹存[60],那见得有此?(外)这也说的是波。(末)嗨,若说起渔阳兵起一事,真是天翻地覆,惨目伤心。列位不嫌絮烦,待老汉再慢慢弹唱出来者。(众)愿闻。(末弹唱科)

[六转]恰正好呕呕哑哑《霓裳》歌舞,不提防扑扑突突渔阳战鼓。划地里出出律律、纷纷攘攘奏边书[61],急得个上上下下都无措。早则是喧喧嗾嗾、惊惊遽遽、仓仓卒卒、挨挨拶拶[62],出延秋西路[63],銮舆后携着个娇娇滴滴贵妃同去。又只见密密匝匝的兵,恶恶狠狠的语,闹闹吵吵,轰轰剨剨四下喳呼[64],生逼散恩恩爱爱、疼疼热热帝王夫妇。霎时间画就了这一幅惨惨凄凄绝代佳人绝命图。

(外、副净同叹科)(小生泪科)哎,天生丽质,遭此惨毒,真可怜也!(净笑科)这是说唱,老兄怎么认真掉下泪来?(丑)那

贵妃娘娘死后,葬在何处?(末弹唱科)

[七转]破不剌马嵬驿舍,冷清清佛堂倒斜。一代红颜为君绝,千秋遗恨滴罗巾血。半颗树是薄命碑碣,一抔土是断肠墓穴。再无人过荒凉野,莽天涯谁吊梨花谢?可怜那抱幽怨的孤魂,只伴着呜咽咽的望帝悲声啼夜月[65]。

(外)长安兵火之后,不知光景如何?(末)哎呀!列位,好端端一座锦绣长安,自被安禄山破陷,光景十分不堪了。听我再弹波。(弹唱科)

[八转]自銮舆西巡蜀道,长安内兵戈肆扰。千官无复紫宸朝[66],把繁华顿消,顿消。六宫中朱户挂蟏蛸[67],御榻旁白日狐狸啸。叫鸱鸮也么哥,长蓬蒿也么哥。野鹿儿乱跑,苑柳宫花一半儿凋。有谁人去扫,去扫!玳瑁空梁燕泥儿抛[68],只留得缺月黄昏照。叹萧条也么哥,染腥臊也么哥!染腥臊,玉砌空堆马粪高。

(净)呸!听了半日,饿得慌了。大姐,咱和你喝烧刀子[69],吃蒜包儿去。(做腰边解钱与末,同丑诨下)(外)天色将晚,我每也去罢。(送银科)酒资在此。(末)多谢了。(外)无端唱出兴亡恨,(副净)引得傍人也泪流。(同外下)(小生)老丈,我听你这琵琶,非同凡手,得自何人传授?乞道其详。(末)

[九转]这琵琶曾供奉开元皇帝[70],重提起心伤泪滴。(小生)这等说起来,定是梨园部内人了。(末)我也曾在梨园籍上姓名题,亲向那沉香亭花里去承值,华清宫宴上去追随。(小生)莫不是贺老?(末)俺不是贺家的怀智[71]。(小生)敢是黄旛绰[72]?(末)黄旛绰同咱皆老辈。(小生)这等想必是雷海青[73]?(末)我虽是弄琵琶却不姓雷。他呵,骂逆贼久已身死名垂。(小生)这等,想必是马仙期了[74]?(末)我也不是擅场方响马仙期,那些旧相识都休话起。(小生)因何来到这里?(末)我只为家亡

国破兵戈沸，因此上孤身流落在江南地。(小生)毕竟老丈是谁波？(末)你官人絮叨叨苦问俺为谁，则俺老伶工名唤做龟年身姓李。

(小生揖科)呀！原来却是李教师，失瞻了[75]。(末)官人尊姓大名，为何知道老汉？(小生)小生姓李，名謩。(末)莫不是吹铁笛的李官人么？(小生)然也。(末)幸会，幸会。(揖科)(小生)请问老丈，那《霓裳》全谱可还记得波？(末)也还记得，官人为何问他？(小生)不瞒老丈说，小生性好音律，向客西京。老丈在朝元阁演习《霓裳》之时，小生曾傍着宫墙，细细窃听，已将铁笛偷写数段，只是未得全谱，各处访求，无有知者。今日幸遇老丈，不识肯赐教否？(末)既遇知音，何惜末技。(小生)如此多谢，请问尊寓何处？(末)穷途流落，尚乏居停[76]。(小生)屈到舍下暂住，细细请教如何？(末)如此甚好。

[煞尾]俺一似惊乌绕树向空枝外，谁承望做旧燕寻巢入画栋来。今日个知音喜遇知音在，这相逢，异哉！恁相投，快哉！李官人呵，待我慢慢的传与你这一曲《霓裳》播千载。

(末)桃蹊柳陌好经过(张籍)[77]，(小生)聊复回车访薜萝(白居易)[78]。

(末)今日知音一留听(刘禹锡)[79]，(小生)江南无处不闻歌(顾况)[80]。

稗畦草堂本《长生殿》卷下

①《弹词》为《长生殿》第三十八出。唐郑处晦《明皇杂录》卷下载，安史乱后，梨园乐工李龟年流落江南，"每遇良辰胜赏，为人歌数阕，座中闻之，莫不掩泣罢酒"。本出即由此敷演而成，通过李龟年唱往事，感叹唐玄宗占了情场，弛了朝纲，招致国乱、身败、杨贵妃马嵬缢死之悲剧，犹全剧之主题歌。曲

词凄婉动人,极为曲评家称赏。 ②末:扮李龟年。 ③俄:顷刻。 ④谱:按曲调填词。 ⑤内苑:指皇宫。 ⑥朝元阁:在骊山华清宫内,原为祭祀老子的道观,后为唐玄宗和杨贵妃娱乐的场所。李商隐《华清宫二首》:"朝元阁回羽衣新,首按昭阳第一人。"教演《霓裳》:本剧第十四出《偷曲》曾演其事。 ⑦缠头:本指赏赐给歌舞艺人之罗锦,后泛指奖酬财物。 ⑧圣驾:指唐玄宗。西巡:安禄山叛军陷长安,唐玄宗出奔四川。巡,皇帝出行。 ⑨江南:此指南京。 ⑩青溪鹫峰寺:在南京城内青溪旁,系明天顺年间所建寺,赐额"鹫峰寺"。(参看明葛寅亮《金陵梵刹记》卷二十二)作者用其名,是误以为唐代即有其寺。 ⑪颓气:丧气,伤心。 ⑫馀年:晚年。 ⑬逼拶(zā 哑):逼迫。路歧:宋元时指称流动各地演唱之艺人。 ⑭高渐离:战国燕人,善击筑,曾悲歌送荆轲入秦刺秦始皇,荆轲死,变易姓名,为人佣保。(参看《史记·刺客列传》) ⑮伍子胥:战国楚人,父兄为楚平王所杀,出亡吴国,曾吹箫乞食于吴市,后佐吴伐楚。(参看《史记·伍子胥列传》) ⑯度:作曲。 ⑰"幸温泉"句:因唐玄宗冬天常到骊山华清宫浴温泉,故云。雪霁,雪止天晴。 ⑱兴庆:指兴庆宫,原为唐玄宗藩邸,即位后立宫,中有勤政务本楼、花萼相辉楼、沉香亭等。五代王定保《唐摭言》记,开元中,李白曾应诏草《白莲花开序》,乃《宫中行乐词》,故此云"莲开"。 ⑲玩婵娟:指赏月。华清宫殿:即华清宫,在陕西临潼骊山麓,唐玄宗所建,初名温泉宫,后改华清宫。陈鸿《长恨歌传》:"时每岁十月,驾幸华清宫,内外命妇,耀耀景从,浴日馀波,赐以汤沐,春风灵液,澹荡其间。" ⑳花萼楼:在兴庆宫内。唐韦叡《松窗杂录》记,唐玄宗命移植牡丹于兴庆池沉香亭前,会花方开,命李龟年宣李白赋《清平调词》三章,中有"云想衣裳花想容,春风拂槛露华浓","名花倾国两相欢,长得君王带笑看"之句。又命李龟年歌之。故云"赏芳菲"。 ㉑奇灾:指安史之乱。 ㉒"剑门"句:指唐玄宗出奔四川。剑门,即剑阁,在四川剑阁县东北,有古代由陕入川之栈道。本剧第二十九出《闻铃》,曾据传说演唐玄宗于去蜀途中驻剑阁,雨中闻铃,因思念杨贵妃而作《雨霖铃》曲。尘蒙,即蒙尘,皇帝逃亡在外之雅称。《左传·僖公二十四年》:"天子蒙尘在外,敢不奔问守官。" ㉓"马嵬"句:唐玄宗奔蜀,至马嵬驿,六军不前,迫唐玄宗赐杨贵妃自缢身死。本剧第二十五出《埋玉》演其事。马嵬驿,在今陕西兴平县西。 ㉔瘦骨穷骸:李龟年自指。 ㉕《霓裳》:指《霓裳羽衣曲》。本剧第十二出《制谱》演唐玄宗参订杨贵妃所制《霓裳羽衣曲》事。　㉖六代：指三国吴、东晋、宋、齐、梁、陈六朝，均建都于今南京。㉗《霓裳》人：指谱《霓裳羽衣曲》之杨贵妃。　㉘李謩：唐玄宗时长安善吹笛者。元稹《连昌宫词》："李謩厣笛傍宫墙，偷得新翻数般曲。"本剧第十四出《偷曲》即演其事。　㉙外、副净、净、丑：均传奇剧角色名，各扮一无名听曲者。帕子包首：白布包头，山西商人打扮。　㉚转调货郎儿：北曲联套，亦称"九转货郎儿"，元无名氏《货郎担》首创，在明清传奇剧中，此剧为最早、最成功之仿作。　㉛大古里：总是。元秦简夫《剪发待宾》："你道是儿怕娘严……大古里子孝父慈。"　㉜翻：改编。白居易《琵琶行》："莫辞更坐弹一曲，为君翻作《琵琶行》。"别调：新曲。　㉝西调：指山西、陕西一带地方曲调。　㉞选刷：挑选。　㉟弘农杨氏：史载杨贵妃为弘农华阴人，故云。㊱无那（nuò诺）：无限，犹口语"不得了"，特用于形容女子欢娇之态。李煜《一斛珠》："绣床斜凭娇无那，烂嚼红茸，笑向檀郎唾。"　㊲昭阳：原汉宫殿名，后泛指后妃所居宫殿。　㊳佚貌：美貌。佚，通"昳"，光艳。　㊴幽闲：温柔闲静。　㊵"真个"句：形容杨贵妃容比花艳，腰比柳柔。输，负于，逊于。　㊶观音：观音菩萨，女神。王实甫《西厢记》第一本第一折写张生蓦见莺莺时便曾唱道："我道是南海水月观音现。"此亦用以比喻杨贵妃。海峤：海中山。　㊷丹青：以绘画颜料喻画家。　㊸镇日：整日。㊹"赛过"句：用李白《清平调词》其二"借问汉宫谁得似，可怜飞燕依新妆"句。飞燕，赵飞燕，貌美体轻，号"飞燕"，汉成帝召入宫，为倢伃，后立为后。㊺"可正是"二句：用李白《宫中行乐词》其二"玉楼巢翡翠，珠殿锁鸳鸯"句。㊻官家：古时对皇帝的称谓。　㊼颠：疯颠。懵（méng蒙）：糊涂。不剌（lá拉）：口语中语尾助词，加强语气。《西厢记诸宫调》："怕曲儿捻到风流处，教普天下颠不剌的浪儿许。"　㊽百支支：谓极多。元无名氏《货郎旦》杂剧第四折："百枝枝花儿叶子，望空里揣与他个罪名儿。"　㊾雪狮子向火：歇后语，喻被迷醉而瘫软。　㊿双鬟：古时少女头上梳两个环形发髻，故称少女为"双鬟"。此指宫女。　(51)香檀：檀木做的拍板，亦称"绰板"，演奏音乐时撞击以节拍。　(52)骊珠：宝珠。《庄子·列御寇》："千金之珠，必在九重之渊，而骊龙颔下。"此是以宝珠相互碰撞之声状音乐之美。　(53)闲：闲雅，美好。(54)莺与燕弄（lòng龙去声）关关：莺燕和鸣。弄，通"哢"，鸟鸣。关关，鸟鸣声。《诗经·周南·关雎》："关关雎鸠。"该句与下句同是化用白居易《琵琶行》"间关莺语花底滑，幽咽泉流冰下难"句。　(55)清梵：清灵之梵音，佛教诵经中唱诗赞之声。 ㊺缑(gōu 勾)岭:即缑山,在河南偃师。相传王子乔于缑山乘鹤成仙。(参看汉刘向《列仙传》卷上)后常以"鹤唳(lì 利)"喻仙音,形容音乐美妙。 ㊼步虚:道家所谓仙人凌空步行。《汉武帝内传》:"可以步虚,可以隐形。"珊珊:衣裾玉珮相碰声。宋玉《神女赋》:"动雾縠以徐步兮,拂墀声之珊珊。" ㊽"引得"句:用李白《清平调词》其三"长得君王带笑看"句。 ㊾"庙谟"二句:本元稹《连昌宫词》"庙谟颠倒四海摇"句。庙谟,犹"庙谋",即朝政。庙,朝堂。谟,谋略。 ㊿姚、宋:姚崇、宋璟。唐玄宗开元初,姚崇、宋璟相继为相,赋役宽平,刑罚清省,百姓富庶,史称"开元之治"。(参看《资治通鉴·唐开元四年》) (61)划地里:突然。出出律律:连续不断貌。 (62)挨挨拶拶:拥挤貌。 (63)延秋:不详,约为延州之误。(64)轰轰剨(huò 货)剨:吵闹声。 (65)望帝:相传战国末杜宇在蜀称帝,号望帝,死后其魂化为杜鹃,其声悲。(参见晋常璩《华阳国志·蜀志》) (66)紫宸:唐宋皇宫正殿,为群臣朝见之所。朝:朝见。 (67)朱户:朱红大门,皇帝赏赐诸侯、功臣的所谓"九锡"之一。挂蟏蛸(xiāoshāo 萧烧):谓荒废。《诗经·豳风·东山》:"伊威在室,蟏蛸在户。"蟏蛸,一种长脚蜘蛛。 (68)"玳瑁"句:谓华屋空寂。隋薛道衡《昔昔盐》:"空梁落燕泥。"玳瑁梁,画梁之美称。(69)烧刀子:烧酒。 (70)开元皇帝:指唐玄宗。 (71)贺家的怀智:贺怀智,开元间弹琵琶的高手。唐段安节《乐府杂录·琵琶》载其事。元稹《连昌宫词》:"夜半月高弦索名,贺老琵琶定场屋。"即写其人。 (72)黄旛绰:唐人稗史均作"幡绰",开元间宫中参军戏优伶,善诙谐,为唐玄宗所喜。 (73)雷海青:开元间梨园乐工。安禄山陷长安,宴伪官,强令宫中乐工演奏,雷海青掷乐器于地,被杀。(事见《资治通鉴·唐至德二载八月》,本剧第二十八出《骂贼》演其事) (74)马仙期:唐玄宗时乐工,擅方响。方响,古代磬类打击乐器,将厚薄不同之十六枚铁片,分两排悬挂于木架上,以小铁锤击之,以成乐声。(参看宋高承《事物纪原·乐舞声歌》) (75)失瞻:犹"失敬"。 (76)居停:寄寓之所。 (77)"桃蹊"句:摘自张籍《无题》诗。 (78)"聊复"句:摘自白居易《偶题郑公》诗。 (79)"今日"句:摘自刘禹锡《答杨八敬之绝句》。(80)"江南"句:摘自顾况《奉和韩晋公晦日呈诸判官》。

# 二六　孔尚任

孔尚任(1648—1718),字季重,号东塘、岸堂,山东曲阜人。青年时,困于乡试。康熙二十三年(1684)清圣祖玄烨南巡,返程过曲阜祭孔子,以讲经、导驾观览孔庙孔林,破格任用为国子监博士。不久,奉使淮扬疏浚下河海口,居留三年,结识冒襄、杜濬、邓汉仪、蒋易等前朝遗老,获悉南明弘光朝始末。康熙二十九年(1609)返京,转官户部,至广东清吏司员外郎。康熙三十八年(1699)作成《桃花扇》,次年春以"疑案"罢官。诗文有《湖海集》、《长留集》等,今人辑为《孔尚任诗文集》。戏曲除《桃花扇》,另与顾彩合著有《小忽雷》。

## 桃花扇

### 骂筵①

[缕缕金](副净扮阮大铖吉服上②)风流代③,又遭逢,六朝金粉样④,我偏通⑤。管领烟花⑥,衔名供奉⑦,簇新新帽乌衬袍红,皂皮靴绿缝,皂皮靴绿缝。

(笑介)我阮大铖,亏了贵阳相公破格提挈⑧,又取在内廷供奉,今日到任回来,好不荣耀。且喜今上性喜文墨⑨,把王铎补了内阁大学士⑩,钱谦益补了礼部尚书⑪。区区不才,同在文学侍从之班，天颜日近，知无不言。前日进了四种传奇[12]，圣心大悦，立刻传旨，命礼部采选宫人，要将《燕子笺》被之声歌[13]，为中兴一代之乐。我想这本传奇，精深奥妙，倘被俗手教坏，岂不损我文名，因而乘机启奏：生口不如熟口，清客强似教手[14]。圣上从谏如流[15]，就命广搜旧院，大罗秦淮[16]，拿了清客妓女数十馀人，交与礼部拣选。前日验他色艺，都只平常，还有几个有名的，都是杨龙友旧交[17]，求情免选，下官只得勾去。昨见贵阳相公说道："教演新戏是圣上心事，难道不选好的，倒选坏的不成。"只得又去传他，尚未到来。今乃乙酉新年人日佳节[18]，下官约同龙友，移樽赏心亭[19]，邀俺贵阳师相，饮酒看雪。早已吩咐把新选的妓女，带到席前验看。正是：花柳笙歌隋事业[20]，谈谐裙屐晋风流[21]。（下）

［黄莺儿］（老旦扮卞玉京道妆背包急上[22]）**家住蕊珠宫，恨无端业海风，把人轻向烟花送**[23]。**喉尖唱肿，裙腰舞松，一生魂在巫山洞**[24]。俺卞玉京，今日为何这般打扮，只因朝廷搜拿歌妓，逼俺断了尘心。昨夜别过姊妹，换上道妆，飘然出院，但不知那里好去投师。**望城东云山满眼，仙界路无穷。**

（飘飘下）（副净、外、净扮丁继之、沈公宪、张燕筑三清客上）[25]

［皂罗袍］（副净）**正把秦淮箫弄，看名花好月，乱上帘栊。凤纸签名唤乐工**[26]，**南朝天子春心动。**我丁继之年过六旬，歌板久抛；前日托过杨老爷，免我前往，怎的今日又传起来了。（外、净）俺两个也都是免过的，不知又传，有何话说。（副净拱介）两位老弟，大家商量，我们一班清客，感动皇爷，召去教歌，也不是容易的。（外、净）正是。（副净）二位青年上进，该去走走，我老汉多病年衰，也不望什么际遇了[27]。今日我要躲过，求二位遮盖一二。（外）这有何妨，太公钓鱼，愿者上钩[28]。（净）是，是！难道你犯了王法，定要拿去审问不成？（副净）既然如此，我老汉就回去了。（回行介）

急忙回首，青青远峰；逍遥寻路，森森乱松。（顿足介）若不离了尘埃[29]，怎能免得牵绊。（袖出道巾、黄绦换介）（转头呼介）二位看俺打扮罢，道人醒了扬州梦[30]。

（摇摆下）（外）咦！他竟出家去了，好狠心也。（净）我们且坐廊下晒暖，待他姊妹到来，同去礼部过堂。（坐地介）（小旦扮寇白门，丑扮郑妥娘，杂扮差役跟上）（小旦）桃片随风不结子。（丑）柳绵浮水又成萍[31]。（望介）你看老沈老张不约俺一声儿，先到廊下向暖，我们走去，打他个耳刮子。（相见，诨介）（外问杂介）又传我们到那里去？（杂）传你们到礼部过堂，送入内庭教戏。（外）前日免过俺们了。（杂）内阁大老爷不依，定要借重你们几个老清客哩。（净）是那几个？（杂）待我瞧瞧票子[32]。（取票看介）丁继之、沈公宪、张燕筑。（问介）那姓丁的如何不见？（外）他出家去了。（杂）既出了家，没处寻他，待我回官罢！（向净、外介）你们到了的，竟往礼部过堂去。（净）等他姊妹们到齐着。（杂）今日老爷们秦淮赏雪，吩咐带着女客，席上验看哩，（外、净）既是这等，我们先去了。正是：传歌留乐府，厚笛傍官墙[33]。（下）（杂看票问小旦介）你是寇白门么？（小旦）是。（杂问丑介）你是卞玉京吗？（丑）不是，我是老妥。（杂）是郑妥娘了。（问介）那卞玉京呢？（丑）他出家去了。（杂）咦！怎么出家的都配成对儿。（问介）后边还有一个脚小走不上来的，想是李贞丽了？（小旦）不是，李贞丽从良去了！（杂）我方才拉他下楼，他说是李贞丽，怎的又不是？（丑）想是他女儿顶名替来的。（杂）母子总是一般，只少不了数儿就好了。（望介）他早赶上来也。

［忒忒令］（旦）下红楼残腊雪浓。过紫陌早春泥冻。不惯行走，脚儿十分痛。传凤诏，选蛾眉，把丝鞭，骑骄马，催花使乱拥[34]。

奴家香君，被捉下楼，叫去学歌，是俺烟花本等[35]，只有这点志气，就死不磨[36]。（杂喊介）快些走动！（旦到介）（小旦）你也下楼了，屈尊，屈尊。（丑）我们造化，就得服侍皇帝了。（旦）情愿奉让罢。（同行介）（杂）前面是赏心亭了，内阁马老爷，光禄阮老爷[37]，兵部杨老爷，少刻即到。你们各人整理伺候。（杂同小旦、丑下）（旦私语介）难得他们凑来一处，正好吐俺胸中之气。

**[前腔]赵文华陪着严嵩[38]，抹粉脸席前趋奉，丑腔恶态，演出真《鸣凤》[39]。俺做个女祢衡，挝渔阳[40]，声声骂，看他懂不懂。**

（净扮马士英，副净扮阮大铖，末扮杨文骢，外、小生扮从人喝道上）（旦避下）（副净）琼瑶楼阁朱微抹。（末）金碧峰峦粉细勾[41]。（净）好一派雪景也。（副净）这座赏心亭，原是看雪之所。（净）怎么原是看雪之所？（副净）宋真宗曾出周昉雪图[42]，赐与丁谓，说道："卿到金陵，可选一绝景处张之。"因建此亭。（净看壁介）这壁上单条，想是周昉雪图了。（末）非也。这是画友蓝瑛新来见赠的[43]。（净）妙！妙！你看雪压钟山，正对图画，赏心胜地，无过此亭矣。（末吩咐介）就把炉、榼、游具[44]，摆设起来。（外、小生设席坐介）（副净向净介）荒亭草具，恃爱高攀，着实得罪了。（净）说那里话。可笑一班小人，奉承权贵，费千金盛设，十分丑态，一无所取，徒传笑柄。（副净）晚生今日扫雪烹茶，清谈攀教，显得老师相高怀雅量，晚生辈也免了几笔粉抹[45]。（净）呵呀！那戏场粉笔[46]，最是利害，一抹上脸，再洗不掉；虽有孝子慈孙，都不肯认做祖父的。（末）虽然利害，却也公道，原以儆戒无忌惮之小人，非为我辈而设。（净）据学生看来，都吃了奉承的亏。（末）为何？（净）你看前辈分宜相公严嵩，何尝不是一个文人，现今《鸣凤记》里抹了花脸，着实丑看。岂非赵文华辈奉承坏了。（副净打恭介）是是！老师相是不喜奉承的，晚生惟有心悦诚服而已。(末)请酒!(同举杯介)(副净问外介)选的妓女,可曾叫到了么!(外禀介)叫到了。(杂领众妓叩头介)(净细看介)(吩咐介)今日雅集,用不着他们,叫他礼部过堂去罢。(副净)特令到此伺候酒席的。(净)留下那个年小的罢。(众下)(净问介)他唤什么名字?(杂禀介)李贞丽。(净笑介)丽而未必贞也。(笑向副净介)我们扮过陶学士了,再扮一折党太尉何如[47]?(副净)妙!妙!(唤介)贞丽过来斟酒唱曲。(旦摇头介)(净)为何摇头?(旦)不会。(净)呵呀!样样不会,怎称名妓。(旦)原非名妓。(掩泪介)(净)你有甚心事,容你说来。

[江儿水](旦)妾的心中事,乱似蓬[48],几番要向君王控[49]。拆散夫妻惊魂迸,割开母子鲜血涌[50],比那流贼还猛。做哑装聋,骂着不知惶恐。

(净)原来有这些心事。(副净)这个女子却也苦了。(末)今日老爷们在此行乐,不必只是诉冤了。(旦)杨老爷知道的,奴家冤苦,也值当不的一诉[51]。

[五供养]堂堂列公,半边南朝,望你峥嵘[52]。出身希贵宠,创业选声容[53],《后庭花》又添几种[54]。把俺胡撮弄,对寒风雪海冰山,苦陪觞咏[55]。

(净怒介)哇!这妮子胡言乱道,该打嘴了。(副净)闻得李贞丽,原是张天如、夏彝仲辈品题之妓[56],自然是放肆的。该打!该打!(末)看他年纪甚小,未必是那个李贞丽。(旦恨介)便是他待怎的!

[玉交枝]东林伯仲[57],俺青楼皆知敬重。干儿义子从新用,绝不了魏家种[58]。(副净)好大胆,骂的是哪个?快快采去[59],丢在雪中。(外采旦推倒介)(旦)冰肌雪肠原自同,铁心石腹何愁冻。(副净)这奴才,当着内阁大老爷这般放肆,叫我们都开罪了。

可恨可恨！（下席踢旦介）（末起拉介）（净）罢！罢！这样奴才，何难处死，只怕妨了俺宰相之度[60]。（末）是！是！丞相之尊，娼女之贱，天地悬绝，何足介意。（副净）也罢！启过老师相，送入内庭，检着极苦的脚色，叫他去当。（净）这也该的。（末）着人拉去罢！（杂拉旦介）（旦）奴家已拚一死。吐不尽鹃血满胸，吐不尽鹃血满胸。

（拉旦下）（净）好好一个雅集，被这奴才搅乱坏了。可笑！可笑！（副净、末连三揖介）得罪！得罪！望乞海涵[61]，另日竭诚罢。（净）兴尽宜回春雪棹[62]。（副净）客羞应斩美人头[63]。（净、副净从人喝道下）（末吊场介）可笑香君才下楼来，偏撞两个冤对[64]，这场是非免不了的；若无下官遮盖，香君性命也有些不妥哩。罢！罢！选入内庭，倒也省了几日悬挂，只是媚香楼无人看守，如何是好？（想介）有了，画友蓝瑛托俺寻寓，就接他暂住楼上，待香君出来，再作商量。

赏心亭上雪初融，煮鹤烧琴宴钜公[65]。
恼杀秦淮歌舞伴，不同西子入吴宫[66]。

康熙刻本《桃花扇》卷三

①《桃花扇》以秦淮名妓李香君和复社文人侯方域的悲欢离合为线索，反映南明福王政权的兴亡始末，具有高度的历史真实性，人物形象鲜明生动，情节曲折紧凑，结构严密而脉络分明，语言随人物性格而雅俗相间。《骂筵》是剧本的第二十四出，为全剧高潮之一。这出戏表现了李香君的坚强性格，还通过让马士英、阮大铖现身说法的手法，辛辣地揭露了他们的丑恶嘴脸。

②阮大铖：本剧主要反面人物，人物性格基本上忠实于历史。大铖字圆海，号百子山樵，安徽怀宁人。明崇祯时，以依附魏忠贤，名列逆案，避居南京。福王由崧立，马士英当政，阮大铖为兵部侍郎，晋兵部尚书，对清流人物大肆迫害。清兵南下，迎降，从攻仙霞岭，触石死。他擅长词曲，作有《燕子笺》、《春灯谜》等传奇。吉服：喜庆服装。 ③风流代：风流时代，指奢华淫靡之世。

④六朝金粉样:像六朝那样繁华绮丽。　⑤通:精通。这里指精通文艺、技艺之类的事。　⑥烟花:妓女之代称。　⑦衔名供奉:有内廷供奉的官衔。供奉,指以文艺、技艺服务于内廷的官。　⑧贵阳相公:指马士英,他是贵州贵阳人,福王小朝廷的内阁大学士,所以称作“贵阳相公”。提挈(qiè妾):提拔。　⑨今上:当今皇帝,指福王。　⑩王铎:字觉斯,原属东林党,曾为南京礼部尚书。福王立,为东阁大学士。清兵南下,降清。　⑪钱谦益:见本书作家小传。　⑫四种传奇:指《石巢传奇四种》,即《燕子笺》、《春灯谜》、《牟合尼》、《双金榜》。　⑬被之声歌:指付诸演唱。　⑭清客:指富贵家豢养的门客。他们有些文墨,与一般艺人不同,所以说“强似教手”。　⑮从谏如流:谓皇帝能虚心接受臣子意见。如流,极言迅速。在这出戏里,作者让阮大铖等讲这类话,是为了让他们作自我讽刺。　⑯大罗秦淮:大肆搜罗秦淮河艺伎。　⑰杨龙友:名文骢,贵阳人,福王时,他任常州、镇江二府的巡抚,清兵渡江,他从唐王朱聿键起兵衢州,兵败被杀。在本剧里,杨龙友周旋于马、阮和复社文人两派之间。旧交:这里指过去相好的妓女。　⑱乙酉:南明福王弘光元年(1645)。人日:旧历正月初七日。⑲赏心亭:在南京下水城门上,下临秦淮河,为北宋丁谓出镇金陵时所建。⑳隋:隋朝。隋炀帝贪于声色之好,是历史上有名的荒淫皇帝。所以这里说“花柳笙歌隋事业”。　㉑裙屐(jī机):指六朝贵族富家子弟衣着。屐,木底有齿的鞋。晋:指六朝的东晋。　㉒卞玉京:明末秦淮名妓。　㉓“家住”三句:卞玉京自谓本有仙缘,遭无缘故的业报,堕入烟花柳巷。这是表示要出家的心情。蕊珠宫,道家所谓神仙所居宫名。《黄庭内景经》:“太上大道玉晨君,闲居蕊珠作七宫。”业海,佛家语,谓众生所造之业(善或恶)无边,故称。后往往指恶业,等于罪孽。　㉔“一生”句:承上文,谓一生在追欢陪笑的烟花生涯中度过。巫山洞,用宋玉《高唐赋》中神女故事。楚襄王到高唐,梦神女,她说:“妾在巫山之阳,高丘之阻,朝为行云,暮为行雨,朝朝暮暮,阳台之下。”后用巫山、云雨、阳台指男女之事。　㉕丁继之、沈公宪、张燕筑:都是当时南京著名的曲坛艺人。　㉖凤纸:凤诏,皇帝诏书。　㉗际遇:犹遭遇,多指好的机遇。　㉘“太公”二句:民间成语,相传姜太公(吕望)未遇周文王姬昌前,在渭水滨钓鱼,说上天有好生之德,愿者上钩。　㉙尘埃:指红尘、尘世。　㉚醒了扬州梦:在歌舞繁华生涯中觉醒。扬州梦,用杜牧《遣怀》诗“十年一觉扬州梦,赢得青楼薄幸名”句意。　㉛“柳绵”句:

古代有柳绵(柳絮)入水化为萍之说。这句与上句“桃片随风不结子”,均比喻妓女在风尘中无依靠、无归宿的生涯。　㉜票子:指封建官府的传票。㉝“擪(yè夜)笛”句:用元稹《连昌宫词》“李謩擪笛傍宫墙”句。擪,手按。㉞催花使:这里指传唤妓女的吏役。　㉟本等:犹本分。　㊱不磨:不灭。磨,磨灭。　㊲光禄阮老爷:指阮大铖,曾为光禄寺丞。　㊳赵文华陪着严嵩:赵文华是明嘉靖间人,依附权相严嵩,曾总督浙闽军务。《鸣凤记》传奇中写到过他逢迎严嵩的事。　㊴《鸣凤》:《鸣凤记》传奇,演杨继盛、夏言等与奸相严嵩作斗争的故事。　㊵“俺做个”二句:祢衡,字正平,东汉末人。有文才,性刚傲。孔融荐之于曹操,曹操命为鼓史,在大宴宾客时击鼓。他为《渔阳参挝(zhuā抓)》,并当众裸体易衣,“复三挝而去”。曹操笑曰:“本欲辱衡,衡反辱孤。”(《后汉书·文苑列传下》)后人常用这个故事作为正直文人反抗当权者的范例,明徐渭有《渔阳弄》杂剧。近世有京剧《击鼓骂曹》。这里李香君说“做个女祢衡,挝渔阳”,即取其意。挝,敲打。　㊶“琼瑶”二句:为阮大铖、杨龙友上场词,赞美雪后楼台、山景美如图画。琼瑶,美玉。金碧,指颜色富丽。抹、勾,国画的两种笔法。　㊷宋真宗:北宋第三代皇帝,名恒。下句所说丁谓,是其宠臣,专门讲所谓天书符瑞迷信之说。周昉,唐代著名画家,善画人物。雪图,指《袁安卧雪图》。宋真宗赐给丁谓《袁安卧雪图》的故事,见《渑水燕谈录》、《湘山野录》。　㊸蓝瑛:明末画家,字田叔,钱塘人,善画山水,人物花鸟亦负时誉。　㊹榼(kē苛):古代盛酒器。㊺几笔粉抹:我国旧戏曲舞台上,饰反面人物往往要在脸上抹些白粉,以示其奸恶。这里阮大铖说自己“免了几笔粉抹”,是作者让其作自我丑化,以显示其虽不粉抹,依然是小丑。　㊻戏场粉笔:也是“粉抹”的意思。舞台上粉笔抹脸的形象代表奸凶,给观众留下印象,影响后世,所以让马士英说出下面几句害怕“粉抹”的话。　㊼“我们”二句:陶学士,宋代陶谷。他为翰林学士时,曾得到太尉党进的家姬,一天他掬雪水烹茶,问家姬说:党家有这样的风味吗?家姬回答:“彼但能销金帐底浅斟低唱,饮羊羔美酒耳!”(见《艺文类聚》)马士英既说要扮陶谷,又要作党进,这是作者让他自我暴露其灵魂之卑鄙无耻。　㊽乱似蓬:犹乱如麻。蓬,蓬草,多年生草本植物,枯时连根折断,随风翻滚,状甚散乱,亦称飞蓬。　㊾控:控诉、控告。　㊿“拆散”二句:指拆散了李香君和侯方域的夫妻生活,及其与假母李贞丽的母女关系。(51)值当不的:口语,不值得。　(52)“堂堂”三句:谓马士英、阮大铖等南明小朝廷的执政者,百姓本希望他们能振作图强。你,指马士英一伙。 ㊸"出身"二句:斥责马士英一伙只图个人的荣贵与得宠,以替皇帝挑选歌妓为业。出身,犹立身行事。声容,指能歌善舞、容貌美丽的妓女。 ㊹《后庭花》:歌曲名。南朝陈后主耽于声色,经常和贵妃、学士写诗听曲,不理政事,最后亡国。《后庭花》,即陈后主所作歌曲,后人常用以代表亡国之音。 ㊺觞咏:饮酒赋诗。 ㊻张天如:张溥,见本书作者小传。夏彝仲:夏允彝,江苏华亭(今上海淞江)人。张溥是明末进步社团复社的领袖,夏允彝是与复社相呼应的几社的领袖。 ㊼东林伯仲:明末东林党,同以阉党为核心的政治势力相对抗。复社、几社都是继东林党后与阉党馀孽作斗争的社团,所以称之为"东林伯仲"。伯仲,犹兄弟。 ㊽"干儿"二句:骂马士英、阮大铖一伙阉党馀孽。权阉魏忠贤当道时,许多官僚曾卖身投靠,自认作魏忠贤的干儿义子。崇祯初年,魏忠贤及重要阉党头子被诛,其党徒也列入逆案论罪。福王朱由崧立,又重新任用了马士英、阮大铖之流,所以这里说"从新用"。 ㊾采:这里是抓的意思。 ㊿度:度量,气量。 (61)海涵:海量包涵。 (62)"兴尽"句:用晋王子猷的故事。王子猷在雪夜乘船去剡溪访问戴安,船将到时,他让船夫掉转船头而归,说:"乘兴而来,兴尽而返。"(《世说新语·任诞》) (63)"客羞"句:用战国平原君故事。平原君的美人在楼上望见邻人是个跛子,不觉笑出声来。跛子要求平原君斩美人,平原君置之不理。后来门客认为他"爱色而贱士",他便斩了美人,向跛子谢罪。(参看《史记·平原君列传》)这里指阮大铖为取媚马士英,要他杀掉李香君。 (64)冤对:冤家对头。 (65)煮鹤烧琴:指煞风景的事。《义山杂纂》:"杀风景:花间喝道,背山起楼,煮鹤焚琴,清泉濯足。" (66)"不同"句:谓李香君被强迫入宫,与古代的西施之入吴宫不同。西子,西施。

## 会　狱[1]

[梅花引](生敝衣愁容上[2])宫槐古树阅沧田[3],挂寒烟,倚颓垣。末后春风,才绿到幽院[4]。两个知心常步影[5],说新恨,向谁借酒钱。

小生侯方域,被逮狱中,已经半月。只因证据无人,暂羁候审[6]，幸亏故人联床，颇不寂寞。你看月色过墙，照的槐影迷离，不免虚庭一步[7]。

[忒忒令]碧沉沉月明满天，凄惨惨哭声一片，墙角新鬼带血来分辩。我与他死同仇，生同冤，黑狱里，半夜作白眼[8]。

独立多时，忽然毛发直竖，好怕人也。待俺唤醒陈、吴两兄，大家闲话。（唤介）定兄醒来！（又唤介）次兄睡熟了么？（末、小生揉眼出介）

[尹令]（末）这时月高斗转[9]，为何独行空院，闲将露痕踏遍？（小生）愁怀且捐，万语千言望谁怜。

（见介）侯兄怎的还不安歇？（生）我想大家在这黑狱之中，三春莺花[10]，半点不见，只有明月一轮，还来相照，岂可舍之而睡！（末）是，是，同去步月一回[11]。（行介）

[品令]（生）冤声满狱，银铛夜徽缠[12]。三人步月，身轻若飞仙。闲消自遣，莫说文章贱。从来豪杰，都向此中磨炼[13]。似在棘围锁院[14]，分帘校赋篇[15]。

（丑扮柳敬亭杻锁上[16]）戎马不知何处避，贤豪半向此中来。我柳敬亭，被拿入狱，破题儿第一夜[17]，便觉难过。（叹介）嗳！方才睡下，又要出恭[18]，这个裙带儿没人解，好苦也。（作蹲地听介）那边有人说话，像是侯相公声音，待我看来。（起看，惊介）竟是侯相公。（唤介）你是侯相公么？（生惊认介）原来是柳敬亭。（末、小生）柳敬亭为何也到此中？（丑认介）陈相公、吴相公怎么都在里边？（举手介）阿弥陀佛！这也算"佛殿奇逢"了[19]。（生）难得！难得！大家坐地谈谈。（同坐介）

[豆叶黄]（合）便他乡遇故[20]，不算奇缘。这墙隔着万重深山，撞见旧时亲眷。浑忘身累，笑看月圆。却也似武陵桃洞[21]，却也似武陵桃洞，有避乱秦人，同话渔船。

（生）且问敬老，你犯了何罪，杻锁连身，如此苦楚？（丑）老汉不曾犯罪。只因相公被逮入狱，苏昆生远赴宁南[22]，恳求解救。那左帅果然大怒，连夜修本参着马、阮，又发了檄文一道，托俺传来，随后要发兵进讨。马、阮害怕，自然放出相公去的。

[玉交枝]宁南兵变，料无人能将檄传，探汤蹈火咱情愿，也只为文士遭谴[23]。白头志高穷更坚，浑身枷锁吾何怨，助将军除暴解冤，助将军除暴解冤。

(生)竟不知敬亭吃亏，乃小生所累。昆生远去求救，益发难得。可感！可感！(末)虽如此说，只怕左兵一来，我辈倒不能苟全性命。(小生)正是，宁南不学无术[24]，如何收救。(皆长吁介)(净扮狱官执手牌，杂扮校尉四人点灯提绳急上)(净)四壁冤魂满，三更狱吏尊。刑部要人，明早处决，快去绑来。(杂)该绑那个？(净)牌上有名。(看介)逆党二名，周镳、雷缜祚[25]。(杂执灯照生、末、小生、丑面介)不是，不是！(净喝介)你们无干的，各自躲开。(净领杂急下)(末悄问介)绑那个？(小生)听说要绑周镳、雷缜祚。(生)吓死俺也。(丑)我们等着瞧瞧。(净执牌前行，杂背绑二人，赤身披发，急拉下)(生看呆介)(末)果然是周仲驭、雷介公他二位。(小生)这是我们的榜样了。

[江儿水](生)演着明夷卦[26]，事尽翻，正人惨害天倾陷。片纸飞来无人见，三更缚去加刑典[27]，教俺心惊胆颤。(合)黑地昏天，这样收场难免。

(生问丑介)我且问你，外边还有什么新闻？(丑)我来的仓卒，不曾打听，只见校尉纷纷拿人。(末、小生问介)还拿那个？(丑)听说要拿巡按黄澍、督抚袁继咸、大锦衣张薇[28]。还有几个公子秀才，想不起了！(生)你想一想。(丑想介)人多着哩。只记得几个相熟的，有冒襄、方以智、刘城、沈寿民、沈士柱、杨廷枢[29]。(末)有这许多。(小生)俺这里边,将来成一个大文会了。(生)倒也有趣。

[川拨棹]图圄里[30],竟是瀛洲翰苑[31]。画一幅文会图悬,画一幅文会图悬,避红尘一群谪仙[32]。(合)赏春月,同听鹃[33];感秋风,同咏蝉[34]。

(丑)三位相公,宿在哪一号里?(生)都在"荒"字号里。(末)敬老羁在哪里?(丑)就在这后面"藏"字号里。(小生)前后相近,倒好早晚谈谈。(生)我们还是软监,敬老竟似重囚了。(丑)阿弥陀佛!免了上柙床[35],就算好的狠哩。(作势介)

[意不尽]高拱手碍不了礼数周全,曲肱儿枕头稳便[36]。只愁今夜里,少一个长爪麻姑搔背眠[37]。

(丑)相逢真似岛中仙,(末)隔绝风涛路八千。

(小生)地僻偏宜人啸傲,(生)天空不碍月团圆。

康熙刻本《桃花扇》卷四

①会狱,为《桃花扇》第三十三出,演的是被逮入狱的侯方域(字朝宗)、陈贞慧(字定生)、吴应箕(字次尾)三个复社文人月下散步,发现正直的说书艺人柳敬亭也被系狱,中间又插入东林党人周镳(biāo 标)、雷縯(yǐn 尹)祚被绑出处决的情节,反映了弘光王朝执政者马士英、阮大铖一伙挟嫌报复、贻误国事的罪恶行径。据汪琬《陈定生墓表》、吴伟业《柳敬亭传》等文,当时仅陈贞慧一人入狱,侯、吴、柳均未入狱,可见此出乃作者虚构。然人物性格,如男主角侯方域之脆弱,柳敬亭之爽快风趣,均刻画得颇鲜明、生动。　②生:扮侯方域。敝衣:穿着破衣。　③"宫槐"句:借眼前景物抒沧桑之感。旧制宫苑多植槐,王维诗有"秋槐夜落深宫里"之句。南京为明故都,有故宫在,故曰"宫槐"。阅沧田,经历过世代的变迁。阅,阅历、经历。沧田,沧海变桑田之省称,习惯上用"沧桑",比喻人世之变迁。　④"末后"二句:形容狱中黑暗,谓监狱中春意到得最迟。幽院,指监狱。幽,囚禁。　⑤两个知心:指陈贞慧、吴应箕。步影:月下散步。　⑥"只因"二句:在本剧第三十出《归

山》中，侯方域、陈贞慧、吴应箕受审，锦衣张薇借口书商蔡益所逃亡，定罪无证据，没有判罪；又怕他们出狱后再被别人捕去，所以将他们暂羁候审。因此，侯方域这样说。　⑦虚庭：空庭。　⑧作白眼：用阮籍故事，表示心内不满。晋阮籍能为青白眼，常以青眼对他所契重的人，以白眼对他厌恶嫌弃的人。　⑨月高斗转：表示夜深。斗指北斗七星，古时人们用星斗位置的变动来定夜间时刻的早晚，唐人有"北斗横天夜欲阑"的诗句。　⑩三春莺花：指江南三月春色。梁朝丘迟《与陈伯之书》："暮春三月，江南草长，杂花生树，群莺乱飞。"　⑪步月：月下散步。　⑫银铛：古时锁犯人的铁链。徽：绳索。　⑬此中：指狱中。　⑭棘围锁院：指科场试院。古时科举考试，为防止试子作弊，试院围墙皆插棘，内外门要加锁，故云。　⑮分帘校赋篇：在试院校阅文章。古时科举试场，分内帘、外帘，内帘官评阅试卷，外帘官提调监试。　⑯杻(chǒu 丑)锁：刑具，即手铐。　⑰破题儿：古时作文，开头一二句便点破题目，称"破题"，后常用来指做事之开端。说"破题儿第一夜"，即指最初的一夜。《西厢记》第四本第四折《惊梦》："离恨重叠，破题儿第一夜。"即此句之所本。　⑱出恭：明清时国子监学规：每班给予"出恭入敬"牌一面，学生上厕所，必须领这块牌子。旧时私塾，亦往往设此牌。后来便称大便为出恭。　⑲佛殿奇逢：《西厢记》第一本第一折，演张生在普救寺佛殿上遇莺莺一节，通称"佛殿奇逢"。这里是诙谐话。　⑳他乡遇故：在外乡遇到故人。故，故人，旧友。　㉑武陵桃洞：指武陵桃花源，用陶渊明《桃花源记》故事。下文"避乱秦人"，即《桃花源记》中所说的"桃花源"中人。这里用作诙谐语。　㉒苏昆生：明末著名昆曲教习，为复社文人所契重。远赴宁南：指本剧第三十一出所演苏昆生为搭救侯方域，到武昌去找左良玉的情节。宁南，指左良玉。当时，左良玉的爵号是宁南伯。　㉓"宁南"四句：所述为本剧第三十一出的情节。左良玉闻知马士英、阮大铖逮捕侯方域，草拟了讨马、阮的檄文，并将发兵东下，柳敬亭主动承担了传送檄文至南京的任务。　㉔宁南不学无术：侯方域《宁南侯传》说："良玉少起军校，官辽东都司。"因其为行伍出身，自然不通文墨，所以说"不学无术"。　㉕周镳、雷縯祚：均为东林党人，事迹并见《明史》。崇祯自缢后，吕大器、姜曰广等人欲立潞王，周镳、雷縯祚为主谋。马士英、阮大铖拥立福王后，挟仇报复，大肆镇压东林、复社成员。左良玉兵东下，威胁南京，马、阮认为是周、雷召来的，便将他们处死。周镳，字仲驭。雷縯祚，字介公。　㉖明夷卦：这个卦是离下坤上。离代表日，坤代表地。离下坤上，表示日入地中，象征黑暗。叫做“明夷”，意即光明损伤。夷，损伤。　㉗刑典：刑法。　㉘黄澍（shù 树）：字仲霖，以御史巡按湖广，监左良玉军。袁继咸：字监侯，以兵部侍郎总督江西、湖广、应天、安庆军务，驻九江。张薇：原名怡，字瑶星，做过锦衣千户。　㉙冒襄（字辟疆）、方以智（字密之）：二人与侯方域、陈贞慧合称“四公子”。刘城、沈寿民、沈士柱、杨廷枢：四人与吴应箕合称“复社五秀才”。“四公子”与“五秀才”都是在揭发阮大铖罪行的《留都防乱揭帖》上署名的人物。　㉚囹圄（língyǔ 灵语）：牢狱。　㉛瀛洲：本为传说中的海中三座仙山之一。唐太宗筑文学馆，收聘贤才，得房玄龄等十八学士。被选中者，人们羡称为“登瀛洲”。（《新唐书·褚亮传》）翰苑：翰林院。　㉜谪仙：古代称誉极有才华的人。李白《玉壶吟》：“世人不识东方朔，大隐金门是谪仙。”《新唐书·李白传》：“白初至长安，往见贺知章，知章见其文，叹曰：‘子，谪仙人也！’”　㉝鹃：杜鹃，亦名杜宇。传说杜宇为周代末年蜀地国君，亡后其魂化为杜鹃鸟，鸣声凄厉，引人生愁。这里说“听鹃”，即用其牵动忧国愁肠之意。　㉞咏蝉：唐骆宾王有《在狱咏蝉》诗，表示自己清白无辜。　㉟柙（xiá 匣）床：刑具。　㊱曲肱（gōng 攻）儿枕头：语本《论语·述而》“曲肱而枕之”。意为头枕着弯曲的手臂。　㊲长爪麻姑：传说中的仙女，修道于牟州姑馀山。东汉时仙人王方平降蔡经家，召麻姑至。蔡经见她年十八、九，容貌美丽，手爪似鸟，他想：这样的手爪最适宜搔背。（葛洪《神仙传》）

# 二七　沈德潜

沈德潜(1673—1769),字确士,号归愚,长洲(今苏州)人。长期科举不利,设馆授徒。乾隆四年(1739)年近古稀,始成进士,改庶吉士,散馆授翰林院编修,入直南书房,以能诗为皇帝宠幸,不数年五迁内阁学士。论诗以儒家诗教为本,倡格调说,古体以汉魏、近体以盛唐为宗,"一归于温柔敦厚"(《说诗晬语》)。曾评选《古诗源》、《唐诗别裁集》等,示人诗法。诗作一如其诗论,平正朴实。有《沈归愚诗文全集》。

## 江　　村①

苦雾寒烟一望昏②,秋风秋雨满江村。波浮衰草遥知岸③,船过疏林竟入门④。俭岁四邻无好语⑤,愁人独夜有惊魂⑥。子桑卧病经旬久,裹饭谁令古道存⑦。

乾隆刻本《沈归愚诗钞》卷一六

①该诗为作者未入仕之前作。诗写乘船去探视江村中一贫病友人,逐次由远及近,从凄凉景象中显示出对友人的同情,词婉意切。　②一望:犹"举目",一眼看去。　③"波浮"句:看到水上浮有衰草,知是已近岸边。④"船过"句:江村农家房屋临水而造,无院无门。亦可见其友人之贫。⑤俭岁:歉收之年。无好语:谓因歉收而忧苦、烦躁。　⑥惊魂:写惊惧不

安状。　⑦“子桑”二句：《庄子·大宗师》：“子舆与子桑友，而霖雨十日。子舆曰：‘子桑殆病矣。’裹饭而往食之。”此用其事。谁令古道存，感慨友人卧病，无人“裹饭”而至，古之友道不存。

## 二八 厉 鹗

厉鹗(1692—1752),字太鸿,号樊榭,钱塘(今杭州)人。康熙五十九年(1720)举人,乾隆元年(1736)举博学鸿辞,被罢,以授徒、吟咏终老。工诗、词,继朱彝尊之后,主盟浙派。诗宗陶渊明、谢灵运及王维、孟浩然,间入宋人诗风;词宗姜夔、张炎,尚醇雅、求清空。诗词均多纪游、写景之作,风格幽逸奇隽。有《樊榭山房集》、《宋诗纪事》。

### 忆 旧 游[1]

辛丑九月既望[2],风日清霁,唤艇自西堰桥[3],沿秦亭、法华[4],湾洄以达于河渚[5]。时秋芦作花,远近缟目[6]。回望诸峰,苍然如出晴雪之上。庵以秋雪名,不虚也。乃假僧榻,偃仰终日。唯闻棹声掠波往来,使人绝去世俗营竞所在[7]。向晚宿西溪田舍[8],以长短句纪之。

溯溪流云去,树约风来,山剪秋眉[9]。一片寻秋意,是凉花载雪[10],人在芦埼[11]。楚天旧愁多少,飘作鬓边丝[12]。正浦溆苍茫[13],闲随野色,行到禅扉[14]。　　忘机[15]。悄无语,坐雁底焚香[16],蛩外弦诗[17]。又送萧萧响,尽平沙霜信,吹上僧衣[18]。凭高一声弹指[19],天地入斜晖。已隔断尘喧[20],门前弄月渔艇归。

《四部丛刊》本《樊榭山房集》卷九

①该词为作者游杭州西溪作。词中写景、抒怀，完全著意于秋色、秋意，极其自然和谐。 ②辛丑：康熙六十年(1721)。既望：指阴历每月十六日。 ③西堰桥：地址不详，当距西湖灵隐山不远。 ④秦亭：山名，在灵隐山后约一里。法华：秦亭山之支脉。 ⑤湾洄：河道曲折。 ⑥缟目：满眼白色。 ⑦绝去世俗营竞所在：完全忘掉功名利禄。营竞，钻营竞争。 ⑧西溪：在灵隐山西北，曲水湾环，群山四绕，为杭州风景胜地。 ⑨"溯溪"三句：泛舟而行，溪水云影、岸边树、远山，逐渐进入望中。秋眉，谓秋山如眉。 ⑩凉花载雪：秋天芦花开时，白如覆雪。故云。 ⑪芦埼(qí奇)：生长芦荻之溪岸。埼，曲折的堤岸。 ⑫"楚天"二句：谓芦花引人愁思，点染鬓边。自宋玉《九辩》开悲秋之主题，历代有各种内容的悲秋之作，故云"楚天旧愁多少"。 ⑬浦溆：水边。 ⑭禅扉：僧舍，即序中所云之秋雪庵。 ⑮忘机：没有机心，指淡泊宁静心态。 ⑯"坐雁底"句：焚香默坐，听雁过声。 ⑰"蛩(qióng穷)外"句：伴蟋蟀鸣声而唱诗。 ⑱"又送"三句：写风吹芦荻作响，飘落僧人衣上，都预告着霜降消息。霜信，霜将降之信息。 ⑲一声弹指：犹说一刹那。弹指，佛家语，喻时间短暂。 ⑳隔断尘喧：谓清幽如在世外，无尘世之喧嚣。

## 灵隐寺月夜[①]

夜寒香界白[②]，涧曲寺门通。月在众峰顶[③]，泉流乱叶中。一灯群动息[④]，孤磬四天空[⑤]。归路畏逢虎，况闻岩下风。

《四部丛刊》本《樊榭山房集》卷一

①灵隐寺，在杭州灵隐山东南麓，寺前有飞来峰，寺中有冷泉亭诸名胜，

环境清幽。诗写灵隐寺月夜景象、感觉,意境清冷。 ②香界:指佛寺。明杨慎《丹铅总录·琐语》:“佛寺曰香界。”白:谓如雪如霜,喻清冷。 ③“月在”句:灵隐寺周有北高峰、南高峰、飞来峰,故云。 ④一灯:指佛殿中长明灯。群动息:语本陶渊明《饮酒》诗:“日入群动息。”谓万物俱息。 ⑤“孤磬”句:以佛殿孤磬之声,反衬万籁俱寂之幽静。四天,四方天空。沈佺期《从幸香山寺应制》:“岭上楼台千地起,城中钟鼓四天闻。”空,空寂。

# 二九 方 苞

方苞(1668—1749),字凤九,号灵皋,又号望溪,安徽桐城人。康熙三十八年(1689)举乡试第一,四十五年(1706)中进士。受戴名世《南山集》案株连,被逮下狱,论死,得李光地力救,获免。后历仕康、雍、乾三朝,官至礼部右侍郎。少时家贫力学,博究六经百氏之书,古文上规《史》、《汉》,下仿韩、欧,清真洁净。论文主"义法","义"即"言有物","法"即"言有序",要求文章内容充实,讲究章法,语言雅洁。此后由刘大櫆扩充,姚鼐完善,形成桐城派系统的古文理论。有《望溪文集》。

## 左忠毅公逸事[①]

先君子尝言[②]:乡先辈左忠毅公视学京畿[③],一日,风雪严寒,从数骑出微行,入古寺,庑下一生伏案卧[④],文方成草;公阅毕,即解貂覆生[⑤],为掩户。叩之寺僧,则史公可法也[⑥]。及试,吏呼名至史公,公瞿然注视[⑦],呈卷,即面署第一。召入,使拜夫人,曰:"吾诸儿碌碌,他日继吾志者,惟此生耳。"

及左公下厂狱[⑧],史朝夕狱门外,逆阉防伺甚严,虽家仆不得近。久之,闻左公被炮烙[⑨],旦夕且死,持五十金,涕泣谋于禁卒,卒感焉。一日,使史更敝衣草屦,背筐,手长镵[⑩],为除不洁者。引入,微指左公处,则席地倚墙而坐,面额焦烂不可辨,左膝以下,筋骨尽脱矣。史前跪,抱公膝而呜咽。公辨其声而目不可开,乃奋臂以指拨眦,目光如炬,怒曰:“庸奴!此何地也?而汝来前!国家之事,糜烂至此。老夫已矣,汝复轻身而昧大义⑪,天下事谁可支柱者!不速去,无俟奸人构陷,吾今即扑杀汝!”因摸地上刑械,作投击势。史噤不敢发声,趋而出。后常流涕述其事,以语人曰:“吾师肺肝,皆铁石所铸造也!”

崇祯末,流贼张献忠出没蕲、黄、潜、桐间⑫。史公以凤庐道奉檄守御⑬。每有警,辄数月不就寝,使壮士更休,而自坐幄幕外。择健卒十人,令二人蹲踞而背倚之,漏鼓移⑭,则番代⑮。每寒夜起立,振衣裳,甲上冰霜迸落,铿然有声。或劝以少休,公曰:“吾上恐负朝廷,下恐愧吾师也。”

史公治兵,往来桐城,必躬造左公第⑯,候太公、太母起居⑰,拜夫人于堂上。

余宗老涂山⑱,左公甥也,与先君子善,谓狱中语,乃亲得之于史公云。

《四部丛刊》本《望溪先生文集》卷九

①左忠毅:即左光斗,字遗直,安徽桐城人。万历进士,官至左佥都御史。天启四年,因上疏弹劾魏忠贤,被诬下狱,备受酷刑,死于狱中。弘光时追谥“忠毅”。文记左光斗奖掖、爱护史可法,及史可法克承师志事,重在具体细节,味淡而淳。叙事有章法,有史迁之风。 ②先君子:作者称已去世之父亲方仲舒。 ③视学京畿:负责京城附近地区的学政。京畿,指京城所辖地区。 ④庑(wǔ伍)下:廊屋下。 ⑤解貂:脱下貂皮外衣。 ⑥史可法:字宪之,又字道邻,明末祥符(今河南开封)人。崇祯年间进士,历任西安府推官、右佥都御史、南京兵部尚书。南明弘光时,开府扬州,以身殉城。 ⑦瞿然:惊视貌。 ⑧厂狱:明代东厂监狱。东厂是明代特务机构,由亲信

太监掌管。　⑨炮烙：用烧红的铁烙犯人的酷刑。　⑩手长镵（chǎn 产）：手持长柄铲子。镵，同“铲”。　⑪昧：不明，糊涂。　⑫张献忠：明末农民起义领袖。崇祯三年在陕西起事，转战中原各省，后进军四川，建立大西政权。清顺治三年战死。蕲（qí 祈）：今湖北蕲春。黄：今湖北黄冈。潜：今安徽潜山。桐：今安徽桐城。　⑬凤庐道：统辖凤阳府、庐州府的道员。檄：用于讨伐或征召的文书。　⑭漏鼓移：指过了一个更次。漏，计时的漏壶。鼓，军中报时的更鼓。　⑮番代：替换。　⑯躬造：亲自拜访。躬，身体，引申为亲身。造，拜访。　⑰“候太公”句：指问候左光斗父母。饮食寝兴等日常生活状况。　⑱宗老：同宗中的前辈。涂山：方文，字尔止，号涂山，明遗民。方苞族祖父。

## 狱中杂记[①]

康熙五十一年三月，余在刑部狱[②]，见死而由窦出者日四三人[③]。有洪洞令杜君者[④]，作而言曰[⑤]：“此疫作也[⑥]。今天时顺正[⑦]，死者尚希，往岁多至日数十人。”余叩所以[⑧]，杜君曰：“是疾易传染，遘者虽戚属[⑨]，不敢同卧起。而狱中为老监者四，监五室，禁卒居中央，牖其前以通明[⑩]，屋极有窗以达气[⑪]。旁四室则无之，而系囚常二百馀。每薄暮下管键[⑫]，矢溺皆闭其中[⑬]，与饮食之气相薄[⑭]。又隆冬，贫者席地而卧，春气动，鲜不疫矣。狱中成法，质明启钥[⑮]，方夜中，生人与死者并踵顶而卧[⑯]，无可旋避[⑰]，此所以染者众也。又可怪者，大盗积贼[⑱]，杀人重囚，气杰旺[⑲]，染此者十不一二，或随有瘳[⑳]；其骈死[㉑]，皆轻系及牵连佐证法所不及者[㉒]。”

余曰：“京师有京兆狱[㉓]，有五城御史司坊[㉔]，何故刑部系囚之多至此？”杜君曰：“迩年狱讼[㉕]，情稍重，京兆、五城即不敢专决，又九门提督所访缉纠诘[㉖]，皆归刑部；而十四司正副郎好事者及书吏、狱官、禁卒[27]，皆利系者之多，少有连，必多方钩致[28]。苟入狱，不问罪之有无，必械手足[29]，置老监，俾困苦不可忍[30]。然后导以取保[31]，出居于外，量其家之所有以为剂[32]，而官与吏剖分焉。中家以上皆竭资取保[33]，其次求脱械居监外板屋，费亦数十金。唯极贫无依，则械系不稍宽，为标准以警其馀[34]。或同系，情罪重者，反出在外，而轻者、无罪者罹其毒[35]。积忧愤，寝食违节[36]，及病，又无医药，故往往至死。"

余伏见圣上好生之德[37]，同于往圣，每质狱辞[38]，必于死中求其生，而无辜者乃至此。倘仁人君子为上昌言[39]："除死刑及发塞外重犯，其轻系及牵连未结正者[40]，别置一所以羁之[41]，手足毋械。"所全活可数计哉！或曰："狱旧有室五，名曰现监，讼而未结正者居之。倘举旧典[42]，可小补也。"杜君曰："上推恩[43]，凡职官居板屋。今贫者转系老监，而大盗有居板屋者，此中可细诘哉[44]！不若别置一所，为拔本塞源之道也[45]。"余同系朱翁、余生[46]，及在狱同官僧某[47]，遘役死，皆不应重罚。又某氏以不孝讼其子，左右邻械系入老监，号呼达旦。余感焉，以杜君言泛讯之[48]，众言同，于是乎书。

凡死刑狱上[49]，行刑者先俟于门外，使其党入索财物，名曰"斯罗"[50]。富者就其戚属，贫则面语之。其极刑[51]，曰："顺我，即先刺心；否则四肢解尽，心犹不死。"其绞缢[52]，曰："顺我，始缢即气绝；否则，三缢加别械[53]，然后得死。"唯大辟无可要[54]，然犹质其首[55]。用此，富者赂数十百金，贫亦罄衣装[56]；绝无有者，则治之如所言[57]。主缚者亦然[58]，不如所欲，缚时即先折筋骨。每岁大决[59]，勾者十四三[60]，留者十六七，皆缚至西市待命[61]。其伤于缚者，即幸留，病数月乃瘳，或竟成痼疾[62]。

余尝就老胥而问焉[63]:"彼于刑者、缚者,非相仇也,期有得耳;果无有,终亦稍宽之,非仁术乎?"曰:"是立法以警其馀,且惩后也;不如此则人有幸心[64]。"主梏扑者亦然[65]。余同逮以木讯者三人[66]:一人予三十金,骨微伤,病间月[67];一人倍之,伤肤,兼旬愈[68];一人六倍,即夕行步如平常。或叩之曰:"罪人有无不均[69],既各有得,何必更以多寡为差?"曰:"无差,谁为多与者?"孟子曰:"术不可不慎[70]。"信夫!

部中老胥,家藏伪章,文书下行直省[71],多潜易之,增减要语,奉行者莫辨也。其上闻及移关诸部[72],犹未敢然。功令[73]:大盗未杀人,及他犯同谋多人者,止主谋一二人立决;馀经秋审,皆减等发配。狱词上[74],中有立决者,行刑人先俟于门外,命下,遂缚以出,不羁晷刻[75]。有某姓兄弟,以把持公仓,法应立决,狱具矣,胥某谓曰:"予我千金,吾生若。"叩其术,曰:"是无难,别具本章[76],狱词无易,取案末独身无亲戚者二人易汝名,俟封奏时潜易之而已[77]。"其同事者曰:"是可欺死者,而不能欺主谳者[78],倘复请之[79],吾辈无生理矣。"胥某笑曰:"复请之,吾辈无生理,而主谳者亦各罢去。彼不能以二人之命易其官,则吾辈终无死道也。"竟行之,案末二人立决。主者口呿舌挢[80],终不敢诘。余在狱,犹见某姓,狱中人群指曰:"是以某某易其首者。"胥某一夕暴卒,众皆以为冥谪云[81]。

凡杀人,狱词无谋、故者[82],经秋审入矜疑[83],即免死。吏因以巧法[84]。有郭四者,凡四杀人,复以矜疑减等,随遇赦,将出,日与其徒置酒酣歌达曙。或叩以往事,一一详述之,意色扬扬,若自矜诩[85]。噫!渫恶吏忍于鬻狱[86],无责也;而道之不明[87]，良吏亦多以脱人于死为功，而不求其情[88]，其枉民也[89]，亦甚矣哉！

奸民久于狱，与胥卒表里，颇有奇羡[90]。山阴李姓以杀人系狱，每岁致数百金。康熙四十八年，以赦出，居数月，漠然无所事。其乡人有杀人者，因代承之[91]。盖以律非故杀，必久系，终无死法也。五十一年，复援赦减等谪戍[92]，叹曰："吾不得复入此矣！"故例[93]：谪戍者移顺天府羁候。时方冬停遣，李具状求在狱候春发遣[94]，至再三，不得所请，怅然而出。

《四部丛刊》本《望溪先生集外文》卷六

①康熙五十年(1711)，作者因为戴名世《南山集》作序，受株连，入刑部狱近两年。文章记狱中事实，在触目惊心的叙述中，间作冷峻深沉的议论。②刑部狱：清政府刑部所设的监狱。刑部，明清两朝设六部，刑部掌刑律狱讼。　③窦(dòu 豆)：洞。　④洪洞(tóng 同)令：洪洞县令。洪洞，今山西洪洞县。　⑤作：起立。　⑥疫作：瘟疫流行。　⑦天时顺正：气候正常。　⑧叩所以：询问原因。　⑨遘(gòu 购)：遭遇，指染病。⑩牖(yǒu 友)其前：在前方开一个窗户。　⑪屋极：屋顶。　⑫薄暮：傍晚。管键：锁。　⑬矢溺：大小便。矢，同"屎"。溺，同"尿"。　⑭相薄(bó 帛)：相混杂。　⑮质明：天亮时。启钥：开锁。　⑯并踵顶而卧：并排睡一起。踵，脚后跟。顶，头顶。　⑰旋避：回避。　⑱积贼：惯偷。⑲气杰旺：精力特别旺盛。　⑳或随有瘳(chōu 抽)：有的人染上病也随即就痊愈了。瘳，病愈。　㉑骈死：接连死去。　㉒轻系：轻罪被囚的犯人。佐证：证人。　㉓京兆狱：京城监狱，即当时顺天府监狱。　㉔五城御史司坊：京城分东、南、西、北、中五区，称五城，设五城兵马司，并设巡城御史，负责治安方面的事情。司坊，管理街坊间的刑事案件。坊，当时京城分为十坊，每司负责二坊。司、坊协司，访缉各地来京官员钻营贿赂等事。㉕迩年：近年。　㉖九门提督：掌管京城九门的步兵统领。九门，指正阳、崇文、宣武、安定、德胜、东直、西直、朝阳、阜城诸门。所访缉纠诘：所访查缉

捕来受审讯的人。 ㉗十四司正副郎：清初刑部设十四司，每司正职为郎中，副职为员外郎。好事者：多事的人。书吏：掌管文牍的小吏。 ㉘钩致：钩扯抓获。 ㉙械手足：手脚戴上刑具。 ㉚俾：使。 ㉛导以取保：诱导犯人花钱保释。 ㉜"量其家"句：衡量他们家中财产多少作为敲诈的依据。剂，调剂。 ㉝中家：中产之家。 ㉞"为标准"句：作样子警告其他人。 ㉟罹(lí离)其毒：遭受其毒害。 ㊱寝食违节：睡觉吃饭都不正常。 ㊲伏见：即看到。伏，表示谦卑。圣上：臣民对皇帝的尊称。这里指康熙。 ㊳质：询问，评判。 ㊴上：皇帝。昌言：献言。 ㊵结正：结案、正式判决。 ㊶羁：关押。 ㊷旧典：过去的制度。 ㊸推恩：施恩。 ㊹细诘：深究。 ㊺拔本塞源：拔除弊端的根本，堵塞弊端的源头。 ㊻朱翁：不详。余生：名湛，字石民，戴名世的学生。 ㊼同官：县名，今陕西铜川市。 ㊽泛讯：广泛地询问。 ㊾死刑狱上：判处死刑的案件上报呈批。 ㊿斯罗：也作"撕罗"、"撕掳"，排解、打理的意思。 51极刑：凌迟处死的刑罚。行刑时先断其肢体，最后断其气。 52绞缢：绞刑。 53加别械：加别的刑具。 54大辟：斩首。要：要挟。 55质其首：用人头作抵押来勒索。 56罄：用尽。 57治之如所言：按照他们说的那样处理犯人。 58主缚者：执行捆缚犯人的役吏。 59大决：即秋决。封建时代规定秋天处决犯人。 60勾者：每年八月，由刑部会同九卿审判死刑犯人，呈交皇帝御决。皇帝用朱笔勾上的，立即处死；未勾上的为留者，暂缓执行。 61西市：清代京城行刑的地方，在今北京市宣武区菜市口。 62痼(gù固)疾：积久不易治的疾病。 63老胥：多年的老役吏。胥，掌管文案的小吏。 64幸心：侥幸心理。 65主梏扑者：专管上刑具、打板子的人。 66木讯：用木制刑具如板子、夹棍等拷打审讯。 67间月：一个多月。间，隔。 68兼旬：两旬，二十天。 69有无不均：即贫富不一。 70术不可不慎：语出《孟子·公孙丑章》，意谓选择职业不可不慎重。 71直省：直属朝廷管辖的省分。 72上闻：报告皇上的文书。移关诸部：移送文书，通告朝廷各部。移关，平行机关来往的文书。 73功令：朝廷所定法令。 74狱词上：审判书已上报。 75不羁晷(guǐ鬼)刻：不留片刻。晷刻，指很短的时间。 76别具本章：另外写奏章上呈。 77俟封奏时潜易之：等加封向皇帝奏请时偷偷地换过。 78主谳(yàn验)者：负责审判的官员。谳，审判定罪。 79倘复请之：如果重新上奏请示。

⑳口呿(qū 驱)舌挢(jiāo 交):张口结舌。呿,张口不能说话。舌挢,翘起舌头。形容惊讶的样子。　㉑冥谪:受到阴曹地府的惩罚。　㉒无谋、故者:不是预谋或故意杀人的。　㉓矜疑:指其情可悯,其事可疑的案件。矜,怜悯、惋惜。刑部秋审时,把各种死刑案件分为情实、缓决、可矜、可疑四类,后两类可减等处理或宽免。　㉔巧法:取巧枉法,玩弄法令。　㉕矜诩(xǔ 许):炫耀。　㉖渫(xiè 泄):污浊。鬻狱:出卖狱讼。　㉗道之不明:世道是非不明。　㉘情:指真实情况。　㉙枉民:使百姓蒙受冤屈。㉚奇(jī 击)羡:赢馀。　㉛代承:代为承担。　㉜援赦减等:根据大赦条例减刑。谪戍:发配充军。　㉝故例:旧例。　㉞具状求在狱:呈文请求留在狱中。

# 三〇 姚鼐

姚鼐(1731—1815),字姬传,世称惜抱先生,安徽桐城人。乾隆二十八年(1763)中进士,选庶吉士,散馆授礼部主事。三十三年(1768)充山东乡试副考官,擢员外郎。三十五年(1770)充湖南乡试副考官,次年充会试同考官,升刑部郎中。后任四库馆纂修。四十九年(1784)辞官。后历主扬州梅花、安庆敬敷、歙县紫阳、江宁钟山诸书院,“士子得以及门为幸”,门下方东树、梅曾亮、管同、姚莹号称四大弟子,有“天下文章其在桐城乎”之说。姚鼐继方苞、刘大櫆之后为桐城派三祖之一。论文主张义理、考证、辞章三者合一,兼汉宋之学和辞章之学。将“所以为文者”分为“神、理、气、味,格、律、声、色”八个方面,又将文章风格分为“阳刚”“阴柔”两大类,发展了方苞的“义法”说和刘大櫆的“神气音杰”说。又选《古文辞类纂》为学古文的范本,影响很大。有《惜抱轩全集》。

## 登泰山记[①]

泰山之阳[②],汶水西流[③]。其阴,济水东流[④]。阳谷皆入汶[⑤],阴谷皆入济,当其南北分者,古长城也[⑥]。最高日观峰[⑦],在长城南十五里。

余以乾隆三十九年十二月[⑧],自京师乘风雪[⑨],历齐河、长清[⑩],穿泰山西北谷,越长城之限[⑪],至于泰安。是月丁末[12]，与知府朱孝纯子颖由南麓登[13]。四十五里[14]，道皆砌石为磴，其级七千有馀。泰山正南面有三谷，中谷绕泰安城下，郦道元所谓环水也[15]。余始循以入，道少半，越中岭，复循西谷，遂至其巅。古时登山，循东谷入，道有天门[16]。东谷者，古谓之天门溪水，余所不至也。今所经中岭及山巅崖限当道者[17]，世皆谓之天门云。道中迷雾冰滑，磴几不可登。及既上，苍山负雪，明烛天南，望晚日照城郭，汶水、徂徕如画[18]，而半山居雾若带然[19]。

戊申晦五鼓[20]，与子颖坐日观亭[21]，待日出。大风扬积雪击面。亭东自足下皆云漫[22]。稍见云中白若樗蒲数十立者[23]，山也。极天[24]，云一线异色[25]，须臾成五采，日上，正赤如丹[26]，下有红光，动摇承之，或曰："此东海也。"回视日观以西峰，或得日，或否，绛皜驳色[27]，而皆若偻[28]。

亭西有岱祠[29]，又有碧霞元君祠[30]。皇帝行宫在碧霞元君祠东[31]。是日，观道中石刻，自唐显庆以来[32]，其远古刻尽漫失[33]。僻不当道者皆不及往。

山多石，少土，石苍黑色，多平方，少圜[34]。少杂树，多松，生石罅[35]，皆平顶。冰雪，无瀑水，无鸟兽音迹。至日观，数里内无树，而雪与人膝齐。

桐城姚鼐记。

《四部备要》本《惜抱轩文集》卷一四

①泰山：在山东泰安北，古称岱宗，又称东岳，为五岳之长。本文融考证于辞章，布局精严，描写生动，行文洁净明快，为描写泰山景观的名篇。

②阳：山南为阳。　③汶水：今称大汶河，源于山东莱芜东北之原山，向西南流，汇入东平湖。　④济水：源于河南济源县西之王屋山，流经山东。清代末年，济水河道为黄河所占。　⑤阳谷：指山南的谷水。　⑥古长城：

战国时齐国修筑的长城，西起平阴，经泰山北冈，东至诸城。 ⑦日观峰：泰山顶峰，观日出之胜地。 ⑧乾隆三十九年：公元 1774 年。但十二月初一，已是公元 1775 年。 ⑨乘：冒。 ⑩齐河、长清：山东两县名，在泰安西北。 ⑪限：界限。 ⑫丁未：该月二十八日。 ⑬朱孝纯：字子颖，号海愚，山东历城人，曾为泰安知府，姚鼐挚友。 ⑭四十五里：古时估测泰山从下至顶四十多里，但实测约二十馀里。 ⑮郦道元：字善长，北魏范阳（今河北涿县）人，著有《水经注》。 ⑯天门：泰山有南天门、东天门、西天门。 ⑰崖限：像门限一样的山崖。 ⑱徂徕（cúlái 殂来）：山名，在泰安东南四十里。 ⑲"而半山"句：停留在半山腰的云雾像带子一样。 ⑳戊申：二十九日。晦：农历每月最后一日。五鼓：五更。 ㉑日观亭：亭名，在日观峰。 ㉒"亭东"句：亭子以东从脚下始都是迷漫的云雾。 ㉓樗（chū 出）蒱：赌博工具，即骰（tóu 投）子，俗称色（shǎi）子。 ㉔极天：天的尽头，天边。 ㉕云一线异色：一缕云颜色很特别。 ㉖正赤如丹：纯红如同朱砂。 ㉗绛：红色。皜（hào 浩）：白色。驳：杂。 ㉘偻（lǚ 吕）：曲背。形容日观峰以西的山峰都低于日观峰，如同弯腰曲背地站着。 ㉙岱祠：一名岱庙，祭祀东岳大帝的庙宇。 ㉚碧霞元君祠：祭祀东岳大帝女儿碧霞元君的庙。也叫娘娘庙。 ㉛皇帝行宫：指乾隆去泰山住过的房宇。行宫，皇帝出巡时的住所。 ㉜显庆：唐高宗李治的年号（656—661）。 ㉝漫失：石碑经过风雨剥蚀，字迹模糊不清。 ㉞圜：同"圆"。 ㉟石罅（xià 下）：石缝。

## 复鲁絜非书①

桐城姚鼐顿首絜非先生足下：相知恨少，晚遇先生。接其人，知为君子矣；读其文，非君子不能也。往与程鱼门、周书昌尝论古今人才②，惟为古文者最少。苟为之，必杰士也，况为之专且善如先生乎！辱书引义谦而见推过当③，非所敢任。鼐自幼迄衰，获侍贤人长者为师友，剽取见闻，加臆度为说[4]，非真知文、能为文也，奚辱命之哉[5]？盖虚怀乐取者[6]，君子之心；而诵所得以正于君子[7]，亦鄙陋之志也[8]。

鼐闻天地之道，阴阳刚柔而已。文者，天地之精英，而阴阳刚柔之发也。惟圣人之言，统二气之会而弗偏[9]。然而《易》、《诗》、《书》、《论语》所载，亦间有可以刚柔分矣[10]。值其时其人，告语之体[11]，各有宜也。自诸子而降[12]，其为文无弗有偏者。其得于阳与刚之美者，则其文如霆，如电，如长风之出谷，如崇山峻崖，如决大川，如奔骐骥[13]；其光也，如杲日[14]，如火，如金镠铁[15]；其于人也，如冯高视远[16]，如君而朝万众，如鼓万勇士而战之。其得于阴与柔之美者，则其文如升初日，如清风，如云，如霞，如烟，如幽林曲涧，如沦，如漾，如珠玉之辉，如鸿鹄之鸣而入寥廓；其于人也，暵乎其如叹[17]，邈乎其如有思[18]，暖乎其如喜[19]，愀乎其如悲[20]。观其文，讽其音，则为文者之性情形状，举以殊焉。

且夫阴阳刚柔，其本二端，造物者糅[21]，而气有多寡进绌[22]，则品次亿万，以至于不可穷，万物生焉。故曰："一阴一阳之为道[23]。"夫文之多变，亦若是已。糅而偏胜可也[24]，偏胜之极，一有一绝无，与夫刚不足为刚，柔不足为柔者，皆不可以言文。今夫野人孺子闻乐[25]，以为声歌弦管之会尔；苟善乐者闻之，则五音十二律[26]，必有一当[27]，接于耳而分矣。夫论文者，岂异于是乎？宋朝欧阳、曾公之文[28]，其才皆偏于柔之美者也。欧公能取异己者之长而时济之[29]，曾公能避所短而不犯。观先生之文，殆近于二公焉。抑人之学文，其功力所能至者，陈理义必明当，布置取舍、繁简廉肉不失法[30]，吐辞雅训[31]，不芜而已。古今至此者，盖不数数得[32]，然尚非文之至。文之至者，通乎神明，人力不及施也。先生以为然乎？

惠寄之文，刻本固当见与[33]，抄本谨封还。然抄本不能胜刻者。诸体中，书、疏、赠序为上，记事之文次之，论辨又次之。鼐亦窃识数语于其间[34]，未必当也。《梅崖集》果有逾人处[35]，恨不识其人。郎君令甥[36]，皆美才未易量，听所好恣为之[37]，勿拘其途可也。于所寄文，辄妄评说，勿罪！勿罪！秋暑，惟体中安否？千万自爱。七月朔日[38]。

《四部备要》本《惜抱轩文集》卷六

①鲁絜非(1732—1794)：原名士骥，又名九皋，字絜非，号山木，江西新城(今江西黎川)人。乾隆三十六年(1771)进士，官山西夏县知县。曾受业于朱仕琇，仕琇推重姚鼐，絜非从姚问古文法。著有《山木集》。文章论古文之风格问题，用博喻法，舒展警切，发前人之未言。 ②程鱼门：程晋芳，字鱼门，号蕺园，安徽歙县人。乾隆十七年进士，官吏部主事，《四库全书》编修。著有《蕺园诗文集》。周书昌：周永年(1730—1791)，字书昌，山东历城人。乾隆进士，曾与姚、程同为《四库全书》编修官。 ③辱书：写给我的信。辱，谦词。引义：申明义理。见推：被推崇。 ④臆度：主观推测。 ⑤奚：疑问词，哪里。辱：谦词。等于说“承蒙”。 ⑥虚怀：虚心。 ⑦正：就正，求教。 ⑧鄙陋：自谦之辞，为作者自指。 ⑨二气之会：阴阳刚柔二气之际会。弗偏：没有偏向。 ⑩间：间或。 ⑪告语之体：说话、表达的方式。 ⑫诸子：指先秦的各学派。 ⑬骐骥：良马。 ⑭杲(gǎo 搞)：明亮。 ⑮金镠(liú 流)铁：镶嵌金花的金属。镠，纯美的黄金。 ⑯冯：同“凭”。 ⑰漻(liáo 辽)乎：清深的样子。 ⑱邈乎：深远貌。 ⑲暝(nuǎn 暖)乎：温和的样子。暝，同“暖”。 ⑳愀乎：凄伤的样子。 ㉑糅：糅合。 ㉒进绌(chù 触)：进退、消长。 ㉓一阴一阳之为道：语出《易·系辞》上。 ㉔偏胜：指阳刚和阴柔一方超过另一方。 ㉕野人：指没有文化的人。孺子：儿童。 ㉖五音：指宫、商、角、徵、羽。十二律：指黄钟、大吕、太簇、夹钟、姑洗、仲吕、蕤宾、林钟、夷则、南吕、无射、应钟。 ㉗当：合宜，适当。 ㉘欧阳、曾公：指宋朝的古文家欧阳修、曾巩。 ㉙异己者之长：别人的长处。济：增益，补救。 ㉚廉肉：语出《礼记·乐

记》:“使其曲直繁瘠,廉肉节奏,足以感动人之善心而已矣。”孔颖达《正义》:“廉,谓廉棱;肉,谓肥满。”廉肉是古代的音乐术语,这里用来形容文章之瘦硬与丰腴。　㉛雅训:典雅修洁。　㉜数数:常常,屡屡。　㉝见与:接受别人馈赠的谦词。　㉞识:记。　㉟《梅崖集》:朱仕琇撰。朱仕琇(1715—1780),字斐瞻,福建建宁人。乾隆十三年进士,选庶吉士,知夏津县,改福宁府教授,后主鳌峰书院,以古文著称。　㊱郎君:鲁絜非的儿子。令甥:鲁絜非的外甥陈用光,字硕士,江西新城人。嘉庆六年进士,官至礼部侍郎。曾师事姚鼐,著有《太乙舟文集》。　㊲恣:放任,听凭。　㊳朔日:指阴历每月的初一。

# 三一　郑　燮

郑燮(1693—1756),字克柔,号板桥,江苏兴化人。幼年丧母,家境贫穷,读书饶别解,性洒脱不羁,好放言高论,因得狂名。雍正十年(1732)中举,乾隆元年(1736)成进士,任山东范县、潍县知县十三年,有政声。乾隆十八年(1753)因请赈忤上官被罢。归里后,以鬻书画为生。善诗,工书、画,时称"郑虔三绝"。诗词文不拘体格,取道性情,言情述事,恻恻动人。画以兰竹石最为精妙,为"扬州八怪"之一。著有《板桥诗钞》、《词钞》、《家书》、《题画诗》、《道情》。今人辑为《郑板桥集》。

## 偶　然　作[①]

英雄何必读书史,直摅血性为文章[②];不仙不佛不贤圣[③],笔墨之外有主张。纵横议论析时事,如医疗疾进药方。名士之文深莽苍[④],胸罗万卷杂霸王[⑤],用之未必得实效,崇论闳议多慨慷[⑥]。雕镌鱼鸟逐光景[⑦],风情亦足喜且狂。小儒之文何所长[⑧],抄经摘史饾饤强[⑨],玩其词华颇赫烁,寻其义味无毫芒[⑩]。弟颂其师客谈说[⑪],居然拔帜登词场。初惊既鄙久萧索[⑫],身存气盛名先亡。辇碑刻石临大道[⑬],过者不读倚坏墙。呜呼!文章自古通造化[⑭],息心下意毋躁忙[⑮]。

上海古籍出版社点校本《郑板桥集·诗钞》

①本诗表达了作者的作文主张，认为文章应抒发自己的见解，反对华而不实和寻章摘句的空话。 ②直摅（shū 书）血性：抒发个人的真实性情。摅，同"抒"。血性，犹本性，真实感情。 ③"不仙"句：意指不囿于一家一派。仙，道教追求得道升仙。这里以仙指其教。佛，佛教。贤圣，指儒家。④深莽苍：深奥辽阔。 ⑤霸王：霸道和王道，两种治国之术。前者指统治者凭借武力、刑罚进行统治。《汉书·五行志》七："齐桓公行伯道，会诸侯。"伯道，同"霸道"。后者指以仁义治天下。《书·洪范》："无偏无党，王道荡荡；无党无偏，王道平平；无反无侧，王道正直。" ⑥崇论闳（hóng 宏）议：高明卓越的议论。《史记·司马相如列传》引《难蜀父老书》："且夫贤君之践位也……必将崇论闳议，创业垂统，为万世规。" ⑦雕镌（juān 捐）：雕刻，刻画。逐光景：流连光景。 ⑧小儒：浅陋的儒者。《汉书·夏侯胜传》："建所谓章句小儒，破碎大道。" ⑨饾饤（dòudìng 豆订）：也作"饤饾"，食品堆积貌。韩愈《南山》诗："或如临食案，肴核纷饾饤。"后常用来形容诗文中堆砌词藻。⑩无毫芒：言其空洞无物。毫芒，毫毛和麦芒，形容极其细微的东西。⑪"弟颂"句：弟子吹捧其老师，门客到处游说宣扬。 ⑫萧索：冷落。⑬辇（niǎn 捻）碑：运载石碑。 ⑭造化：自然创造化育。这里指性情、天分。 ⑮息心下意：排除杂念，虚心求教。

## 潍县署中画竹呈年伯包大中丞括[①]

衙斋卧听萧萧竹[②]，疑是民间疾苦声；些小吾曹州县吏[③]，一枝一叶总关情[④]。

上海古籍出版社点校本《郑板桥集·诗钞》

①潍县：今山东潍坊市区。年伯：本指与父亲同年登科的长辈，明以后泛指父辈。包括：钱塘人，曾任山东布政使，署理巡抚，故称大中丞。诗约作于乾隆十一年（1746）作者任潍县知县之初，借画竹表述对百姓疾苦的关切心

情。②衙斋:官署书房。萧萧:竹枝叶摇动声。③些小:小小,一点儿。吾曹:我辈。④关情:牵动感情。

## 竹石[1]

咬定青山不放松[2],立根原在破岩中。千磨万击还坚劲[3],任尔东西南北风!

上海古籍出版社点校本《郑板桥集·诗钞》

①此为题画诗,作者性情宛在其中。②青山:画中青色岩山。③坚劲:坚强有力,不屈不挠。

## 潍县署中与舍弟墨第二书[1]

余五十二岁始得一子,岂有不爱之理!然爱之必以其道,虽嬉戏顽耍[2],务令忠厚悱恻[3],毋为刻急也[4]。

平生最不喜笼中养鸟,我图娱悦,彼在囚牢,何情何理,而必屈物之性以适吾性乎!至于发系蜻蜓,线缚螃蟹,为小儿顽具,不过一时片刻便折拉而死。夫天地生物,化育劬劳[5],一蚁一虫,皆本阴阳五行之气絪缊而出[6]。上帝亦心心爱念。而万物之性人为贵,吾辈竟不能体天之心以为心,万物将何所托命乎?

蛇蚖、蜈蚣、豺狼、虎豹[7],虫之最毒者也[8],然天既生之,我何得而杀之?若必欲尽杀,天地又何必生?亦惟驱之使远,避之使不相害而已。蜘蛛结网,于人何罪,或谓其夜间咒月，令人墙倾壁倒，遂击杀无遗。此等说话，出于何经何典，而遂以此残物之命，可乎哉？可乎哉？

我不在家，儿子便是你管束。要须长其忠厚之情，驱其残忍之性，不得以为犹子而姑纵惜也⑨。家人儿女，总是天地间一般人，当一般爱惜，不可使吾儿凌虐他。凡鱼飧果饼⑩，宜均分散给，大家欢嬉跳跃。若吾儿坐食好物，令家人子远立而望，不得一沾唇齿；其父母见而怜之，无可如何，呼之使去，岂非割心剜肉乎！

夫读书、中举、中进士作官，此是小事，第一要明理作个好人。可将此书读与郭嫂、饶嫂听⑪，使二妇人知爱子之道在此不在彼也。

上海古籍出版社点校本《郑板桥集·家书》

①潍县署中：乾隆十年(1745)作者任潍县县令。这封信是在其衙署写给其弟郑墨的。信的主旨讲教子之道，识见迈俗、语言基本为白话。 ②顽：同“玩”。 ③悱恻：本指忧思抑郁之情，这里指同情、体察人情的心胸。 ④刻急：刻薄急躁。 ⑤劬(qú 渠)劳：辛勤劳苦。 ⑥细缊(yīnyùn 因酝)：天地阴阳二气交互作用状。《易·系辞》下：“天地细缊，万物化醇。” ⑦蚖(wán 玩)：也称“虺”，蝮蛇，一种毒蛇。 ⑧虫：这里泛指动物。古代称禽为羽虫，兽为毛虫，龟为甲虫，鱼为鳞虫，人为倮(luǒ 裸)虫。 ⑨犹子：兄弟之子，即侄儿。姑：姑且。纵惜：放纵怜爱。 ⑩鱼飧(sūn 孙)：鱼做的食物。 ⑪郭嫂、饶嫂：均为郑燮侧室，其子即饶氏所生。

## 三二 袁 枚

袁枚(1716—1798),字子才,号简斋,晚号小仓山房居士、随园老人,钱塘(今杭州)人。乾隆四年(1739)进士,选庶吉士,外放江南,先后任溧阳、江浦、沭阳、江宁知县,有政声。十四年(1749)引病辞官,退居所购江宁小仓山之随园,诗酒自娱,广交文士,或出游南方佳山水。秉性通脱疏放,思想活跃,"敢于进退六经,非圣无法"(章学诚《文史通义·书坊刻诗话后》),具有反道学、反礼教的人文精神。文学上树"性灵"之帜,主张诗"必本于性情"。诗作独抒己意,思致新颖,笔调活泼,语言平易晓畅,呈现出一种突破传统格调的趋势。散文不依傍桐城门户,生动清新。有《小仓山房诗集》、《小仓山房文集》、《随园诗话》、《子不语》等。

### 马 嵬①(四首选一)

莫唱当年《长恨歌》②,人间亦自有银河③。石壕村里夫妻别④,泪比长生殿上多⑤。

上海古籍出版社点校本《小仓山房诗集》卷八

①马嵬:马嵬坡,在今陕西兴平县西。唐天宝十四年,安禄山叛乱,陷潼关,玄宗出逃四川,经马嵬坡时,禁军哗变,杀杨国忠,迫玄宗命杨贵妃自缢。自白居易始,历代诗人、剧作家多咏叹、敷演其事。此诗放眼人间夫妻之生离死别,可谓别出心裁。 ②《长恨歌》:白居易著名长诗。诗中对李、杨爱情

悲剧表示同情，诗末云："天长地久有时尽，此恨绵绵无绝期。" ③银河：据民间故事，牛郎和织女夫妻相爱，却被银河隔开，每年只能在农历七月七日相会一次。这里喻夫妻不得团圆。 ④石壕村：杜甫《石壕吏》诗中地点。《石壕吏》写安史之乱中，"有吏夜捉人"，"老翁逾墙走"，老妇被带到兵营服役事。 ⑤长生殿：唐玄宗在天宝元年(742)修筑的祭祀天神的宫殿。《长恨歌》中有"七月七日长生殿，夜半无人私语时。在天愿作比翼鸟，在地愿为连理枝"的诗句，以长生殿为李、杨密誓的地方。

## 独秀峰[1]

来龙去脉绝无有[2]，突然一峰插南斗[3]。桂林山水奇八九，独秀峰尤冠其首。三百六级登其巅，一城烟水来眼前[4]。青山尚且直如弦[5]，人生孤立何伤焉[6]。

上海古籍出版社点校本《小仓山房诗集》卷三〇

①独秀峰：亦名独秀山、紫金山，在桂林市中心王城内，以平地孤拔，无他峰相属而得名。乾隆四十九年(1784)，作者重游桂林，写下此诗。诗由山之奇崛写到人生之独立，转接自然，意旨深邃。 ②来龙去脉：旧时堪舆家(俗称风水先生)以山势为龙，起伏连绵为脉。 ③南斗：星宿名，在南天。此处形容山势高峻。 ④烟水：云烟缭绕，水波荡漾。 ⑤直如弦：汉桓帝时童谣："直如弦，死道边；曲如钩，反封侯。"这里说独秀峰孤立无依托。 ⑥伤：妨害。

## 蠹鱼[1]

不买芸香置五车[2]，公然老蠹作生涯。分明纸角牙须动[3]，陡觉书中点画差[4]。未必风骚供吐属，空贪糟粕失精华[5]。劝君嚼我终无味，速往鱼虫注疏家[6]。

上海古籍出版社点校本《小仓山房诗集》卷三〇

①蠹鱼：蛀蚀书籍的小虫。诗借咏蠹鱼，嘲谑当时考据学者。作者另有《考据之学莫盛于宋以后而今为尤余厌之戏仿太白嘲鲁儒一首》，末云："招来此辈与一餐，锁向书仓管书蠹。"可参看。　②芸香：香草名，花叶香气浓郁，可驱虫。唐杨巨源《酬令狐员外直夜书怀见寄》诗："芸香能护字，铅椠善呈书。"五车：五车书，谓书多。《庄子·天下》："惠子多方，其书五车。"　③牙须动：指蠹鱼蛀书状。　④点画差：谓书中文字笔划残缺。差，短少。　⑤"未必"二句：以蠹鱼蛀书喻考据家注书，专事章句之考证，而不讲诗文之文采韵味，弃精华而就糟粕。风骚，指诗文之精神风貌。　⑥"劝君"二句：以劝蠹鱼去考据家之家，比喻自己对考据无兴趣。鱼虫注疏，因《尔雅》中有"释鱼"、"释虫"诸篇，后遂以"鱼虫"指文字训诂考证。注疏，注释古书字句曰注，注释注文曰疏。

## 祭妹文[1]

乾隆丁亥冬[2]，葬三妹素文于上元之羊山[3]，而奠以文曰：

呜呼！汝生于浙而葬于斯，离吾乡七百里矣。当时虽觭梦幻想[4]，宁知此为归骨所耶？汝以一念之贞[5]，遇人仳离[6]，致孤危托落[7]，虽命之所存[8]，天实为之，然而累汝至此者，未尝非予之过也。予幼从先生授经，汝差肩而坐[9]，爱听古人节义事，一旦长成，遽躬蹈之[10]。呜呼！使汝不识诗书，或未必艰贞若是[11]。

余捉蟋蟀，汝奋臂出其间[12]；岁寒虫僵，同临其穴[13]。今予殓汝葬汝[14]，而当日之情形，憬然赴目[15]。予九岁憩书斋，汝梳双髻，披单缣来[16]，温《缁衣》一章[17]。适先生奓户入[18]，闻两童子音琅琅然[19]，不觉莞尔[20]，连呼则则[21]。此七月望日事也[22]。汝在九原[23]，当分明记之。予弱冠粤行[24]，汝掎裳悲恸[25]。逾三年，予披宫锦还家[26]，汝从东厢扶案出[27]，一家瞠视而笑[28]，不记语从何起，大概说长安登科，函使报信迟早云尔[29]。凡此琐琐[30]，虽为陈迹，然我一日未死，则一日不能忘。旧事填膺[31]，思之凄梗[32]，如影历历，逼取便逝。悔当时不将嫛婗情状[33]，罗缕纪存[34]。然而汝已不在人间，则虽年光倒流，儿时可再，而亦无与为证印者矣。

汝之义绝高氏而归也[35]，堂上阿奶[36]，仗汝扶持；家中文墨[37]，眣汝办治[38]。尝谓女流中最少明经义、谙雅故者[39]，汝嫂非不婉嫕[40]，而于此微缺然。故自汝归后，虽为汝悲，实为予喜。予又长汝四岁，或人间长者先亡，可将身后托汝，而不谓汝之先予以去也。前年予病，汝终宵刺探[41]，减一分则喜，增一分则忧。后虽小差[42]，犹尚殗殜[43]，无所娱遣，汝来床前，为说稗官野史可喜可愕之事，聊资一欢[44]。呜呼！今而后，吾将再病，教从何处呼汝耶？

汝之疾也，予信医言无害[45]，远吊扬州[46]。汝又虑戚吾心[47]，阻人走报，及至绵惙已极[48]，阿奶问："望兄归否？"强应曰："诺[49]！"已，予先日一梦汝来诀，心知不祥，飞舟渡江。果予以未时还家[50]，汝以辰时气绝[51]，四支犹温，一目未瞑，盖犹忍死待予也。呜呼，痛哉！早知诀汝，则予岂肯远游？即游，亦尚有几许心中言，要汝知闻，共汝筹画也[52]。而今已矣！除吾死外，当无见期。吾又不知何日死，可以见汝，而死后之有知无知，与得见不得见，又卒难明也。然则抱此无涯之憾，天乎人乎？而竟已乎[53]？

汝之诗,吾已付梓[54];汝之女,吾已代嫁;汝之生平,吾已作传;惟汝之窀穸[55],尚未谋耳[56]。先茔在杭[57],江广河深,势难归葬,故请母命,而宁汝于斯[58],便祭扫也。其旁葬汝女阿印,其下两冢,一为阿爷侍者朱氏[59],一为阿兄侍者陶氏[60]。羊山旷渺[61],南望原隰[62],西望栖霞[63],风雨晨昏,羁魂有伴[64],当不孤寂。所怜者,吾自戊寅年读汝《哭侄诗》后[65],至今无男;两女牙牙[66],生汝死后,才周晬耳[67]。予虽亲在未敢言老[68],而齿危发秃[69],暗里自知,知在人间尚复几日!阿品远官河南[70],亦无子女,九族无可继者[71]。汝死我葬,我死谁埋?汝倘有灵,可能告我?

呜呼!身前既不可想,身后又不可知;哭汝既不闻汝言,奠汝又不见汝食。纸灰飞扬,朔风野大,阿兄归矣,犹屡屡回头望汝也。呜呼哀哉!呜呼哀哉!

上海古籍出版社点校本《小仓山房文集》卷一四

①袁枚三妹袁机,字素文,幼好读书,与高姓子指腹为婚,后高氏子行为放荡,曾建议解除婚约,但她深受封建礼教影响,坚持"从一而终"。婚后,高氏子行为愈不检,虐待其妻,又要卖妻抵赌债,不得已,逃回娘家,告官终绝关系。此文祭悼亡妹,意真词切,语语精绝,可与韩愈的《祭十二郎文》、欧阳修的《泷冈阡表》鼎足而三。作者另有《女弟素文传》叙其平生。 ②乾隆丁亥:清高宗乾隆三十二年(1767)。 ③上元:县名,在今南京市区。羊山:在南京市东。 ④觭(jī 基)梦:做梦。《周礼·春官·大卜》:"二月觭梦。"郑玄注:"言梦之所得。" ⑤一念之贞:指袁机坚持与高家成婚事。 ⑥遇人仳(pǐ 匹)离:嫁了不良的丈夫而被遗弃。《诗经·王风·中谷》:"有女仳离,慨其叹矣。" ⑦孤危托落:孤独忧伤。托落,落拓,失意。 ⑧命之所存:命中注定。 ⑨差(cī 疵)肩:并肩。 ⑩遽:遂,就。躬蹈:亲身实践。⑪艰贞:遭遇艰难时坚贞不移。 ⑫奋臂:挥动双臂。 ⑬同临其穴:同到埋蟋蟀的洞边。 ⑭殓(liàn 炼):给死人穿衣服装入棺中。 ⑮憬

然：清晰的样子。　⑯单缣(jiān 坚)：细绢做的单上衣。　⑰《缁衣》：《诗经·郑风》中的一篇。　⑱奓(zhà 炸)户：开门。　⑲琅琅然：读书的声音。　⑳莞(wǎn 宛)尔：微笑。　㉑则则：同“啧啧”，赞叹声。　㉒望日：农历每月十五。　㉓九原：犹九泉，地下。　㉔弱冠：古时男子二十岁成年，行加冠礼。粤行：乾隆元年(1736)，作者二十一岁，经广东到广西。当时，其叔公袁鸿为广西巡抚金鉷的幕宾，金鉷很赏识作者的文才，荐举他到北京参加博学鸿辞科考试。　㉕掎(jǐ 挤)裳：拉着衣服。　㉖披宫锦还家：乾隆三年(1638)作者中进士，授翰林院庶吉士，还家省亲。披宫锦，指身穿用宫中特制的锦缎所做的袍服。　㉗东厢：东边的房子。边房称厢房。　㉘瞠(chēng 撑)视：瞪着眼睛看。　㉙云尔：如此之类。　㉚琐琐：种种琐碎的事。　㉛膺：胸。　㉜凄梗：悲痛得心胸堵塞。　㉝婴婗(yīní 医尼)：婴儿。《释名·释长幼》：“人始生曰婴儿，……或曰嫛婗。”这里指儿时。　㉞罗缕纪存：详尽细致、有条有理地记录下来。　㉟义绝：断绝关系。　㊱阿奶：指作者的母亲章氏。　㊲文墨：指文字往来的事务。　㊳眣(shùn 舜)：目示。这里谓指望。　㊴明经义：了解经书的道理。谙(ān 安)雅故：熟悉古代典故。谙，熟悉。　㊵婉嫕(yì 意)：柔和温顺。　㊶刺探：询问情况。　㊷小差(chāi 钗)：病情稍愈。差，同“瘥”。《方言》：“差，愈也。”　㊸殗殜(yèdié 夜蝶)：病情不十分重。《方言》：“秦晋之间，凡病而不甚曰殗殜。”　㊹聊资：姑且拿来。　㊺无害：没有生命危险。　㊻吊：探访古迹。　㊼虑戚吾心：怕让我担心。　㊽绵惙(chuò 龊)：病情危急，气息微弱。　㊾诺：应答词。　㊿未时：下午一时到三时。　51辰时：上午七时至九时。　52筹画：商量。　53而竟已乎：就这样完了吗？　54付梓：付印。梓，古代刻字印刷的木版。袁机诗附在作者《小仓山房诗文集》卷后。　55窀穸(zhūnxī 谆夕)：墓穴。　56谋：筹划。　57先茔：祖先的坟墓。　58宁：安葬。　59阿爷：父亲。作者父袁滨，早去世。侍者：侍妾。　60陶氏：作者侍妾。　61旷渺：空旷辽阔。　62原隰(xí 席)：原野低洼之地。　63栖霞：山名，在南京东北。　64羁魂：寄居他乡的鬼魂。　65戊寅年：乾隆二十三年(1758)，此年作者丧子，袁机有《哭侄诗》。　66两女：作者妾钟氏所生之孪生女。牙牙：婴儿学话声。　67周晬(zuì 最)：周岁。孟元老《东京梦华录·育子》：“生子百日。置会，谓之百晬；至来岁生日，谓之周晬。”　68亲在未敢言老：父母尚在，自己不敢称老。时年作者五十一岁,老母尚在。　⑲齿危:牙齿摇动。　⑳阿品:作者堂弟,名树,字东芗,时任河南正阳县令。　㉑九族:古代指本身及以上父、祖、曾祖、高祖,以下子、孙、曾孙、玄孙为九族。也有人说指父族四、母族三、妻族二为九族。这里泛指内外亲属。

## 三三　蒋士铨

蒋士铨(1725—1785),字心馀,一字苕生,号清容,又号藏园,江西铅山人。幼从母学六经三传及唐宋人诗,随父游幕,遍历齐、鲁、燕、赵。乾隆十二年(1747年)举于乡,官内阁中书。二十二年(1757)成进士,授翰林院编修,充武英殿纂修官,与修《续文献通考》。后乞假奉母归乡,先后主讲绍兴蕺山书院、杭州崇文书院、扬州安定书院。工诗文、词曲。诗表彰忠义,留意民事,叙事抒怀,发诸性分,不主故常。乾隆中与袁枚、赵翼以诗齐名,称"三大家"。有《忠雅堂诗文集》、《藏园九种曲》。

### 梅花岭吊史阁部①

号令难安四镇强②,甘同马革自沉湘③。生无君相兴南国④,死有衣冠葬北邙⑤。碧血自封心更赤⑥,梅花人拜土俱香。九原若遇左忠毅⑦,相向留都哭战场⑧。

嘉庆刻本《忠雅堂诗集》卷二

①梅花岭:在扬州旧广储门外。史阁部:即史可法,南明弘光时官东阁大学士、兵部尚书,督师扬州,抗击清兵南下,城破殉难,有衣冠冢在梅花岭。诗作于乾隆十三年(1748),颂扬史可法督师殉国,丹心照千秋。　②四镇:弘光时江北分为四镇,由黄得功、刘良佐、刘泽清、高杰四人分别统领。他们拥兵自重,不听调度,互相倾轧。　③甘同马革:谓史可法甘愿捐躯沙场。

《后汉书·马援传》:“男儿要当死于边野,以马革裹尸还耳。”沉湘:屈原忠而被谤,遭谗流放,看到楚国衰灭,自沉于汨罗江。这里用屈原沉湘比史可法沉江。关于史可法的死,有多种说法,其一说他兵败后投水自尽。 ④“生无”句:说史可法生前没有遇到兴国的君主和辅臣。南国,指南明弘光王朝。 ⑤北邙:即邙山,在今河南洛阳市北,为东汉、北魏时期王侯公卿的葬地。这里指梅花岭。 ⑥“碧血”句:语本《庄子·外物篇》:“苌弘死于蜀,藏其血,三年而化为碧。”后常指忠臣志士杀身成仁。 ⑦九原:犹言九泉,地下。左忠毅:左光斗,明末官御史,因弹劾魏忠贤而遭迫害,死于狱中,后追谥忠毅。史可法是左光斗的学生。左光斗曾对其寄予国家栋梁的厚望。参看本书方苞《左忠毅公逸事》。 ⑧留都:指南京。古代王朝迁都后,在旧都置官留守,称留都。明代朱元璋以南京为国都,后成祖朱棣夺权后迁都北京,以南京为留都。

## 京师乐府词[①](十六首选一)

### 鸡毛房[②]

冰天雪地风如虎,裸而泣者无栖所[③]。黄昏万语乞三钱[④],鸡毛房中买一眠。牛宫豕栅略相似[⑤],禾杆黍秸谁与致?鸡毛作茵厚铺地[⑥],还用鸡毛织成被。纵横枕藉鼾齁满[⑦],秽气熏天人气暖。安神同梦比闺房,挟纩帷毡过燠馆[⑧]。腹背生羽不可翔[⑨],向风脱落肌粟高[⑩]。天明出街寒虫号[⑪],自恨不如鸡有毛。吁嗟乎!今夜三钱乞不得,明日官来布恩德,柳木棺中长寝息!

嘉庆刻本《忠雅堂诗集》卷八

①《京师乐府词》,作者在乾隆二十五年(1760)任翰林院编修时作,凡

十六首，就事命题，分写当时北京社会下层各种贫苦人民的苦况。这是第一首，写无家可归的乞丐夜宿鸡毛店的惨景。　②鸡毛房：即鸡毛店，旧时一种极简陋的小客店。　③裸而泣者：无衣御寒而冻得哭泣的人。栖所：栖身之所。　④“黄昏”句：乞丐到黄昏，说了无数乞求的话，只讨得三个铜钱。　⑤牛宫豕栅：牛棚猪圈。豕，猪。　⑥茵（yīn 因）：垫席。⑦鼾齁（hānhōu 酣吼阴平）：鼻息呼噜声。　⑧挟纩（kuàng 况）：拥盖着丝棉。《左传》宣公十二年：“申公巫臣曰：‘师人多寒。’王巡三军，拊而勉之，三军之士皆如挟纩。”帷毡：以毡作帷，挂着毡帷。燠（yù 预）馆：暖房。唐裴度曾于洛阳别墅，造燠馆凉台。（参见《旧唐书·裴度传》）　⑨腹背生羽：指身上沾满了鸡毛。　⑩肌粟高：身上冻得起鸡皮疙瘩。　⑪寒虫号：寒号虫鸣叫。据《辍耕录》载，五台山有鸟名寒号虫，四足有翅不能飞，夏日毛羽绚丽，自鸣“凤凰不如我”；深冬严寒，毛羽脱落，又鸣“得过且过”。

# 三四 赵 翼

赵翼(1727—1814),字云崧,号瓯北,阳湖(今江苏常州)人。乾隆十五年(1750)举人,十九年(1754)中明通榜,为内阁中书,入军机处任章京,进奉文字多出其手。二十六年(1761)一甲第三名进士,授编修,后出为广西镇安知府,曾入滇南军幕赞画军事,擢贵西兵备道。三十八年(1773)辞官归里,曾主讲扬州安定书院。晚年专心著述,著有《陔馀丛考》、《二十二史札记》,与钱大昕、王鸣盛并称三大史学家。论诗主性灵,反对"荣古虐今",强调创新。诗作多咏史、评诗、论世之作,议论警辟,笔锋锐利,基调明快,歌咏西南山川之诗,雄奇豪放。有《瓯北集》。

## 高黎贡山歌①

巨灵开荒划世界,奇山驱出中原外②。听他豪距蛮徼中③,负地掀天逞雄怪④。高黎贡山潞江畔⑤,万仞孱颜插穹汉⑥。我行起趁鸡初啼,行至日午山未半。回视飞鸟但见背,俯瞰众峰已在骭⑦。雪经烈日晒不消,瀑作怒雷吼不断。每上一层冷一层,夹衣重把重裘换⑧。无端岚气蒸蕴隆⑨,幻出白雾粥面浓⑩。手伸十指看不见,何许厚翳将眼封⑪。少焉罡风来一扫⑫,了了仍露青芙蓉⑬。五十三参更难上⑭,线路盘旋蹑榛莽⑮。面真对壁何所参⑯,头恐触天不敢仰。危崖石裂藤络罅[17],老树皮皴虎磨痒[18]。有时栖鹘戛长啸[19],是处啼猿发哀响[20]。自非人马结队行,贲育亦怯独来往[21]。何哉设险有此形,得非天以限边庭[22]。岂知气运有开辟[23],形胜不得相关扃[24]。至今渐成康庄坦[25],早有结屋层椒青[26]。层椒青青日西下,借问下山尚三舍[27]。解鞍且就茅店眠,惊看繁星比瓜大[28]。

嘉庆刻本《瓯北集》卷三三

①高黎贡山:在云南与缅甸接壤处,东临怒江,主峰在腾冲县东北。山延袤数百里,形势险峻。乾隆三十三年(1768),作者于镇安府任上,奉调云南赞画军务,凡一年馀。诗作于是时行军途中,写高黎贡山之高峻奇险与行于其间之惊异感受,着笔平实真切,读之如临其境。结末道出天险渐成康庄之势,饶有新意。　②"巨灵"二句:假神话作想像,写高黎贡山在边远之地。巨灵,神话传说中劈开华山以通河之神。张衡《西京赋》:"缀以二华,巨灵赑屃(bìxì币戏,强大有力),高掌远蹠,以流河曲。"开荒,开辟八荒,犹开天辟地。　③距:踞伏。蛮徼(jiào叫):指西南边境。徼,边界。　④负地掀天:形容山势高峻奇崛。　⑤潞江:怒江之别名。　⑥孱颜:高耸险峻貌。穹汉:高空。　⑦骭(gàn赣):本指小腿骨,亦指小腿。　⑧重裘:厚裘皮衣。⑨岚气:山中水气。蕴隆:热气蒸腾貌。《诗经·大雅·云汉》:"旱既大甚,蕴隆虫虫。"　⑩粥面:浓粥表面所结之薄膜。常用以形容浓茶、酴酒。此形容雾很浓。　⑪翳(yì义):翳子。指眼球上生的障蔽视线的膜。　⑫少焉:少时,一会儿。罡(gāng刚)风:道家语,高天的风。　⑬了了:清晰分明貌。青芙蓉:喻山峰。　⑭五十三参:作者自注:"山上地名。"　⑮线路:山路窄狭如线。　⑯"面真"句:形容攀登陡峭山道面色严正如参禅状。对壁,即"面壁"。《五灯会元》卷一:达摩大师寓嵩山少林寺,"面壁而坐,终日默然。人莫测之,谓之壁观婆罗门"。后以坐禅静修为"面壁参"。参,参禅之省文。　⑰罅(xià下):裂缝。　⑱皴(cūn村):皮肤裂开。　⑲鹘(hú胡):一名隼,一种猛禽,善于搏击其他鸟类。戛:叫声。　⑳是处:处处。㉑贲育:战国时秦国的勇士孟贲和夏育。后泛指勇士。　㉒得非:莫非。限

边庭：作为边疆的界限。　㉓气运：指历史发展规律。开辟：开通。㉔形胜：地理优越、险要。关扃：关闭。扃，门窗上的插栓。　㉕康庄：道路四通八达。《尔雅·释宫》："五达谓之康，八达谓之庄。"坦：平坦。　㉖结屋：造屋。椒：山椒，即山巅。《汉书·外戚传上》："释舆马于山椒兮，奄修夜之不阳。"　㉗三舍：《左传·僖公二十八年》："退三舍避之。"杜预注："一舍，三十里。"此言"三舍"，谓路程颇远。　㉘"惊看"句：形容休止处极高。

## 题元遗山集①

身阅兴亡浩劫空②，两朝文献一衰翁③。无官未害餐周粟④，有史深愁失楚弓⑤。行殿幽兰悲夜火，故都乔木泣秋风⑥。国家不幸诗家幸，赋到沧桑句便工⑦。

嘉庆刻本《瓯北集》卷三三

①元遗山集：金末元初元好问之诗文集。元好问字裕之，号遗山。事迹见本书作家小传。诗中评论元好问入元后辑存金代文献之志节与诗作之成功，知人论世，切中肯綮。　②身阅兴亡：言元好问曾经历金元易代之变。浩劫空：大灾难，破坏严重。佛家谓世界由成、住到坏、空为四劫，空指世界毁灭。后遂以"劫"指灾难。　③"两朝"句：谓元好问集两朝文献于一身。金亡于哀宗天兴二年（1233），元好问已四十馀岁，此后近三十年，致力于搜集整理金代文献，编有《壬辰杂编》、《中州集》，并作有大量诗文，为一代文宗。④"无官"句：元好问在金为尚书省左司员外郎，入元不仕，无损大节。周粟，周武王灭商后，殷商贵族伯夷、叔齐隐居首阳山，采薇而食，不食周粟，最后饿死。（参看《史记·伯夷列传》）元好问虽未如伯夷、叔齐之饿死，但却未仕元，故曰"未害"。　⑤"有史"句：谓元好问担心有金一代文献之遗亡。失楚弓，据《孔子家语》载：楚共王出游，遗失一良弓，从人要寻找，他说："楚人失弓，楚人得之，又何求焉！"孔子认为楚共王心胸还不大，说："人遗之，人得之，何楚也。"这里以"楚弓"喻金代文献。　⑥"行殿"二句：拟想金亡后宫殿凄

凉，抒亡国之悲。行殿，行宫，指金之南京汴梁。作者《汴京杂咏》中咏金亡事一首有“幽兰轩已火光红”句，幽兰似为金汴京行宫轩名。夜火，鬼火。故都，指金中都燕京。金迁汴梁前之京都。乔木，高大树木，多用以喻故国、故里。《文选》颜延之《还至梁城作》：“故国多乔木。”李善注：“《论衡》曰：‘观乔木，知旧都。’” ⑦“国家”二句：作者《瓯北诗话》卷八评元好问：“值金源亡国，以社稷丘墟之感，发为慷慨悲歌，有不求工而自工者。此固地为之也，时为之也。”这里即用其意。赋，吟咏、描写。沧桑，沧海桑田之省文，此指金之易代。

## 论　　诗①(五首选一)

李杜诗篇万口传，至今已觉不新鲜。江山代有才人出②，各领风骚数百年③。

嘉庆刻本《瓯北集》卷二八

①作者晚年广泛研讨唐宋以来诸家诗，著成《瓯北诗话》，并常以诗论诗，或评论诗人，或写其感知。此为其所作组诗《论诗》中的第二首。第一首说诗“天工人巧日争新”，随时代而变易。此首以最负盛名的李白、杜甫为例，作具体说明，表明其文学发展观。 ②江山：天地间。 ③各领风骚：各自领袖诗坛，开一代风气。风骚，风，指《诗经》中之“国风”；骚，指《离骚》。后人常用以合指诗界、诗风。

# 三五 黄景仁

黄景仁(1749—1783),字仲则,一字汉镛,江苏武进(今常州)人。少孤家贫,十六岁应童生试,以第一名进学,嗣后屡应乡试未中,长期为人作幕。乾隆四十一年(1776),皇帝东巡,召试各省士子,取二等,为武英殿书签官,贫病以终。生平诗名卓著,一时著名文人如洪亮吉、翁方纲、朱筠、毕沅、蒋士铨、程晋芳等,均与定交。诗作传者二千馀首,多幽苦语,抒写穷愁不遇、寂寞凄凉之情,沉挚清奇,意境幽深。洪亮吉评之曰:“如咽露秋虫,舞风病鹤。”(《北江诗话》)有《两当轩全集》。

## 杂　感①

仙佛茫茫两未成②,只知独夜不平鸣③。风蓬飘尽悲歌气④,泥絮沾来薄倖名⑤。十有九人堪白眼⑥,百无一用是书生。莫因诗卷愁成谶⑦,春鸟秋虫自作声⑧!

光绪重刻本《两当轩全集》卷一

①乾隆三十三年(1768),作者首次应江南乡试落选,心怀忧愤。诗后小注:“或戒以吟苦非福,谢之而已。”诗就此而发,抒愤世、自伤之情。
②“仙佛”句:以不能成仙作佛为喻,谓不能排除落拓不遇之苦恼。　③独夜:深夜独处。不平鸣:语本韩愈《送孟东野序》:“大凡物不得其平则鸣。”此指吟诗抒愤。　④风蓬:风中蓬草,喻飘泊生涯。悲歌气:慷慨悲歌之气,指

壮志豪情。　⑤泥絮:沾泥柳絮。宋僧参(shēn 申)寥赠妓诗云:“禅心已作沾泥絮,不逐东风上下狂。”(赵令畤《侯鲭录》卷三)喻内心沉寂无动。此谓沉抑世间,不能飞举。薄倖名:语本杜牧《遣怀》诗:“十年一觉扬州梦,赢得青楼薄倖名。”此谓自己坎坷不遇,却招致不虞之毁。　⑥“十有”句:愤慨语,谓世上极少自己看得上眼的人。白眼,用阮籍故事。阮籍“能为青白眼,见凡俗之士,以白眼对之”。(《世说新语·简傲》刘孝标注)　⑦“莫因”句:不要因诗中多愁苦语而视为不祥之兆。谶(chèn 衬),预言,征兆。　⑧春鸟秋虫:韩愈《送孟东野序》:“以鸟鸣春,以雷鸣夏,以虫鸣秋,以风鸣冬,四时之相推夺,其不得其平者乎!”此用其意,谓自己作诗亦为不平之鸣。

## 癸巳除夕偶成①(二首选一)

千家笑语漏迟迟②,忧患潜从物外知③。悄立市桥人不识,一星如月看多时④。

光绪重刻本《两当轩全集》卷九

①癸巳:乾隆三十八年(1773)。这年冬,作者辞幕返家。除夕夜,忧从中来,以“偶成”命题,赋二绝句。此为第一首,抒写彼时萌生的忧患心态。②漏迟迟:谓时间过得很慢。漏,古代计时器具,名“滴漏”。　③“忧患”句:超越事物表象可窥知所隐伏之患难。物外,事物形态之外。　④“悄立”二句:写夜中悄立凝神幽思之状。

## 都门秋思①(四首选一)

侧身人海叹栖迟②,浪说文章擅色丝③。倦客马卿谁买赋④?诸生何武漫称诗⑤。一梳霜冷慈亲发⑥,半甑尘凝病妇炊[⑦]。为语绕枝乌鹊道：天寒休傍最高枝[⑧]。

光绪重刻本《两当轩全集》一三

①《都门秋思》凡四首，其二云："四年书剑滞燕京，更值秋来百感频。"作者于乾隆四十年(1775)入京，虽赴召试，取二等，充武英殿书签官，仍生活困顿，亦未得进取，诗即感此而作。此为第四首。　②侧身：犹"置身"，含忧惧不安意。《诗经·大雅·云汉》："遇灾而惧，侧身修行。"孔颖达疏："侧者，不正之言，谓反侧也。"栖迟：飘泊失意。《旧唐书·窦威传》："昔孔丘积学成圣，犹狼狈当时，栖迟若此。"　③浪说：空说，徒说。色丝：据《世说新语·捷悟》载，魏武帝尝过曹娥碑下，见上题"黄绢幼妇外孙齑(jī 鸡)臼"八字，问杨修。杨修曰："黄绢，色丝也，于字为绝；幼妇，少女也，于字为妙；外孙，女子也，于字为好；齑臼，受辛也，于字为辞。所谓绝妙好辞也。"后因以"色丝"指妙文。作者前此已有诗名，在北京应邀入翁方纲、王昶、程晋芳诸名家之都门诗社，极受称赏，故云"擅色丝"。　④马卿：西汉司马相如，字长卿，擅作赋。传说武帝陈皇后失宠，闻司马相如工于文，奉黄金百斤，求为之作文。相如作《长门赋》，以悟主上，陈皇后复得幸。(参看《文选·长门赋序》)此反用其意，说"谁买赋"，谓自己无司马相如之幸运。　⑤诸生：儒生。何武：字君公，西汉蜀郡郫县人。汉宣帝循武帝故事，求通达茂异之才，以王褒为待诏；何武时十四、五岁，得赐帛。(参看《汉书·何武传》)黄景仁曾赴召试，取二等，赐帛，故以何武为喻。漫：徒然。　⑥"一梳"句：谓老母亦受清贫之苦。霜，喻老母发白。时作者老母亦在京，故云。　⑦"半甑(zèng 赠)"句：妻子贫病，难以为炊。甑，古代煮饭用的陶器。尘凝，尘土凝聚，喻无粟。《后汉书·独行传》载，范冉家贫，人称"甑中生尘范史云"。诗本此。　⑧"为语"二句：用曹操《短歌行》"月明星稀，乌鹊南飞，绕树三匝，何枝可依"句意，谓自己不愿攀附权贵。

# 三六　张问陶

张问陶(1764—1814),字仲冶,号船山,四川遂宁人。乾隆五十三年(1788)中乡试,五十五年(1790)成进士,改翰林院庶吉士,散馆授检讨,入史馆,奉派教习庶吉士,历官御史、郎中、山东莱州知府,因违忤上司,借病辞官,侨居于苏州虎丘。禀赋卓异,工诗文,擅书画,名重一时。徐世昌称:"有清二百馀年,蜀中诗人出无其右者。"(《晚晴簃诗汇》)其诗主性灵,尚真情,不拘唐宋,独辟新境。有《船山诗草》。

## 芦　　沟[①]

芦沟南望尽尘埃,木脱霜寒大漠开[②]。天海诗情驴背得[③],关山秋色雨中来。茫茫阅世无成局,碌碌因人是废才[④]。往日英雄呼不起,放歌空吊古金台[⑤]。

嘉庆刻本《船山诗草》卷二

①芦沟:芦沟桥,在北京南郊,跨永定河(原名芦沟河),为入京必经之地。诗作于乾隆四十九年(1784)作者初入北京时,委婉地抒发了要有所作为的怀抱。　②木脱:树木叶落,树干裸露。　③天海:本指浩渺的天空,此处指无边的诗情。驴背得:唐郑綮善作诗,自道:"吾诗思在灞桥风雪中驴背上。"(参见《全唐诗话》)　④"茫茫"二句:感慨自己不得志。无成局,棋局没有结果。作者好以棋局比喻人生,如《感事》诗"惊心万事无长局",《悼亡》

诗“半局残棋已廿春”。碌碌因人,《史记·平原君列传》:“毛遂招十九人曰:‘公等碌碌,所谓因人成事者也。’”碌碌,平凡,无大作为。　　⑤“往日”二句:感慨圣贤寂寞,古风不再。英雄,指战国时的郭隗、乐毅等人。《史记·燕世家》载:燕昭王欲招徕人才,向郭隗问计。郭隗说:“请先自隗始。”昭王为其筑宫而敬以为师,于是乐毅等相继而来。金台,又称黄金台、燕台,故址在今河北易县东南。相传燕昭王筑台于此,置千金于台上,延请天下士,故名。

## 咏怀旧游十首[①](选一)

秦栈萦纡鸟路长[②],三年三度过陈仓[③]。诗因虎豹驱除险,身为峰峦接应忙[④]。雁响夜凄函谷雨[⑤],柳枝秋老灞桥霜[⑥]。美人名士英雄墓,一概累累古道旁[⑦]。

嘉庆刻本《船山诗草》卷四

①《咏怀旧游十首》作于乾隆五十五年(1790)秋。这年作者中进士,回顾过去二十七年中游历过的地方,其中有山东、湖广、天津等地。自序云:“生平游历,不尽于此,兴之所至,聊存其梗概而已。”这首诗描述其在陕西的游历。　　②秦栈:古代由秦入蜀之道,山路悬险,须架木而渡,故曰栈道。萦纡:迂回曲折。白居易《长恨歌》:“云栈萦纡登剑阁。”鸟路:喻人难通过之险峻道路。李白《蜀道难》:“西当太白有鸟道。”　　③三年三度:作者为考进士,于乾隆四十九年、五十三年、五十四年三度进京,都是取道川陕之路。陈仓:古县名。在今陕西省宝鸡市东,为由秦入川必经之地。　　④“诗因”二句:写途中担惊受怕,备历艰险,诗也因此而丰富多彩。　　⑤函谷:关名。在今河南灵宝县西南,东自崤山,西至潼关,大山中裂,绝壁千仞,有路如槽,深险如函,故名。　　⑥灞(bà 霸)桥:在今陕西长安县东。灞水两岸,多植杨柳,古人常于此折柳送别。　　⑦累累:形容极多。

## 斑竹塘车中[①]

翕翕红梅一树春[②]，斑斑林竹万枝新。车中妇美村婆看[③]，笔底花浓醉墨匀[④]。理学传应无我辈[⑤]，香奁诗好继风人[⑥]。但教弄玉随萧史[⑦]，未厌年年踏软尘[⑧]。

嘉庆刻本《船山诗草》卷九

①诗作于乾隆五十八年(1793)正月，时作者携妻子赴北京，路经湖北荆门。斑竹塘，在由荆门至襄樊途中。诗写对妻子的爱恋之情，宣称与理学无缘，表现出蔑视礼教的精神。 ②翕(xī夕)翕：和合繁盛貌。 ③妇美：写作者妻子林韵征，美而能诗。村婆：指路傍农村妇女。 ④“笔底”句：写自己诗兴勃发，笔底生花。浓，艳丽。醉墨，犹“醉笔”，醉中作诗画。匀，匀称，和谐。 ⑤“理学”句：谓自己不是理学家。理学，宋明儒学，致力于阐释义理，以封建伦理规范人之行为。 ⑥香奁诗：专写女子闺房琐事之诗。严羽《沧浪诗话》：“香奁体：韩偓之诗，皆裾裙脂粉之语，有《香奁集》。”风人：风人体，指乐府《吴歌》、《子夜歌》一类民歌。 ⑦弄玉随萧史：相传春秋秦穆公女弄玉，嫁善吹箫之萧史，后夫妻乘凤升仙。(参看刘向《列仙传》)此喻夫妻和美相伴。 ⑧未厌：不厌。踏软尘：喻在京都热闹场中。软尘，亦曰“软红尘”，常前接“东华”二字，指都市繁华。

# 三七　汪　中

汪中(1774—1794),字容甫,江都(今江苏扬州)人。幼孤家贫,曾受佣于书商,得遍览群籍。年二十,补诸生,三十四岁拔贡,嗣后绝意仕进,过着幕僚和卖文的生活。性亢直,恃才傲物,好臧否当代人,鄙视时俗,被目为狂生。治学私淑顾炎武,着眼于古今沿革,生民利病;对先秦诸子之研究,深邃独到,开近代诸子研究之风。还以骈文擅名一代,刘台拱评为:"钩贯经史,熔铸汉唐,宏丽渊雅,卓然自成一家。"(《容甫先生遗诗题辞》)著作除经学、小学多种,另有《述学》内外篇、《广陵通典》、《容甫遗诗》等。

## 哀盐船文[①]

乾隆三十五年十二月乙卯[②],仪征盐船火[③],坏船百有三十,焚及溺死者千有四百。是时盐纲皆直达[④],东自泰州[⑤],西极于汉阳[⑥],转运半天下焉。惟仪征绾其口[⑦]。列樯蔽空[⑧],束江而立,望之隐若城郭。一夕并命[⑨],郁为枯腊[⑩],烈烈厄运,可不悲邪!

于时,玄冥告成[⑪],万物休息;穷阴涸凝[⑫],寒威凛慄;黑眚拔来[⑬],阳光西匿。群饱方嬉,歌咢宴食[⑭]。死气交缠,视面惟墨[⑮]。夜漏始下[⑯],惊飙勃发[⑰]。万窍怒号[⑱],地脉荡决[⑲]。大声发于空廓,而水波山立。

于斯时也，有火作焉。摩木自生[20]，星星如血[21]，炎光一灼，百舫尽赤。青烟睒睒[22]，熛若沃雪[23]。蒸云气以为霞，炙阴崖而焦爇[24]。始连楫以下碇[25]，乃焚如以俱没[26]。跳踯火中，明见毛发，痛謈田田[27]，狂呼气竭。转侧张皇[28]，生涂未绝[29]。倏阳焰之腾高[30]，鼓腥风而一吷[31]。洎埃雾之重开[32]，遂声销而形灭[33]。齐千命于一瞬，指人世以长诀。发冤气之焄蒿[34]，合游氛而障日[35]。行当午而迷方[36]，扬沙砾之嫖疾[37]。衣缯败絮[38]，墨查炭屑[39]，浮江而下，至于海不绝。

亦有没者善游，操舟若神，死丧之威，从井有仁[40]。旋入雷渊[41]，并为波臣[42]。又或择音无门[43]，投身急濑[44]，知蹈水之必濡[45]，犹入险而思济[46]。挟惊浪以雷奔，势若脐而终坠[47]。逃灼烂之须臾，乃同归乎死地。积哀怨于灵台[48]，乘精爽而为厉[49]。出寒流以浃辰[50]，目睊睊而犹视[51]。知天属之来抚[52]，慭流血以盈眦[53]，诉强死之悲心[54]，口不言而以意[55]。若其焚剥支离[56]，漫漶莫别[57]，圜者如圈[58]，破者如玦[59]。积埃填窍[60]，攦指失节[61]。嗟狸首之残形[62]，聚谁何而同穴[63]，收然灰之一抔[64]，辨焚馀之白骨。呜呼哀哉！

且夫众生乘化[65]，是云天常。妻孥环之[66]，气绝寝床；以死卫上[67]，用登明堂[68]；离而不惩[69]，祀为国殇[70]。兹也无名，又非其命；天乎何辜，罹此冤横！游魂不归，居人心绝[71]，麦饭壶浆[72]，临江呜咽。日堕天昏，凄凄鬼语，守哭迍邅[73]，心期冥遇。惟血嗣之相依[74]，尚腾哀而属路[75]。或举族之沉波，终狐祥而无主[76]。悲夫！丛冢有坎[77]，泰厉有祀[78]，强饮强食，冯其气类[79]。尚群游之乐[80]，而无为妖祟。

人逢其凶也邪？天降其酷也邪？夫何为而至于此极哉！

《四部丛刊》本《述学·补遗》

①乾隆三十五年(1770),扬州仪征沙漫洲附近江面凑泊之盐船失火,惨不忍睹。作者描写其况,深致哀痛。杭世骏称其文“惊心动魄,一字千金”(《哀盐船文·序》)。 ②“乾隆”句:《嘉庆扬州府志》作“乾隆三十六年十月”,《道光仪征县志》记为“乾隆三十六年十二月十九日”,记年异。乙卯,即农历十九日。 ③仪征:清属扬州府,长江下游重要河运转运码头。④盐纲:明清盐业实行统销,由列名纲册的盐商赴盐场运销。这里指盐纲运盐船。⑤泰州:盐产地,清属扬州府。 ⑥汉阳:今武汉汉阳区。 ⑦绾(wǎn 挽)其口:控扼盐运之通道。绾,钩联,绾结。 ⑧列樯蔽空:船上的桅杆排列,遮蔽天空。 ⑨并命:同时丧命。 ⑩郁为枯腊(xī 昔):烤成干肉。郁,通燠(yù 郁),烤。枯腊,干肉。 ⑪玄冥:主冬令之神。《礼记·月令》:“冬季之月,其神玄冥。”告成:完成使命。此句谓冬令将尽。 ⑫穷阴:指极其阴沉之气。李华《吊古战场文》:“至若穷阴凝闭,凛冽海隅,积雪没胫,坚冰在后。”涸(hé 河)凝:指阴气极盛,几至凝结。 ⑬黑眚(shěng 省):古代谓五行中由水气而生的灾祸。五行中水为黑色,故称。拔来:突然而来。 ⑭歌咢(è 厄):犹歌呼。《诗经·大雅·行苇》:“或歌或咢。”高亨《诗经今注》:“唱而有曲调为歌,唱而无曲调为咢。” ⑮视面惟墨:脸上呈现晦气之色。墨,黑气。 ⑯夜漏始下:黑夜刚来。夜漏,因古代用铜壶滴漏计时,故云。 ⑰飙(biāo 标):暴风。 ⑱万窍怒号:形容暴风大作,地上千穴万孔都发出吼叫声。 ⑲地脉:地的脉络。此指长江。荡决:震荡涌溢。⑳摩木自生:《庄子·外物篇》:“木与木相摩则然(燃)。” ㉑星星如血:形容星星之火显明刺目。 ㉒睒(shǎn 闪)睒:光焰闪烁貌。 ㉓爂(biāo 标)若沃雪:火焰迸飞入水,如同沸水浇雪一样。爂,迸飞的火焰。沃雪,枚乘《七发》:“如汤沃雪。” ㉔阴崖:阴暗潮湿的堤岸。焦爇(ruò 若):烧焦。爇,灼热。 ㉕连楫:船连在一起。楫,船桨,代指船。下碇:犹今言抛锚。碇,停泊时为稳定船身用的石墩。 ㉖焚如以俱没:一起焚烧而沉没。如,语助词。 ㉗痛謈(pò 破):疼痛地呼叫。田田:哀哭声。《礼记·问丧》:“妇人不宜袒,故发胸、击心、爵踊,殷殷田田,如坏墙然,悲哀痛疾之至也。”㉘张皇:慌张,惊慌。 ㉙生涂:生路。 ㉚倏(shū 舒):迅疾。阳焰:明亮的火焰。 ㉛“鼓腥风”句:腥风吹过,发出一种轻微的声音。吷(xuè

血)，轻微的气流声。《庄子·则阳》："吹剑首者，吷而已矣。"司马彪注："吷，吷然如风过。" ㉜洎(jì 寄)：及，到。 ㉝声销而形灭：火灭后，人不但没有喊声，形体也消失了。 ㉞焄蒿(xūnhāo 熏薅)：《礼记·祭义》："众生必死，死必归土，……其气发扬于上为昭明，焄蒿凄怆，此百物之精也。"注："焄，谓香臭也；蒿，谓气蒸出貌也。"此指死人的冤气散发。 ㉟游氛：游荡于空中的凶气。氛，凶气。 ㊱当午：正午。方：方向。 ㊲嫖(piāo 漂)疾：轻捷。 ㊳衣缯(zēng 增)败絮：指衣服的碎片。缯，丝织品的总称。 ㊴查：烧焦的木头。查，同"楂"。 ㊵从井有仁：下井救人。此指涉险救人。语出《论语·雍也》："宰我问曰：'仁者，虽告之曰："井有仁焉。"其从之也？'子曰：'何其为然也？君子可逝也，不可陷也。'"孔颖达注："仁者必济人于患难，故问有仁者堕井，将自投下从而出之不乎？" ㊶雷渊：有雷神的深渊。《楚辞·招魂》："旋(xuàn 渲)入雷渊，靡散而不可止些。" ㊷波臣：犹言水族。《庄子·外物》："(鲋鱼曰)我东海之臣也，君岂有升斗之水活我乎？" ㊸择音无门：找不到避火的地方。音，通"荫"，遮蔽，可以躲避的地方。 ㊹急濑(lài 赖)：湍急的水流。 ㊺濡(rǔ 辱)：沾湿，这里指淹没。 ㊻思济：希望得到援救。 ㊼跻(jī 基)：上升。 ㊽灵台：指内心。《庄子·庚桑》："不可内于灵台。" ㊾乘：依恃。精爽：灵魂。厉：厉鬼。《左传·昭公七年》："是以有精爽至于神明，匹夫匹妇强死，其魂魄犹能冯依于人，以为淫厉。" ㊿"出寒流"句：谓遇难者的尸体从冰冷的江水中漂浮出来，已有十二天了。浃(jiā 夹)辰，古代以干支纪日，自子至亥一周为十二天，称之为浃辰。浃，周匝。 ㊿51睊(juàn 倦)睊：侧目相视的样子。这里说死者死不瞑目。 52天属：即天性之亲，指父子、兄弟、姐妹等有血缘关系的亲属。抚：抚慰，悼念。 53"慭(yìn 印)流血"句：说死者眼眶流血。据说人暴死后，亲人临尸，尸体会眼、鼻出血，以示泣诉。慭，又作"憖"，伤痛。眦(zì 自)，眼眶。 54强死：横死，暴死。 55意：表情，示意。 56焚剥支离：肢体被烧得残缺不全。支离，分散。 57漫漶(huàn 换)：模糊不清。 58圜(yuán 圆)：同"圆"。 59玦(jué 决)：环形而有缺口的玉器。 60积埃填窍：尸体七窍充满泥土灰尘。窍，七窍，指口、鼻、眼、耳七孔。 61攦(lì 丽)指：手指折断。节：骨节。 62狸首：指形体残缺。韩愈《残形操序》："《残形操》，曾子所作。曾子梦一狸，不见其首，而作此曲也。" 63"聚谁何"句：谓不知姓名的人被同葬在一个坑穴里。谁何，谁人。 64然：同"燃"。一抔

(póu 剖阳平):一掬,一捧。 ⑥⁵乘化:顺应自然规律而死。 ⑥⁶妻孥:妻子和儿女。 ⑥⁷以死卫上:因保卫国君而死。 ⑥⁸用:因而。登明堂:指受尊敬,享祭祀。明堂,古代帝王宣政教、行祭典的地方。 ⑥⁹离而不惩:《楚辞·九歌·国殇》:“首身离兮心不惩。”不惩,不悔。 ⑦⁰国殇:为国事而死的人。 ⑦¹居人:留存者。指活着的亲人。 ⑦²麦饭壶浆:带着酒饭来祭祀。麦饭,麦子做的饭,引申为粗粝的饭食。 ⑦³迍邅(zhūnzhān 谆沾):难行貌。 ⑦⁴血嗣:嫡亲的儿孙。 ⑦⁵腾哀:放声大哭。属路:路上接连不断。属,连续。 ⑦⁶狐祥:语出《战国策·楚策》:“父子老弱俘虏,相随于路,鬼狐祥而无主。”狐祥,谓彷徨,徘徊无依之意。 ⑦⁷“丛冢”句:那些无主的死者在乱葬的坟中也有自己的圹穴。坎,坑,墓穴。 ⑦⁸泰厉:死而无后的鬼。《礼记·祭法》:“王为群姓立七祀:曰司命,曰中霤,曰国门,曰国行,曰泰厉……”疏:“曰泰厉者,谓古帝王无后者。此鬼无所依归,好为民作祸,故祀之也。” ⑦⁹“强饮”二句:勉强吃点喝点,凭借着鬼友之间的气味相投而度日。冯,同“凭”,凭借。类,一致,投合。这里是安慰鬼魂的话。 ⑧⁰“尚群游”句:表示劝勉之词。祭中常用“尚飨”一语,此即仿用之。

## 经旧苑吊马守真文[①]

岁在单阏[②],客居江宁城南[③],出入经回光寺[④],其左有废圃焉。寒流清泚[⑤],秋菘满田[⑥],室庐皆尽,唯古柏半生,风烟掩抑,怪石数峰,支离草际[⑦],明南苑妓马守真故居也。秦淮水逝[⑧],迹往名留,其色艺风情[⑨],故老遗闻,多能道者。余尝览其画迹,丛兰修竹,文弱不胜,秀气灵襟[⑩],纷披楮墨之外[⑪],未尝不爱赏其才,怅吾生之不及见也。夫托身乐籍[⑫],少长风尘[⑬],人生实难,岂可责之以死[⑭]?婉娈倚门之笑[⑮],绸缪鼓瑟之娱[⑯],谅非得已。在昔婕妤悼伤[⑰],文姬悲愤[⑱],矧兹薄命[⑲],抑又下焉。嗟夫!天生此才,在于女子,百年千里,犹不可期,奈何钟美如斯[⑳],而摧辱之至于斯极哉!

余单家孤子[21]，寸田尺宅[22]，无以治生。老弱之命，悬于十指。一从操翰[23]，数更府主。俯仰异趣，哀乐由人。如黄祖之腹中[24]，在本初之弦上[25]。静言身世[26]，与斯人其何异？只以荣期二乐[27]，幸而为男，差无床箦之辱耳[28]！江上之歌，怜以同病[29]，秋风鸣鸟，闻者生哀[30]，事有伤心，不嫌非偶[31]。乃为辞曰：

嗟佳人之信嫮兮[32]，挺妍姿之绰约[33]。羌既被此冶容兮[34]，又工颦与善谑[35]。攘皓腕以抒思兮[36]，乍含豪以绵邈[37]。寄幽怨于子墨兮[38]，想蕙心之盘薄[39]。

惟女生而从人兮[40]，固各安乎室家。何斯人之高秀兮，乃荡堕于女闾[41]！奉君子之光仪兮[42]，誓偕老以没身，何坐席之未温兮，又改服而事人！顾七尺其不自由兮[43]，倏风荡而波沦[44]。纷啼笑其感人兮，孰知其不出于余心？哆乐舞之婆娑兮[45]，固非微躯之可任！

哀吾生之鄙贱兮，又何矜乎才艺也[46]！予夺其不可冯兮[47]，吾又安知夫天意也！人固有不偶兮[48]，将异世同其狼籍[49]。遇秋气之恻怆兮[50]，抚灵踪而太息[51]，谅时命其不可为兮，独申哀而竟夕[52]。

《四部丛刊》本《述学·别录》

①旧苑，明代南京官妓聚集区之一，近秦淮河武定桥，亦称旧院。（见余怀《板桥杂记》）马守真（1548—1604），字湘兰，明万历间秦淮名妓。性豪侠，善画兰竹，能诗。有诗二卷，王穉登为之序。钱谦益《列朝诗集小传》称："至今词客过旧院者，皆为诗吊之。"乾隆四十八年（1783）汪中旅居南京，经旧苑，感慨俯仰，作文吊悼。文章骈散兼用，各用其致。　②单阏（chánè 阐厄）：卯年的别称。《尔雅·释天》："太岁……在卯曰单阏。"指乾隆四十八年（1783）。　③江宁：今南京。是年，汪中寓居南京。　④回光寺：原为萧

帝寺，后改名。　⑤清泚（cǐ此）：清澈明净。　⑥菘（sōng松）：蔬菜名。有青菜、白菜之分。　⑦支离：残破分散貌。　⑧秦淮：河流名。流经南京东南，穿城中，注入长江。　⑨风情：意趣，怀抱。　⑩灵襟：灵妙的胸怀。　⑪纷披：散布。楮墨：纸墨。这里指书画或诗文。　⑫乐籍：乐户的名籍。古代官妓属乐籍。　⑬少长风尘：从小在风尘中长大。风尘，指花街柳巷。　⑭"岂可"句：谓怎么可用以死全节的论调来苛责呢？⑮婉娈：年轻美貌。《诗经·齐风·甫田》："婉兮娈兮，总角丱兮。"倚门之笑：妓女倚门卖笑。　⑯绸缪：缠绵，指情意殷勤。鼓瑟：妓女为客人奏乐。⑰婕妤（jiéyú捷余）悼伤：班婕妤曾作赋自伤。婕妤，汉代宫中女官名。班婕妤为西汉班况女，汉成帝时，因其貌美能文，受帝宠爱，后为赵飞燕所谗，失宠，作赋自伤。　⑱文姬：指蔡文姬，名琰，曾流落匈奴十二年，后被曹操赎归，感伤乱离，作《悲愤诗》。　⑲矧（shěn审）：况且。　⑳钟美：聚集美才。　㉑单家：孤寒人家。孤子：丧父的人。　㉒寸田尺宅：极言田宅之少。苏轼《游罗浮山一首示儿子过》：玉堂金马久流落，寸田尺宅今谁耕。"㉓操翰：执笔为文，从事文笔生涯。　㉔如黄祖之腹中：《后汉书·祢衡传》："衡为作书记，轻重疏密多得体宜。祖持其手曰：'处士，此正得祖意，如祖腹中之所欲言也。'"黄祖，汉末为江夏太守。　㉕在本初之弦上：三国时袁绍字本初。陈琳曾代袁绍作《檄豫州文》，抨击曹操至其父祖。后陈琳归曹操，曹操责问他这件事，陈谢罪说："矢在弦上，不得不发。"（见《太平御览》卷五九七引晋王沈《魏书》）　㉖静言：《诗经·邶风·柏舟》："静言思之。"即静思。㉗荣期二乐：荣期，荣启期，春秋时人。他认为生而为人，又是男人，又得长寿，是三件乐事，并说"为男矣，已得二乐也"。（见《列子·天瑞》）　㉘差：差可，尚可。床箦（zé责）：床席。　㉙"江上"二句：春秋时，吴大夫被离问伍子胥为什么相信伯嚭，伍子胥回答："子不闻河上歌乎？同病相怜，同忧相救。"（《吴越春秋·阖闾内传》）　㉚"秋风"二句：战国时雍门周善琴向孟尝君说："但闻飞鸟之声，秋风鸣条，则伤心矣。"（桓谭《新论·琴道》）　㉛不嫌非偶：不嫌马守真和自己身分不同。　㉜信嫮（hù户）：的确美好。㉝绰约：柔美的样子。　㉞羌：发语词。冶容：娇艳的容貌。　㉟工颦：善于皱眉。这是一种病态美。《庄子·天运》："西子病心而颦。"善谑：善于谐谑。　㊱攘：捋出。抒思：抒发情思。这里指作书画诗文。　㊲乍：突然。含豪：含毫。豪同"毫"。绵邈：远视貌。陆机《文赋》："或操觚以率尔，或含豪而邈然。” ㊳子墨：扬雄《长杨赋》借子墨客卿和翰林主人的问答为文，后以子墨代称文士。这里指笔墨。 ㊴蕙心：喻纯美之心。盘薄：语出《庄子·田子方》，指自由无拘地从事创作。 ㊵从人：即顺从男子。封建社会要求女子在家从父，出嫁从夫，夫死从子。 ㊶荡堕：流荡沦落。女闾：指妓院。 ㊷奉君子：侍奉丈夫。光仪：光彩的仪容。称人容貌的敬词。祢衡《鹦鹉赋》：“背蛮夷之下国，侍君子之光仪。” ㊸顾：只是。七尺：即七尺之躯，指男人。 ㊹风荡而波沦：随风飘荡而沦落。 ㊺哆（chǐ 齿）：放纵，放荡。婆娑：盘旋。《诗经·陈风·东门之》：“子仲之子，婆娑其下。” ㊻矜：矜夸。 ㊼予夺：给予和剥夺。冯：同“凭”。 ㊽不偶：不遇，命运不好。 ㊾狼籍：本指散乱的样子，这里形容身世潦倒。 ㊿恻怆：悲伤。 51灵踪：指马守真的遗迹。 52申哀：抒发哀痛。竟夕：整夜。

# 三八　恽　敬

恽敬(1757—1817),字子居,号简堂,江苏阳湖(今常州)人。乾隆四十八年(1783)举人,选浙江富阳县令,以南昌府同知罢。与同邑张惠言共同致力古文,兼采清初古文与桐城派古文之长,别为阳湖派,以博雅恣肆取胜。为文有气势,不拘死法,讲求辞采。有《大云山房文稿》。

## 游庐山记[①]

庐山据浔阳、彭蠡之会[②],环三面皆水也。凡大山得水,能敌其大以荡潏之[③],则灵。而江湖之水,吞吐夷旷[④],与海水异。故并海诸山多壮郁[⑤],而庐山有娱逸之观[⑥]。

嘉庆十有八年三月己卯[⑦],敬以事绝宫亭[⑧],泊左蠡[⑨]。庚辰,杈星子[⑩],因往游焉。

是日,往白鹿洞[⑪],望五老峰[⑫],过小三峡[⑬],驻独对亭,振钥顿文会堂[⑭]。有桃一株,方花;右芭蕉一株,叶方茁。月出后,循贯道溪,历钓台石、眠鹿场,右转,达后山,松杉千万为一桁[⑮],横五老峰之麓焉。

辛巳,由三峡涧[⑯],陟欢喜亭。亭废,道险甚,求李氏山房遗址[⑰],不可得。登含鄱岭[⑱],大风啸于岭背,由隧来[⑲]。风止,攀太乙峰[⑳],东南望南昌城[㉑],迤北望彭泽[㉒],皆隔湖,湖光湛湛然[23]。顷之，地如卷席[24]，渐隐；复顷之，至湖之中；复顷之，至湖堧[25]，而山足皆隐矣。始知云之障，自远至矣。于是四山皆蓬蓬然[26]。而大云千万成阵，起山后，相驰逐，布空中，势且雨，遂不至五老峰，而下窥玉渊潭[27]，憩栖贤寺[28]。回望五老峰，乃夕日穿漏[29]，势相倚负[30]。返，宿于文会堂。

壬午，道万杉寺[31]，饮三分池，未抵秀峰寺里所[32]，即见瀑布在天中[33]。既及门[34]，因西瞻青玉峡[35]，详睇香炉峰[36]。盥于龙井，求太白读书堂[37]，不可得。返，宿秀峰寺。

癸未，往瞻云[38]，迂道绕白鹤观，旋至寺，观右军墨池[39]。西行，寻栗里卧醉石[40]，石大于屋，当涧水。途中访简寂观[41]，未往。返，宿秀峰寺，遇一微头陀[42]。

甲申，吴兰雪携廖雪鹭、沙弥朗圆来[43]，大笑，排闼入[44]。遂同上黄岩[45]，侧足逾文殊台[46]，俯玩瀑布下注，尽其变。叩黄岩寺，跐乱石[47]，寻瀑布源，溯汉阳峰[48]，径绝而止。复返，宿秀峰寺。兰雪往瞻云，一头陀往九江。是夜大雨。在山中五日矣。

乙酉，晓望瀑布，倍未雨时。出山五里所，至神林浦[49]，望瀑布益朗，山沈沈苍酽一色[50]，岩谷如削平。顷之，香炉峰下，白云一缕起，遂团团相衔出；复顷之，遍山皆团团然；复顷之，则相与为一。山之腰皆弇之[51]，其上下仍苍酽一色，生平所未睹也。

夫云者，水之征[52]，山之灵所泄也[53]。敬故于是游所历，皆类记之[54]，而于云独记其诡变，足以娱性逸情如是，以诒后之好事者焉[55]。

**《四部丛刊》本《大云山房文稿》二集卷四**

①庐山：在江西西北部，北临长江南岸之九江，东南为鄱阳湖，三面环水，诸峰蝉联，各负其盛，自古为我国著名风景胜地，故多名胜。嘉庆十八年(1813)，作者任南昌府同知，驻吴城镇，因得遍游庐山。此文记述其游庐山南麓数日经历之景地，对重点景观稍作描写，说明庐山因得水而有云气、瀑布之盛，足以娱情逸兴。文笔简炼、灵活，记逐日游踪，却有一个主旨。 ②浔阳：浔阳江，指长江流经九江市之一段。因九江古为浔阳，故名。彭蠡(lí离)：古彭蠡泽，即今鄱阳湖。会：会合处。 ③"能敌"句：谓山与水流之冲激，水势喷涌荡潏相当，则有山水之奇美。荡潏(jué 决)，水流激荡涌动貌。 ④吞吐：指江水、湖水在交会处彼此忽进忽退。夷旷：平坦广阔，谓水面之大。 ⑤并：通"傍"，靠近。壮郁：雄壮而草木繁盛。 ⑥娱逸之观：使人愉悦舒畅之景象。 ⑦有：同"又"，常用以连接整数和零数。三月己卯：古代常用干支纪年、纪日。此指那年三月十二日。下文"庚辰"、"辛巳"、"壬午"等，为此后数日。 ⑧绝：渡过。宫亭：《寰宇记》："鄱阳湖南归南昌界者，曰宫亭湖。" ⑨左蠡：鄱阳湖北部亦名左蠡湖，湖滨有左蠡镇。 ⑩杙(yī 以)：通"舣"，泊船。星子：县名，濒鄱阳湖西岸。 ⑪白鹿洞：在星子县北庐山五老峰下。唐李渤与兄李涉读书庐山，蓄白鹿以自随，后李渤为江州刺史，于故处建台榭，名白鹿洞。宋朱熹曾讲学于此，后为有名的书院。 ⑫五老峰：庐山最高峰，山石耸峙，如五老人骈肩而立。 ⑬小三峡：涧名，以其小于三峡涧，故名。 ⑭振钥：用钥匙开锁。顿：停留。文会堂：在白鹿洞书院西北海会寺内。 ⑮桁(háng 航)：量词，用于成横行排列之物。韦庄《灞陵道中作》诗："一桁晴山倒碧峰。" ⑯三峡涧：在五老峰西南，承诸峰之水，水流石间，汹涌腾跃，喷珠溅沫。(参看《庐山志》) ⑰李氏山房：宋李常藏书处。李常，江西建昌人，少时读书庐山，哲、神时为御史中丞。出仕时，藏书于此，称李氏山房。 ⑱含鄱岭：在五老峰西，以面向鄱阳湖而得名。 ⑲隧：指山谷。 ⑳太乙峰：在含鄱岭西，为庐山著名山峰。 ㉑南昌城：指南昌旧城。 ㉒彭泽：县名，今为湖口。 ㉓湛湛然：清澈貌。 ㉔地如卷席：大地逐次隐没，如同被卷起的席子。 ㉕湖壖(ruán 软阳平)：湖岸边。 ㉖蓬蓬然：模糊不清貌。《庄子·秋水》："子蓬蓬然起于北海。" ㉗玉渊潭：在三峡涧东南，涧水急流落入其中，"悉凝作玻璃色"，故名。(参看《庐山志》) ㉘憩(qì 气)：休息。栖贤寺：在五老峰下，南齐参军张希之建，唐李渤曾读书于其中。为庐山五大丛林之一。 ㉙夕日

穿漏：夕阳透过云隙照下。　㉚势相倚负：比喻五老峰的形状。　㉛万杉寺：在五老峰西南鹤鸣岭下，本南唐中主李璟书堂，后为寺，名开先，清康熙帝游庐山，改名秀峰寺。为庐山五大丛林之一。　㉜里所：约一里。所，通"许"，约计之词。　㉝瀑布：据《庐山志》，瀑布水"土人谓之泉湖，水出山腹中，挂流三、四百丈，飞湍出林表，望之如悬索"。黄宗羲《庐山游记》谓李白《望庐山瀑布》诗"挂流三百丈，喷壑数十里"，即咏此。　㉞门：指秀峰寺山门。　㉟青玉峡：在秀峰寺前，碧山削立，水色莹洁，风景秀丽，壁石上多刻名人题咏。　㊱详睇：注目观看。香炉峰：《太平寰宇记》："香炉峰在庐山西北，其峰尖圆，烟云聚散，如博山炉之状。"　㊲太白读书堂：李白性喜名山，以庐山水石俱佳，卜筑五老峰下，有书堂旧址。（参看《方舆胜览》卷十五）　㊳瞻云：瞻云寺。在金轮峰下。　㊴右军墨池：在瞻云寺内。相传东晋书法家王羲之曾于池中洗墨砚。　㊵栗里：地名。在今江西九江市西南。据《南史·陶潜传》载：陶渊明游庐山，江州刺使王弘令渊明故人庞通之携酒具，于栗里邀之。后讹传为陶渊明故居。醉卧石：在栗里附近，石大可坐数十人。相传陶渊明曾醉卧石上，故名。　㊶简寂观：又名太虚观。相传南朝宋代道士陆修静曾隐居于此。　㊷微头陀：小和尚。头陀，和尚的别称，多指行脚僧。　㊸廖雪鹭、沙弥朗圆：均为人名，生平不详。沙弥，亦为和尚之别称。　㊹排闼（tà 榻）：推门。　㊺黄岩：庐山地名，其地有黄岩寺。　㊻侧足：侧足而行，谓山路极窄狭。　㊼跐（cǐ 此）：踩。　㊽汉阳峰：为庐山北部绝顶，登之可俯视江汉，故名。　㊾神林浦：指庐山下神林湖滨。　㊿沈（tán 坛）沈：幽深貌。苍醳：深青色。　51弇（yǎn 演）：遮蔽。　52征：表征。　53"山之灵"句：谓云为山之灵秀的表露。泄，宣泄，表露。　54类记之：犹说一一记之。类，全，依次。　55诒（yí 夷）：通"贻"，留给。

# 三九　张惠言

张惠言(1761—1802),原名一鸣,字皋文,江苏武进人。嘉庆四年(1799)进士,选庶吉士,授翰林院编修,仅一年,因病而死。早年工辞赋骈文,后受桐城派刘大櫆弟子王灼、钱伯坰影响,致力于古文,调和汉、宋之学,兼采古文、骈文之长,与恽敬开创阳湖古文派。尤以词著称,为常州词派创始人。所编《词选》刊行,针对阳羡词、浙西词之末流,提出词要缘情造端,兴于微言,以道贤人君子幽约怨悱不能自言之情,强调比兴寄托。清词至常州词而体格一变,影响所及,至于清末。有《茗柯文》、《茗柯词》。

## 书山东河工事①

嘉庆二年,河决曹州②,山东巡抚伊江阿临塞之③。

伊江阿好佛,其客王先生者④,故僧也,曰明心,聚徒京师之广慧寺,诖误士大夫⑤,有司杖而逐之⑥,蓄发养妻子。伊江阿师事之谨⑦。王先生入则以佛家言耸惑巡抚⑧,出则招纳权贿,倾动州县,官吏之奔走巡抚者⑨,争事王先生⑩。河工调发薪刍夫役之官⑪,非王先生言不用也。不称意,张目曰:"奴敢尔,吾撤汝也!"其横如此。内阁侍读学士蒋予浦⑫,王先生广慧寺之徒也,以母忧去官⑬,游于山东。伊江阿延之幕中,相得甚⑭,奏请留视河工⑮,有旨许之。

巡抚择良日，筑坛于公馆之左[16]，僧、道士绕坛诵经者数十人。巡抚日再至[17]，蒋学士、王先生从。及坛，蒋学士北面拜，巡抚亦北面拜；王先生冠毗卢冠[18]，袈裟偏袒，升坛坐，学士、巡抚立坛下，诵经毕，乃去。如是者数月，河屡塞，辄复决。

其明年正月，王先生曰："堤所以不固，是其下有孽龙[19]，吾以法镇之，某日当合龙[20]，速具扫[21]！"巡抚曰："诺！"先期一日，扫具，役夫数百人维扫以须[22]。巡抚至，王先生佛衣冠，手铁长数寸[23]，临决处，呗音诵经咒[24]。良久，投铁于河，又诵又投，三投，举手贺曰："龙镇矣！"巡抚合掌曰："如先生言。"明日，水大甚，巡抚命下扫[25]，众皆谏，不许，扫下，数百人皆死。居数日，王先生又至，投铁者又三，扫又下，死者又数百人，堤卒不合。

张惠言曰：余居江南，辄闻山东河工事，未审[26]；及来京师，杂询之[27]，多目击者。呜呼！佛氏之中人，至此极哉！书其事，使来者有所儆焉[28]！

王先生既蓄发，名树勋，以赀入[29]，待选通判[30]。本扬州人，或曰常州之宜兴人[31]。当其为僧时，故有妻子也，僧号嘿然。嘿然者，亦其未为僧时号。伊江阿谪戍伊犁[32]，王先生送之戍所。闻其将归谒选云[33]。

《四部丛刊》本《茗柯文续编》卷上

①嘉庆二年(1797)，山东曹州黄河决口，山东巡抚伊江阿信用劣僧王树勋，以迷信手段治河堵决，徒然葬送数以百计民工。作者据闻实录，冷峻客观，叙事简洁，讲求章法。　②曹州：清代曹州府，约当今山东菏泽地区。③伊江阿：满族人。嘉庆元年(1796)任山东巡抚。后因结交权臣和珅，和珅下狱，被夺职，又追论在山东佞佛宽盗，命戍伊犁。临塞之：到曹州堵决口。

④客：幕宾。 ⑤诖(guà 挂)误：贻误，连累。 ⑥有司：有关衙门。 ⑦师事之：以之为师。谨：恭敬。 ⑧耸惑：鼓动、迷惑。 ⑨奔走：趋奉，巴结。 ⑩事：讨好，侍奉。 ⑪薪刍(chú 锄)：柴草。指河工所用粮草、器物。 ⑫蒋予浦：河南睢州人，乾隆间进士，历官吏部主事、郎中、内阁侍读学士。 ⑬以母忧去官：以母亲去世而离职。 ⑭相得甚：相处得非常融洽。 ⑮留视：留下来办理河工的事。 ⑯坛：祭神祈祷的台子。公馆：指伊江阿在曹州的馆第。 ⑰日再至：每天来两次。 ⑱冠毗(pí 疲)卢冠：戴着有毗卢佛像的帽子。毗卢，佛名。毗卢舍那的省称。即大日如来。 ⑲孽龙：作恶的妖龙。 ⑳合龙：封合龙口，即堵塞决口最后的工程。 ㉑速具扫：赶快准备合龙用物。扫，同"埽"，指用石块、树枝等捆扎而成的堵决口用的填塞物。 ㉒维扫以须：依照"扫"的需要配置役夫。维，通"惟"。须，需要。 ㉓手：拿。 ㉔呗(bài 败)音诵经咒：用和尚念佛经的声调念经文咒语。呗，指梵音赞歌。 ㉕下扫：投下堵决口的器物。 ㉖未审：不知虚实。 ㉗杂询之：向许多方面的人询问。 ㉘儆：警戒。 ㉙以赀人：交纳银钱，取得做官资格。 ㉚待选通判：等候吏部选授通判的官职。通判，清朝为府的僚属。 ㉛宜兴：今江苏宜兴，清代属常州府。 ㉜"伊江阿"句：嘉庆四年(1799)，伊江阿以结交权臣和珅等罪被革职，当年六月贬谪新疆伊犁。戍，戍边。 ㉝谒选：去吏部等候选派。

## 水调歌头

### 春日赋示杨生子掞[①]（五首选一）

今日非昨日，明日复何如？朅来真悔何事[②]，不读十年书。为问东风吹老，几度枫江兰径，千里转平芜[③]？寂寞斜阳外，渺渺正愁予！　　千古意，君知否？只斯须[④]。名山料理身后，也算古人愚[⑤]。一夜庭前绿遍，三月雨中红透，天地入吾庐[⑥]。容易众芳歇，莫听子规呼[⑦]。

《四部备要》本《茗柯文编》附录

①《水调歌头·春日赋示杨生子掞》共五首，这是第四首。词由春光易老，感慨岁月不居，事业无成，语意凄婉。　②朅(qiè 怯)来：尔来，迄今。陆游《幽栖》诗："朅来三十载，吾鬓固宜霜。"　③"为问"三句：从景物变化，感慨去日苦多。　④"千古"三句：说千古不过是须臾。斯须，一会儿，须臾。⑤"名山"二句：言以著书立说传名后世，也是古人不明达处。名山，语本司马迁《报任安书》："仆诚以著此书，藏之名山。"　⑥"一夜"三句：言一夜间芳草盈庭，三月好花带雨，此时天地全部映入我庐舍中。　⑦子规：鸟名，又称杜鹃、杜宇。相传子规的啼声为"不如归去"。

# 近代文学

## 一 龚自珍

龚自珍(1792—1841),又名巩祚,字璱人,号定庵,浙江仁和(今杭州市)人。道光进士,曾官内阁中书、礼部祠祭司行走、宗人府主事等。他是中国近代杰出的思想家、文学家。自幼天资颖慧,才华横溢,有敏锐的观察力;又受过系统的汉学教育和良好的文学熏陶,自觉地以诗文创作来经世匡时,干预时政,宣传变革,在当时社会上产生过发聩振聋的作用。龚诗多属于政治抒情诗,在艺术上具有独创性,想象丰富,比喻新颖,语言警辟,运用意蕴丰富的意象来描绘、抒写现实,奇境独辟,别开生面。从“诗界革命”派到南社,乃至整个近代诗坛,无不受到他的影响。有《定庵文集》等。

### 漫　　感①

绝域从军计惘然②,东南幽恨满词笺③。一箫一剑平生意,负尽狂名十五年④。

中华书局上海编辑所版王佩诤辑校《龚自珍全集》第九辑

①此诗写于道光三年(1823)。龚自珍面对西北边疆动乱及东南沿海一带殖民主义者入侵的现实,怀着抑郁而悲愤的心情,唱出了自己欲仗剑从军、赋诗忧国、积极拯救祖国危亡的慷慨悲歌。　②绝域:隔绝的地域,言其

远。此指我国边疆。惘然:失志的样子。指从军的愿望未能实现。 ③东南:指我国东南沿海一带。当时英、美、葡等国已开始在东南沿海一带的广州、漳州(今属厦门)、宁波进行经济掠夺。词笺:写诗词的纸,亦可作"诗词"看。笺,古代小幅而极精致的纸。 ④"一箫"二句:可与本年所写词《丑奴儿令》互参。其上阕云:"沉思十五年中事,才也纵横,泪也纵横,双负箫心与剑名。"箫,指赋诗忧国的哀怨幽情。剑,指报国的雄心壮志。剑态、箫心,是龚自珍诗词中经常对举出现的两个意象。稍后三年他写的《秋心三首》中的"气寒西北何人剑,声满东南几处箫",与此诗首二句意同。

## 夜　坐[①](二首选一)

春夜伤心坐画屏,不如放眼入青冥[②]。一山突起丘陵妒[③],万籁无言帝坐灵[④]。塞上似腾奇女气,江东久陨少微星[⑤]。平生不蓄湘累问,唤出姮娥诗与听[⑥]。

中华书局上海编辑所版王佩诤辑校《龚自珍全集》第九辑

①道光三年(1823)诗人第四次参加会试落第,有感于政治黑暗,写了《夜坐》二首。这里选的是第一首,写诗人春夜独坐,面对清王朝的高压政策和思想界"万马齐喑"的局面而产生的愤慨。 ②"春夜"二句:春夜愁伤地坐在屏风之内,尤觉烦恼,倒不如走出室外,放眼高空。青冥,天空。 ③"一山"句:隐喻诗人受庸俗之辈的嫉视。 ④"万籁"句:夜空景象,喻清王朝政治思想界的高压局面。诗意可与"万马齐喑究可哀"(《己亥杂诗》)句互参。康有为的"高峰突出诸山妒,上帝无言百鬼狞"(《出都留别诸公》)二句,即由龚诗脱化而出。万籁,自然界万物发出的声响。帝坐,亦称帝星,指北极第二星,古代星象家以此星象征帝王,龚诗用此意。 ⑤"塞上"二句:诗人一方面揭露清王朝扼杀人才,感叹江东这样人才辈出的地方也已无人才可见;另一方面将希望寄托于在野的革新派。他歌颂"山中之民"(《尊隐》),寄期望于"无数湘南剑外民"(《秋心三首》),均可与此互参。塞上,指边远地区。奇女

气,《汉书·外戚传》:赵倢伃"家在河间。武帝巡狩过河间,望气者言此有奇女,天子亟使使召之。"这里借指奇才将要出现的预兆。江东,长江下游一带。少微星,星名,古代星象家认为是象征士大夫的星。《晋书·天文志》:"少微四星在太微西,士大夫之位也。"此处喻指贤才。⑥"平生"二句:我平生从不像屈原那样,对天发问,而只是把自己的满腔忧愤,写成诗词,倾诉于嫦娥罢了。此可与"天问有灵难置对"(《秋心三首》)句互参。湘累问,指屈原的《天问》。湘累,指屈原。扬雄《反离骚》:"叙吊楚之湘累。"《汉书·扬雄传》颜师古注引李奇曰:"诸不以罪死曰累……屈原赴湘死,故曰湘累也。"按,屈原实投汨罗江而死,因汨罗江和湘水都注入洞庭湖,古人便误认汨罗江流入湘水。姮(héng 恒)娥,即嫦娥。

## 咏　史①

金粉东南十五州②,万重恩怨属名流③。牢盆狎客操全算④,团扇才人踞上游⑤。避席畏闻文字狱⑥,著书都为稻粱谋⑦。田横五百人安在,难道归来尽列侯⑧?

中华书局上海编辑所版王佩诤辑校《龚自珍全集》第九辑

①这首诗写于道光五年(1825)冬。这年十月,诗人服丧期满,作客昆山。诗借古喻今,揭露清王朝政治的黑暗,在文化思想领域实行高压政策。诗末二句,通过对田横五百人的评论,警告人不可因醉心于功名利禄而受骗。寓意深刻,耐人寻味。②"金粉"句:指江南一带繁华富庶地区。龚诗另有"撑住东南金粉气"(《己亥杂诗》)句可参。金粉,原指旧时代妇女化妆用的铅粉,后多用为繁华绮丽之义。十五州,据季镇淮先生考证,实有所指。《资治通鉴》卷二三一:浙江东、西节度使韩滉,闭关梁,筑石头城,修坞壁,唐德宗闻讯,疑之,以问李泌,对曰:"(韩)滉公忠清俭,自车驾在外,滉贡献不绝,且镇江东十五州,盗贼不起,皆滉之力也。"胡注云:"唐时浙江东、西道所统,惟润、昇、常、湖、苏、杭、陆、越、明、台、温、衢、处、婺十四州。前此滉遣宣、润弩手援

宁陵，盖兼统宣州，为十五州也。”  ③“万重”句：一些所谓名流，争名夺利，产生无数恩怨。  ④“牢盆”句：谓清代权贵及其幕僚全是庸俗市侩。牢盆，煮盐的器具（见《史记·平准书》），此指盐商及掌管盐务的官吏。狎客，指权贵们的门客。  ⑤团扇才人：轻薄无行的文人。团扇，圆形的扇子。《宋书·乐志》载，晋王珉喜持白团扇，与嫂婢相爱，事发，嫂挞婢，婢作《团扇歌》。这里用此故事。  ⑥避席：古人布席于地，每人坐一席，有所敬，则离席而起，表示尊重。诗中“避席”含心怀警惕意。文字狱：以文字的关系而获罪的案件。清王朝为了钳制言论，往往从诗文中断章取义，肆意歪曲，罗织罪名，构成冤狱。这是在政治和思想领域实行高压和恐怖政策的一种手段。  ⑦稻粱谋：犹言谋生活。杜甫《同诸公登慈恩寺塔》诗：“君看随阳雁，各有稻粱谋。”  ⑧“田横”二句：田横等五百人哪里去了，难道他们回来投奔汉朝，真的都能封侯拜将吗？田横，秦末狄县（今山东高青县东南）人，齐王田荣的弟弟，后自立为齐王。汉朝建立，田横率五百人逃到海岛。刘邦恐其为后患，便多次招降，并威胁：“田横来，大者王，小者乃侯耳；不来，且举兵加诛焉。”后田横赴汉东都洛阳，途中后悔，自刎。居岛中五百人，闻横死，均自杀（见《史记·田儋列传》）。列侯，汉代制度，群臣异姓以功封侯者称列侯。

## 西郊落花歌[①] 并序

出丰宜门一里[②]，海棠大十围者八九十本[③]。花时车马太盛，未尝过也。三月二十六日，大风；明日风少定，则偕金礼部应城、汪孝廉潭、朱上舍祖榖、家弟自谷，出城饮而有此作[④]。

西郊落花天下奇[⑤]，古来但赋伤春诗。西郊车马一朝尽，定庵先生沽酒来赏之。先生探春人不觉，先生送春人又嗤[⑥]。呼朋亦得三四子，出城失色神皆痴[⑦]。如钱唐夜潮澎湃[⑧]；如昆阳战晨披靡[⑨]；如八万四千天女洗脸罢[⑩]，齐向此地倾胭脂。奇龙怪凤爱漂泊，琴高之鲤何反欲上天为[⑪]？玉皇宫中空若洗，三十六界无一青蛾眉[12]。又如先生平生之忧患，恍惚怪诞百出难穷期[13]。先生读书尽三藏[14]，最喜《维摩》卷里多清词[15]。又闻净土落花深四寸[16]，冥目观想尤神驰[17]。西方净国未可到，下笔绮语何漓漓[18]！安得树有不尽之花更雨新好者[19]，三百六十日长是落花时！

中华书局上海编辑所版王佩诤辑校《龚自珍全集》第九辑

①这是一首富有奇情壮采的咏物诗，作于道光七年(1827)春末。作者以奇特丰富的想象，赞美落花的奇丽壮观，笔墨酣畅，热情洋溢。龚自珍在诗词中多次以落花、落红自比。此诗“又如先生平生之忧患”数句，亦点明诗是写心之作，落花是被朝廷排斥压抑的无数奇才的写照。　②丰宜门：金代京城(中都)南面有三门，西边之一是丰宜门。旧址约在北京右安门(俗呼南西门)外西南，即今右安门与丰台间。　③“海棠”句：这里所咏的当是北京西郊丰宜门外三官庙的海棠。作者在《己亥杂诗》中有忆丰宜门外花之寺海棠一首，诗云：“记得花阴文宴屡，十年春梦寺门南。”当是赋此事。寺，指花之寺。据作者同年杨懋建《京尘杂录》载，花之寺在三官庙内。本，株。　④金礼部应城：礼部官员金应城，浙江钱塘人，其兄应麟，均与作者友善。汪孝廉潭：举人汪潭，字印三，号寄松，浙江钱塘人。孝廉，清代举人的别称。朱上舍祖毂：上舍，清代监生的称呼。家弟自谷：作者的族弟龚自谷。　⑤西郊：三官庙在北京西郊。　⑥嗤：讥笑。　⑦“出城”句：出城看到落花景象，令人惊讶若痴。痴，此为发呆意。　⑧钱唐：即钱塘江，浙江流经杭州东南一段。钱塘江入海处，潮汐汹涌，蔚为奇观。唐，通“塘”。　⑨“如昆”句：指历史上著名的昆阳之战。昆阳，地名，故址在今河南叶县境内。公元23年，刘秀在此以少胜多，战败了王莽。披靡，以草木随风倒喻兵士四散溃败的样子。此喻落花满地。　⑩八万四千：佛家语。佛经中凡言物之众多，皆举八万四千之数。天女：佛教说法，为欲界六天中的女性，即《法华经》和《维摩经》中的所谓散花天女。　⑪“奇龙”二句：天上的奇龙怪凤欣喜若狂地漂泊到人间，琴高的赤鲤为什么反而要上天呢？上句喻落花飞舞而下，下句反用琴高传说。《清一统志》：“汉琴高居泾北山岩，修炼得道，乘赤鲤上升。”梅尧臣《宣

州杂诗》云："古有琴高者，骑鱼上碧天。"何……为，即为何，干什么。⑫"玉皇"二句：以仙女翩翩下凡，喻落花时的艳丽动人、丰姿多采。玉皇，玉皇大帝。三十六界，据道教说法，指玉皇宫和人世之间的三十六层天。(见《云笈七签》)青蛾眉，这里指仙女。⑬"又如"二句：此为明喻。言落花的奇幻，像自己平生的忧患一样，荒诞古怪，绵无绝期。⑭尽三藏(zàng 葬)：读完了三藏。三藏，佛家语，指佛教的经藏、律藏、论藏三类佛典，包含了佛教的全部法义。⑮维摩：即《维摩经》，全名为《维摩诘所说经》。《维摩经·问疾品》中有天女散花的故事，所以诗人在这首咏落花的诗里特别提及《维摩经》。⑯"又闻"句：黄遵宪《樱花歌》"又闻净土落花深四寸"，全借用此句。净土，即佛国，亦即下文的"西方净国"。据《大乘义章》云，佛经中所说的佛地、佛界、佛国、佛土，或净刹、净国、净土，均为同义，即所谓西方的"极乐世界"。落花深四寸，《无量寿经》："又风吹散花，遍满佛土，随色次第，而不杂乱，柔软光泽，馨香芬烈。足履其上，陷下四寸，随举足矣，原复如故。"⑰"冥目"句：凝神闭目，更令人心往神驰。冥，闭上眼睛。⑱"西方"二句：西方净国的境界是难以达到的，难怪绮丽的词句像流水一样涌进我的笔端。绮语，本佛家语，指一切杂秽不正的言辞。《大乘义章》七："邪言不正，其犹绮色，从喻立称，故名绮语。"后凡文人诗词之香艳者，皆称绮语。此处指华美的语句。漓漓，水流貌。此喻文词的滔滔不绝。⑲安得：怎能得到。安，疑问词，怎能。更雨新好者：落下更多新的好的花来。雨，此用为动词，引申为落。黄遵宪《樱花歌》："天雨新好花，长是看花时。"即本此二句。

## 己亥杂诗[①](三百一十五首选四)

浩荡离愁白日斜[②]，吟鞭东指即天涯[③]。落红不是无情物[④]，化作春泥更护花。

①己亥，为道光十九年(1839年)。是年四月二十三日，诗人怀着难言之痛，辞官南归，七月初九抵家，九月十五日又北上迎接眷属，于腊月二十六日将家属安置在海西羽琌山馆。在"往返九千里"的旅途生活中。诗人以七言

绝句的形式,写了三百一十五首传记体式的大型组诗,其中既有现实的观感,又有生平经历的回忆,多方面地反映了诗人前半生的生活、思想、著述、交游情况,以及社会问题,有强烈的现实感。 ②此为第五首,是离别京师时的一首诗。诗人不为统治者所重用,并遭顽固派的排挤和诋毁,怀着抑郁和激愤难言的心情离开了北京。从京师走向民间虽如"落红",但诗人仍不忘京国。末二句表示作者仍要为国家效力。浩荡,广阔无边,此为形容愁深愁多。 ③吟鞭:诗人的马鞭。按,吟,咏也,凡与诗人相属的器物称吟,如吟灯、吟鞭之类。 ④落红:落花,借喻自己。诗人常以落花自比,如"莫怪怜他,身世依然是落花"(《减兰·人天无据》);"终是落花心绪好,平生默感玉皇恩"(《己亥杂诗》),以及《西郊落花歌》中的"落花"形象,均可与此句互参。

只筹一缆十夫多[①],细算千艘渡此河。我亦曾糜太仓粟[②],夜闻邪许泪滂沱[③]。

①此为第八十三首。漕运是清王朝的一项大政,每年都要从南方各省运粮四百万担到北京,称"漕粮"。诗人途经淮浦,看到运河中北上的粮船,深夜听到纤夫们沉重的劳动号子,回想起自己也曾吃过这些漕米,深表内疚和自责。筹,计数的竹牌,这里用为动词,计算的意思。缆,系船用的粗绳子,此指缆绳,代船。十夫多,十人之多。清人邹在衡《观船艘过闸》诗:"漕船造作异,高大过屋脊……头工与水手,十人有定额。" ②糜:消耗、浪费。太仓:封建王朝在京都设置的粮仓。 ③邪许(yéhǔ 爷虎):纤夫低沉的号子声。《淮南子·道应训》:"今夫举大木者,前呼邪许,后亦应之,此举重劝重力之歌也。"滂沱(pāngtuó 乓驼):泪流如雨。邹在衡《观船艘过闸》:"短绳齐挽臂,绕向缴轮密。邪许万口呼,共拽一绳直。死力各挣前,前起或后跌。"这几句诗有助于我们理解龚诗。

不论盐铁不筹河[①],独倚东南涕泪多[②]。国赋三升民一斗[③],屠牛那不胜栽禾[④]。

①此为第一百二十三首。清王朝曾规定不增加赋税项目,美其名曰“永不加赋”,实则征收时,利用加成色、打折扣、贿赂勒索,使“浮收之数,有数倍于正额者,且有私收折价至十数倍者”(转引自戴逸《中国近代史稿》第一卷)。“国赋三升民一斗”,正是对清王朝赋税繁重、横征暴敛的真实揭露。盐铁,指盐、铁生产和税收。我国古代多实行盐铁专营,清代盐务仍实行官督商销。筹河,筹划治理黄河,这里泛指兴修水利。　②“独倚”句:韩愈有“赋出天下,而江南居十九”之说,诗本此。　③“国赋”句:清初大清户律规定:民田每亩科税三升三合五勺。清中叶后远远超过此数。据冯桂芬揭露:苏州地区“每亩科平粮三斗七升,以次不等。折实粳米,多者几及二斗,少者一斗五六升”(《皇朝经世文续编》卷三一《请减苏松太浮粮疏(代作)》)。　④“屠牛”句:赋税如此惨重,宰杀耕牛,另求活路,哪不比种田好啊!栽禾,从事农业生产。

陶潜酷似卧龙豪[①],万古浔阳松菊高[②]。莫信诗人竟平淡,二分《梁甫》一分《骚》[③]。

中华书局上海编辑所版王佩诤辑校《龚自珍全集》第一〇辑

①此为第一百三十首,为诗人舟中读陶诗有感而作。陶潜,即陶渊明。酷似,甚似。卧龙,即诸葛亮。　②“万古”句:陶渊明酷爱菊花,他诗中屡见不鲜。龚在此是以松、菊傲霜耐寒的特性比喻陶潜坚强高傲的品格。浔阳,郡名,属江州,下辖浔阳、柴桑二县。陶为浔阳郡柴桑县人。此代陶潜。③“莫信”二句:不要相信诗人表面上似乎极其肃穆平淡,其实骨子里含有《梁甫吟》和《离骚》的精神实质,即兼有豪情壮志和悲愤不平。梁甫,即《梁甫吟》,古乐府楚调曲名。《三国志·蜀志·诸葛亮传》说:“亮躬耕陇亩,好为《梁父吟》。”内容多为感慨世事之作。

## 湘　　月[①]

壬申夏,泛舟西湖,述怀有赋,时予别杭州盖十年矣。

天风吹我，堕湖山一角，果然清丽[2]。曾是东华生小客，回首苍茫无际[3]。屠狗功名[4]，雕龙文卷[5]，岂是平生意[6]？乡亲苏小[7]，定应笑我非计[8]。　　才见一抹斜阳，半堤香草，顿惹清愁起。罗袜音尘何处觅[9]？渺渺予怀孤寄[10]。怨去吹箫，狂来说剑[11]，两样消魂味。两般春梦[12]，橹声荡入云水。

中华书局上海编辑所版王佩诤辑校《龚自珍全集》第一一辑

①嘉庆十七年(1812)的三月，作者之父由京官出任徽州知府，先回故乡杭州，然后赴任。作者侍行，于这一年的夏天在杭州写下了这首词。该词抒写自己离家十年来仕途坎坷、怀才不遇的感慨，风格刚柔相济，既雄奇狂放，又哀婉缠绵，体现了诗人的人格特点和对艺术风格的追求。谭献曰："定公能为飞仙、剑客之语，填词家长爪梵志也。"(《箧中词》四)又曰："阅定庵诗词新刻本，诗佚宕旷邈，而豪不就律，终非当家；词绵丽飞扬，意欲合周、辛而一之，奇作也。"(《复堂日记》)　②"天风"三句：谓自己身世漂零，不能自主，随风漂泊，又来到了风景清丽的杭城。天风，天空之风。湖山一角，湖水与山的一隅，此指杭州。　③"曾是"二句：谓自己少小便与内阁有缘，但至今却前途渺茫。东华，东华门，北京紫禁城的东门。清代内阁在紫禁城内，故此处指内阁。生小，年少。作者十一岁时随父居北京，因其父在礼部任职，故自云是"东华生小客"。　④屠狗：以屠狗为业，这在古代是非常卑贱的行业。以"屠狗"修饰"功名"，极写功名之微。按，作者此时尚未中举，以副榜贡生充武英殿校录。　⑤雕龙：精心撰写诗文。据《史记·孟子荀卿列传》载，战国时齐人驺衍"言天事"，驺奭(shì 誓)"采驺衍之术以纪文"。齐人称驺衍为"谈天衍"，称驺奭为"雕龙奭"。后世遂以"雕龙"指撰写文章。　⑥平生意：平生的志向。　⑦乡亲苏小：即苏小小，南齐时钱塘名妓。其墓在杭州西子湖畔。作者为杭州人，故称其为乡亲。此句本韩翃(hóng 红)《送王少府归杭州》"钱塘苏小是乡亲"句。　⑧非计：失于计较。　⑨罗袜音尘：指苏小小的遗物、遗迹。　⑩渺渺予怀：谓思绪绵长。苏轼《前赤壁赋》："渺渺兮予怀，望美人兮天一方。"　⑪箫、剑：参看作者《漫感》诗注。　⑫春梦：

春日之梦,亦指难以实现的理想。

## 己亥六月重过扬州记[①]

居礼曹[②],客有过者曰:"卿知今日之扬州乎?读鲍照《芜城赋》[③],则遇之矣[④]!"余悲其言。

明年,乞假南游,抵扬州。属有告籴谋[⑤],舍舟而馆[⑥]。既宿[⑦],循馆之东墙步游,得小桥,俯溪,溪声讙[⑧]。过桥,遇女墙啮可登者[⑨],登之。扬州三十里,首尾屈折高下见[⑩]。晓雨沐屋,瓦鳞鳞然,无零甃断甓[⑪]。心已疑礼曹过客言不实矣。

入市求熟肉,市声讙。得肉,馆人以酒一瓶、虾一筐馈。醉而歌,歌宋、元长短言乐府[⑫]。俯窗呜呜[⑬],惊对岸女夜起,乃止。

客有请吊蜀冈者[⑭],舟甚捷。帘幕皆文绣,疑舟窗蠡觳也,审视,玻璃五色具[⑮]。舟人时时指两岸曰:"某园故址也","某家酒肆故址也",约八九处。其实独倚虹园圮无存[⑯]。曩所信宿之西园[⑰],门在,题榜在,尚可识。其可登临者尚八九处,阜有桂[⑱],水有芙蕖菱芡[⑲],是居扬州城外西北隅,最高秀。南览江,北览淮,江淮数十州县治,无如此冶华也。忆京师言,知有极不然者。

归馆,郡之士皆知余至,则大欢。有以经义请质难者[⑳];有发史事见问者;有就询京师近事者;有呈所业若文、若诗、若笔、若长短言、若杂著、若丛书,乞为序、为题辞者[㉑];有状其先世事行乞为铭者[㉒];有求书册子、书扇者[㉓];填委塞户牖[㉔],居然嘉庆中故态。谁得曰今非承平时耶?惟窗外船过，夜无笙琶声；即有之，声不能彻旦。然而女子有以栀子华发为贽求书者[25]，爰以书画环瑱互通问[26]，凡三人。凄馨哀艳之气，缭绕于桥亭舰舫间。虽澹定[27]，是夕魂摇摇不自持[28]。余既信信[29]，拿流风，捕馀韵，乌睹所谓风嗥雨啸，鼯狖悲、鬼神泣者[30]！

嘉庆末，尝于此和友人宋翔凤侧艳诗[31]，闻宋君病，存亡弗可知。又问其所谓赋诗者[32]，不可见，引为恨。卧而思之，余齿垂五十矣。今昔之慨，自然之运[33]，古之美人名士富贵寿考者，几人哉？此岂关扬州之盛衰，而独置感慨于江介也哉！抑予赋侧艳则老矣，甄综人物[34]，搜辑文献，仍以自任，固未老也。

天地有四时，莫病于酷暑[35]，而莫善于初秋。澄汰其繁缛淫蒸[36]，而与之为萧疏澹荡[37]，泠然瑟然[38]，而不遽使人有苍莽寥泬之悲者[39]，初秋也。今扬州，其初秋也欤？予之身世，虽乞籴，自信不遽死，其尚犹丁初秋也欤[40]？作《己亥六月重过扬州记》。

中华书局上海编辑所版王佩诤辑校《龚自珍全集》第一二辑

①道光十九年(1839)，作者辞官南归，道经扬州，抚今追昔，写下了这篇文章。这是一篇游记体散文，描写扬州外观繁荣而内里衰朽的景象，流露了作者的忧国之情。文章意蕴深厚，感情真挚。重过，作者于嘉庆二十五年(1820)由北京南还时曾路过扬州，故云。　②居礼曹：在礼部任职。作者曾任礼部主客司主事兼祠祭司行走。　③《芜城赋》：南朝宋孝武帝孝建三年(456)，竟陵王刘诞据广陵(即扬州)叛。广陵几被兵火，荒芜破败。鲍照在广陵收复后登城远眺，作《芜城赋》，描写广陵乱后的荒凉景象。　④遇之：得之，感受到。　⑤属(zhǔ 主)：适逢。告籴：告，请求。籴，买粮。《国语·鲁语上》："国有饥馑，卿出告籴，古之制也。"按，龚自珍于1838年因忤上司而

被“夺俸钱”,不得不求友人资助。 ⑥馆:旅舍。这里用作动词,住旅舍。 ⑦既宿:住了一夜后。 ⑧讙(huān 欢):喧哗。 ⑨女墙:城墙上的矮墙。啮(niè 聂):咬。此喻因侵蚀而成的豁口。 ⑩见:同“现”。 ⑪甃(zhòu 昼):井壁,这里泛指墙壁。甓(pì 僻):砖头。 ⑫长短言乐府:词。词又称长短句,宋元之词入乐,故云。 ⑬呜呜:象声词,指歌声。 ⑭蜀冈:土岗名,在今扬州市西北,瘦西湖北,为唐代古城遗址。 ⑮“疑舟窗”三句:谓看见舟窗晶莹透亮,五彩缤纷,疑为贝壳所饰;细看才知是五颜六色的玻璃。蠡觳(luóquè 罗鹊),螺壳。此指贝壳。蠡,通“螺”。 ⑯倚虹园:扬州名胜,因靠近大虹桥而得名。圮(pǐ 匹):毁坏。 ⑰信宿:连住两夜。西园:原名芳圃,在平山堂西,建于清乾隆十六年。 ⑱阜:土山。 ⑲芙渠:荷花。菱:菱角。芡:水草名,花紫色,实如刺球,可食。 ⑳经义:经书的内容、意义。质难:询问疑难的问题。 ㉑笔:散文。古时“笔”与“文”相对,有韵者为文,无韵者为笔。 ㉒状其先世事行:指拿着自己为先人撰写的行状。为铭:撰写墓志铭。 ㉓书册子:在书册、画册上题字。书扇:在扇面上题字。 ㉔填委:纷集,充满。 ㉕栀子:花名。栀子花中有同心栀子,常被用作定情之物。唐韩翃《送王少府归杭州》诗:“栀子同心好赠人。”华发:据孙钦善《龚自珍诗文选》,“发”当为“鬘”,为舞妓之花饰。贽:礼物。 ㉖爰:乃。环:玉镯之类的饰物。瑱(diàn 电):玉做的耳环。 ㉗澹定:恬澹镇定。 ㉘“是夕”句:是说自己为声色所动,心绪不定。 ㉙信信:连住四夜。 ㉚“乌睹”句:谓并无鲍照所写之凄凉景象。鲍照《芜城赋》中有“泽葵依井,荒葛罥涂。坛罗虺蜮,阶斗麏鼯。木魅山鬼,野鼠城狐。风嗥雨啸,昏见晨趋”句。鼯(wú 吴),鼯鼠,形似鼠,前后两肢间有膜,能飞树上。狖(yòu 右),长尾猿。 ㉛宋翔凤(1776—1860):字虞庭,一字于庭,长洲(今苏州)人。清代著名的学者、诗人。侧艳诗:艳丽轻佻之诗。 ㉜其所谓赋诗者:指当年与宋氏及作者和诗的妓女。 ㉝自然之运:自然界的运动、变化。 ㉞甄综:综合分析,鉴定品评。 ㉟病:弊害。 ㊱澄汰:犹淘汰。淫蒸:酷热。 ㊲萧疏澹荡:淡远空寂。 ㊳泠然瑟然:清凉爽洁貌。 ㊴苍莽寥泬(jué 抉):萧条清冷。 ㊵丁:当,值。

# 二　张维屏

张维屏(1780—1859),字子树,号南山,别号松心子,晚号珠海老渔,广东番禺人(今属广州市)。道光二年(1822)进士,官至南康知府。他四任县令,于地方民情有所了解。早年创作即关注民间疾苦,有较强的现实性。鸦片战争后,目睹外国侵略者的罪行和中国人民的英勇斗争,写出了一些歌颂中国人民反抗殖民主义侵略的诗篇,具有昂扬的爱国热情和战斗精神。他的诗"出入汉魏唐宋诸大家,取材富而酝酿深,气体则伉爽高华,味致则沉郁顿挫"(林昌彝《射鹰楼诗话》卷二)。著有《听松庐诗钞》、《松心诗集》等。

## 新　雷[①]

造物无言却有情[②],每于寒尽觉春生;千红万紫安排著[③],只待新雷第一声。

广东高教出版社版《张南山全集》卷一一

①这首诗作于道光四年(1824)春初,写春将到的喜悦。诗人以自然喻人事,在对新雷的期待和春天的欢呼中,透露出作者渴望社会新变的心情。小诗短短四句,寓理于情,清丽可喜,耐人寻味。　②"造物"句:《论语·阳货》:"天何言哉,四时行焉,百物生焉。"诗本此。造物,指天。　③著:同"着",助词。

# 三　元　里[1]

三元里前声若雷[2]，千众万众同时来；因义生愤愤生勇，乡民合力强徒摧。家室田庐须保卫，不待鼓声群作气[3]；妇女齐心亦健儿，犁锄在手皆兵器[4]。乡分远近旗斑斓，什队百队沿溪山。众夷相视忽变色[5]，黑旗死仗难生还[6]！夷兵所恃惟枪炮[7]，人心合处天心到[8]。晴空骤雨忽倾盆，凶夷无所施其暴。岂特火器无所施，夷足不惯行滑泥；下者田塍苦踯躅[9]，高者冈阜愁颠挤[10]。中有夷酋貌尤丑，象皮作甲裹身厚[11]。一戈已揕长狄喉，十日犹悬郅支首[12]。纷然欲遁无双翅，歼厥渠魁真易事[13]。不解何由巨网开，枯鱼竟得攸然逝[14]。魏绛和戎且解忧[15]，风人慷慨赋同仇[16]。如何全盛金瓯日，却类金缯岁币谋[17]？

广东高教出版社版《张南山全集》卷三

①这首诗写于道光二十一年(1841)。是年5月27日，《广州和约》签订，激起了广东人民的义愤。英军经过三元里时，又抢劫行凶，调戏妇女，三元里人民忍无可忍，联合附近一百零三乡群众对英军进行反击。这就是历史上著名的三元里抗英斗争。这首诗歌颂三元里人民英勇反抗外来侵略的战斗精神和爱国热情。三元里，村名，在广州城北，距广州约五里。　②声若雷：喻声势之大。　③“不待”句：《左传·庄公十年》：“夫战，勇气也，一鼓作气。”诗本此而有变化。　④“妇女”二句：“逆夷由三元里过牛栏岗抢劫，予闻锣声不绝……不转眼间，来会者众数万，刀斧犁锄，在手即成军器，儿童妇女，喊声亦助军威。”(李福祥《三元里打仗日记》)　⑤夷：古代用以泛指西方的少数民族，也用以称外国人。这里指英国侵略军。　⑥“黑旗”句：自注：“夷打死仗则用黑旗，适有执神庙七星旗者，夷惊曰：‘打死仗者至矣！’”

⑦恃(shì 侍):依赖,凭借。　⑧“人心”句:意为人心齐,老天也来保佑。指下文的天降大雨,英军的火炮失灵、行走不便等。　⑨塍(chéng 惩):田间的土埂子。踯躅(zhízhú 直烛):徘徊不前,比喻走路艰难。　⑩“高者”句:在高处的人又提心吊胆地怕掉下来。冈阜,山脊,山坡。颠挤,应作“颠隮”。《尚书·微子》:“今尔无指告予,颠隮,若之何其。”颠,头顶,引申为最高处;隮,坠落。　⑪“中有”二句:梁廷枏《夷氛闻记》卷三:“伯麦身肥体健,首大如斗。”夷酋,指英国侵略军军官。　⑫“一戈”二句:英军少校毕霞等被刺死,悬首数日。《左传·文公十一年》:“获长狄侨如,富父终甥摏其喉以戈,杀之。”摏(chōng 充),通“舂”,撞击。长狄,古代北狄的一种。悬郅支首,汉元帝时,西域都护甘延寿及副校尉陈汤等人,杀匈奴郅支骨都侯单于,悬其首于蛮夷邸门。车骑将军许嘉、右将军王商以为“宜悬十日”(见《汉书·陈汤传》)。⑬歼厥渠魁:语出《尚书·胤征》。渠魁,首领。　⑭“不解”二句:英军龟缩四方炮台,数万群众团团围住,正待全歼敌人时,英军派汉奸混出重围,带信恐吓清廷派往广东的靖逆将军奕山,奕山派广州知府余保纯,用各种欺骗手段将村民驱散,英军得以解围。诗写此事。枯鱼,语出《庄子·外物》,困于涸辙中的鱼,此指英军。这句诗以枯鱼很快游入水的深处,喻敌人得以解围逃脱。　⑮“魏绛”句:指清政府投降派与敌人议和事。魏绛,即魏庄子,春秋时晋国大夫,力主与戎族和好,认为和戎有五利;意见为晋悼公所采纳,与诸戎族订盟,从而保证了晋国国势的强盛。(事见《左传·襄公四年》)诗人这里是反用其事,谓与英议和只顾解眼前之忧,无益于国事,故才有下文“赋同仇”云云。　⑯风人:诗人。古代太史陈诗以观民风,故称诗人为“风人”。同仇:《诗经·秦风·无衣》:“修我戈矛,与子同仇。”这里指人民同仇敌忾,奋勇杀敌。　⑰“如何”二句:斥责投降派在国家强盛的情况下,像北宋对待辽、金一样,每年输纳大量钱物,屈膝求和。金瓯,喻国家疆土完固。《南史·朱异传》:“我国家犹若金瓯,无一伤缺。”金缯,金银丝绢。岁币,指朝廷每年向外族输纳的银两。按,1841 年 5 月 17 日的《广州和约》议定:七日之内,向英国侵略军缴“广州赎城费”六百万元,赔偿英国商馆损失三十万元,清军退出广州城六十英里之外。

# 三 林则徐

林则徐(1785—1850),字元抚,一字少穆,晚号竢村老人,福建侯官(今福州)人,嘉庆十六年(1811)进士,历官翰林院编修、道台。道光十八年(1838),以钦差大臣赴广东查禁鸦片,抗击英军。战后,被诬革职,谪戍伊犁。后放还,任云贵总督。他是近代杰出的政治家和爱国主义者,曾与龚自珍、魏源、黄爵滋等人提倡经世致用之学。写诗虽系馀事,但写得情深意浓,诗意盎然,从严谨的格律和深厚的功力中表现出诗人豪爽俊逸的艺术风格。著有《云左山房诗钞》。

## 赴戍登程口占示家人[①](二首选一)

力微任重久神疲,再竭衰庸定不支[②]。苟利国家生死以,岂因祸福避趋之[③]。谪居正是君恩厚[④],养拙刚于戍卒宜[⑤]。戏与山妻谈故事,试吟断送老头皮[⑥]。

海峡文艺出版社版郑丽生校笺《林则徐诗集》

①此诗作于道光二十二年(1842年)。是题二首,此为第二首。是年夏历七月,林则徐自西安启程赴伊犁,作诗留别家人。诗表现了作者以国事为重、不顾个人安危的高贵品质和他面临遣戍时的旷达胸怀。 ②衰庸:意近"衰朽",衰老而无能,自谦之词。 ③"苟利"二句:郑国大夫子产改革军赋,受到时人的诽谤,子产曰:"何害!苟利社稷,死生以之。"(见《左传·昭公

四年》)诗语本此。以,用,去做。　④“谪居”句:自我宽慰语。谪居,因有罪被遣戍远方。　⑤养拙:犹言藏拙,有守本分、不显露自己的意思。刚:正好。戍卒宜:做一名戍卒为适当。这句诗谦恭中含有愤激与不平。⑥“戏与”二句:自注:“宋真宗闻隐者杨朴能诗,召对,问:‘此来有人作诗送卿否?’对曰:‘臣妻有一首云:更休落魄耽杯酒,且莫猖狂爱咏诗。今日捉将官里去,这回断送老头皮。’上大笑,放还山。东坡赴诏狱,妻子送出门,皆哭,坡顾谓曰:‘子独不能如杨处士妻作一首诗送我乎?’妻子失笑,坡乃去。”这两句诗用此典故,表达他的旷达胸襟。山妻,对自己妻子的谦词。故事,旧事,典故。

## 出嘉峪关感赋[①](四首选一)

严关百尺界天西[②],万里征人驻马蹄[③]。飞阁遥连秦树直,缭垣斜压陇云低[④]。天山巉削摩肩立[⑤],瀚海苍茫入望迷[⑥]。谁道崤函千古险[⑦]?回看只见一丸泥[⑧]。

海峡文艺出版社版郑丽生校笺《林则徐诗集》

①原诗共四首,写于道光二十二年(1842)林则徐谪戍路过嘉峪关时。诗写嘉峪关险峻的形势,气象雄伟壮阔,格调豪迈雄俊,格律谨严,颇能代表林诗的风格。嘉峪(yù 裕)关,在甘肃酒泉县西七十里嘉峪山西麓,长城的西端。明初置,以嘉峪关为防守要塞。关建于山坡,居高凭险,横扼通衢,西有高岗如城,起伏数道。明清以来为西北交通要道。关上有题额曰“天下第一雄关”。　②严关:险峻的关隘。清代方正瑗《嘉峪关登筹边楼时宁远查大将军入觐》诗“金锁严关绝塞开”。界,处于　③万里征人:作者自称。④“飞阁”二句:回头望,高耸的嘉峪关与秦树遥相连接,回旋在高山上的万里长城好像压低了陇地的云烟。飞阁,高耸的楼阁,指嘉峪关城的建筑物。秦树直,杜甫《送张二十参军赴蜀州因呈杨吾侍御》:“两行秦树直。”远望树都是直的。秦,古代的秦地,即今陕西一带。缭垣(yuán 元),回旋的城墙,这里指

长城。陇，甘肃因古代为陇西郡地而得名。　⑤天山：横贯新疆中部的大山。巉（chán 婵）削：山势险峻。摩肩立：言天山与嘉峪关并肩而立。　⑥瀚海：沙漠。入望迷：一望无边，为之迷目。　⑦崤函：这里指函谷关。在河南灵宝县西南，战国时秦的故关。关城在谷中，深险如函，故名。东自崤山，西至潼津，号天险。　⑧一丸泥：函谷关处在山谷狭道中，形势险要，易于把守，古人有"以一丸泥为大王东封函谷关"之说（见《后汉书·隗嚣传》）。此比喻函谷关远不如嘉峪关雄壮险要。

## 塞外杂咏[①]（八首选一）

天山万笏耸琼瑶[②]，导我西行伴寂寥[③]。我与山灵相对笑，满头晴雪共难消[④]。

光绪十二年福州林氏家刻本《云左山房诗钞》

①本诗作于道光二十二年（1842）冬抵新疆后。原诗共八首，此为第六首。诗写瞭望天山，抒发诗人宽阔胸襟和旷达乐观精神，饶有风趣。　②万笏（hù 户）：天山群峰。笏，古代朝会时所拿的一种狭长板子，有事则书于上，以免遗忘，形似一曲背老人。这里以其形状群峰。琼瑶：美玉，比喻天山上的积雪。　③寂寥：这里是寂寞、空虚意。　④满头晴雪：指诗人的白发。共难消：与天山上的积雪一样不易消除。

# 四　魏　源

魏源(1794—1857),原名远达,改源,字默深,湖南邵阳金潭(今隆回县)人。道光进士,官内阁中书,晚年任高邮知州。近代著名思想家,与龚自珍齐名,时称“龚魏”。他主张学习西方,提出“师夷长技以制夷”,倡导变革。魏源不以诗名,但他的诗具有丰富的思想内容,鸦片战争时期的许多名篇,感情炽烈,洋溢着浓郁的爱国主义激情。他还有许多山水诗写得气象雄伟,瑰丽悦目,有的还具哲理意味。魏源的诗风格遒劲,激越奔放,但律诗用典较多,显得费解,韵味不足。著有《古微堂诗集》和《清夜斋诗稿》。

## 江　南　吟[①](十首选一)

阿芙蓉[②],阿芙蓉,产海西[③],来海东。不知何国香风过[④],醉我士女如醇酞[⑤]。夜不见月与星兮,昼不见白日,自成长夜逍遥国[⑥]。长夜国,莫愁湖[⑦],销金锅里乾坤无[⑧]。溷六合,迷九有,上朱邸,下黔首[⑨],彼昏自痼何足言,藩决膏殚付谁守[⑩]?语君勿咎阿芙蓉[⑪],有形无形瘾则同[⑫]。边臣之瘾曰养痈[⑬],枢臣之瘾曰中庸[⑭],儒臣鹦鹉巧学舌[⑮],库臣阳虎能窃弓[⑯]。中朝但断大官瘾,阿芙蓉烟可立尽!

中华书局点校本《魏源集》

①《江南吟》组诗共十章，作期不明。一说作于道光十一年(1831)，一说作于道光二十九年(1849)。由诗的内容看，约作于鸦片战争前夕。作者继承白居易诗的现实主义精神，深刻地揭示了鸦片战争前夕江南农村的社会现实。这里选的是组诗的第八首。诗中描写鸦片烟流毒全国的严重情况，进而指出：政府屡言禁烟，而鸦片之所以不能禁绝，主要在于朝中当权者患有养痈遗患、折衷调和、人云亦云和贪污盗窃等等顽症。 ②阿芙蓉：即鸦片。明朝李挺《医学入门》："鸦片，亦名阿芙蓉。" ③海西：指当时盛产鸦片的英国殖民地印度。 ④香风：指吸鸦片时的香味。 ⑤士女：成年男女。《楚辞·招魂》："士女杂坐，乱而不分些。"醇酥：酒性浓烈，此指味浓性烈的酒。 ⑥"夜不"三句：谓吸鸦片的人，不分昼夜，侧卧烟榻，吞云吐雾，逍遥自在，如进入逍遥国。 ⑦莫愁湖：在今南京市水西门外。相传南齐时，有洛阳少女莫愁远嫁江东卢家，住在湖滨，因而得名。这里用其字面意，指吸食鸦片的人沉湎于毒品之中，忘记了忧愁，意含讽讥。 ⑧销金锅：称极浪费金钱的处所。《武林旧事》云："贵珰(宦官)要地，大贾豪民，买笑千金，呼卢百万，以至痴儿骏子，密约幽期，无不在焉。日糜金钱，靡有纪极，故杭谚有'销金锅儿'之号。"本喻西湖游船，此借指吸毒的烟馆。乾坤无：因沉湎于吸毒，忘记了世界万物。 ⑨"溷(hùn 浑)六合"四句：谓烟毒弥漫全国各地，上自官吏，下迄百姓，均有吸毒之人。黄爵滋《请严塞漏卮以培国本折》云：自鸦片烟流入中国，"其初不过纨绔子弟习为浮靡，嗣后上自官府缙绅，下至工商优隶，以及妇女僧尼道士，随在吸食"。溷，同"浑"，混浊。六合，上下四方，泛指天地。九有，九洲，泛指全国。《诗经·商颂·玄鸟》："方命厥后，奄有九有。"朱邸(dǐ 抵)，古代诸侯、王的住宅要用朱红漆门，故称朱邸。后泛指贵族、官僚之家。黔(qián 前)首，老百姓。 ⑩"彼昏"二句：他们自己糊里糊涂养成吸毒的习惯，本不足道；但国家边防失守、民财枯竭，这样的局面将靠谁来收拾呢？林则徐《钱票无甚关碍宜重禁吃烟以杜弊源片》云："迨流毒于天下，则为害甚巨……是使数十年后，中原几无可以御敌之兵，且无可以充饷之银。"可与此互参。痼(gù 固)，积久难治的病，比喻长期养成不易改正的恶习、嗜好。藩决，边境失守。藩，篱笆，可引申为边防。膏，脂肪、油脂，引申为财富。殚(dān 丹)，尽，竭。 ⑪咎：此作动词用，加罪、责怪。 ⑫"有形"句：言有形的瘾和无形的瘾，危害同样严重。有形的指烟瘾，无形的指下文所说的官场中的恶习。这首诗中的"瘾"字，《古微堂诗集》均作"引"。诗人于篇末自

注云:"俗语烟瘾之瘾,字书无之。《说文》:'引,病瘢也。'今借用之。"
⑬边臣:镇守边防的大官。瘾:此为"弊病"之意。下同此。养痈(yōng庸):痈,一种毒疮,不治即化脓溃烂,故有"养痈遗患"之说。此谓对外国侵略者和鸦片贩子,姑息容忍,妥协投降,必成大患。 ⑭枢(shū叔)臣:指掌握枢要的大臣,如当时的大学士、军机大臣之类。枢,指政府发号施令的机构。中庸:不偏之谓中,不易(变)之为庸。这里指朝中大臣在禁烟问题上采取折衷调和的态度。 ⑮儒臣:泛指科举出身的有学问的大臣。鹦鹉巧学舌:人云亦云意。 ⑯库臣:掌国库(财政)的大臣。阳虎:又作阳货,春秋时鲁国人,他是季孙氏的家臣,掌握国权,势力极大。周敬王十八年(前502),他在和鲁国三大贵族作战时,于宫中窃取国宝宝玉大弓。(事见《左传·定公八年》)这里指清朝官僚贪污成风。

## 寰海十章[①](选一)

同仇敌忾士心齐[②],呼市俄闻十万师[③]。几获雄狐来庆郑[④],谁开柙兕祸周遗[⑤]?前时但说民通寇[⑥],此日翻看吏纵夷[⑦]。早用《秦风》修甲戟,条支海上哭鲸鲕[⑧]。

上海古籍出版社点校本《射鹰楼诗话》卷一

①组诗据作者自注写于道光二十年(1840),但其中有些诗明显是咏道光二十一年的事。此首为组诗的第十首,就是歌颂道光二十一年三元里民众抗英斗争,斥责投降派官僚纵敌的。以诗笔议时政,是魏源诗的特点。这首诗据林昌彝《射鹰楼诗话》录出,与《魏源集》文字上不尽同。 ②同仇敌忾:共同一致地痛恨、打击敌人。忾,怨恨、愤怒。 ③市:市镇,此指广东三元里一带。 ④"几获"句:据《左传·僖公十五年》记载,秦穆公欲伐晋,令卜官占卜,卦词有"获其雄狐"四字,卜官判为"必获晋君"的征兆。后来秦晋两国在韩原交战,晋国兵马陷入泥泞中,晋惠公向大夫庆郑求救,庆郑因对晋惠公有意见而不发救兵,却派大夫韩简子去救。当时韩简子正截住秦穆公,但

为救晋惠公而失去了擒获秦穆公的机会。诗用此典,意在说明三元里人民包围了英国侵略者,就要活捉其首领义律,但奕山却派广州知府余保纯为敌人解围,把他们放跑了。这里以雄狐喻义律,庆郑喻投降派官员。 ⑤"谁开"句:是谁把敌人放跑祸害人民呢?矛头直指投降派奕山之流。柙兕(xiásì 匣寺),《论语·季氏》:"虎兕出于柙……是谁之过欤?"柙,关猛兽的木笼。兕,古代指雄的犀牛,此指野兽。周遗,周朝的遗民。《诗经·大雅·云汉》:"周馀黎民,靡有孑遗。"此指中国人民。 ⑥"前时"句:投降派奕山、琦善等人诬蔑广东军民,说"粤民皆汉奸,粤兵皆贼党"(见范文澜《中国近代史》)。 ⑦吏纵夷:指奕山派广州知府解散包围英国侵略者的民众,把敌人放掉。 ⑧"早用"二句:倘早日加强战备共同对敌的话,那战败的英国侵略军只有逃到海上哭泣了。《秦风》修甲戟,《诗经·秦风·无衣》中云:"修我戈矛,与子同仇";"修我矛戟,与子偕作";"修我甲兵,与子偕行"。诗用此意。戟,兵器,形似戈,有横直两锋。条支海,指波斯湾。条支,古西域国名,《魏书·西域传》称波斯为古条支国。鲸鲕(ér 而),指英国侵略者。鲕,一种鱼的名字。

## 钱塘观潮行[①]

世间瑰绝岂有此[②]:江逆飞,海立起[③],天风刮海见海底[④],涌作银涛劈天驶。病者睹之气皆生,勇者睹之神皆死[⑤]。如何十万貔貅夹江峙,但有死气无生气[⑥]?腐儒生不治熙前[⑦],掌故撑胸二百年:王师往渡钱塘日[⑧],撇烈万骑不用船[⑨];呼风径渡倏东岸[⑩],明兵十万垒无坚。得无开国乘朝气,亦如进潮及锋锐[⑪];排山倒海驱天地,那用天吴鼓其势[⑫]。潮如行军有进止,进时强弩射不靡[⑬],退时怒鼍鼓不起[⑭];潮如阳乌有朝暮[⑮],朝气羲鞭拦不住[⑯],暮气鲁戈挥不复[⑰];潮如百物有壮老,少壮春雷草怒芽,老后秋风弩穿缟[⑱]。越潮方怒吴潮逡[⑲],海王莫强天朝昏[⑳]。子胥枚乘裂肝胆[㉑],何如范蠡叱咤生风云[22];功成拂袖五湖去[23],怕见越江潮落痕[24]。荡桂楫[25],鼓兰桡[26],越女唱,吴儿讴。倒驱江海回暮涛,海风萧屑江天高[27]。传语万古观涛客,莫观老潮观壮潮!

中华书局点校本《魏源集》

①这是一首七言歌行体的诗,作于道光二十二年(1842)。诗描写钱塘潮瑰丽雄奇的景象,潮起潮落的变化,进而把潮的进退、朝暮、壮老与清王朝的国势结合起来,以潮水的涨落借喻清王朝的盛衰;又进而通过肯定范蠡的功成身退,表示对腐朽衰败的清王朝已失去信心。全诗虚实互渗,结尾二句意味深长,耐人寻味。　②瑰(guī归)绝:意近瑰奇、瑰异,奇伟壮观意。③"江逆"二句:写海潮来袭的壮观。潮头壁立,江水自江底逆翻而上。④见:通"现"。　⑤神皆死:这里是为之惊叹意。　⑥"如何"二句:指鸦片战争中清军溃败。貔貅(píxiū皮休),喻勇猛的战士。《晋书·熊远传》:"命貔貅之士,鸣檄前驱。"此指清军。　⑦腐儒:迂腐的儒生,自谦之词。治熙:顺治、康熙两朝。　⑧王师:这里指清王朝的军队。　⑨"擻烈"句:化用杜甫《留花门》"渡河不用船,千骑常擻烈"两句。擻烈,破浪急进。⑩倏(shū叔):极快地。按,"王师"四句是追述清顺治元年(1644)清兵渡钱塘江追击南明军队的情况。当时清军船只很少,适逢潮退水浅,于是清军涉水而过。　⑪及锋:《史记·高祖本纪》:"军吏士卒皆山东之人也,日夜跂而望归,及其锋而用之,可以有大功。"意谓乘军队锐气正盛时进军,可以收大功。⑫天吴:水神名。　⑬强弩射不靡:据《吴越备史·武肃王传》载,相传五代时,吴越王钱镠筑捍海塘,因怒潮急湍,版筑不就,于是令人张弓射钱塘潮,潮头东趋西陵,遂定其基。这里反用此典,意谓潮头来时强弩也射不倒。⑭鼍(tuó驼):鳄鱼,它的皮可以做鼓皮。这句诗的意思是说军队败退时士气低落,猛击鼓也鼓不起气来。　⑮阳乌:神话中指日中三足乌。左思《蜀都赋》:"羲和假道于峻岐,阳乌回翼乎高标。"《文选》李善注:"《春秋元命苞》曰:阳成于三,故日中有三足乌。乌者,阳精。"后亦用为太阳的代称。　⑯羲鞭:太阳神驭者羲和的神鞭。　⑰鲁戈:春秋时,楚国鲁阳公和韩国打仗,战斗正激烈时,太阳要落山了。鲁阳公把戈一挥,太阳为之退回三舍。(见《淮南子·览冥训》)三舍,即三星宿的距离。古代天文学家分周天的恒星为三

垣、二十八宿,一宿为一舍。　⑱弩穿缟:《汉书·韩安国传》:"强弩之末,力不能入鲁缟。"意思是说,强弩发射出来的箭,临到末了,连鲁缟也穿不透了。鲁缟,山东出产的一种薄绸子。　⑲"越潮"句:用潮的涨落来比喻两国的强弱。逡(qūn 囷),退却。　⑳海王:海上的霸王。此指英国侵略者。莫强:没有更强于此者,犹言"最强"。　㉑"子胥"句:写伍子胥、枚乘的愚忠和忧愤。吴子胥谏阻吴王伐越,吴王不听,反赐剑命他自杀,临死前他仰天长叹:"必取吾眼置吴东门,以观越兵入也。"后越国果灭吴。枚乘,西汉著名词赋家,曾为吴王濞的文学侍臣,两次上书吴王濞,劝谏他不要谋反,吴王濞不听,后濞败被杀。伍子胥死后,把尸首装入皮囊,沉于钱塘江中。枚乘《七发》中有写江涛的一段,类似钱塘潮,故诗人联想起伍、枚二人事。　㉒范蠡(lǐ 里):春秋楚宛人,字少伯。越国被吴国打败,他辅佐越王勾践发愤图强,积蓄力量,最后终于灭亡吴国。叱咤生风云:骆宾王《为徐敬业讨武氏檄》:"喑呜则山岳崩颓,叱咤则风云变色。"形容声势威力极大,这里喻范蠡有扭转乾坤之力。　㉓"功成"句:越灭吴后,范蠡认为勾践为人"可与共患难,不能同安乐",便功成告退,去游五湖(见《史记·越王勾践世家》)。五湖,说法不一,这里指太湖。　㉔越江:这里指钱塘江。这句意思是说范蠡乘越国正强盛时毅然离开,不愿看到越国的衰败。　㉕桂楫(jí 吉):用桂木做的船桨,代指船。　㉖鼓:划动。兰桡(ráo 饶):用木兰木做的船桨,代指船。　㉗萧屑:凄凉。虞集《出塞图》诗:"落日悲风起萧屑,烟尘满城鼓微咽。"

## 海国图志叙①

《海国图志》六十卷,何所据?一据前两广总督林尚书所译西夷之《四洲志》②,再据历代史志,及明以来岛志,及近日夷图、夷语③。钩稽贯串④,创榛辟莽⑤,前驱先路。大都东南洋、西南洋,增于原书者十之八;大、小西洋、北洋、外大西洋,增于原书者十之六⑥。又图以经之,表以纬之⑦,博参群议以发挥之。

何以异于昔人海图之书？曰：彼皆以中土人谭西洋[8]，此则以西洋人谭西洋也。是书何以作？曰：为以夷攻夷而作[9]，为以夷款夷而作[10]，为师夷长技以制夷而作。《易》曰："爱恶相攻而吉凶生，远近相取而悔吝生，情伪相感而利害生。"[11]故同一御敌，而知其形与不知其形，利害相百焉[12]；同一款敌，而知其情与不知其情[13]，利害相百焉。古之驭外夷者，诹以敌形，形同几席；诹以敌情，情同寝馈[14]。

然则执此书即可驭外夷乎？曰：唯唯，否否。此兵机也[15]，非兵本也[16]；有形之兵也，非无形之兵也。明臣有言："欲平海上之倭患，先平人心之积患。"人心之积患如之何？非水、非火，非刃、非金，非沿海之奸民，非吸烟贩烟之莠民。故君子读《云汉》、《车攻》[17]，先于《常武》、《江汉》[18]，而知二《雅》诗人之所发愤；玩卦爻内外消息[19]，而知大《易》作者之所忧患。愤与忧，天道所以倾否而之泰也，人心所以违寐而之觉也，人才所以革虚而之实也。昔准噶尔跳踉于康熙、雍正之两朝[20]，而电扫于乾隆之中叶。夷烟流毒[21]，罪万准夷。吾皇仁勤，上符列祖，天时人事，倚伏相乘[22]。何患攘剔之无期[23]，何患奋武之无会？此凡有血气者所宜愤悱，凡有耳目心知者所宜讲画也。去伪，去饰，去畏难，去养痈[24]，去营窟[25]，则人心之寐患祛，其一。以实事程实功[26]，以实功程实事，艾三年而蓄之[27]，网临渊而结之[28]，毋冯河[29]，毋画饼[30]，则人材之虚患祛，其二。寐患去而天日昌，虚患去而风雷行。传曰："孰荒于门，孰治于田，四海既均，越裳是臣。"[31]叙《海国图志》。

**中华书局点校本《魏源集》**

①《海国图志》是魏源编纂的一部世界史地巨著。书中比较详细地介绍

了世界各国政治、经济、地理、历史及军事等方面的情况，还比较注重总结各国盛衰兴亡的经验教训，是当时中国人了解和抵抗西方列强的宝贵典籍。《海国图志》初编刻于道光二十二年(1842)十二月，五十卷，后又增补为六十卷，道光二十七年(1847)有重刻本。咸丰二年(1852)又增补为一百卷，刊于扬州。以上诸本均用此文为序。在这篇文章中，作者通过对国内外局势的研究，提出了反抗侵略的两大纲领，即“以夷攻夷”和“师夷长技以制夷”。此外，文中关于改革内政、清除“寐患”和“虚患”的主张，在当时也具有重要意义。文章条理清晰，说理透彻。 ②林尚书：即两广总督林则徐。清制，凡总督则加兵部尚书衔。《四洲志》是林则徐组织编译的一部世界史地著作，也是中国人了解西方的早期读物。 ③夷图夷语：外国地图和外语书籍。④钩稽贯串：扫清文字障碍，使文章意思连贯。 ⑤创榛辟莽：指劈荆斩棘，开创新的领域。榛、莽，都指野树杂草之类。 ⑥“大都”四句：谓东南洋、西南洋部分，比《四洲志》增加十之八；大、小西洋，北洋、外大西洋，增加十之六。近代初期人的世界地理概念，与现在相差较大。大约东南洋指东太平洋、南太平洋沿岸和海岛各国，西南洋指印度洋沿岸各国，包括印度、伊朗和阿拉伯半岛等国，大西洋指西欧，小西洋指非洲各国，北洋指北欧各国和俄罗斯，外大西洋指北美洲和拉丁美洲国家。 ⑦“又图以”二句：意思是用图、表把它标识出来。 ⑧谭：同“谈”。 ⑨以夷攻夷：指利用西方列强之间的矛盾分化他们。 ⑩款：议和，这里指搞外交。 ⑪“易曰”三句：见于《周易·系辞下》。“爱恶”句，是说人假如没有喜好、厌恶，就没有得失，也就没有凶吉。有好有恶，两者相攻，就有凶有吉。“远近”句，是说物取之不以理，舍近求远，或是本远求近，则生悔恨。“情伪”句，是说真情相感则生吉，虚假的感情相感则生凶。三句的大体意思是，做一件事情，先要对这件事情有深入的了解。 ⑫“而知”二句：形，情形，这里偏重于指外部的情势。相百，相差百倍。 ⑬情：情况，内情。 ⑭“古之”五句：谓古时候对付外敌的人，对敌人的情况非常熟悉。諏(zōu 邹)，询问。几席，小桌和席子。寝馈，睡觉吃饭。 ⑮兵机：具体的战略战术。 ⑯兵本：用兵的根本，这里指国家的实力。 ⑰《云汉》、《车攻》：前者为《诗经·大雅》中的篇名，后者为《诗经·小雅》中的篇名，都是讲管理国家内政的事。 ⑱《常武》、《江汉》：均为《诗经·大雅》中篇名，讲修武攘夷之事。 ⑲卦爻内外：《周易·系辞》：“爻象动乎内，吉凶见乎外。” ⑳准噶尔：我国西北地区少数民族部落，自康熙二十九年(1690)起多次发生叛乱,至乾隆二十二年(1757)才最后平定。
㉑夷烟:此指鸦片。 ㉒倚伏相乘:《老子》:"祸兮福所倚,福兮祸所伏。"
㉓攘剔:此指抵抗外夷,清除内患。 ㉔养痈:养敌致患。 ㉕营窟:《战国策·齐策》:"冯谖曰:'狡兔有三窟,仅得免其死耳。今有一窟,未得高枕而卧也。请为君复凿三窟。'"这里指谋求私利。 ㉖程:考核,衡量。实功:实实在在的功效。 ㉗艾:一种植物,可以治病,存放的时间越久,治病的效果越好。《孟子·离娄上》:"犹七年之病,求三年之艾也。" ㉘"网临渊"句:《汉书·董仲舒传》:"临渊羡鱼,不如退而结网。" ㉙冯(píng平)河:徒步涉水渡河。《论语·述而》:"暴虎冯河,死而无悔者,吾不与焉。"此指冒险。
㉚画饼:《三国志·卢毓传》:"画地作饼,不可啖也。" ㉛"孰荒"四句:见于韩愈《琴操十首·越裳操》。越裳,古南海国名。据《后汉书·南蛮传》记载,周公辅成王制礼作乐,越裳氏献白雉表示臣服。韩愈四句诗的意思是:有谁会任自己的门庭荒芜,而去治理田园呢?只有把自己的国家治理好,外国才会臣服。四海,指中国,均,公平。

# 五 西林春

西林春(1799—1877?),原姓西林觉罗氏,后改姓顾,字梅仙,号太清,满洲镶蓝旗人,乾隆玄孙贝勒奕绘侧室。才思敏捷,聪慧美丽,与奕绘诗词唱和,时人比之于赵松雪与管仲姬。奕绘死后,被赶出王府,晚境凄苦。著有《天游阁集》、《东海渔歌》。词深婉清丽,天然浑成。王鹏运有"男中成容若,女中太清春"之说。况周颐评曰:"太清词其佳处在气格,不在字句,当于全体大段求之,不能以一二阕为论定,一声一字为工拙。"(《〈东海渔歌〉序》)

## 鹊 桥 仙

### 梦石榴婢[①]

一年死别,千年幽恨,尚忆垂髫初会[②]。眼前难忘小腰身[③],侍儿里此儿为最。　　悠悠往事,不堪回首,空堕伤心清泪。夜深时有梦魂来,梦觉后话多难记。

西泠印社活字本《东海渔歌》卷一

①这首词是太清为悼念她一个早年夭亡的婢女而作。石榴是太清喜爱的侍婢,十三岁来到王府,二十岁即病逝。她聪明伶俐,善解人意,同太清结下深厚友谊。作者借描写梦见石榴的情景,表现对她的思念,语言委婉,感情

真挚。　②垂髫(tiáo 条):古时儿童不束发,头发下垂。因称儿童或童年时期为垂髫。　③小腰身:苗条的身姿。腰身,身段。

## 海　棠　春

### 海　棠[1]

扶头怯怯娇如滴[2]。照银烛,千金一刻。叶补翠云裘[3],花缀胭脂色。　华清浴罢疑无力[4]。更生受[5],东君护惜[6]。亭北牡丹花,试问谁倾国[7]?

西泠印社活字本《东海渔歌》卷一

①这是一首题咏海棠花的词作,极写其色泽、形态之美。构思新颖,清新隽永。　②扶头:美酒名。李清照《念奴娇·春情》:"险韵诗成,扶头酒醒,别是闲滋味。"这里词人将海棠花比作醉美人,娇艳欲滴,挂在枝上。③翠云裘:翠绿的羽毛编织的带云状花纹的裘衣。宋玉《讽赋》:"主人之女,翳承日之华,披翠云之裘。"此处喻海棠叶色泽、形状之美。　④华清:华清池,在陕西临潼县骊山上,为唐代华清宫中的温泉。唐明皇的宠妃杨玉环曾浴于此。整句化用白居易《长恨歌》"春寒赐浴华清池,温泉水滑洗凝脂。侍儿扶起娇无力,始是新承恩泽时"句意。以美人出浴,喻雨后海棠之娇美。⑤生受:受到。生,深,甚。　⑥东君:司春之神。　⑦"亭北"二句:谓将海棠与号称"花王"的牡丹相比,哪个更美?亭北牡丹花,李白《清平调》:"名花倾国两相欢,长得君王带笑看。解释春风无限恨,沉香亭北依栏杆。"其中名花指牡丹,倾国指杨玉环。倾国,《汉书·外戚传上》李延年歌:"北方有佳人,绝世而独立。一顾倾人城,再顾倾人国。"后以倾国指美人或美色。

# 江城梅花引

## 雨中接云姜信[1]

故人千里寄书来，快些开，慢些开，不知书中安否费疑猜。别后炎凉时序改，江南北，动离愁，自徘徊。　　徘徊，徘徊，渺予怀[2]。天一涯[3]，水一涯，梦也，梦也，梦不见，当日裙钗。谁念碧云凝伫费肠回[4]。明岁君归重见我，应不是，别离时，旧形骸。

西泠印社活字本《东海渔歌》卷三

①云姜即许云姜，浙江德清人，女诗人梁德绳之女。能诗善画，是太清的挚友。云姜从北京回德清，太清对她非常思念、牵挂。这是太清收到许云姜到达德清的信后作的一首词，语言平易，生动鲜活地描摹出对执友的关切之情状。况周颐评云："情文相生，自然合拍。"（《东海渔歌》序）　②渺予怀：参看龚自珍《湘月》词注⑩。　③涯：边际。《古诗十九首》："相去万馀里，各在天一涯。"　④碧云：晴空之云望去呈碧绿色，称碧云。多用于描写离别景象。如《西厢记·长亭送别》："碧云天，黄花地……晓来谁染霜林醉，总是行人泪。"凝伫，出神、发愣。肠回，愁肠万转。形容满腹愁绪。

# 六 梅曾亮

梅曾亮(1786—1856),字伯言,上元(今南京市)人。道光年间进士,官户部郎中。后乞归,主讲扬州书院。早年喜作骈俪文,后师事姚鼐,致力于古文,是“姚门四弟子”之一。散文平易清新,富有情韵。张裕钊评其文云:“梅氏胜处最在能穷尽笔势之妙。”有《柏枧山房文集》。

## 游小盘谷记①

江宁府城②,其西北包卢龙山而止③。余尝求小盘谷,至其地,土人或曰无有。惟大竹蔽天,多岐路,曲折广狭如一,探之不可穷。闻犬声,乃急赴之,卒不见人。

熟五斗米顷④,行抵寺,曰归云堂。土田宽舒,居民以桂为业。寺旁有草径甚微,南出之,乃坠大谷。四山皆大桂树,随山陂陀⑤。其状若仰大盂,空响内贮,謦咳不得他逸⑥。寂寥无声,而耳听常满。渊水积焉,尽山麓而止。

由寺北行,至卢龙山。其中阬谷洼隆⑦,若井灶龃腭之状⑧。或曰:“遗老所避兵者,三十六茅庵,七十二团瓢⑨,皆当其地。”

日且暮,乃登山循城而归。暝色下积,月光布其上。俯视万影摩荡⑩,若鱼龙起伏波浪中。诸人皆曰:“此万竹蔽天处也。所谓小盘谷，殆近之矣。”

同游者：侯振廷舅氏，管君异之[11]，马君湘帆，欧生岳庵，弟念勤，凡六人。

咸丰刻本《柏枧山房集》卷一〇

①这是一篇寻幽览胜的游记文。小盘谷山，当在南京卢龙山附近。文章通过寻找小盘谷山，描绘出卢龙山一带清幽秀美的景色。文笔清丽，意象鲜明。　②江宁府：属江苏省，治所在江宁(今南京市)。　③卢龙山：一名狮子山，在今南京市西北二十里。　④熟五斗米顷：大约可煮熟五斗米的时间。　⑤陂陀(pōtuó 坡驼)：倾斜不平貌。　⑥謦(qǐng 请)咳：咳嗽声。　⑦阬(gáng 冈)：大土山，此处指高坡。　⑧龈腭：龈，牙龈；腭，上腭。井、灶、龈、腭，喻事物的高低不平。　⑨团瓢：圆形草屋。　⑩摩荡：动荡摇晃。　⑪管异之：管同。亦为姚门弟子。

## 记棚民事[1]

余为董文恪公作行状[2]，尽览其奏议。其任安徽巡抚，奏准棚民开山事甚力，大旨言与棚民相告讦者[3]，皆溺于龙脉风水之说，至有以数百亩之山，保一棺之土，弃典礼，荒地利，不可施行。而棚民能攻苦茹淡于丛山峻岭人迹不可通之地[4]，开种旱谷，以佐稻粱。人无闲民，地无遗利，于策至便，不可禁止，以启事端。余览其说而是之。

及余来宣城[5]，问诸乡人。皆言未开之山，土坚石固，草树茂密，腐叶积数年，可二三寸，每天雨从树至叶，从叶至土石，历石罅滴沥成泉[6]。其下水也缓，又水下而土不随其下。水缓，故低田受之不为灾；而半月不雨，高田犹受其浸溉。今以斤斧童其山[7]，而以锄犁疏其土，一雨未毕，沙石随下，奔流注壑涧中，皆填污不可贮水，毕至洼田中乃止；及洼田竭，而山田之水无继者。是为开不毛之土[8]，而病有谷之田；利无税之佣[9]，而瘠有税之户也。余亦闻其说而是之。

嗟夫！利害之不能两全也久矣。由前之说，可以息事；由后之说，可以保利。若无失其利，而又不至如董公之所忧，则吾盖未得其术也。故记之以俟夫习民事者。

咸丰刻本《柏枧山房集》卷一〇

①棚民，指失去土地的流民。由于他们筑棚而居，居无定所，故称。这篇文章分析了棚民开垦荒山的得与失，亦即尽收地利与保护环境之间的矛盾。文字简洁，意蕴深厚，富有思辨性，其论题至今仍有借鉴意义。　②董文恪：名教曾，字益甫，清上元(南京)人。嘉庆间官至浙闽总督，卒谥文恪。行状：记述死者世系、籍贯及生平事迹的文字。　③告讦(jié 截)：告发别人的阴私。　④攻苦茹淡：吃苦耐劳。茹淡，吃没有滋味的东西。　⑤宣城：今安徽宣城县。　⑥石罅(xià 夏)：石缝。　⑦童：山无草木。《荀子·王制》："斩伐养长不失其时，故山林不童而百姓有馀财也。"这里用作动词，指把草木砍掉。　⑧不毛之土：不生长植物的土地，这里特指不长庄稼的土地。　⑨无税之佣：指因失去土地而不承担赋税的人。

# 七 吴敏树

吴敏树(1805—1873),字本深,号南屏,湖南巴陵(今岳阳)人。道光十二年(1832)举人,官浏阳县学训导。后辞官,专治古文。少时师法归有光,后深受桐城派的影响,但反对“私立门户”,不以桐城派自居。主张为文要有自己的风格。散文文辞清丽,意境幽深,尤擅长山水游记和寓言小品。著有《柈湖文集》、《柈湖诗集》。

## 君山月夜泛舟记[①]

秋月泛湖,游之上者[②],未有若周君山游者之上也[③]。不知古人曾有是事否,而余平生以为胜期[④],尝以著之诗歌。今丁卯七月望夜[⑤],始得一为之。

初发棹,自龙口向香炉[⑥],月升树端,舟入金碧。偕者二僧一客,及费甥、坡孙也[⑦]。南崖下渔火数十星,相接续而西,次第过之,小船捞虾者也。开上人指危崖一树曰[⑧]:“此古樟,无虑十数围,根抱一巨石,方丈馀。自郡城望山[⑨],见树影独出者,此是也。”然月下舟中仰视之,殊不甚高大。余初识之客黎君曰:“苏子瞻赤壁之游,七月既望[⑩],今差一夕耳。”余顾语坡孙:“汝观月,不在斗牛间乎[⑪]?”因举诵苏赋十数句。

又西出香炉峡中少北。初发时,风东南来,至是斜背之。

水益平不波，见湾碕[12]，思可小泊然。且行，过观音泉口，响山前也。相与论地道通吴中[13]，或说有神人金堂数百间[14]，当在此下耶？夜来月下，山水寂然，湘灵、洞庭君[15]，恍惚如可问者。

又北入后湖，旋而东，水面对出灯火光，岳州城也。云起船侧，水上滃滃然[16]，平视之，已做横长状，稍上，乃不见。坡孙言："一日晚，自沙嘴见后湖云出水[17]，白团团若车轮巨瓮状者十馀积[18]，即此处也。"然则此下近山根，当有云孔穴耶[19]？山后无居人，有棚于坳者数家，洲人避水来者也。数客舟泊之，皆无人声。转南出沙嘴，穿水柳中，则老庙门矣。《志》称山周七里有奇[20]，以余舟行缓，似不翅也[21]。

既泊，乃命酒肴，以子鸡苦瓜拌之。月高中天，风起浪作，剧饮当之，各逾本量。超上人守荤戒，裁少饮，啖梨数片。复入庙，具茶来。夜分登岸，别超及黎，余四人寻山以归。明日记。

同治刻本《柈湖文录》卷四

①君山，在湖南岳阳洞庭湖中，又称洞庭山、湘山。传说舜帝南巡不返，二妃娥皇、女英登湘山以寻，知其已死，亦痛极而亡，死后葬于此。舜称湘君，二妃称湘妃，此山因湘君、湘妃曾游，故又称君山、湘山。同治六年(1867)七月十五日夜，作者泛舟绕君山而游，次日写下了这篇游记。　②上：上等，上乘。　③周：环绕。　④胜期：美好的愿望。　⑤丁卯：指同治六年。望夜：阴历十五日夜。　⑥龙口、香炉：均为君山地名。　⑦费甥、坡孙：吴敏树的外甥名费，孙子名坡。　⑧上人：对僧人的尊称。"开"是僧人之名。"超上人"同。　⑨郡城：指岳阳城，亦即下文之岳州城。岳阳古时候为巴陵郡治所。　⑩"苏子瞻"二句：苏轼于宋神宗元丰五年(1082)游赤壁，作《前赤壁赋》，开篇云："壬戌之秋，七月既望，苏子与客泛舟游于赤壁之下。"既望，望日的后一天，即十六日。　⑪斗牛：二十八宿中的斗宿和牛

宿。苏轼《前赤壁赋》中云:“月出于东山之上,徘徊于斗牛之间。” ⑫湾碕(qí其):弯曲的岸边。 ⑬地道:传说君山下有地道,经巴陵,通吴之包山。吴中,今苏州。 ⑭金堂:指神仙居处。《拾遗记》:“洞庭山,浮于水上,其下有金堂数百间,玉女居之。” ⑮湘灵:湘水之神。洞庭君:洞庭湖水神。⑯滃(wēng翁)滃然:云气涌起的样子。 ⑰沙嘴:君山地名。 ⑱积:此指所堆积之块。 ⑲云孔穴:出云的山洞。古人认为,云出自岩穴。⑳《志》:地方志。有奇:有零。 ㉑不翅:不啻,不止。

# 八 姚 燮

姚燮(1805—1864),字梅伯,号复庄,又号大梅山民,浙江镇海人。道光十四年(1834)举人,三应会试不第。他多才多艺,诗、词、曲、骈文、绘画俱工,成就最大的是诗。他身经鸦片战争甬东之役,所写诗篇具有诗史的意义。他继承了乐府诗现实主义精神,采用比较通俗易晓的语言,许多歌谣体的诗,叙事性强,富有形象性。著有诗集《复庄诗问》、《疏影楼词》等。

## 卖 菜 妇①

卖菜妇,街头行,上有白发姑②,下有三岁婴。"卖菜!卖菜!"叫遍前街后街无一应。昨日宜单衣,今日宜棉衣。棉衣已典③,无钱不可赎,娇儿瑟缩抱娘哭④。娘胸贴儿当儿衣,娘背风凄凄。但愿儿暖儿弗哭,儿哭剜娘肉。莫道赎衣无钱,床头有钱;床头有钱三十馀,买得一升米,煮粥供堂上姑,馀钱买麦饼为儿餔⑤。得过且过,明日如何?明日天晴,卖菜街头行。明日天雨,妾苦不足语⑥,姑苦儿苦!

上海古籍出版社点校本《复庄诗问》卷四

①这首诗是道光十三年(1833)前的作品。作者以极大的同情,描写一位劳动妇女的苦难生活,诗特就上养姑、下育婴儿着笔,体贴入微感人至深。

②姑:此指婆母。古代称丈夫的母亲为姑。王建《新嫁娘》诗:"未谙姑食性,先遣小姑尝。" ③典:抵押,典当给当铺。 ④瑟缩:哆嗦,因天冷冻得发抖。 ⑤馎(bū 补):吃。 ⑥不足语:不值得说。

## 双鸩篇①

郎心爱妾千黄金②,妾身事郎无二心。郎年十七妾十六,圆转朱轮得华毂③。与郎生小闾门里,与郎结褵在燕市④。阿耶爱妾娘爱郎⑤,但看郎欢为妾喜。与郎为水同一池,与郎为木同一枝,与郎为带同一结,与郎为茧同一丝⑥。郎命妾所依,妾命郎所与。不愿与郎分,但愿与郎聚。郎为飞雁妾作云,郎作垂杨妾为雨。妾身金缕衣⑦,比郎光与辉;妾腕玉条脱⑧,比郎颜与色;妾佩明月珰⑨,比郎不断宛转肠。妾妆郎共肩,芙蓉出渌摇晚妍⑩;妾眠郎共枕,鸳鸯回波落春影。东邻窈窕女⑪,对郎盈盈眉欲语⑫;西邻轻薄儿,对妾依依神为驰⑬。郎但知有妾,妾但知有郎;明镜不掩帏灯光⑭,牡丹不夺兰草香。郎心与妾相始终,妾心与郎相终始。不必同日生,但愿同日死;不必同日死,但愿郎生妾先死,不愿郎死遗妾生。妾为影,郎为形,妾如珠,郎手擎⑮,妾为郎妇身分明。妾为郎妇天鉴之,为郎之妇千人知。郎饱妾共饱,郎饥妾共饥;一饥一饱与郎共,山崩川竭无更移。

阿耶日久嫌郎贫,日日要郎离妾门。阿娘恨郎不赚钱,要郎远客三城边⑯。三城何嶕峣⑰,三城何岧峣⑱,三城溪水深,水毒溪无桥。三城黑沙黑,黑沙同鸣鶻⑲。三城多劫贼,劫贼凶咆哮;劫贼杀人如杀獒⑳,白骨堆积城门高。三城多白杨,白杨风萧萧。萧萧飒飒啼怪鸮㉑,其下有穴狐狸嗥。

老客停马不敢过，年轻出门郎奈何！摘妾胸前玑[22]，为郎换棉衣；脱妾足下履，为郎易食米；典妾金缠臂[23]，为郎市鞍辔[24]；卖妾珊瑚翘[25]，为郎置宝刀。思郎光与辉，妾身尚有金缕衣；念郎颜与色，妾腕尚有玉条脱。忆郎不断宛转肠，妾佩尚有明月珰[26]。出门七月期，初六是良吉[27]，置得一杯酒，与郎作离别。杯中一滴酒，心中一滴血。不饮愁郎饥，饮之恐郎咽。秋烟在镜芙蓉凋，秋风在衾鸳鸯影，秋云不行雁影独，秋雨不雨杨枝憔[28]。阿耶向郎訾[29]："不得千金弗还里！"阿娘从郎嗤："千金不得毋来归！"妾手掩面啼声低，妾手不敢牵郎衣；向郎不语心依依，欲语又恐耶娘疑。见郎屈一指，似郎为妾经年期[30]。十月开梅花，二月开桃李，六月菱荷香，青青出蒲苇。但愿郎得千金归，先向耶娘买欢喜。卸妾玉条脱，何有颜色强！何有辉与光，解妾明月珰！脱妾金缕衣，为郎折叠空竹箱[31]。譬如生小不嫁郎，见之徒令心悲伤。视妾双眉娥，归来记取青不多[32]；记妾领中扣，归来与郎验肥瘦。为郎不下堂，为郎不出房；为郎安慰耶，为郎安慰娘；为郎日焚香，焚香祝告天苍苍。正月梅花残，三月桃李红，七月落菱荷，蒲苇青茸茸[33]。日高听铃马，铃马辚辚过，楼下日落闻行车，行车却向东南驰[34]。半年得一信，一年不得郎边书。有客三城来，闻之欲语还嗫嚅[35]。三城多白杨，三城多劫贼，三城溪水深，三城黑沙黑。老客停马不敢过，年轻出门那归得[36]！阿耶从妾言："负汝青春年！"阿娘向妾语："是汝命生苦。怜汝命生苦，为汝重剪红罗襦，紫为绣凤青天吴[37]。复帐六尺八[38]，菡萏四角垂流苏[39]。画簟六尺三[40]，缘以鸾锦椒泥涂[41]。东家郎，好光辉，劝汝弗爱金缕衣；劝汝弗爱玉条脱[42]，西家郎，好颜色。东家西家郎，手中累累千金黄；心中不断宛转肠，汝还弗爱明月珰。”稽首耶娘前[43]，耶娘听妾语：“耶娘之爱何敢逾[44]！妾心区区当鉴取[45]。妾心区区天可盟[46]，妾为郎妇身分明。不能郎生妾先死，忍因郎死偷妾生[47]！”与郎不终始，妾身尚何俟？不得郎骨归，妾心犹狐疑[48]。沉沉白日鸺鹠啼[49]，暗暗夜色蝙蝠飞。梦郎向妾笑，如郎同居时；梦郎向妾哭，如忧出门无还期。梦郎三城归，黄金百笏青騧骊[50]；梦郎流落不得归，面目黧黑无完衣。阿耶逼妾嫁，朝呵暮骂相摧靡[51]；阿娘逼妾嫁，长荆短棘来鞭笞[52]。耶呵骂，岂不恫[53]！娘鞭笞，岂不痛！思郎生死犹未明，妾不轻生为郎重[54]。

前门鸣乌鸦[55]，后门鹊声喜，乌鸦何悲鹊何喜？十月开梅花，二月开桃李，今年六月无荷菱，蒲苇凋残北风起。见郎入门来，见郎如梦里。视囊不得米[56]，视衣衣无襟；马死弃鞍辔，茧足徒步如炮烀[57]；顾彼腰下刀，霿无光彩生愁雾[58]。郎归不止黄金千，那愿郎得千黄金[59]。记妾领中扣，与郎量肥瘦；记妾双眉娥，为郎憔悴青不多；为郎憔悴青不多，郎真死矣还如何[60]！望郎减光辉，光辉不如金缕衣；望郎苦颜色，颜色不如玉条脱。幸郎不断宛转肠，佩之还似明月珰。耶娘怨郎身手穷，囚妾不使郎衾同[61]。生不同衾死同穴，妾虽无言妾已决。含笑语耶娘：“妾有玉条脱，亦有明月珰。簇新金缕衣，折叠空竹箱。为郎市卖赎郎罪，抵郎归有千金装。”阿耶笑语妾：“还尔鸳鸯飞。”阿娘笑语妾：“看尔连理芙蓉枝[62]。”鸳鸯遭网罗，安能到头白？芙蓉经狂飙[63]，飙狂摧之易狼籍。朱绳三尺垂，不得高挂梧桐枝；下有千丈池，可惜池水多污泥[64]。为郎置鸩酒，鸩酒甘如饴；但得生死常追随，此酒不减同心杯[65]。妾饮琉璃杯，郎饮白玉盏。以斧斧木木不离，以刀断水水不断；同茧之丝不可剪，同结之带两头绾[66]。稽首谢阿耶：阿耶不必悲咨嗟。稽首辞阿娘：阿娘不必中心伤。有婿长贫贱，有女不遂耶娘愿[67]；但愿耶娘寿考同百年[68]。郎死不值千黄金，妾死不值黄金千。西邻来看妾，密纫条条罗裤褶[69]；东邻来看郎，仪容皎皎明月光。东邻西邻长叹息："虾蟆抱桂光彩蚀[70]，朽绠龙渊黝谁测[71]！"

东邻西邻语我前，要我制作《双鸩篇》。天缺不得女娲补[72]，海缺不得精卫填[73]，闻我歌者当涕涟。郎年二十妾十九，郎姓黄，妾姓柳，郎掮畚[74]，妾箕帚[75]。双芙蓉，何怮怮[76]。双鸳鸯，地下守。朝打孔雀夜逐狗，孔雀雌雄狗牝牡，天上所无陌路有，陌路何能避梃杻[77]！闻我歌者泪一斗，不谱吴筝谱燕缶[78]。

上海古籍出版社点校本《复庄诗问》卷一〇

①这是一首长篇叙事诗，全诗三百零二句，一千七百九十五字，作于道光十六年(1836)，时作者因会试居京。诗写一对青年男女在重金钱的家长的逼迫下双双殉情的悲剧。全诗用殉情女子口吻叙出，叙事抒情，多用排句做铺张，又前后反复照应，极尽跌宕之致。　②千黄金：喻极其珍爱。③"圆转"句：喻两人匹配相当和婚姻的圆满。朱轮，红色的车轮。华毂(gǔ谷)，有文采装饰的毂。毂，车轮中心的圆木，其周围与车辐的一端相连接，中有圆孔，用以插轴。　④"与郎"二句：二人生长在苏州，结婚在北京。阊门，苏州的西门，此代指苏州。结褵，古代女子出嫁的一种仪式。女子临嫁前，其母为她系结佩巾，以表示到夫家后竭力操劳家务。此指结婚。褵，佩在胸前的巾。燕市，这里指北京，战国时代燕国的京都在今北京城西南隅，称蓟。　⑤阿耶：即阿爷。此指父亲。　⑥"与郎"四句：喻夫妻恩爱、形影不离。　⑦金缕衣：用金线织成的衣服，此借指华美的服饰。　⑧条脱：手镯。　⑨明月珰：镶有明珠的耳饰。　⑩渌：此指清澈的水。⑪窈窕(yǎotiǎo咬挑)：美好貌。　⑫盈盈：仪态美好貌。眉欲语：眉目传

情意。 ⑬依依：恋恋不舍。神为驰：神思为之飞驰。 ⑭帏灯：装有纱罩的灯。 ⑮擎(qíng 情)：举。 ⑯三城：在四川松潘县城外西山下。这里泛指边远荒僻之地。 ⑰崷(qiú 求)崒：高峻貌。 ⑱岧峣：高峻。⑲鸣髇(xiāo 肖)：响箭。 ⑳獒(áo 敖)：一种猛犬。 ㉑鸮(xiāo 消)：猫头鹰。 ㉒玑：不圆的珠。《楚辞·七谏·谬谏》："玉与石其同匮兮，贯鱼眼与珠玑。"王逸注："圜泽为珠，廉隅为玑。"古典诗词中，一般珠玑不分，都指珍珠。 ㉓缠臂：手镯。 ㉔市鞍辔(pèi 配)：买马。市，买，换取。鞍、辔(缰绳)，都是马具，此代指马。 ㉕珊瑚翘：古代妇女戴的用珊瑚制作的一种首饰。 ㉖"思郎"六句：与上文"妾身金缕衣"六句相呼应。 ㉗"初六"句：旧俗多以农历每月的三、六、九日为吉日。良吉，良辰吉日。㉘"秋烟"四句：与上文"芙蓉出渌摇晚妍"、"鸳鸯回波落春影"、"郎为飞雁妾作云，郎作垂杨妾为雨"数句相呼应。秋烟，秋气。芙蓉凋，喻女主人公玉容憔悴。影(piāo 飘)，飘散。 ㉙訾(zǐ 子)：责骂。 ㉚经年期：以一年的时间为期限。 ㉛"卸妾"六句：再次与上文呼应。中间的两句，疑为有意倒置，句式上有所变化。 ㉜青不多：(丈夫走后)不再画眉意。古代妇女用黛画眉，黛系青黑色。 ㉝"正月"四句：与上文"十月开梅花"四句对应，一开一谢正是一年。 ㉞"日高"四句：写相思之深，盼夫之切。 ㉟嗫嚅：想要说话而又顿住。 ㊱"三城"六句：再次写三城环境的恶劣。㊲"为汝"二句：要为女主人公重制嫁衣。红罗襦上绣上紫凤和青天吴。杜甫《北征》诗："天吴及紫凤，颠倒在短褐。"天吴，古代神话中的一种水神，八首人面，虎身，八足八尾，系青黄色(见《山海经·海外东经》和《山海经·大荒东经》)，故诗中云"青天吴"。紫凤，古代神话中一种神鸟。此指古代绣在上衣上的凤鸟花纹。 ㊳复帐：古代冬季用的一种华丽的帐子。一般表用色锦，并绣有花，里用白绢，故名复帐。 ㊴"菡萏(dàn 淡)"句：帐上绣有荷花，四角垂有穗子。菡萏，荷花。《尔雅·释草》："荷，芙渠，……其华菡萏。"流苏，下垂的穗子，大多是用丝线制成。 ㊵簟：竹席。 ㊶"缘以"句：席子以绣有鸾凤图案的锦缘边，再涂上椒，使其芳香。 ㊷"劝汝"二句：句式变化同本诗注㉛"何有"二句。 ㊸稽(qǐ 起)首：古代的一种跪拜礼，叩头到地，是九拜中最恭敬的一种礼节。 ㊹逾：过，引申为违背。 ㊺"妾心"句：女儿专一之爱，二老应当看到。区区，此指爱情专一。古乐府《孔雀东南飞》："新妇谓府吏：'感君区区怀。'" ㊻盟：古代诸侯于神前立誓缔约，盟誓以天为证，此可引申为作证意。　㊼忍：哪忍。偷妾生：即妾偷生。㊽狐疑：怀疑，多疑。《汉书·文帝纪》："方大臣诛诸吕迎朕，朕狐疑。"颜师古注："狐之为兽，其性多疑，每渡冰河，且听且渡。故言疑者，而称狐疑。"㊾鸺鹠（xiūliú 休留）：猫头鹰。与枭同类，古人认为这类鸟叫是报凶。㊿黄金百笏（hù 户）：喻黄金之多。笏，条、块。古代大臣上朝言事时手执的一种狭长的板子，其形状类金条，故借用。青䯄（guā 瓜）骊：良马。䯄，黑嘴的黄马；骊，纯黑色的马。　51呵（hē 喝）：大声喝斥。摧靡：逼迫折磨。52"长荆"句：用树条鞭挞。　53恫（dòng 冻）：恐惧。　54"妾不"句：我不轻生（指自杀、寻死），是为爱人保重自己的身体。　55鸣乌鸦：有乌鸦在叫。　56"视囊"句：以下二十句与上文"摘妾胸前玑"十四句相呼应。57茧足徒步：即徒步茧足。因马死了只好徒步，故脚上磨起了厚皮。茧，通趼，手脚因摩擦而生的硬皮。如炮焊（xún 荀）：指因长途步行，脚上磨起了泡，如火烧烤一样痛。　58"顾彼"二句：看他那腰下的刀，已生锈无光，如愁云蔽日。䨴（duì 对），云聚集，可引申为暗淡。霒（yīn 阴），云蔽日。59"郎归"二句：郎君能回家，比黄金千两还珍贵；我哪里愿意郎君得到千两黄金后才回家呢？　60"郎真"句：这句承上启下。谓郎君生还，比什么都好；倘若真的死在外边，其他一切还有什么价值呢？故才有下面的"望郎"六句。61"囚妾"句：把女主人公关起来，不让她与丈夫同居。衾，被子，特指大被。62连理：不同根的草木，但其枝干连在一起。旧时认为这是一种吉祥的征兆，古典诗词中常用以喻夫妇和美。　63狂飙（biāo 彪）：大风暴。　64"朱绳"四句：夫妇准备寻死，但认为上吊、投河都不好。《孔雀东南飞》："徘徊庭树下，自挂东南枝"；"揽裙脱丝履，举身赴清池"。这里反用其意。　65同心杯：指交杯酒。旧式结婚仪式上，双方互饮一杯酒，称同心杯。　66绾（wǎn 晚）：旋绕打结。　67遂：顺应，符合。　68寿考：犹言高寿。69褶（xí 习）：上衣。　70虾蟆抱桂：喻月蚀。《淮南子·说林训》："月照天下，蚀于詹诸。"高诱注："詹（通蟾）诸，月中虾蟆。"民间传说，月中有桂树。这句诗喻爱情的被摧残。　71"朽绠（gěng 梗）"句：《荀子·荣辱》："短绠不可汲深井之泉。"绠，拔汲水桶的绳索。黝（yǒu 友），暗黑色，此作深解。此句意为他们势单力弱，难以承受封建礼教的重压。　72女娲：神话中女神名，相传曾炼五色石补天。　73精卫：神话中的鸟名，相传为炎帝的女儿，因游东海淹死，化为精卫，经常衔西山的木石去填东海。（见《山海经·北山经》）

⑭掮畚(jūběn 居本):两种盛土的器具,亦可指农田劳动。 ⑮箕:簸箕。帚(zhǒu 肘):笤帚。两种扫地的工具,亦可指操持家务。 ⑯恻恻:美好。⑰"陌路"句:人间的异性相爱,如何能避免遭受迫害呢?陌路,此指人间。陌,街道。梃杻,两种刑具。挺,棍棒;杻,手铐。《旧唐书·刑法志》:"又系囚之具,有枷、杻、钳、鏁(同锁),皆有长短广狭之制。" ⑱吴筝:指南方的乐曲,代表婉转清丽之声。筝,古代拨弦乐器。燕缶(fǒu 否):指北方的乐曲,代表慷慨悲壮之声。缶,古代的打击乐器。

## 太守门①

鬼官设座太守门②,愚民号泣来诉冤,细书事状长跽陈③。鬼官不解民所语,旁有青衣相尔汝④。"小事鸡一匹,大事犊一头;我当释尔苦,官当如尔求。尔不鸡,褫尔衣;尔不犊,割尔肉⑤。"缚鸡牵犊来献公,驱犊入栅鸡入笼。鬼官点头画破纸,画篆如符阔三指⑥。归贴门户堪辟灾⑦,有不得者心悲哀,明朝当办肥犊来。君不见墨书朱印天朝字,门上犹悬太守示。

上海古籍出版社点校本《复庄诗问》卷二三

①这首诗写于道光二十一(1841)至二十二年。英军占领宁波,一面大肆劫掠、奸淫,一面又四处散发告示"安抚居民"。一些受害者到衙门去告状,必须以鸡、牛等作为馈赠,否则即遭迫害。这首诗真实形象地反映了沦陷区人民所遭受的苦难。 ②鬼官:指英国侵略军的官吏。太守门:此指宁波府的衙门。太守,本是战国时代对郡守的尊称,汉景帝时,改郡守为太守,作为一郡行政的最高长官。明清时代称知府为太守。 ③长跽:即长跪,双膝着地,上身挺直。 ④青衣:古代地位低下的人穿青衣,亦指役吏。这里指在英国侵略军内当差的汉奸或翻译。相尔汝:这里指汉奸与鬼官切切耳语,俗称"咬耳朵"。尔汝,彼此以尔汝相称,表示亲昵。 ⑤"小事"八句:青衣

代替鬼官说的话。“我当”二句，谓我替你伸冤，洋官就答应你的请求。褫(chǐ尺)，夺去。 ⑥“鬼官”二句：讽刺鬼官不会写汉字，收据上如画符一样。 ⑦辟(bì毕)：屏除，排除。

# 九　郑　珍

郑珍(1806—1864),字子尹,晚号柴翁,贵州遵义人。道光十七年(1837)举人,曾先后任古州厅学训导和荔波县学教谕。家境清苦,一生困厄,对现实社会和人民疾苦有一定的体察。他的诗题材较广阔,内容亦较充实,特别是后期作品具有较深刻的社会内容。郑诗的风格有两类,一是"生涩奥衍",二是深挚淳厚,平易自然,多数诗还是属于后者。有《巢经巢全集》行世。

## 江边老叟诗[①]

甲午骑骡宿公安[②],老茭缚壁芦作椽[③];今来不复一家在,城门出入唯乌鸢[④]。戊戌骑传经孱陵[⑤],鱼虾为谷罛网耕[⑥];今来驿徙李家口[⑦],旧道断没无人行。下马荒塍问田叟[⑧]:"此邦当年翁记否?道光丙戌八月秋[⑨],我渡江陵赴鼎州[⑩]。公安南北二百里,平地若席人烟稠;红菱双冠稻两熟[⑪],枣赤梨甘随事足。路旁偶憩忆当时[⑫],主人馔我不受资;鞠躬但道客难得,室后呱呱方洗儿[⑬]。一变萧条遂如此,羡翁稼好为翁喜。"太息言"从辛卯来,长江无年不为灾。前潦未收后已溢,天意不许人力回[⑭]。君不见壬寅松滋决七口[⑮],间殚为江大波吼[⑯];北风三日更不休,十室登船九翻覆。老夫无船上木末[⑰],稚子衰妻复何有[⑱]!可怜四日饥眼黑,幸有来舟能活得。他方难去守坏基[19]，田土虽多歉人力；无牛代耕还自锄，无钱买种多植蔬[20]。今春宿麦固云好[21]，未省收前堤决无？纵得丰成利能几，官吏又索连年租。租去老夫复不饱，坐看此地成荒芜。君自贵州入湖北，贵州多山诚福国。任尔长江涨上天，不似吾人生理窄[22]。官家岁岁程堤功[23]，而今江身与河同；外高内下溃尤易，善防或未稽《考工》[24]。君看壁立两丈土，可敌万雷朝暮舂[25]！洪波为患尚未已，老骨究恐埋鲛宫[26]。”听翁此语良太苦，请翁遂止莫复语；太平不假腐儒术，吾亦旰衡奈何许[27]！细雨苍茫生远悲，廿年欢悴同一时[28]。谁软职恤此方者[29]，试听江边老叟诗。

贵州人民出版社版杨元桢《郑珍巢经巢诗集校注》卷六

①这首诗作于道光二十四年(1844)。是年，郑珍北上应试，第三次自贵州路过湖北公安县。此前诗人曾于道光十四年、十八年两次到过公安。在这首诗中，作者通过三次路过公安的见闻，借江边老叟之口，真实地描写了鸦片战争后天灾人祸、农村凋敝的情况，反映了当时长江流域水灾泛滥、民不聊生的悲惨现实。　②甲午：道光十四年(1834)。公安：县名，在湖北南部长江南岸，与湖南邻接。“甲午”四句写首次来公安与此次的相比。　③茭：即蔑缆，用芦苇编成的绳索。芦作椽：指草房是用芦苇密排代替木椽，上面覆盖茅草。　④“今来”二句：言死亡或逃荒者甚多。古代认为，乌鸦、老鹰之类的鸟好跟着死人的气味转，空中乌鸦、老鹰多，说明此地死人多。鸢(yuān渊)，俗称老鹰。　⑤戊戌：道光十八年(1838)。骑传(zhuàn撰)：骑用传驿之马。孱(chán缠)陵：辖境即今湖北公安县南部，汉置，属武陵郡，三国时析置公安县，这里作为公安县的代称。“戊戌”四句写二次来公安与此次的对比。　⑥“鱼虾”句：此时人民尚能以捕捉鱼虾为生。罛(gū孤)，大的鱼网。　⑦李家口：公安县一地名。　⑧荒塍(chéng成)：荒芜的田畦。⑨道光丙戌：道光六年(1826)。“道光”十句描述首次来公安县时的繁盛兴旺景象。　⑩江陵：县名，在湖北中部偏南长江北岸，为我国古代南北陆路交

通要冲。鼎州:古代州名,辖境相当于今湖南常德、汉寿、沅江、桃源诸县。宋之后称为常德府,故治在今湖南常德市。此指清代的常德府。 ⑪红菱双冠:一根茎上生两个菱角,菱角外形似一种楞帽,故云"双冠"。 ⑫憩(qì器):休息。 ⑬呱呱:婴儿啼哭声。洗儿:旧时风俗,婴儿出生三天或满月时,集亲友替孩子洗身。儿,这里应读古音(ní 泥)方押韵。 ⑭"太息"四句:自辛卯以来,公安、松滋等县连年水灾。辛卯,道光十一年(1831)。⑮壬寅:道光二十二年(1842)。松滋:县名,在湖北南部长江南岸,距公安县很近。"君不"十二句写松滋连决口七次、公安一带所受灾害情况。 ⑯闾殚为江:闾里全淹,一片汪洋。《史记·河渠书》:"皓皓旰旰兮闾殚为河"。闾,闾巷。殚(dān 丹),尽。 ⑰老夫:田叟自称。木末:树梢。 ⑱"稚子"句:幼儿和妻子全被淹死。 ⑲"他方"句:年老无力外逃,只好死守家乡。⑳"无钱"句:种庄稼无钱买种子,只好多种蔬菜。 ㉑宿麦:隔年成熟的麦。《汉书·武帝纪》:"(元狩三年)遣谒者劝有水灾郡种宿麦。"颜师古注:"秋冬种之,经岁乃熟,故云宿麦。" ㉒生理:生路。 ㉓程堤功:限期修堤。功,事。"官家"六句批评官府用筑堤、补堤法来根治水患是不可靠的。㉔稽:考核、考查。《考工》:即《考工记》,先秦时代重要的科技著作,撰者不详,大约是春秋末年齐国人记录手工业技术的官书,专言百工之事。㉕"君看"二句:你看这两丈高的土堤,能敌得住朝暮暴雨的冲击吗?万雷,万雷齐鸣,这里借指暴雨、大雨。舂,通"冲",撞击。 ㉖埋鲛宫:淹死于水中。鲛宫,神话中鲛人住的地方。《搜神记》卷一二:"南海之中有鲛人,水居。"这里指水中。 ㉗"太平"二句:承平时代不采纳读书人的建议,我权衡治水的得失,又有何用!假,借,引申为接受、采纳。盱(xū 虚)衡,《汉书·王莽传》:"盱衡厉色,振扬武怒。"孟康注:"眉上曰衡;盱衡,举眉扬目也。"后多指纵观、观察,这里引申为权衡。奈何许,犹言无可奈何,意为有什么用呢?许,语尾助词。 ㉘"廿年"句:二十年来的欢悴一时涌上心头。廿年欢悴,诗人首次来公安距写此诗已近二十年,故云。悴,忧。 ㉙"谁欤"句:谁是此县的地方官。职恤此方者,为地方操劳、体恤的人,指地方官。封建时代把县、州、府地方官吏,称为"父母官",即民之父母,故诗人才有"职恤"云云。

# 经　死　哀[①]

虎卒未去虎隶来[②]，催纳捐欠声如雷。雷声不住哭声起，走报其翁已经死[③]。长官切齿目怒瞋[④]：“吾不要命只要银！若图作鬼即宽减，恐此一县无生人！”促呼捉子来[⑤]，且与杖一百[⑥]：“陷父不义罪何极[⑦]，欲解父悬速足陌[⑧]！”呜呼，北城卖屋虫出户[⑨]，南城又报缢三五！

贵州人民出版社版杨元桢《郑珍巢经巢诗集校注》卷四

①这首诗写于咸丰十一年(1861)。诗通过官府逼捐的悲剧场面，反映出在清王朝苛捐杂税、横征暴敛威逼下广大劳动人民的悲惨命运，深刻地揭露了封建统治阶级的狰狞面目。　②虎卒、虎隶：都是指凶暴的差役和衙役。卒，泛指差役；隶，特指衙役。　③走：急趋，跑。翁：这里指父亲。经死：吊死。　④怒瞋(chēn 抻)：怒目而视。瞋，瞪着眼睛。　⑤促呼：急喊。⑥杖：古代的一种刑罚，用大荆条、大竹板或棍打人的臀部、腿或背。⑦陷父不义：使父亲陷于不义，指让父亲担上未能完税的罪名。此句写官府催捐，逼死人命，反将罪名加在受害者身上。　⑧足陌(mò 末)：古代以一百钱为“陌”，不足一百钱为“短陌”，实足一百钱谓“足陌”。这里指凑足所欠的钱数。陌，通“百”，亦作“佰”。　⑨虫出户：人死无钱葬殓，尸体腐烂，虫都爬出户外。《管子·小称》云：齐桓公死，多日未葬，“虫出于户”。

## 一〇 金　和

金和(1818—1885),字弓叔,号亚匏,江苏上元(今南京)人。清代贡生。他亲身经历过鸦片战争和太平天国起义,在诗歌创作中对这些重大的历史事件均有反映。他对太平天国持反对态度,写了一些咒骂太平天国革命的作品,但也从另一侧面相当深刻地暴露了清军的腐败无能,以及残害、蹂躏人民的罪行。长篇叙事诗《兰陵女儿行》和《烈女行纪黄婉梨事》就是这方面的代表作。诗长于叙事,工于描写和对话,有以文为诗的特点;笔调轻松、幽默,寓锋芒于叙事之中,颇受《儒林外史》讽刺艺术的影响。著有《秋蟪吟馆诗钞》。

### 印　子　钱[①]

今日与女钱十千[②],明日与我三百钱;三百复三百,如此五十日,累累十五千,子母偿始毕[③]。西家一人卖枣粑[④],救饥不足偿稍迟,往往数日一负之[⑤];或有短陌情近欺[⑥],计钱千九十有奇[⑦]。债帅勃然怒[⑧]:"我与女钱怜女苦,昔我怜女今恨女!"重则告官府,轻亦毁门户。借者叩头声隆隆[⑨]:"非我负公我实穷,请公更借八千九[⑩],立券愿与前券同[⑪]。"此时债帅乃大乐:"今后勿烦我再索,女宜感我我非虐。"始惟秦中囚,创此狡狯谋[⑫];如何士大夫,近亦效其尤[⑬]!效而又甚之[14],道路传闻羞。吁嗟乎！道路传闻羞。

光绪丹阳束氏刻木《秋穗吟馆诗钞》卷一

①印子钱,也叫“折子钱”,是旧中国的一种高利贷形式。放债人以高利放出贷款,限借债人分期偿还,每次还款时都在预定的折子上加盖一印,所以称印子钱。金和这首诗正是揭露高利贷的残酷和罪恶。 ②女:同“汝”。 ③子母:旧日债务的一种术语,本金称母,利息称子。偿:偿还。 ④酏(yí夷):粥。 ⑤负:拖欠。 ⑥短陌(mò末):也叫短钱。旧日以不足百钱作百钱使用,称“短陌”。 ⑦九十有奇:九十有零。这句诗谓过去欠下的债和短陌的不足数共一千九百一十多,连同下面的“更借八千九”(八千零九十),又是“十千”整数。 ⑧债帅:债主。 ⑨声隆隆:此指叩头碰地的声音很响,俗谓“磕响头”。 ⑩更:再。 ⑪“立券”句:我愿立借债契约,利息与前一个契约相同。 ⑫“始惟”二句:意谓是秦中囚开始创立的这种狡诈的借贷法。《史记·货殖列传》:“吴楚七国兵起时,长安中列侯封君行从军旅,赍贷子钱。子钱家以为侯邑国在关东,关东成败未决,莫肯予。唯无盐氏出捐千金贷,其息什之。三月,吴楚平。一岁之中,则无盐氏之息什倍,用此富埒关中。”秦并六国后,将六国豪族迁入关中,称“迁虏”。无盐氏本系齐国人,也是“迁虏”,因为以十倍之息放债始于无盐氏,故诗中说“秦中囚”创此谋。狡狯,狡诈奸滑。 ⑬“近亦”句:近来也效法高利贷这种做法。尤,过失。 ⑭“效而”句:不但仿效秦中囚这种借贷法,而且比它利息更重。

## 断指生歌[①]

生何来,断其指,指则断,气如矢;老拳贯竹臂能使[②],一日犹书一千纸。生滁州人独行儒[③],圣草善作黄门书[④];当世贵重等萍绿,换羊求判何时无[⑤]。十年鼙鼓江上头[⑥],都督者谁踞此州[⑦]?诸将岂但绛灌耻[⑧],出身大抵巢芝流[⑨]。生于尔日困乡井，如抱荆棘为牢囚。一骑飞来花底宅，非分诛求到烟墨[10]。倪迂之画戴逵琴，誓不媚人请谢客[11]。彼哉闻之勃然怒，大索捉生官里去。门外䮕䮕牛马走[12]，堂上吽吽虎狼吼[13]："金在前，刀在后，书者得吾金，不书戮女手[14]。"生上堂叱叱且詈[15]："盗泉之酒我宁醉[16]？女今杀我意中事[17]！"语未及罢指堕地，左右百辈战色酡[18]。生出门笑笑且呵："笔锋不畏刀锋多，刀乎刀乎奈笔何！"乃知世有铁男子，一字从来泰山比[19]。古今恶札常纷纷[20]，痛惜生平指头耳！死灰既死不复吹，生虽断指书益奇，墨花带血光陆离。从生乞取半丈幅，张之草堂白日惊夔魖[21]。

光绪丹阳束氏刻本《秋穗吟馆诗钞》卷五

①这首诗写于同治六年(1867)之后。诗写处于困厄之中的善草书的一位书生，拒绝都督的"非分诛求"的故事。书生面对达官贵人的黄金千两，宁可失掉他赖以写字的手指，也不肯屈服于权贵。　②"老拳"句：因无手指，故用拳头握笔，运臂书写。竹，此指笔。　③滁州：州名，在安徽，隋初改南谯州置。清代属安徽直隶州，辖境相当于今安徽滁县、来安、全椒三县。④黄门书：黄庭坚善草书，以侧险取势，纵横奇崛，自成风格。　⑤换羊：宋代韩宗儒每得苏轼帖，则与姚麟换羊肉，时称换羊书。求判：请求鉴赏。判，判断，亦可作"鉴赏"讲。苏轼《西江月·苏州交代林子中席上作》词："此景百年几变，个中下语千难。使君才气卷波澜，与把新诗判断。"　⑥十年：约数，指与太平军作战十馀年。鼓鼙：大鼓和小鼓，古代军中用的乐器，此借以指战争。　⑦此州：指滁州。　⑧绛灌：西汉绛侯周勃和颍阴侯灌婴。二人起自布衣，鄙朴无文，曾谗嫉陈平、贾谊等。《晋书·刘元海载记》："吾每观书传，常鄙随、陆无武，绛、灌无文，道由人弘，一物之不知者，固君子人之所耻也。"　⑨巢芝：指唐末农民起义领袖黄巢和王仙芝。他们家庭贫苦，都是私盐贩出身。这样的出身，为旧文人所轻视，故诗中称"巢芝流"云云。⑩非分诛求：过分的责求。烟墨：墨迹，此指书法作品。　⑪"倪迂"二句：

以古代倪、戴两位艺术家不奉侍权贵为例,表明滁州书生誓不媚于贵人。倪迂,元末著名画家倪瓒,字元镇,号云林,江苏无锡人。他善画水墨山水,以幽远简淡为宗,对后世颇有影响。他对自己的画并不十分珍惜,客求必与,好事者购之,价可数十金。一次,降元的张士诚、士信兄弟,使人持绢缣,侑以币求画,倪氏怒曰:予生不为王门画师! 即裂其绢而却其币。(见《云林遗事》、《画史会要》)戴逵,东晋学者、画家,字安道,谯郡亳州(今安徽亳州)人。时太宰武陵王闻其善鼓琴,使人召之,逵对使者破琴曰:"戴安道不为王门伶人!"(见《晋书·隐逸传》) ⑫卬(áng 昂)卬:马惊怒貌。卬,此借作"昂"字。唐慧琳《一切经音义》卷九六引《楚辞》:"卬卬若千里之驹。"今本《楚辞·卜居》作"昂昂"。 ⑬吽(hōng 轰)吽:怒极出声貌。 ⑭戮(lù 露):杀、砍。女:同"汝"。下同。 ⑮叱(chì 斥)叱且詈(lì 利):边喝叱边骂。 ⑯盗泉:古泉名,故址在今山东泗水县东北。孔子过,暮不宿盗泉,渴不饮盗泉之水,恶"盗泉"名也。宁:岂,难道。 ⑰意中事:意料之中的事情。 ⑱"左右"句:谓都督部下看到砍断书生的手指,都吓得面色发红。战色,《论语·乡党》:"勃如战色。"朱熹集注:"战而色惧也。"酡(tuó 驼),因饮酒而面色发红。《楚辞·招魂》:"美人既醉,朱颜酡些。"王逸注:"酡,著也。言美女饮啖醉饱,则面著赤色而鲜好也。" ⑲"一字"句:把一个字看得如泰山重。 ⑳恶札:拙劣的书简,此指书法不善。 ㉑张:张贴、挂。魍魉(chī 吃):古代传说中的鬼怪。

# 一一 黎庶昌

黎庶昌(1837—1897),字莼斋,贵州遵义人,同治禀贡生。曾任驻英使馆参赞(兼驻法、德、西班牙使馆参赞)、驻日本使馆大使、川东兵备道等职。他提倡洋务,力主革新,是一位颇有影响的外交家和文学家。散文文字简洁,清新流畅,传记体散文和记游散文尤为出色。著有《拙尊园丛稿》、《莼斋四种》。

## 卜来敦记①

卜来敦者,英国之海滨,欧洲胜境也。距伦敦南一百六十馀里,轮车可两点钟而至②,为国人游息之所。后带冈岭,前则石岸斩然③。好事者凿岸为巨厦,养鱼其间,注以源泉,涵以玻璃,四洲之物,奇奇怪怪,无不毕致。又架木为长桥,斗入海中数百丈④,使游者得以攀援凭眺⑤。桥尽处有作乐亭,馀则浅草平沙,绿窗华屋,与水光掩映,迤逦一碧而已⑥。

人民十万,栉比而居⑦;阛市纵横,日辟益广。其地固无波涛汹涌之观,估客帆樯之集⑧,无机匠厂师之兴作杂然而尘鄙也⑨。盖独以静洁胜。

每岁会堂散后,游人率休憩于此。方其风日晴和,天水相际,邦人士女,联袂嬉游⑩,衣裙杂袭⑪,都丽如云⑫。时或一二小艇，棹漾于空碧之中。而豪华巨家，则又鲜车怒马[13]，并辔争驰，以相遨放[14]。迨夫暮色苍然，灯火灿列，音乐作于水上，与风潮相吞吐，夷犹要眇[15]，飘飘乎有遗世之意矣。

予至伦敦之次月，富绅阿什伯里导往游焉，即叹为绝特殊胜[16]，自是屡游不厌。再逾年而之他邦，多涉名迹，而卜来敦未尝一日去诸怀，其移人若此[17]。

英之为国，号为盛强杰大。议者徒知其船坚炮巨，逐利若驰[18]，故尝得志海内，而不知其国中之优游暇豫[19]，乃有如是之一境也。昔荀卿氏论立国惟坚凝之难[20]，而晋栾鍼之对楚子重，则曰"好以众整"，又曰"好以暇"[21]。夫惟坚凝，斯能整暇。若卜来敦者，可以觇人国已[22]。大清前驻英参赞黎庶昌记。光绪六年七月。

光绪石印本《黎星使丛稿》

①卜来敦，现在一般译作布赖顿(Brighton)，是英国滨海的城市，宁静秀美。光绪三年(1877)，即黎庶昌出任驻英参赞的次年，他游览了这个地方。卜来敦幽静奇丽的自然风光，和这里的人们优游宁静的生活，都给他留下了深刻的印象。光绪六年(1880)七月，作者写了这篇游记，向人们介绍了"船坚炮巨，逐利若驰"的英国人生活"优游暇豫"的一面。文章清新晓畅，描摹生动，又富于哲理性。　②两点钟：两个小时。　③斩然：整齐的样子。　④斗：同"陡"，陡然，突兀。　⑤凭：凭借，依靠。　⑥迤逦：曲折连绵。　⑦栉(zhì志)比：像梳子齿那样紧密排列。形容紧相连接。栉，梳子。　⑧估客：贩货的行商。　⑨尘鄙：肮脏、鄙陋。　⑩联袂：携手。　⑪杂袭：杂错。　⑫都丽：美丽。都，优美的样子。《诗经·郑风·有女同车》："彼美孟姜，洵美且都。"　⑬鲜车怒马：言车辆鲜丽，辕马壮健。《后汉书·第五伦传》："蜀地肥饶，人吏富实，掾史家资多至千万，皆鲜车怒马，以财货自达。"李贤注："怒马，谓马之肥壮，其气愤怒也。"　⑭遨放：遨游、放任。韩愈《许国公神道碑铭》："华靡遨放"。　⑮夷犹要眇：飘逸优美。夷犹，原

指迟疑不前，这里引申为萦绕。要眇，美好的样子。《楚辞·九歌·湘君》："美要眇兮宜修。"王逸注："要眇，好貌。" ⑯绝特：极为出众。特，卓越，出众。殊胜：特异，绝好。 ⑰移人：感化人。移，变易，这里引申为感染。⑱逐利若驰：拼命追求私利。 ⑲优游：悠闲自得。暇豫：闲暇安乐。⑳荀卿氏：即荀子。坚凝：牢固、凝聚。《荀子·议兵》："兼并易能也，惟坚凝之难。"此为精诚团结意。 ㉑"而晋栾鍼"三句：《左传·成公十六年》载，晋大夫栾鍼出使楚国，楚令尹子重问晋国的武勇表现在哪里。栾鍼答道："好以众整。"子重问还有什么，答曰："好以暇。"好以众整，喜好整齐，按部就班。好以暇，喜欢从容不迫。 ㉒觇（chān 掺）：窥视。

# 一二　薛福成

薛福成(1838—1894),字叔耘,号庸盦,江苏无锡人。同治间副贡,参预曾国藩军幕。光绪间曾出使英、法、意、比等国。他原先提倡洋务,出使西方国家后,倡导发展民族资本企业,并期待中国政体向君主立宪制转化,成为早期的改良主义者。薛福成和黎庶昌是近代桐城派作家中有较大突破的两位文学家。其散文多为议政之作,亦有部分记事记游的文章,文笔简洁生动,流畅细腻,域外游记尤其脍炙人口。著有《庸盦全集》。

## 观巴黎油画记[①]

光绪十六年春闰二月甲子[②],余游巴黎蜡人馆[③],见所制腊人,悉仿生人[④],形体态度,发肤颜色,长短丰瘠[⑤],无不毕肖。自王公卿相以至工艺杂流,凡有名者,往往留像于馆:或立,或卧,或坐,或俯,或笑,或哭,或饮,或博[⑥],骤视之,无不惊为生人者,余亟叹其技之奇妙[⑦]。译者称西人绝技,尤莫逾油画,盍驰往油画院[⑧],一观《普法交战图》乎[⑨]?

其法为一大圜室[⑩],以巨幅悬之四壁,由屋顶放光明入室。人在室中,极目四望,则见城堡、冈峦、溪涧、树林,森然布列[⑪]。两军人马杂遝[⑫]:驰者,伏者,奔者,追者,开枪者,燃炮者,搴大旗者[⑬],挽炮车者,络绎相属[⑭]。每一巨弹堕地,则火光迸裂，烟焰迷漫。其被轰击者，则断壁危楼，或黔其庐[15]，或赭其垣。而军士之折臂断足、血流殷地[16]、偃仰僵仆者，令人目不忍睹。仰视天，则明月斜挂，云霞掩映；俯视地，则绿草如茵，川原无际；几自疑身外即战场，而忘其在一室中者。迨以手扪之[17]，始知其为壁也，画也，皆幻也。

余闻法人好胜，何以自绘败状，令人丧气若此？译者曰："所以昭炯戒[18]，激众愤，图报复也。"则其意深长矣。

夫普法之战，迄今虽为陈迹，而其事信而有征[19]。然则此画果真邪？幻邪？幻者而同于真邪？真者而托于幻邪？斯二者盖皆有之[20]。

光绪刻本《庸盦文外编》卷四

①这是一篇域外游记，由观巴黎蜡人馆引出观油画，重点描绘《普法交战图》所画战场景象之逼真，并赞扬法人"自绘败状"以激励民众的爱国精神。语言简练，描写真切，含义隽永，富有针对性。　②光绪十六年：即1890年。闰二月甲子：即闰二月二十四日。　③蜡人馆：蜡塑人像展览馆。　④悉：皆，完全是。生人：活生生的人。　⑤长短：高矮。丰瘠：胖瘦。　⑥博：赌博。　⑦亟(qì 气)叹：再三地赞叹。亟，屡次。　⑧盍(hé 何)：何不。　⑨普法交战：指1870年发生的普鲁士和法国的战争。这次战争法国大败，法帝拿破仑三世被俘。次年，法临时政府投降，割地赔款。　⑩圜：同"圆"。　⑪森然：繁密貌。　⑫杂遝(tà 踏)：纷乱的样子。　⑬搴(qiān 牵)：本为拔的意思，这里是擎、举的意思。　⑭络绎相属(zhǔ 主)：接连不断。　⑮黔：黑色，这里用如动词。"黔其庐"即把房子熏黑。后句"赭"字用法相同，"赭其垣"即把墙壁变成深褐色。　⑯殷(yān 烟)：黑红色。这里用如动词，即把地染成黑红色。　⑰迨(dài 代)：等到。扪(mén 门)：摸。　⑱昭炯戒：提供鲜明的鉴戒。昭，显示。炯，鲜明。　⑲信而有征：真实有据。　⑳盖：大概。

# 一三　黄遵宪

黄遵宪(1848—1905),字公度,别署人境庐主人、东海公、观日道人等,广东嘉应州(今梅县)人。光绪二年(1876)举人,任驻日本、美国使节,官至湖南按察使,曾协助巡抚陈宝箴创办新政。

黄遵宪是近代维新时期重要诗人,"诗界革命"实绩的体现者,梁启超谓"近世诗人,能熔铸新理想以入旧风格者,当推黄公度"(《饮冰室诗话》)。他思想先进,视野广阔,加之丰富的生活阅历,赋予他的诗歌创作以丰富的社会内容。诗有反映民生疾苦的,反映资产阶级民主政治的,描绘海外风光的;特别是抒写甲午战争的爱国诗篇更具有浓重的历史感,被人称为"诗史"。他在艺术上继承了古典诗歌的艺术传统,而又有所创新,形成了自己独特的艺术风格。沉博弘丽,雄健多变,活用口语和新名词,是其突出特点。著有《人境庐诗草》。

## 杂　感[①](五首选一)

大块凿混沌,浑浑旋大圜[②];隶首不能算[③],知有几万年?羲轩造书契[④],今始岁五千;以我视后人[⑤],若居三代先[⑥]。俗儒好尊古,日日故纸研;六经字所无[⑦],不敢入诗篇。古人弃糟粕,见之口流涎[⑧];沿习甘剽盗[⑨],妄造丛罪愆[⑩]。黄土同抟人[⑪],今古何愚贤?即今忽已古,断自何代前?明窗敞流离[12],高炉爇香烟[13];左陈端溪砚[14],右列薛涛笺[15]。我手写我口,古岂能拘牵[16]? 即今流俗语,我若登简编[17]。五千年后人,惊为古斓斑[18]。

上海古籍出版社版钱仲联《人境庐诗草笺注》卷一

①这首诗写于同治七年(1868)。原诗五首,此为第二首。诗人从破除贵古贱今的成见开始,在诗歌创作上反对一味崇古拟古,提出了"我手写我口",成为后来"诗界革命"的主张之一。 ②"大块"二句:谓世界的原始状态是混沌,凿开混沌,才有天地。大块,地。凿混沌,《庄子·应帝王》:"南海之地为倏,北海之帝为忽,中央之地为混沌。倏与忽时相与遇于混沌之地,浑沌待之甚善。倏与忽谋取报混沌之德,曰:'人皆有七窍,以视听食息,此独无有,尝试凿之。'日凿一窍,七日而混沌死。"《庄子》中的混沌是个虚拟的人物,这里指天地开辟之前的混沌状态。浑浑,浑厚博大貌。旋大圜,天开始旋转。古人认为天体是圆的,所以称大圜(同圆)。《易经·说卦》:"乾为天,为圜。" ③隶首:黄帝的史官,他始作算术。 ④羲:伏羲,神话传说中人类的始祖。轩:轩辕,即黄帝。相传他们创造了文字。书契:此指文字。 ⑤视:比照。⑥三代:指夏、商、周三个朝代。 ⑦六经:指《诗经》、《书经》、《易经》、《礼记》、《春秋》五经之外,再加《乐经》。但后世学者,有的认为《乐经》经秦焚书已亡;有的认为儒家原无《乐经》,"乐"即包括在《诗经》、《礼记》中。据古代文献考查,"五经"之说较妥。 ⑧涎:口水。 ⑨甘剽盗:甘心抄袭古书。⑩丛:多。 ⑪"黄土"句:据说天地开辟,未有人类,女娲始抟土作人(见《太平御览》卷七八引《风俗通义》)。 ⑫流离:琉璃,即玻璃。 ⑬爇(ruò弱):焚烧。 ⑭端溪砚:广东端溪以产良砚闻名,世称端溪砚。⑮薛涛笺:薛涛是唐代名妓、女诗人。她晚年居成都浣花溪,创制深红小笺写诗,时称"薛涛笺"。 ⑯拘牵:拘束限制。 ⑰登简编:用在作品中。⑱古斓斑:辞采古雅。斓斑,同斑斓,形容文采。

## 冯将军歌[①]

冯将军,英名天下闻。将军少小能杀贼[②],一出旌旗云变色。江南十载战功高，黄褂色映花翎飘[③]。中原荡清更无事[④]，每日摩挲腰下刀[⑤]。何物岛夷横割地[⑥]，更索黄金要岁币[⑦]。北门管钥赖将军[⑧]，虎节重臣亲拜疏[⑨]。将军剑光方出匣，将军谤书忽盈箧[⑩]：将军卤莽不好谋，小敌虽勇大敌怯。将军气涌高于山，看我长驱出玉关[⑪]。平生蓄养敢死士，不斩楼兰今不还[⑫]！手执蛇矛长丈八[⑬]，谈笑欲吸匈奴血[⑭]；左右横排断后刀，有进无退退则杀。奋梃大呼从如云[⑮]，同拚一死随将军。将军报国期死君，我辈忍孤将军恩！将军威严若天神，将军有命敢不遵，负将军者诛及身[⑯]！将军一叱人马惊，从而往者五千人。五千人马排墙进[⑰]，绵绵延延相击应[⑱]。轰雷巨炮欲发声，既戟交胸刀在颈[⑲]。敌军披靡鼓声死[⑳]，万头窜窜纷如蚁。十荡十决无当前[㉑]，一日横驰三百里。吁嗟乎！马江一败军心慑[㉒]，龙州蹙地贼氛压[㉓]。闪闪龙旗天上翻，道咸以来无此捷[㉔]。得如将军十数人，制梃能挞虎狼秦[㉕]，能兴灭国柔强邻[㉖]，呜呼安得如将军！

上海古籍出版社版钱仲联《人境庐诗草笺注》卷四

①这首诗作于光绪十一年(1885)。诗人以散文笔法，全篇十六次迭用"将军"二字，塑造了冯子材这位身经百战、英勇无敌的老将形象，歌颂了他抗击法国侵略者的功绩。诗末表现了希望有将才继起、抗御外侮的爱国主义思想。冯子材，字南干，号萃亭(一作翠亭)，广东钦州(今属广西)人，行伍出身，早年曾参加镇压太平天国革命运动，同治间，官广西提督、贵州提督，后"称疾"退职。光绪十年(1884)，法国进攻滇、桂边境，马尾战败，镇南关(今名友谊关)失守，形势危急。次年春，两广总督张之洞推荐起用七十岁的冯子材任前敌主帅。率粤军赶赴前线，大力重整溃军，准备收复镇南关。法军分三路来攻，冯子材临前敌拚杀，击毙法军千馀人，敌军全线崩溃。这便是威震中外的镇南关大捷。之后，冯子材又乘胜率兵出关，连克文渊、谅山等地。后因清政府妥协，冯子材被调回关内，清政府与法国签订了屈辱的和约。

②贼:作者称太平军。以下五句写冯子材早年镇压太平天国运动的事。③“黄褂”句:据《清史稿·冯子材传》载,咸丰元年(1851)因冯氏“征剿有功”,先后保奏至守备,赏戴蓝翎,后又赏换花翎。同治初,冯子材率三千人守镇江,太平天国军攻城百馀次未破,以此擢广西提督,赏黄马褂。黄褂,即黄马褂。清代的一种官服,一般巡行扈从大臣皆例准穿黄马褂,有功的大臣也赏穿黄马褂。花翎,清代官员的冠饰,用孔雀翎饰于冠后,以翎眼多少为品位高低,有功勋及蒙特恩者才被赏戴。 ④“中原”句:谓太平天国被清政府残酷镇压下去,天下“太平”。又据《清史稿·冯子材传》,光绪八年(1882),冯子材称疾归乡。 ⑤摩挲:用手抚摩。 ⑥岛夷:此指法国侵略者。鸦片战争后,多以岛夷指英国,因英系岛国。这里借指法国。 ⑦“更索”句:光绪十年(1884),法国驻北京代公使谢满禄向清政府横索无名军费,恣意要挟,并提出最后通牒。(见罗惇曧《中法兵事本末》)。岁币,北宋政府为屈辱求和,每年向辽、金纳钱物,称岁币。 ⑧北门管钥:宋代王君玉《国老谈苑》:“寇准镇大名府,北使路由之,谓公曰:‘相公望重,何以不在中书?’准曰:‘主上以朝廷无事,北门锁钥,非准不可。’”按,北门之管(钥),始见于《左传·僖公三十二年》。这里指冯子材为抗法被起用,担当扼守镇南关的重任。

⑨“虎节”句:指光绪十一年一月两广总督张之洞奏请朝廷任命冯氏为广西关外军务帮办事。虎节重臣,此称张之洞。虎节,封建时代皇帝给掌握兵权重臣的信符。拜疏,臣子向帝王上疏言事,当恭敬有礼,故称拜疏。 ⑩谤书盈箧:战国时魏将军乐羊伐中山,遭时人毁谤,但魏文侯不为所动。直至乐羊得胜回朝,论功时,魏文侯才示以谤书一箧。(事见《战国策·秦策二》)谤书,诽谤、攻击别人的信函、文书。此指诽谤冯子材的文字。 ⑪玉关:即玉门关。此借指镇南关。古代玉门关是通西域的北方要道,镇南关是通南方的要道。 ⑫“不斩”句:王昌龄《从军行》:“黄沙百战穿金甲,不斩楼兰终不还。”楼兰,古西域国名,在今新疆若羌县境。汉武帝时遣使西域,楼兰当道,勾结匈奴数次杀害汉朝使者。汉昭帝时,派遣傅介子斩楼兰王,更名为鄯善。(见《汉书·西域传》及《傅介子传》)此借指法国侵略者。 ⑬蛇矛:古代的一种兵器。《晋书·刘曜载记》:“陈安左手奋七尺大刀,右手执丈八蛇矛。”

⑭“谈笑”句:岳飞《满江红》词:“壮志饥餐胡虏肉,笑谈渴饮匈奴血。”匈奴,此代指法国侵略者。 ⑮“奋梃”句:苏轼《表忠观碑》:“奋梃大呼,从者如云。”梃,木棍。 ⑯“负将军”句:徐珂《清稗类钞·战事类》:“将战,队长请

以藤牌队冲锋，而后以大军继之。子材嘉之，且曰：‘若毋怯乎？’对曰：‘平日受公豢养之谓何？今事亟矣，吾侪有不循是而行者，当刎颈以谢。’” ⑰排墙进：军队横排成墙形一齐前进。 ⑱相击应：指作战时各部互相接应、援助。《孙子·九地篇》：“率然者，常山之蛇也。击首则尾应，击尾则首应，击中则首尾俱应。” ⑲“轰雷”二句：写法军正要发炮，即被我军将炮手击毙。⑳披靡：形容军队溃败，不能立足。鼓声死：俗谓“兵败鼓声死”。 ㉑“十荡”句：《古乐府·陇上歌》：“丈八蛇矛左右盘，十荡十决无当前。”这句诗是以洪水所到之处，堤岸就被冲决，比喻冯氏作战极其英勇，冲杀到哪里，哪里的敌人就溃败。无当前：谁也不敢在前面抵挡。 ㉒马江一败：追述去年法军舰队攻击福州马尾，马江舰队大败事。慑，恐慌。 ㉓“龙州”句：指广西巡抚潘鼎新胆小畏敌、望风而逃，法军气焰嚣张。龙州，清代乾隆五十六年(1791)置厅，在广西边境，治所在今广西省龙州北，清代后期为中越通商要地。蹙地，损失国土。蹙，原作“拓”，此据《岭南诗存》改。以上二句追溯1884年马尾战后的形势。 ㉔“道咸”句：《清史稿·冯子材传》：“法越之役，克镇南，复谅山，实为中西战争第一大捷。” ㉕“制梃”句：《孟子·梁惠王上》：“可使制梃以挞秦楚之坚甲利兵矣。”制，执。虎狼秦，借指外国侵略者。㉖兴灭国：使已经灭亡的国家复兴。柔强邻：安抚强大的邻国，使其顺服。

## 今别离[①]（四首选一）

开函喜动色，分明是君容[②]。自君镜奁来[③]，入妾怀袖中。临行剪中衣[④]，是妾亲手缝。肥瘦妾自思，今昔得毋同[⑤]？自别思见君，情如春酒浓[⑥]；今日见君面，仍觉心忡忡[⑦]。揽镜妾自照[⑧]，颜色桃花红；开篋持赠君[⑨]，如与君相逢。妾有钗插鬓，君有襟当胸[⑩]；双悬可怜影，汝我长相从。虽则长相从，别恨终无穷；对面不解语[⑪]，若隔山万重。自非梦来往，密意何由通[⑫]？

上海古籍出版社版钱仲联《人境庐诗草笺注》卷六

①这组诗写于光绪十六年(1890),时作者在伦敦,任驻英公使馆二等参赞。组诗就近代科学知识和新事物如轮船、火车、电报、照相、东西半球昼夜相反等,假抒写男女别情以咏之,别开生面,独具韵味,是“以旧风格含新意境”的新尝试,陈三立推为“千古绝作”。这里所选为第三首,是咏照相的。
②“开函”二句:写从信中收到男方的照片。　③镜奁(lián 连):镜匣。
④中衣:内衣。　⑤得毋同:或者还相同吧?得毋,推想其或然之辞。
⑥春酒:冬天所酿至春始熟的酒。　⑦忡(chōng 冲)忡:忧愁不安的样子。
⑧揽:取,持。　⑨箧(qiè 妾):小箱子。　⑩“妾有”二句:钗,指男方所赠的金钗。襟,指女方亲手缝的中衣。襟,为衣的前幅,故云“襟当胸”。
⑪“对面”句:对着照片,虽似相逢,但不能通话。　⑫密意:秘密之心意。李白《相逢行》诗:“持此道密意,毋令旷佳期。”

## 哀旅顺[①]

海水一泓烟九点[②],壮哉此地实天险。炮台屹立如虎阚[③],红衣大将威望俨[④]。下有深池列巨舰[⑤],晴天雷轰夜电闪[⑥]。最高峰头纵远览,龙旗百丈迎风飐[⑦]。长城万里此为堑[⑧],鲸鹏相摩图一啖[⑨]。昂头侧睨视眈眈[⑩],伸手欲攫终不敢[⑪]。谓海可填山易撼,万鬼聚谋无此胆[⑫]。一朝瓦解成劫灰[⑬],闻道敌军蹈背来[⑭]!

上海古籍出版社版钱仲联《人境庐诗草笺注》卷八

①这首诗作于光绪二十一年(1895)。诗没有叙述旅顺陷落的经过,而是着力描绘旅顺口地形的险要。面此天险,即使侵略者馋涎欲滴,也不敢贸然攫取。诗末笔锋一转,令人增加无限的婉惜、悲叹,从而有力地揭露了清王朝军事的腐败。旅顺,又称旅顺口,在辽东半岛最南端,是北洋海军基地,设有陆路炮台和海岸炮台数十座,驻军二十馀万。但由于李鸿章在军事上执行投

降主义路线，驻防各队又互不接应，虽有总兵徐邦道的英勇抵抗，终因势单力孤，最后被日军攻陷。　②“海水”句：李贺《梦天》诗：“遥望齐州九点烟，一泓海水杯中泻。”此诗由之变化而来。一泓，一湾水。烟九点，指中国九州。③虎阚（hǎn 喊）：虎怒貌。《诗经·大雅·常武》：“阚如虓虎。”　④红衣大将：指大炮。《清朝文献通考》卷一九四：“太宗文皇帝天聪五年（1631），红衣大炮成，钦定名镌曰：‘天祐助威大将军’。”俨，俨然，庄严可惧。　⑤深池：此指港湾。　⑥“晴天”句：写军舰和炮台上练兵发炮的情景。　⑦飐：招展。　⑧“长城”句：旅顺好似万里长城的天堑。堑（qiàn 欠），护城河，深沟。　⑨“鲸鹏”句：谓世界列强争先恐后地欲侵占旅顺，吞食中国。摩，磨擦，挨挤。啖，吃。　⑩眈（dān 单）眈：注视欲攫貌。《周易·颐》：“虎视眈眈。”　⑪攫（jué 决）：本意为鸟用爪疾取，引申为夺取。　⑫万鬼：指世界列强。　⑬劫灰：劫火之灰，佛家语。梁朝释慧皎《高僧传·竺法兰》云：“昔汉武穿昆明池底，得黑灰，以问东方朔。朔云：‘不知，可问西域胡人。’后法兰既至，众人追以问之。兰云：‘世界终尽，劫火洞烧，此灰是也。’”此指战火焚毁后的残迹。　⑭“闻道”句：日本侵略军考虑从正面攻打旅顺有困难，遂从陆地进攻。即先从花园港口登陆，抵貔子窝，攻陷金州，占领大连湾，然后再由海上从背后攻陷旅顺。

## 书　　愤[①]（五首选一）

一自珠崖弃[②]，纷纷各效尤[③]。瓜分惟客听[④]，薪尽向予求[⑤]。秦楚纵横日[⑥]，幽燕十六州[⑦]。未闻南北海，处处扼咽喉[⑧]！

上海古籍出版社版钱仲联《人境庐诗草笺注》卷八

①甲午战争后，世界列强掀起了瓜分中国的热潮，纷纷划定其势力范围，向中国政府强行租借。光绪二十三年（1897）冬，德国派海军强占胶州湾，沙俄舰队强占旅顺口和大连湾，随之，法、英等国接踵而来，分别强迫清政府租

借广州湾和威海卫。诗人面此现实，悲愤异常，光绪二十四年写了《书愤》五首，抒发对列强瓜分中国的愤慨和忧虑，谴责清政府的妥协投降政策，表现了诗人浓郁的反殖民主义的爱国思想。这里所选的是第一首。 ②珠崖弃：汉初元元年(前48)，汉元帝准备派军队镇压珠崖等郡的起义，贾捐之阻元帝说：珠崖(相当于今海南岛东北部地区)非冠带之国，可以弃之。(事见《汉书·贾捐之传》)后便以“弃珠崖”作为抛弃国家领土之意。这里指清政府允许德国强租胶州湾。珠崖，作者自注：“胶州。” ③“纷纷”句：指列强纷纷效法德国，强占中国领土。效尤，仿效坏的行为。《左传·庄公二十一年》：“郑伯效尤，其亦将有咎。”作者自注：“旅顺、大连湾、威海卫、广州湾。”按，1898年，沙俄强租旅顺口、大连湾，英国强租威海卫，法国强租广州湾。 ④客听：即听客之所为，典出《左传·成公二年》。这句是谴责清政府听任列强瓜分中国。⑤薪尽：《庄子·养生主》：“指穷于为薪，火传也，不知其尽也。”意思是柴火一烧便完，但火种却可以不断添薪而传下去。比喻列强对中国领土的欲求将没有止境。 ⑥秦楚纵横：战国七雄并存，其中秦、楚两国势力最强，都想用自己的武力统一全国。秦国在西，楚等六国在东(当时的地理观念，南北为纵、东西为横)。秦国争取东方六国分别与秦和好的政策，叫连横，楚国谋求六国联合抗秦而以自己为盟主的政策，叫合纵。 ⑦幽燕十六州：五代时，石敬塘任后唐河东节度使，勾结契丹贵族灭后唐，受契丹册封为帝，建立后晋。他称契丹为“父皇帝”，自称“儿皇帝”，并将幽州、云州等十六州割给契丹。按，石敬塘割给契丹者，史称燕云十六州，燕指幽州，云指云州。诗中说“幽燕十六州”，意同。 ⑧扼咽喉：卡住咽喉，比喻世界列强占领了沿海要塞之地。诗末四句意谓就在秦楚纵横之日、契丹占据燕云十六州之时，也未听说像今天这样，连南海、北海的咽喉要地，都被侵略者霸占控制了。

# 一四　王鹏运

王鹏运(1849—1904),字幼霞,一字佑遐,号半塘老人,广西临桂(今桂林市)人,原籍浙江绍兴。同治九年(1870)举人,历官内阁侍读、监察御史、礼科给事中。他忧心国事,积极参加变法维新,因上疏指陈时事,几遭杀身之祸。辞官后主讲于扬州仪董学堂,后客死苏州。其词宗苏、辛,多家国之痛,黍离之感,气势雄浑。叶恭绰曰:“半塘气势宏阔,笼罩一切,蔚为词宗。”(《广箧中词》)被誉为晚清四大词人之首。自刻所作词《袖墨》、《秋虫》、《味梨》等集,晚年删定为《半塘定稿》。

## 满　江　红

### 送安晓峰侍御谪戍军台[1]

荷到长戈,已御尽、九关魑魅[2]。尚记得、悲歌请剑[3],更阑相视。惨澹烽烟边塞月[4],蹉跎冰雪孤臣泪[5]。算名成、终竟负初心[6],如何是?　　天难问[7],忧无已。真御史,奇男子。只我怀抑塞,愧君欲死[8]。宠辱自关天下计,荣枯休论人间世[9]。愿无忘、珍惜百年身,君行矣。

光绪刻本《味梨集》

①这首词作于光绪二十年(1894)。安晓峰,名维峻,甘肃泰安人,与王鹏运同官御史。甲午战争时上疏痛斥李鸿章投降误国,并指责慈禧太后辖制光绪,被革职发配张家口军台。王鹏运写了这首词为他送行。　②"荷到"两句:谓遇到了负戈报国的机会,但战事已经结束。荷,扛起。长戈,长矛。御尽,完全抵挡住,这是对投降派的讥讽。九关,泛指国家险要的关塞。关,关隘。魑魅,鬼怪,喻日寇。　③请剑:《汉书·朱云传》载,汉成帝时,朱云为槐里令,上书请尚方剑斩佞臣张禹。成帝怒,要斩朱云。朱云不服,攀折殿槛。此指安晓峰上疏事。　④惨澹:凄凉。烽烟:指日寇进犯。　⑤"蹉跎"句:用苏武牧羊啮雪吞毡的典故,喻安晓峰被谪戍军台。孤臣,失势无援之臣。　⑥名成:成忠直之名。《清史稿·安维峻传》:"维峻以言获罪,直声震中外,人多荣之。访问者萃于门,饯送者塞于道。……抵戍所,都统以下皆敬客礼,聘主讲抡才书院。"负初心:指未能达到阻止投降议和的目的。⑦天难问:化用屈原《天问》的典故,说明安晓峰有冤难诉。　⑧"只我"两句:谓同为谏官,自己与安维峻相比,深感惭愧。抑塞,抑郁苦闷。　⑨"宠辱"两句:谓你既为国家的安危获罪,就不要再为世事操心了。此为激愤语。荣枯,以草木盛衰喻国家兴败。

## 点　绛　唇

### 饯　春①

抛尽榆钱②,依然难买春光驻③。饯春无语④,肠断春归路。　春去能来,人去能来否?长亭暮,乱山无数,只有鹃声苦⑤。

光绪刻本《味梨集》

①这首词作于光绪二十一年(1895)。当时,甲午战败,马关条约签订,诗

人有大势已去、国事难以收拾之感，作此以寄托失望、苦闷的情怀。　②榆钱：榆树所结之实。　③驻：留下，停住。　④饯：送行，送别。　⑤鹃声：杜鹃的啼声。

# 一五 林 纾

林纾(1852—1924),字琴南,号畏庐,别署冷红生,福建闽侯(今福州)人。光绪八年(1882)中举,其后屡试不第,遂致力于古文,曾在北京、福建等地学堂讲授古文。戊戌变法前关心国事,倾向于维新。辛亥革命后逐渐落伍,以清朝遗老自居。“五四”时期反对新文化运动。他用文言翻译了大量的世界名著,尤其在译介西方小说方面功绩卓著,在当时有很大的影响。在小说、散文、诗歌的创作方面也有较高的成就。著有《畏庐文集》、《闽中新乐府》、《畏庐漫录》等。

## 苍霞精舍后轩记①

建溪之水②,直趋南港,始分二支,其一下洪山③,而中洲适当水冲④。洲上下联二桥⑤,水穿桥抱洲而过,始汇于马江⑥。苍霞洲在江南桥右偏,江水之所经也。

洲上居民百家,咸面江而门。余家洲之北,湫溢苦水⑦,乃谋适爽垲⑧,即今所谓苍霞精舍者。屋五楹,前轩种竹数十竿,微飔略振⑨,秋气满于窗户,母宜人生时之所常过也⑩;后轩则余与宜人联楹而居,其下为治庖之所。宜人病,常思珍味,得则余自治之。亡妻纳薪于灶,满则苦烈,抽之又莫适于火候。亡妻笑,母宜人谓曰:“尔夫妇呶呶何为也⑪?我食能几，何事求精，尔烹饪岂亦有古法耶？”一家相传以为笑。

宜人既逝，余始通二轩为一。每从夜归，妻疲不能起。余即灯下教女雪诵杜诗，尽七八首始寝。亡妻病革⑫，屋适易主，乃命舆至轩下，藉鞯舆中⑬，扶掖以去。至新居，十日卒。

孙幼榖太守、力香雨孝廉即余旧居为苍霞精舍⑭，聚生徒课西学，延余讲《毛诗》、《史记》，授诸生古文，间五日一至。栏楯楼轩⑮，一一如旧，斜阳满窗，帘幔四垂，乌雀下集，庭墀阒无人声⑯。余微步廊庑，犹谓太宜人昼寝于轩中也。轩后严密之处，双扉阖焉。残针一，已锈矣，和线犹注扉上，则亡妻之所遗也。

呜呼！前后二年，此轩景物已再变矣。余非木石之人，宁能不悲？归而作后轩记。

商务印书馆一九二二年本《畏庐文集》

①苍霞精舍在福州城外南台的苍霞洲畔，原是林纾的故居，依山傍水，风景秀丽。林纾与母亲、妻子在这里生活了十几年。后来，母亲去世，旧房易主，妻子在迁居十天后也病逝，这里又成为林纾缅怀亲人的地方。光绪二十三年(1897)，孙葆晋、力钧就其旧居的前轩改建精舍，授徒讲学，遂名苍霞精舍。林纾受聘在此讲授古文，抚今追昔，见景生情，写下这篇文章。文笔清雅，追忆家人琐事，纡徐平淡，欢愉惨恻之思，溢于言表。精舍，学舍，书斋。 ②建溪：闽江的北源。此实指闽江。 ③洪山：在福州城西。 ④中洲：在福州城南的南台江中。 ⑤二桥：中洲北面的万寿桥和南面的江南桥。 ⑥马江：闽江的下游。因江中有一暗礁状类石马而得名。 ⑦湫溢：当作“湫隘”，低洼狭窄。 ⑧爽垲(kǎi 楷)：高阔干爽。 ⑨微飔(sī 思)：微风。 ⑩母宜人：林纾之母陈氏。宜人，原是封建社会对官吏母、妻的封赠，后来也通指读书人的母、妻。 ⑪呶(nāo 挠)呶：喧闹的声音。 ⑫病革：病重。 ⑬鞯(jiān 煎)：垫子。 ⑭孙幼榖：名葆晋，字幼榖，号

石叟，光绪丁酉(1897)举人，官至补用知府。力香雨：力钧，字香雨，一字轩举，光绪己丑(1889)举人，后为医。　⑮栏楯(shǔn 吮)：栏杆。　⑯阒(qù 去)：寂静。

## 一六　陈 三 立

陈三立(1852—1937),字伯严,号散原,江西义宁人。光绪十五年(1889)进士,官吏部主事。戊戌变法时期,他的父亲陈宝箴官湖南巡抚,三立助其父推行新政,支持变法运动。政变发生,与其父同被革职。他是近代同光体诗派的代表诗人,他的诗反映了那个时代维新士人的矛盾心态,有一定的意义。论诗主张崇新尚奇,"恶俗、恶熟",诗作造句炼字,力求新警,亦有"生涩奥衍"之讥。著有《散原精舍诗集》。

### 黄公度京卿由海南人境庐寄书并附近诗感赋[①]

天荒地变吾仍在[②],花冷山深汝奈何[③]!万里书疑随雁鹜[④],几年梦欲饱蛟鼍[⑤]。孤吟自媚空阶夜[⑥],残泪犹翻大海波[⑦]。谁信钟声隔人境,还分新月到岩阿[⑧]。

商务印书馆一九三六年版《散原精舍诗集》

①这首诗作于光绪二十八年(1902)。黄遵宪由家乡寄信及诗给陈三立,时陈三立也已隐居,感慨多端,赋诗以答。京卿,清代对都察院、都政司、詹事府及各寺(如大理、光禄、太常、太仆、鸿胪)和国子监的堂官统称京堂,官场文书中称京卿。清中叶之后,兼用为三、四品官的虚衔。光绪二十四年(1898)六月,光绪帝任命黄遵宪以三品京堂充任出使日本大臣,故诗中称黄氏为京

卿。人境庐,黄遵宪的书斋名,取陶渊明诗"结庐在人境,而无车马喧"(《饮酒诗》)之意,在广东嘉应州(今广东梅县市)。戊戌政变发生,遵宪因参加维新变法而遭弹劾,在上海被扣留于洋务局。后经疏解,清政府允其回乡,晚年居家。 ②天荒地变:比喻时局的巨大变化,指戊戌政变、庚子事变等。 ③花冷山深:此喻隐居。 ④"万里"句:万里之外的书信令人疑是鸿雁衔来。鹜,古代泛指野鸭。这里雁鹜是复词偏义,指雁。 ⑤"几年"句:意谓几年来经常为黄氏的安危担忧。按,黄氏归居家乡后,处境仍很危险。蛟鼍(tuó 驼),水中猛兽。蛟,蛟龙,古代传说一种能发水的龙;鼍,鼍龙,鳄鱼的一种。黄氏地近南海,故云。实暗喻政治环境的险恶。杜甫《梦李白》:"水深波浪阔,无使蛟龙得。"可与此互参。 ⑥自媚:自娱、自爱。 ⑦"残泪"句:谓忧愤激烈。 ⑧"谁信"二句:是说收到黄遵宪寄来的诗、信。《江南野录》载,苏州有分夜钟僧,一次夜间,他吟中秋月诗,得"清光何处无"句,喜极撞钟。诗妙用其事,以"钟声"、"新月"喻黄氏诗、信及其情意。岩阿,山的深曲处,隐者所居,此指作者寓所。

# 一七 严 复

严复(1854—1921),字又陵,又字几道,福建侯官(今福州)人。少年就读于马江船政学堂,光绪二年(1876)留学英国,接受了西方资产阶级的政治文化思想。回国后,任北洋水师学堂总教习等职。甲午战争失败后,他忧心国事,努力寻找救国之路,提倡民主,提倡新学,成为维新运动中出色的启蒙思想家。他翻译了赫胥黎的《天演论》和亚当斯密的《原富》等书,第一次系统地介绍了西方资产阶级的政治制度、哲学思想,在当时产生了很大影响。政论文章恢宏雄辩,往复顿挫,渊雅古朴。著有《严几道诗文钞》等,译著编为《严译名著丛刊》。

## 译《天演论》自序[①]

英国名学家穆勒约翰有言[②]:欲考一国之文字语言,而能见其理极[③],非谙晓数国之言语文字者不能也。斯言也,吾始疑之,乃今深喻笃信[④],而叹其说之无以易也。岂徒言语文字之散者而已[⑤],即至大义微言[⑥],古之人殚毕生之精力,以从事于一学,当其有得,藏之一心,则为理;动之口舌,著之简策,则为词,固皆有其所以得此理之由,亦有其所以载焉以传之故。呜呼,岂偶然哉!自后人读古人之书,而未尝为古人之学，则于古人所得以为理者，已有切肤精忨之异矣[7]。又况历时久远，简牍沿讹[8]，声音代变，则通假难明[9]；风俗殊尚，则事意参差。夫如是，则虽有故训疏义之勤[10]，而于古人诏示来学之旨[11]，愈益晦矣。故曰，读古书难。虽然，彼所以托焉而传之理[12]，固自若也。使其理诚精，其事诚信，则年代国俗无以隔之，是故不传于兹，或见于彼，事不相谋而各有合。考道之士[13]，以其所得于彼者[14]，反以证诸吾古人之所传[15]，乃澄湛精莹[16]，如寐初觉，其亲切有味，较之觇毕为学者[17]，万万有加焉。此真治异国语言文字者之至乐也。

今夫六艺之于中国也[18]，所谓日月经天、江河行地者尔；而仲尼之于六艺也，《易》、《春秋》最严[19]。司马迁曰："《易》本隐而之显，《春秋》推见至隐[20]。"此天下至精之言也。始吾以谓本隐之显者，观象、系辞以定吉凶而已[21]；推见至隐者，诛意褒贬而已[22]。及观西人名学，则见其于格物致知之事[23]，有内籀之术焉[24]，有外籀之术焉[25]。内籀云者，察其曲而知其全者也，执其微以会其通者也[26]；外籀云者，据公理以断众事者也，设定数以逆未然者也[27]。乃推卷起曰：有是哉！是固吾《易》、《春秋》之学也。迁所谓本隐之显者，外籀也；所谓推见至隐者，内籀也，其言若诏之矣[28]。二者即物穷理之最要途术也[29]，而后人不知广而用之者，未尝事其事，则亦未尝咨其术而已矣[30]。

近二百年，欧洲学术之盛，远迈古初[31]；其所得以为名理、公例者，在在见极[32]，不可复摇。顾吾古人之所得，往往先之，此非傅会扬己之言也。吾将试举其灼然不诬者，以质天下[33]。夫西学之最为切实而执其例可以御蕃变者[34]，名、数、质、力四者之学是已[35]。而吾《易》则名、数以为经，质、力以为纬，而合而名之曰《易》[36]。大宇之内，质、力相推，非质无以见力，非力无以呈质[37]。凡力皆乾也，凡质皆坤也[38]。奈端动之例三[39]，其一曰，静者不自动，动者不自止，动路必直，速率必均[40]。此所谓旷古之虑[41]，自其例出，而后天学明，人事利者也。而《易》则曰："乾，其静也专，其动也直[42]。"后二百年，有斯宾塞尔者[43]，以天演自然言化[44]，著书造论，贯天地人而一理之[45]，此亦晚近之绝作也。其为天演界说曰：翕以合质，辟以出力，始简易而终杂糅[46]。而《易》则曰："坤，其静也翕，其动也辟[47]。"至于全力不增减之说，则有自强不息为之先[48]；凡动必复之说，则有消息之义居其始[49]；而易不可见，乾坤或几乎息之旨[50]，尤与热力平均、天地乃毁之言相发明也[51]。此岂可悉谓之偶合也耶？

虽然，由斯之说，必谓彼之所明，皆吾中土所前有，甚者或谓其学皆得于东来，则又不关事实，适用自蔽之说也[52]。夫古人发其端，而后人莫能竟其绪；古人拟其大[53]，而后人未能议其精，则犹之不学无术未化之民而已。祖父虽圣，何救子孙之童昏也哉[54]！大抵古书难读，中国为尤。二千年来，士徇利禄，守阙残，无独辟之虑。是以生今日者，乃转于西学得识古之用焉。此可与知者道，难与不知者言也。风气渐通，士知弇陋为耻[55]，西学之事，问涂日多[56]。然亦有一二巨子，訑然谓彼之所精，不外象数形下之末[57]；彼之所务，不越功利之间[58]。逞臆为谈[59]，不咨其实[60]。讨论国闻[61]，审敌自镜之道[62]，又断断乎不如是也。赫胥黎氏此书之旨，本以救斯宾塞任天为治之末流[63]。其中所论，与吾古人有甚合者。且于自强保种之事，反复三致意焉。夏日如年，聊为迻译[64]。有以多符空言，无裨实政相稽者，则固不佞所不恤也[65]。光绪丙申重九严复序。

商务印书馆“严译名著丛刊”本《天演论》

①《天演论》是十九世纪英国自然科学家赫胥黎(1825—1895)所著,原名《进化论与伦理学》。主要内容是阐发达尔文的进化学说。严复于光绪二十一年(1895)用文言意译了这部书,并附加了他自己的见解,取原书名前一部分作中译本的书名(“天演论”即自然进化论的意思)。这部书的问世,在当时具有振聋发聩的作用。本文是严复为中译本《天演论》作的序。文中介绍了西方的逻辑学、自然科学和进化论的思想,并指出其在自强保种方面的意义。文字简洁,思想新颖深邃。 ②名学:逻辑学。穆勒约翰(1806—1873):即约翰·穆勒,英国十九世纪资产阶级思想家、哲学家。 ③理极:理论的极致,即最高深的理论。 ④深喻笃信:深切理解,坚信不疑。 ⑤散者:指片言只语。 ⑥大义微言:文中的重大意旨,精微的含义。 ⑦切:深切。肤:肤浅。精:精到。怃(hū 乎):通“幠”,粗。 ⑧简牍:指书本。沿讹:沿袭错误。 ⑨“声音”二句:意谓古代字少,文中常用同义同音字代替。后来读音发生了变化,通假字的原义就难弄明白了。 ⑩故训:解释古代文章中的词语。疏义:疏通和阐发文义。 ⑪诏示来学:告诉、启迪后学。 ⑫托焉而传之理:借古书而传之后世的道理。 ⑬考道之士:研究学问的人。 ⑭彼:指外国。 ⑮“反以”句:回过头来,印证我国古人所传授的道理。 ⑯澄湛:深刻,清楚。精莹:精纯,透彻。 ⑰觇(chān 搀)毕为学者:埋头诵读古书的学者。觇毕,即占毕,指不明经义,只知照书本诵读。觇,看。毕,简牍。 ⑱六艺:指《诗》、《书》、《礼》、《乐》、《易》、《春秋》。 ⑲严:尊。引申为推崇。 ⑳“《易》本隐”二句:语出《史记·司马相如传赞》:“《春秋》推见至隐,《易》本隐以之显。”谓《春秋》从具体的事件推到褒贬的道理,事件是显现的,道理是隐微的,故云“推见至隐”;《周易》是根据卜卦来推测人事的凶吉,卜卦是隐微的,人事是显现的,故云“本隐以之显。” ㉑观象系辞:观察卦象和系辞。象,指用火烧龟甲后现出的裂纹。系辞,附在卦下解释卦的话。古人用《周易》占卦的过程是:观察龟甲裂纹,确定是哪一卦,然后再根据卦辞判断吉凶。 ㉒诛意褒贬:指《春秋》记录事件,并根据具体事件进行褒贬。诛意,谴责,抨击。 ㉓格物致知:通过研究具体事物

获取知识。㉔内籀(zhòu宙):即归纳法,观察特殊的事例归纳出一般的道理。㉕外籀:演绎法。根据普遍的原理来推断特殊的事例。㉖微:小,个别。通:普遍。㉗定数:原则,定律。逆:逆料,推断。未然:未知。㉘诏:诏示,明白地显示。㉙要途术:重要的方法。㉚咨其术:研究其学术(此指归纳演绎之法)。咨,问,这里指研究。㉛远迈古初:远远超过上古时代。㉜在在见极:处处达到顶点。㉝以质天下:以就正于天下人。㉞执其例:掌握了定理、原则。例,公理、定理。御蕃变:驾御繁复变化的事物。㉟名:逻辑学。数:数学。质:化学。力:物理学。㊱合而名之:综合起来给它命名。㊲"大宇"四句:宇宙之内,物体和运动、静止相互推动,没有物体显不出运动或静止的力;没有运动或静止的力也显不出物体来。㊳"凡力"二句:是说凡是力都属于"乾",凡是质都属于"坤"。《周易》以乾为天,坤为地。此处以乾为力,坤为质的说法是一种附会。㊴奈端:今译作牛顿(1642—1727),英国物理学家、数学家。发现万有引力定律。动之例三:即牛顿的力学三定律。㊵"其一"五句:指牛顿三大定律之一,即任何物体如不受外力的作用,就继续保持其静止状态,或匀速直线运动状态。㊶旷古之虑:前所未有的发现。㊷"而《易》"四句:见于《周易·系辞上》。原意是静时专一不乱,动时刚正不差。即动、静皆正确。作者以此说明力学,也是一种附会的说法。㊸斯宾塞尔:今译作赫伯特·斯宾塞(1820—1903),英国资产阶级哲学家和社会学家,是社会有机论的创始人。他认为人类社会像动物肌体一样,服从生物学的规律,把社会发展过程生物化。㊹"以天演"句:用天演论(即生物进化)及自然界变化的理论来解释人类社会的演化。㊺"贯天"句:是说斯宾塞尔的理论把天、地、人用一种道理贯穿起来。㊻"翕以"三句:是说吸引力凝聚为物质,物质播散而挥发出一种力(如光、热等),万物开始简单,最终复杂。翕(xī溪),凝聚。辟,开辟散发。㊼"而《易》"四句:引文见于《周易·系辞上》。坤是地,静时闭藏,故称翕;动时生长万物,故曰辟。这里用《周易》比附进化论,也是一种附会的说法。㊽"至于"二句:是说至于宇宙中全部能量不增减的说法,则有"自强不息"作它的先导。全力不增减,是说宇宙中的全部能量是不会增减的,即能量守衡。自强不息,《周易·乾》:"君子以自强不息。"其原意是就修养、品德而言,这里用来说明物质不灭,也是一种附会。
㊾"凡动"二句:凡动必复,指力作用于物,必引起反作用力。消息之义,《周

易·丰》:“天地盈虚,与时消息。”是说天(寒暑)、地(山河)的盈虚都随着时间消长向反面转化。这里用来比附反作用力,也是附会。 ㊿“而易”二句:见于《周易·系辞上》:“乾坤毁,则无以见易;易不可见,则乾坤或几乎息矣!”意思是:天地毁灭就没有“易”的变化;“易”变化消失,天地也就接近于毁灭。易,指阴阳变化消长的现象。 ㉛热力平均、天地乃毁:这是德国物理学家克劳修斯的“热寂说”。他认为世界上一切运动形式都要转化为热。热渐渐消失于太空中,达到热力平均,一切运动都将停止,世界就要毁灭。这是一种谬论。 ㉜自蔽:自欺欺人。 ㉝拟其大:草创其大端。㉞童昏:像未开化的小孩那样蒙昧无知。 ㉟弇(yǎn 眼)陋:粗浅鄙陋。㊱问涂:寻找门径。涂,同途。 ㊲“訑(yí 宜)然”二句:谓洋务派认为西洋人只长于自然科学和对具体器物的研究。訑然,自以为了不起的样子。象数,古人占卜,以龟纹为象,蓍草多少为数,象数并称,指龟筮。后来,演化为与义理对称之物象数理。指自然科学。形下,《易经·系辞上》:“形而上者谓之道,形而下者谓之器。”前者指抽象义理,后者指具体器物。 ㊳不越功利之间:不能超出功利的范围。即是说他们在道德上不行。 ㊴逞臆为谈:只凭自己的猜测、臆断发表意见。 ㊵不咨其实:不考察、研究实际情况。 ㊶国闻:本国的传统学问、知识。 ㊷审敌自镜:考察敌方的情况,作为自己的鉴戒。 ㊸救:纠正。任天为治:斯宾塞用自然法则解释人类社会,主张治理国家要听其自然。 ㊹迻译:翻译。“迻”同“移”。 ㊺不佞:不才,此为作者自指,不恤:不顾。

# 一八　文廷式

文廷式(1856—1904),字道希,号芸阁,晚号纯常子,江西萍乡人。以父官高廉兵备道,侨居广州。光绪十六年(1890)进士,殿试一甲第二名及第,授职翰林编修,擢侍读学士。文廷式忧心国事,是戊戌变法的中坚人物。变法失败,他几遭不测,逃往日本。回国后穷愁潦倒,卒于萍乡。著有《纯常子枝语》、《云起轩词钞》。词作意境浑厚,笔力恣肆,于清代浙西、常州两派之外独树一帜。胡先骕曰:"《云起轩词》,意气飙发,笔力横恣,诚可上拟苏、辛,俯视龙洲(刘过)。其令词浓丽婉约,则又直入《花间》之室。盖其风骨遒上,并世罕睹,故不从时贤之后,局促于南宋诸家范围之内,诚所谓美矣善矣。"(《评云起轩词钞》,《学衡杂志》第二七期)

## 水　龙　吟[①]

落花飞絮茫茫,古来多少愁人意!游丝窗隙,惊飚树底,暗移人世[②]。一梦醒来,起看明镜,二毛生矣[③]!有葡萄美酒[④],芙蓉宝剑[⑤],都未称,平生志。　我是长安倦客[⑥],二十年软红尘里[⑦]。无言独对,青灯一点,神游天际。海水浮空,空中楼阁,万重苍翠[⑧]。待骖鸾归去[⑨],层霄回首,又西风起[⑩]。

上海古籍出版社版龙榆生《近三百年名家词选》

①这首词是戊戌变法失败文廷式逃往日本后所作。作者迭经挫折，漂零于异国他乡，仍为国家的前途深感忧虑。词中深蕴着作者对国事凋敝，壮志难酬的抑郁愤懑之情，词情隐约曲折，凄婉冷峻，耐人寻味。王溘《手批云起轩词钞》云："思涩笔超，后片字字奇幻，使人神寒。" ②"游丝"三句：谓春秋代序，人世变迁。游丝，用以象征春。惊飙（biāo 彪），用以象征秋。李白《古风》："八荒驰惊飙，万物尽凋落。" ③二毛：头发黑白相间。潘岳《秋兴赋》："余三十有二，始见二毛。" ④葡萄美酒：唐王瀚《凉州曲》："葡萄美酒夜光杯，欲饮琵琶马上催。醉卧沙场君莫笑，古来征战几人回。" ⑤芙蓉宝剑：古代名剑。袁康《越绝书》："客有能相剑者名薛烛，王取纯钩示之，薛烛手振拂，扬其华，淬如芙蓉始出。" ⑥长安：指京城。 ⑦软红尘：指繁华之地。苏轼《次韵蒋颖叔钱穆父从驾景灵宫》诗："软红犹恋属车尘。" ⑧"海水"三句：谓自己的理想如海市蜃楼，美好而难以实现。 ⑨骖（cān 参）鸾：乘鸾凤。骖，驾三马，此指车驾。鸾，凤凰之类的鸟。江淹《别赋》："驾鹤上汉，骖鸾腾天。"归去：指返回祖国。 ⑩西风起：喻局势恶化。

# 忆 旧 游

## 秋雁 庚子八月作[①]

怅霜飞榆塞[②]，月冷枫江[③]，万里凄清。无限凭高意，便数声长笛，难写深情。望极云罗缥缈[④]，孤影几回惊。见龙虎台荒[⑤]，凤凰楼迥[⑥]，还感飘零。 梳翎，自来去，叹市朝易改[⑦]，风雨多经。天远无消息[⑧]，问谁裁尺帛，寄与青冥[⑨]？遥想横汾箫鼓，兰菊尚芳馨[⑩]。又日落天寒，平沙列幕边马鸣[⑪]。

上海古籍出版社版龙榆生《近三百年名家词选》

①光绪庚子(1900)八月,唐才常自力军起义失败,标志着改良主义的彻底失败。紧接着,八国联军攻陷北京,慈禧挟光绪帝仓皇西奔。作者忧心如焚。这首词借孤雁飘零避险抒写自己对国难的悲愤之情。 ②榆塞:榆林塞,故址在今内蒙古准格尔旗,后泛指边塞。骆宾王《送郑少府入辽》诗:"边烽警榆塞。" ③枫江:有枫树的江边。《楚辞·招魂》:"湛湛江水兮上有枫。" ④云罗:高入云端之罗网。南朝宋鲍照《舞鹤赋》:"掩云罗而见羁。"《文选》吕延济注:"云罗,言罗高及云也。"罗,捕鸟的网。 ⑤龙虎台:地名,在北京昌平县西,居庸关南口。顾炎武《昌平山水记》:"龙虎台在居庸关南,地势高平如台……元时车驾巡幸上都,皆驻跸其上。" ⑥凤凰楼:凤楼。此泛指宫中之楼。迥:远。 ⑦市朝:市肆与朝廷。此指世事。⑧"天远"句:指光绪与慈禧西逃,没有消息。 ⑨"问谁"二句:用鸿雁传书的典故,表示希望得到两宫的消息。尺帛,书信。青冥,此指空中之雁。⑩"遥想"二句:感叹世事变迁,物是人非。横汾箫鼓,《汉武故事》载,汉武帝巡幸河东郡,在汾水楼船,与群臣宴饮,作《秋风辞》,中云:"泛楼船兮济汾河,横中流兮扬素波,箫鼓鸣兮发棹歌,欢乐极兮哀转移。" ⑪平沙列幕:化用杜甫《后出塞》"落日照大旗,马鸣风箫箫"和"平沙列万幕,部伍各见召"句。极写战场上局势的紧张。

# 一九 朱孝臧

朱孝臧(1857—1931),一名祖谋,字古微,号沤尹,又号彊村,浙江归安人。光绪九年(1883)进士,历官编修、侍讲学士、礼部侍郎。出为广东学政,因与总督龃龉,辞官,游览名山大川,吟咏自遣。后卒于上海。朱孝臧始以能诗名,为京官时,与王鹏运交,弃诗而专攻词。著有词集《彊村语业》二卷,身后其门人龙榆生为补刻一卷,收入《彊村遗书》。又校刻唐宋金元人词为《彊村丛书》,并辑有《湖州词征》、《国朝湖州词》等。其词沉抑绵邈,哀怨悱恻。王国维云:"近人词如复堂(谭献)词之深婉,彊村词之隐秀,皆在半塘老人(王鹏运)上。彊村学梦窗(吴文英),而情味较梦窗反胜,盖有临川(王安石)、庐陵(欧阳修)之高华,而济以白石(姜夔)之疏越者,学人之词,斯为极则。然古人自然神妙处,尚未见及。"(《人间词话》下)

## 乌 夜 啼

### 同瞻园登戒坛千佛阁[①]

春云深宿虚坛[②],磬初残[③],步绕松阴双引出朱阑[④]。
吹不断,黄一线,是桑干[⑤]。又是夕阳无语下苍山。

上海古籍出版社版龙榆生《近三百年名家词选》

①这是一首登临写景的词,描写作者同友人登上戒坛寺所看到的壮丽景象。其中,“吹不断,黄一线,是桑干”九字尤为传神,凝炼地描绘出了桑干河绵延曲折、雄浑壮观的样子。瞻园,张仲炘,字慕京,号次珊,湖北江夏(今武昌)人。戒坛,即戒坛寺,原名万寿寺,在北京西郊马鞍山,寺中有一大戒坛,故名。千佛阁在寺中。　②虚坛:空坛。云宿虚坛,极写戒坛之高。③磬初残:谓寺中僧人已停止诵经。磬,寺院中僧人诵经用的钵形打击乐器。此指磬声。　④双引:两旁有人引导。　⑤“吹不断”三句:写登千佛阁远眺。桑干,桑干河,发源于山西北部,其下游即永定河,流经北京西部。

# 二〇 康有为

康有为(1858—1927),原名祖诒,字广厦,号长素,广东南海人。光绪进士。授工部主事,未就职。在民族危亡日益深重之际,曾多次给皇帝上书,阐述其改良主义的政治主张和变法的具体措施,影响极大,成为近代维新运动中的领袖人物。他是著名诗人。诗作题材广泛,记录了诗人的政治活动和时代风云的变迁,抒发了他变法图强的思想。戊戌政变失败,流亡海外,足迹遍及亚、欧、非、美四大洲,丰富的生活阅历,给他的诗增添了新的内容。诗作远法杜甫,近接龚自珍,意象瑰丽,气势磅礴,风格雄浑,富有浪漫主义色彩。著有《南海先生诗集》。

## 苏村卧病写怀[①](四首选二)

少年心事本拏云[②],南望樵山日又曛[③]。卖畚何惭王景略,画齑故是范希文[④]!拟经制礼吾何敢[⑤]?蜡屐持筹事未分[⑥]。稷契许身空笑尔[⑦],稻粱不及鹜鹅群[⑧]。

①作者《康南海自编年谱》光绪五年条下引此诗,但考其生平,是诗当作于光绪八年(1882)。上年,诗人在家乡苏村读书,从事历史和宋儒理学的研究,足不出户,积劳成疾。组诗即写于次年春天卧病中。此为第一首。诗写自己青年时代胸怀大志,以王猛、范仲淹自况,并效法杜甫,许身祖国,希望将来做一番大事业。题下作者自注:"苏村又名银塘,吾五百年世居。"康有为即

诞生于此地。　②“少年”句：李贺《致酒行》：“少年心事当拏云。”康诗源于此。拏（ná 拿）云，犹凌云，喻志气之高。　③樵山：西樵山，在广东南海县，山周四十里，势若游龙，有七十二峰，为粤中名胜。日又曛（xūn 勋）：又到黄昏时分。曛，昏暗。　④“卖畚”二句：诗人胸怀大志，不以目下的贫困处境为意，此时诗人尚未得志，故以古人自勉，兼有以王、范自喻意。畚（běn 本），古代用草绳编成的盛器，后编竹、木条为之，即畚箕。王景略，即王猛，字景略，晋时北海剧（今山东寿光东南）人。少家贫，以“鬻（卖）畚为业”。有才，博学好兵书，后成为秦王苻坚的谋士，官至司徒、录尚书事。《晋书·前秦载记》有传。齑（jī 缉），切碎的腌菜。范希文，即范仲淹，字希文。苏州吴县人，北宋著名的政治家。少家贫，《名臣言行录》说他“少读书山寺，断齑、块粥而食”。画齑，将腌菜分成数份，作数次吃。极言其家境贫寒，求学有志。

⑤“拟经”句：诗人自 1878 年开始系统研究儒家经典，“以日埋故纸堆中，汩其灵明，渐厌之。日有新思，思考据家著书满家，为戴东原，究复何用？因弃之。”（《康南海自编年谱》）次年入西樵山，居白云洞，研究佛学、道学，开始对传统文化发生怀疑，准备吸取新思想“拟经制礼”。此处说“吾何敢”，谦词。

⑥蜡屐（jī 基）：涂蜡的木屐。此用作动词。大约晋人未宦者，凡居家、游山均着屐。这里指在野。持筹：筹划，此为出谋划策意。《文选》枚乘《七发》：“将为太子奏才术之士，……使之论天下之精微，理万物之是非，孔、老览观，孟子持筹而算之，万不失一。”事未分：意为隐居还是拟经制礼、筹划国策，这两件事还未分明。因康氏此时尚系白衣秀士。　⑦“稷契（xiè 泻）”句：杜甫《自京赴奉先县咏怀五百字》：“许身一何愚，窃比稷与契。”稷、契，传说中古代辅佐帝尧和帝舜的两位贤臣。　⑧“稻粱”句：杜甫《同诸公登慈恩寺塔》：“君看随阳雁，各有稻粱谋。”康诗略反其意，谓自己并非庸俗之辈，只为寻谋衣食。鹜鹅群，比喻为“稻粱谋”的庸俗之辈。以上二句谓自己效法杜甫，欲做辅佐皇帝的朝臣，并非为“稻粱谋”。

纵横宙合一微尘[①]，偶到人间阅廿春[②]。世界开新逢进化，贤师受道愧传薪[③]。名山渺莽千秋业，大地苍茫七尺身！南望九江北京国[④]，拊心辜负总酸辛[⑤]。

上海人民出版社版《万木草堂诗集》卷一

①这首诗是组诗的第三首。诗人感慨世界在发展，却未能有所作为，有愧师教；展望前途，困难重重。纵横宙合，此指天下。宙合，《管子》篇名，原指古往今来无所不包。宙，《淮南子·齐俗训》："往古来今谓之宙。"康氏另有"纵横宙合雾千重"(《出都留别诸公》)句，与此同意，可参。微尘，佛家语，指极细小的物质。这里作者用以自喻。　②"偶到"句：是年诗人二十二岁，故云。此言"廿(niàn 念)春"，举其成数。　③贤师：指朱次琦。朱次琦，字子襄，号稚圭，咸丰间进士，后隐居九江，人称"九江先生"，是当时著名的学者。次琦之学，平实敦大，不为性命高谈，主张学术沟通汉宋，经世致用。朱氏的学说，对尔后康有为改良主义思想的形成有一定的影响。传薪：传火于薪，前薪烧完，后薪接上，火种传续不断。后代指师徒相传为"传薪"，本此。　④九江：即朱次琦。京国：京都，此借指张鼎华，张氏时在北京。张鼎华，字延秋，官翰林院编修，康有为在西樵山与之相识，后通过他了解到北京已在酝酿的改良主义思潮。《康南海自编年谱》光绪五年条有云："吾自师九江先生而得闻圣贤大道之绪，自友延秋先生而得博中原文献之传。"　⑤拊心：抚胸。辜负：《康南海自编年谱》光绪五年条引是诗，"辜负"作"知己"。

## 过昌平城望居庸关[①]

城堞逶迤万柳红[②]，西山苕嵽霁明虹[③]。云垂大野鹰盘势，地展平原骏走风[④]。永夜驼铃传塞上，极天树影递关东[⑤]。时平堡堠生青草[⑥]，欲出军都吊鬼雄[⑦]。

上海人民出版社版《万木草堂诗集》卷二

①这首诗写于光绪十四年(1888)秋。康有为是年夏历五月赴北京顺天乡试，不第。八月出京，过芦沟桥，游明十三陵、居庸关、万里长城等处，写诗十多首，这是其中一首。诗描写居庸关周围的形势和塞上风光，诗笔雄健，富有概括力。末二句借眼前景物抒发了作者对边防松弛的忧虑。昌平，当时为

州名，属顺天府。今县名，在北京西北，属北京市。居庸关就在此县境内。居庸关，又称军都关、蓟门关，系长城重要关口之一，两旁高山屹立、翠嶂重迭，形势险要。　②堞（dié 叠）：城墙上如齿状的矮墙。逶迤（wēiyí 威仪）：弯弯曲曲、延续不绝的样子。　③“西山”句：西山远处艳丽的晚霞如雨后的彩虹。西山，北京西郊群山的总称。苕嵽（tiáodié 条蝶），高远貌。霁，雨后和雪后放晴。　④“云垂”二句：在辽阔的原野上，密云低垂，雄鹰空中盘旋；无边的平原伸展到远处，骏马奔驰。　⑤“永夜”二句：长夜中骆驼的铃声传遍塞上；伸向天边的树影，延展到关东。永夜，长夜。极天，天的尽头。关东，此指居庸关以东的地区。　⑥“时平”句：因为时代承平日久，碉堡上长满了青草。堡堠生草，象征着边防松弛。诗言“承平”，反语。因为此时正是外侮日迫、国家多难之秋。堡堠，碉堡。堠，古代了望敌情的土堡。　⑦军都：军都关，居庸关的古名。鬼雄：鬼中之雄杰，多指为国牺牲的将士。屈原《九歌·国殇》：“身既死兮神以灵，魂魄毅兮为鬼雄。”

## 出都留别诸公[①]（五首选二）

沧海惊波百怪横[②]，唐衢痛哭万人惊[③]。高峰突出诸山妒，上帝无言百鬼狞[④]。岂有汉廷思贾谊[⑤]？拚教江夏杀祢衡[⑥]！陆沉预为中原叹，他日应思鲁二生[⑦]。

①这组诗写于光绪十五年(1889)。诗人自注：“吾以诸生请变法，开国未有。群疑交集，乃行。”诗人首次上书失败，并备受封建顽固派的攻击和诽谤。他翌年九月间出都，临行写了这组诗赠留京友人。诗抒发了作者在民族危亡之际对封建顽固派的愤慨，以及他的雄心壮志。这是第一首。　②“沧海”句：写列强虎视眈眈，欲图瓜分中国。诗人忧虑国事，他在同年一月代屠仁守所上《乞赐面对折》中云：“俄筑铁路，将至珲春而逼盛京，英窥滇藏，法伺粤滇，日本蕞尔小岛，其君睦仁与其臣岩仓具视发愤改纪。比已富强，日夜谋我。四封近邻，皆逼强敌……”这便是诗中所说的“百怪横”的形势。③唐衢痛哭：唐衢，唐中叶诗人，应进士试，终身不第。他为文多感发，读他人

诗文有所伤叹者，必哭，世有“唐衢善哭”之称。（见《旧唐书·唐衢传》）此为诗人自喻。　④“高峰”二句：首句谓因言行高超而遭嫉，次句感叹光绪无权，后党飞扬跋扈。龚自珍《夜坐》：“一山突起丘陵妒，万籁无言帝坐灵。”康诗由此变化而来。　⑤“岂有”句：以贾谊自比，愤不为清廷所用。贾谊，西汉文帝时年青的政治家、文学家，为大臣周勃、灌婴排挤，被贬长沙，始终未得重用。　⑥“拚教”句：以祢衡自比，不惧顽固派的迫害。祢衡，字正平，平原般（今山东临邑东北）人。少有才辩，长于笔札，性刚傲，曹操欲见之，自称狂病不见。后又当众辱曹，曹操于是借江夏太守黄祖手杀之。　⑦“陆沉”二句：意谓等到国家沦丧时，总会想到他当日的警告。陆沉，比喻国土沉沦，不是由于天灾，而是出自祸乱。《晋书·桓温传》：“与诸僚属登平乘楼，眺瞩中原，慨然曰：‘遂使神州陆沉，百年丘墟，王夷甫诸人不得不任其责！’”鲁二生，汉初，叔孙通为博士，曾征召鲁国诸生三十馀人共立朝仪，鲁有二生不前往应召。（见《史记·叔孙通传》）诗人以不随波逐流之鲁二生自喻。

天龙作骑万灵从，独立飞来缥缈峰①。怀抱芳馨兰一握，纵横宙合雾千重②。眼中战国成争鹿③，海内人才孰卧龙④？抚剑长号归去也⑤，千山风雨啸青峰⑥。

上海人民出版社版《万木草堂诗集》卷二

①“天龙”二句：以天龙为坐骑，后有众神相从，独立于缥缈的奇峰之上，喻自己的超出流俗。作骑（jì 记），作为坐骑。万灵，如言“百神”。飞来缥缈峰，极言山峰奇峻，如天外飞来，隐现于云雾中。此为第二首。　②“怀抱”二句：自己的品德虽然芬芳高洁，但所处时代却阴霾混浊（黑暗）。芳馨（xīn 新），芳香，指香草。古典诗词中常以怀香佩兰喻志趣、品德高洁。宙合，见《苏村卧病写怀》第三首注，此指天下。　③“眼中”句：指列强竞相瓜分中国。战国，秦始皇统一中国之前，有燕、赵、韩、魏、齐、楚、秦七国。此指殖民主义列强。争鹿，即逐鹿。《汉书·蒯通传》：“秦失鹿，天下共逐之。”本指封建时代争夺天下，这里指列强瓜分中国。　④孰：谁。卧龙：《三国志·蜀志·诸葛亮传》：“（徐庶）谓先主曰：‘诸葛孔明者，卧龙也……’”此为诗人自喻。

⑤“抚剑”句：变法为顽固派所阻，抚剑长叹，不如归去。 ⑥“千山”句：宝剑怒啸激起群山风雨，喻自己雄心未渝，等待时机，仍为变法事业而战斗。青峰，指剑。

# 强学会序[①]

俄北瞰，英西睒，法南瞵，日东眈[②]，处四强邻之中而为中国，岌岌哉[③]！况磨牙涎舌，思分其馀者，尚十馀国。辽台茫茫[④]，回变扰扰[⑤]，人心皇皇，事势儳儳[⑥]，不可终日。

昔印度，亚洲之名国也，而守旧不变，乾隆时英人以十二万金之公司，通商而墟五印矣[⑦]。昔土耳其，回部之大国也，疆土跨亚欧非三洲，而守旧不变，为六国执其政，剖其地，废其君矣[⑧]。其馀若安南，若缅甸，若高丽，若琉球，若暹罗，若波斯，若阿富汗，若俾路芝[⑨]，及国于太平洋群岛、非洲者，凡千数百计，今或削或亡，举地球守旧之国，盖已无一瓦全者矣。

我中国孱卧于群雄之间，鼾寝于火薪之上，政务防弊而不务兴利，吏知奉法而不知审时，士主考古而不主通今，民能守近而不能行远。孟子曰：“国必自伐，而后人伐之。”[⑩]蒙盟、奉吉、青海、新疆、卫藏土司圉徼之守[⑪]，咸为异墟；燕、齐、闽、浙、江、淮、楚、粤、川、黔、滇、桂膏腴之地，悉成盗粮[⑫]。吾为突厥黑人不远矣[⑬]。

西人最严种族，仇视非类。法之得越南也，绝越人科举富贵之路，昔之达宦，今作贸丝也；英之得印度百年矣，光绪十五年始举一印人以充议员，自馀土著，畜若牛马。若吾不早图，倏忽分裂，则桀黠之辈，王、谢沦为左衽[⑭]；忠愤之徒，原郤夷为皂隶[15]。伊川之发[16]，骈阗于万方[17]；钟仪之冠[18]，萧条于千里。三州父子，分为异域之奴[19]；杜陵弟妹，各衔乡关之戚[20]。哭秦庭而无路[21]，餐周粟而匪甘[22]。矢成梁之家丁[23]，则螳臂易成沙虫[24]；觅泉明之桃源[25]，则寸埃更无净土。肝脑原野，衣冠涂炭。嗟吾神明之种族，岂可言哉！岂可言哉！

夫中国之在大地也，神圣绳绳[26]，国最有名，义理制度文物，驾于四溟[27]，其地之广于万国等在三，其人之众等在一，其纬度处温带，其民聪而秀，其土腴而厚，盖大地万国未有能比者也。徒以风气未开，人才乏绝，坐受凌侮。昔曾文正与倭文端诸贤[28]，讲学于京师，与江忠烈、罗忠节诸公[29]，讲练于湖湘，卒定拨乱之功。普鲁士有强国之会，遂报法仇[30]。日本有尊攘之徒[31]，用成维新。盖学业以讲求而成，人才以摩厉而出，合众人之才力则图书易庀[32]，合众人之心思则闻见易通。《易》曰："君子以朋友讲习[33]。"《论语》曰："百工居肆以成其事，君子学以致其道[34]。"

海水沸腾，耳中梦中，炮声隆隆。凡百君子，岂能无沦胥非类之悲乎[35]！图避谤乎？闭户之士哉！有能来言尊攘乎？岂惟圣清，二帝、三王、孔子之教[36]，四万万之人将有托耶！

民初汇编本《康南海文集》卷八

①本文作于光绪二十一年(1895)，是康有为为强学会成立所写的宣言。强学会又名强学书局、强学局、译书局，是以康有为为首的维新派和帝党官员联合创办的学会，实际上是倡导变法维新的政治团体。这篇序文分析了中国所面临的严重局势，历数了当时的一些守旧国家亡国丧权的惨状，并从正、反两个方面阐明变法图强的道理。感情强烈，笔锋犀利，条理清晰，很有鼓动力。　②睒(shǎn 闪)：窥视。瞵(lín 淋)：窥看。　③岌岌：危险的样子。《孟子·万章》："天下殆哉，岌岌乎！"　④辽台：辽东半岛和台湾。中日甲午

战争后，清政府与日本签订《马关条约》，把辽南和台湾割让给日本。⑤“回变”句：从十九世纪中叶起，沙俄一直在我新疆地区制造动乱。不仅胁迫清政府签订不平等界约，强占我国西北大片领土，派军侵入我帕米尔地区，还支持浩罕军事头目阿古柏侵占新疆天山南北路部分地区。回变，指新疆回民地区发生的动乱。扰扰，纷乱的样子。 ⑥儳（chán 蝉）儳：杂乱，混乱。⑦“昔印度”五句：清乾隆年间，英国在印度建立东印度公司，后逐渐变印度为它的殖民地。墟，化为丘墟。五印，古时印度分为东、南、西、北、中五部，称五印。 ⑧“昔土”七句：土耳其原为回部大国，1877 年，俄军攻陷其首都君士坦丁堡，并强迫其签订丧权辱国的条约。后来俄、英、法、意、德、奥瓜分了它许多领土，并废掉了其君主。回部，信奉伊斯兰教的地区。 ⑨安南：越南，1885 年成为法国的殖民地。缅甸：1886 年被英国吞并。高丽：即朝鲜，1895 年日军占领汉城，高丽建立了亲日派政府。琉球：原为中国属国，1879 年被日本吞并，改为冲绳县。暹罗：即今泰国，1885 年，英国胁迫其签订不平等条约，沦为半殖民地。波斯：即今伊朗，十九世纪后期为英、俄瓜分。阿富汗：1878 年后成为英国的附属国。俾路芝：今属巴基斯坦，1880 年被英国侵占。 ⑩“国必”二句：见《孟子·离娄》，意思是国家必有自毁的原因，别国才能征服它。自伐，自戕，自己败坏。 ⑪蒙盟：喀尔喀蒙古和内蒙古地区。奉吉：奉天（辽宁）和吉林。卫藏：此指西藏地区。圉徼（yǔjiào 雨叫）：边疆。 ⑫“燕京”句：谓我国富饶之地已为列强占据。盗粮，强盗所抢之物。《史记·范雎列传》：“齐所以大破者，以其伐楚而肥韩、魏也，此所谓‘借贼兵，赍盗粮’者也。” ⑬突厥：古代阿尔泰山一带的游牧民族。隋唐之际，占有漠北之地，东西万里，分为东西二部，后为回纥所灭。留我国者，多与回纥族混同；其转徙西方的部分，势渐强大，先后建立过伽色尼、花剌子模等国，后又为蒙古所并。 ⑭王、谢：是六朝时的两大望族。左衽：前襟左掩，是古代某些少数民族的服装。 ⑮原郤（xì 细）：原氏、郤氏，春秋时晋国大族。皂隶：古时的贱役。 ⑯伊川之发：伊川，周代地名，在今河南洛阳南部。《左传·僖公二十二年》载，周平王东迁洛邑（洛阳）后，大夫辛有事路过伊川，见当地居民像戎人一样披发野祭，感慨曰：“不及百年，此其戎乎？其礼先亡矣！”发，头发。 ⑰骈阗（tián 填）：众多、聚集貌。 ⑱钟仪之冠：楚冠，南冠。钟仪，春秋楚人，尝为郑所俘，献于晋。《左传·成公九年》：“晋侯观于军府，见钟仪，问之曰：‘南冠而絷者谁也？’有司对曰：‘郑人所献楚囚也。’”后以楚冠泛指囚犯。　⑲“三州”二句:庾信《哀江南赋》描述梁朝灭亡时的惨况云:“三州则父子离别。”三州,指荆州、江州、郢州。二句原意是说梁武帝父子被叛军离散,此处借指亡国的人民家庭破碎的惨状。　⑳“杜陵”二句:杜陵,唐诗人杜甫常自称“杜陵布衣”、“杜陵野老”。他的《乾元中寓居同谷县作歌七首》诗写安史之乱中他和弟妹失散的情况云:“有弟有弟在远方,三人各瘦何人强。……有妹有妹在钟离,良人早殁诸孤痴。”　㉑哭秦庭:《左传·定公四年》载,公元前505年,吴攻楚,楚将灭。楚大夫申包胥求救于秦,在秦庭痛哭七日,感动秦王,发兵救楚。　㉒“餐周粟”句:指伯夷叔齐不食周粟,饿死于首阳山事。见《史记·伯夷列传》。　㉓矢:施。成梁:李成梁,明铁岭卫人,曾为辽东总兵。据说连他的家丁都英勇善战。　㉔螳臂:用螳臂挡车的典故。沙虫:《抱朴子·释滞》:“周穆王南征,一军尽化。君子为猿为鹤,小人为虫为沙。”此处以化为沙虫指战死。　㉕泉明:陶渊明。唐人避高祖李渊讳,改“渊”为“泉”。桃源:桃花源。　㉖绳绳:绵延不绝。㉗四溟:四海。　㉘曾文正:即曾国藩,死后谥文正。倭文端:倭仁,蒙古正红旗人,道光进士,累官文渊阁大学士。推崇理学,与曾国藩友善。死后谥文端。　㉙江忠烈:江忠源,湖南新宁人,安徽巡抚。因在庐州三河镇与太平天国军作战时战死,追谥为“忠烈”。罗忠节:罗泽南,湖南湘乡人。为湘军重要首领。率湘军攻打武汉时战死,追谥“忠节”。　㉚“普鲁士”二句:强国之会,指由普鲁士各邦自由资产阶级组成的政治组织民族联盟和进步党。报法仇,指在1870年的普法战争中战胜法国。　㉛尊攘:即“尊王攘夷”。日本明治维新前,由江户幕府统治。改革派提出了“尊王攘夷”的主张,迫使幕府归政于天皇,实现了明治维新。　㉜庀(pǐ 匹):聚集,完备。　㉝“君子”句:见于《周易·兑》,谓君子与朋友切磋学问。孔颖达《正义》:“同门曰朋,同志曰友。朋友聚居,讲习道义,相说(悦)之盛,莫过于此也。”　㉞“百工”句:见于《论语·子张》。意思是,各行各业的工匠集中在自己的作坊里完成工作;君子则通过学习掌握真理。　㉟沦胥:沦陷,沦亡。《宋书·武帝纪》:“曩者永嘉不纲,诸夏幅裂,终古帝居,沦胥戎虏。”　㊱二帝:尧、舜。三王:夏禹,殷汤,周文王、武王。

## 二一 况周颐

况周颐(1859—1926),原名周仪,字夔笙,号蕙风,广西临桂人,原籍湖南宝庆。光绪五年(1879)乡试优贡。官内阁中书,后为两江总督张之洞、端方的幕僚。晚年在上海鬻文为生。著有《蕙风词》和《蕙风词话》。其论词主"重、拙、大",并认为"真"字是词骨。所作词感情真挚,寄兴深微。王国维曰:"蕙风词小令似叔原(晏几道),长调亦在清真(周邦彦)、梅溪(史达祖)间,而沉痛过之。彊村(朱祖谋)虽富丽精工,犹逊其真挚也。"(《人间词话》下)

### 苏 武 慢

#### 寒 夜 闻 角①

愁入云遥,寒禁霜重②,红烛泪深人倦③。情高转抑,思往难回,凄咽不成清变④。风际断时⑤,迢递天涯⑥,但闻更点。枉教人回首,少年丝竹,玉容歌管⑦。　　凭作出,百绪凄凉,凄凉惟有,花冷月闲庭院。珠帘绣幕⑧,可有人听?听也可曾肠断?除却塞鸿,遮莫城乌,替人惊惯⑨。料南枝明日,应减红香一半。

上海古籍出版社版龙榆生《近三百年名家词选》

①这首词作于1889年秋。作品以深秋听到角声为题，抒写身世凄凉之感。王国维对这首词评价很高，认为："境似清真，集中他作，不能过之。"(《人间词话》下)　②禁：遭遇。陆游《马上作》诗："衰老更禁新卧病。"　③红烛泪深：指已是深夜。　④凄咽：指凄楚的角声。清变：此指凄楚激越的曲调。　⑤风际断时：在风声中时断时续。　⑥迢递：遥远的样子。⑦玉容：女子的美貌。歌管：歌声、乐声。　⑧珠帘绣幕：镶有珍珠的帘子和锦绣的帏幕。这里指女子居住的地方。　⑨"除却"三句：化用温庭筠《更漏子》"惊塞鸿，起城乌，画屏金鹧鸪"句意。意思是边塞鸿雁和城中乌鸦常常惊飞，像是经常代人哀愁惊心。遮莫，或许。

# 二二 丘逢甲

丘逢甲(1864—1912),又名秉渊,字仙根,又字吉甫,号蛰仙、仲阏,后改号仓海,世称“仓海先生”。祖籍广东镇平(今蕉岭),生于台湾苗栗县,是近代台湾籍的诗人。梁启超称他为“诗界革命一巨子”(《饮冰室诗话》),黄遵宪谓“此君诗真天下健者”(《壬寅与任公书》)。他内渡后的诗作,以怀念故土、收复台湾、统一祖国为其基本主题,表现了强烈的爱国精神,字里行间洋溢着洗雪国耻、反帝抗日的战斗激情。诗多慷慨悲歌,于苍凉悲壮中闪露出豪气,读后给人一种振奋的力量。著有《岭云海日楼诗钞》。

## 春　愁[1]

春愁难遣强看山,往事惊心泪欲潸[2]。四百万人同一哭[3],去年今日割台湾。

上海古籍出版社版《岭云海日楼诗钞》卷二

①这首诗写于光绪二十二年(1896)。上年春,清政府因甲午战败与日本签订《马关条约》,条约规定将台湾及所属岛屿并澎湖列岛割让给日本。诗人痛定思痛,回首往事,悲愤填膺,泪水纵横交流。此诗正抒发了作者这种悲愤的感情。　②往事:指割让台湾及诗人组织义军抗日保台的情景。潸(shān 山):泪流的样子。　③四百万:指当日台湾的人口。据丘逢甲《岭云海日楼诗钞》原注:“台湾人口合闽、粤籍(台湾人),约四百万人也。”

## 汕头海关歌寄伯瑶[1]

风雷驱鳄出海地，通商口开远人至[2]。黄沙幻作锦绣场[3]，白日腾上金银气[4]。峨峨新旧两海关，旧关尚属旗官治[5]。先生在关非关吏[6]，我欲从之问关事。新关主者伊何人？短衣戴笠胡羊鼻[7]。新关税赢旧关绌[8]，关吏持筹岁能记[9]。新关税入馀百万，中朝取之偿国债[10]。日日洋轮出入口，红头旧船十九废[11]。土货税重洋货轻，此法已难相抵制[12]。况持岁价两相较，出口货惟十之二。入口岁赢二千万，曷怪民财日穷匮[13]！惟潮出口糖大宗，颇闻近亦鲜溢利。西人嗜糖嗜其白，贱卖赤砂改机制[14]。年来仿制土货多，各口华商商务坠。如何我不制洋货？老生抵死仇机器[15]。或言官实掣商肘，机厂欲开预防累[16]。此语或真吾不信，衹怪华商少雄志。坐令洋货日报关，万巧千奇无不备。以其货来以人往[17]，大舱迫窄不能位[18]。岁十万人出此关，偻指来归十无四[19]。十万人中人彘半[20]，载往作工仰喂饲。可怜生死落人手，不信造物人为贵[21]。中朝屡诏言保商，惜无人陈保工议[22]。我工我商皆可怜，强弱岂非随国势！不然十丈黄龙旗[23]，何尝我国无公使？彼来待以至优礼，我往竟成反比例。且看西人领事权[24]，雷厉风行来照会[25]。大官小吏咸朒缩[26]，左华右洋日张示[27]。华商半悬他国旗，报关但用横行字[28]。其中大驵尤狡狯[29]，播弄商权遽横恣[30]。商夸洋籍民洋教[31]，时事年来多怪异。先生在关虽见惯，思之应下哀时泪。闽粤中间此片土，商务蒸蒸岁逾岁。瓜分之图日见报，定有旁人思攘臂[32]。关前关后十万家，利窟沉酣如梦寐[33]。先王古训言先醒，可能呼起通国睡[34]？出门莽莽多风尘，无奈天公亦沉醉[35]。

上海古籍出版社版《岭云海日楼诗钞》卷八

①这首诗写于光绪二十七年(1901)。丘逢甲内渡后，身居广东，毗邻福建，他又到过香港、澳门、九龙等地，对于殖民主义的侵略感触尤深。他在这首诗中，对我国海关不自主而带来的种种弊病作了真实的描绘，并揭露了殖民主义者在中国掠夺廉价劳力以及虐待华工的情况。伯瑶，萧馥常，字伯瑶，潮州生员。 ②"风雷"二句：写汕头辟为对外通商口岸。根据咸丰八年(1858)签订的《中英天津条约》，潮州被辟为通商口岸。后来开埠时，潮州口岸设在汕头。汕头位于广东省东部、韩江三角洲南端江口，属潮州府，港湾很深，为出海要道。风雷驱鳄，韩愈为潮州刺史时，问民间疾苦，皆云恶溪有鳄鱼为患，韩愈令其部属秦济以一羊一牛投溪水而祝之，是夕有暴风震雷起湫水中，数日水尽涸，西徙六十里，从此潮州无鳄鱼患(见韩愈《祭鳄鱼文》)。远人，此指外国人。③"黄沙"句：汕头原很荒芜，通商后变成繁华之地。 ④"白日"句：因来往通商，金银出入甚多，故云。金银气，《地镜图》："黄金之气赤黄，千万斤以上则光大如镜；银之气夜半白，流散在地，拨之随手散合。" ⑤旗官：清代称编入八旗的人为旗人，旗人做官者为旗官。 ⑥先生：指伯瑶。 ⑦"短衣"句：当时外国人的装束、外貌。根据《通商章程善后条约》规定：各海关均请英国人"帮办税务"，故海关上的税务司和高级职员都是外国人。 ⑧税赢：税收多。赢，有馀。税绌：税收少。绌，不足。 ⑨筹：记数和计算的用具。⑩"中朝"句：中国每次签订条约，大多有赔款一项，赔款量很大，多以海关税收抵押。 ⑪红头旧船：船头漆有红漆的中国旧式运货船。 ⑫"土货"二句：中国的货税重，洋货税轻，无法抵制洋货入超。这说明中国没有海关自主权，关税完全掌握在外国人手里。 ⑬"况持"四句：以每年的出口和进口货值而论，出口值只占十分之二，进口值每年超过二千万两，白银大量外流，怎怪民财贫乏呢？ ⑭"西人"二句：西方人喜爱糖的色白；中国商人只有贱卖原糖给外商，再由他们改用机器制成白糖。 ⑮"老生"句：当时的保守派官僚至死仇视机器。 ⑯"或言"二句：有人说政府是有意牵制商人，以致使人想

开办工厂又怕赔本。掣(chè 撤)肘,战国时宓子贱治亶父,请鲁君派近臣二人同往。宓子贱令吏二人书,吏正提笔写字,宓子贱便故意从旁掣摇其肘,字当然写不好,宓氏大怒。(事见《吕氏春秋·具备篇》)比喻让人作事情而又故意留难牵制。 ⑰"以其"句:殖民主义者一方面向中国倾销其剩馀商品,另方面又廉价招收华工。 ⑱位:位置,可引申为坐。不能位,就是连坐的地方都没有。 ⑲偻(lǚ 吕)指:曲指而数。 ⑳人彘:汉高祖刘邦宠戚夫人,并欲立其子如意为太子,未果。刘邦死,吕氏断戚夫人手足,挖眼、烧耳、迫吃喑药,使居厕所中,称人彘。(见《史记·吕太后本纪》)此指殖民主义者把华工视为猪狗,倍加虐待。 ㉑造物人为贵:天造万物,以人为贵。 ㉒"中朝"二句:中国政府也曾多次下令保护商业,可惜无人陈述保护华工的意见。按,戊戌变法期间,清政府虽下过几道保护工商业的谕令,大多徒具纸文;而保护华工的意见纵有人陈述,政府也会置之不理。 ㉓黄龙旗:清王朝的国旗。 ㉔领事权:即领事裁判权。指殖民国家侨民不受居留国法律管辖的非法特权。它是列强强迫清政府在缔结的不平等条约中规定的外国人在中国所享特权之一。主要内容是外国人在中国犯了法或成为民刑诉讼的被告,可以不受中国法律的制裁,中国政府也无权过问,而只能由各该国领事按照他们的法律进行"裁判"。 ㉕照会:国家间外交往来常用的一种文书,有正式照会和普通照会两种。 ㉖"大官"句:清朝大大小小的官员都惧怕洋人。朒(nǜ 女去声)缩,畏缩不前。 ㉗"左华"句:卑视华人、袒护洋人,因而使洋人日益嚣张。左,卑,下。右,偏袒。 ㉘"报关"句:报关只能用洋文填写。横行字,即洋文。英文、法文等文字系横书。按,旧日汉字均竖写。 ㉙大驵(zù 祖去声):此指中国商人中的大买办。驵,马市中的中间介绍人。狡狯(kuài 快):狡诈奸滑。 ㉚"播弄"句:借播弄商权恣意横行。 ㉛"商夸"句:商人以经营洋货相夸,百姓以信洋教为荣。洋籍,指做外国人的代理商或买办。 ㉜"闽粤"四句:当时闽粤主要是英、法、日的势力范围,他们控制力量的加强必然引起其他殖民主义者的干涉,共同瓜分中国,这是诗人的忧虑。旁人,指尚未参与瓜分的列强。攘臂,捋袖伸臂,表示振奋和发怒。《史记·苏秦列传》:"于是韩王勃然作色,攘臂瞋目。"这句诗是说,另一些殖民主义国家见此情况,一定会眼红,故攘臂以待,参与瓜分中国的活动。 ㉝"关前"二句:意为一些中国商人对殖民主义的侵略毫无认识,为贪图小利,仍为他们效劳,并做着黄粱美梦。　　㉞“先王”二句:《孟子·万章》:“天之生此民也,使先知觉后知,使先觉觉后觉也。”诗人希望以此唤醒全国人民,警惕列强的侵略。　　㉟天公:当指清王朝最高统治者。

# 二三　谭嗣同

谭嗣同(1865—1898),字复生,号壮飞,别署东海褰冥氏,湖南浏阳人。他是改良主义运动中的激进派,为变法事业献出了自己的生命。谭嗣同是近代著名的思想家,他猛烈抨击了君主专制制度和清王朝的反动统治,并对封建纲常伦理进行了犀利的批判,其思想之激进和深刻,达到了同时代的最高水平,并成为后来资产阶级革命派思想的先导。谭氏富有文学才华,诗文都写得有气势,有词采。诗作表现了丰富的时代内容和强烈的爱国主义思想,有些山水诗融入了个人的生命感受,抒发了他冲破网罗、追求个性解放的积极进取精神。诗风恢阔豪迈、刚健遒劲,所谓"拔起千仞、高唱入云"(谭嗣同《报刘淞芙书》),带有浓郁的浪漫主义特色。有《谭嗣同全集》。

## 潼　　关①

终古高云簇此城②,秋风吹散马蹄声。河流大野犹嫌束③,山入潼关不解平④。

中华书局版《谭嗣同全集》卷一

①这首诗系诗人青年时自浏阳至兰州途经潼关时所写,时年十八岁(1882)。潼关,在陕西潼关县北,古为桃林塞,东汉时设潼关。潼关关城雄踞山腰,下临黄河。诗通过壮阔的背景,把潼关的形势写活了。后二句融入了

作者豪情壮怀。　②终古：久远意。《楚辞·九歌·礼魂》："春兰兮秋菊，长无绝兮终古。"簇（cù促）：簇拥，紧紧围着。　③"河流"句：黄河在辽阔的平原上奔腾而下，但仍嫌受到大堤的束缚。河，指黄河。　④"山入"句：山脉走入潼关（以西），峰峦更加突兀高峻。不解，不知道。

## 崆　峒[①]

斗星高被众峰吞[②]，莽荡山河剑气昏[③]。隔断尘寰云似海[④]，划开天路岭为门[⑤]。松拏霄汉来龙斗，石负苔衣挟兽奔[⑥]。四望桃花红满谷，不应仍问武陵源[⑦]。

中华书局版《谭嗣同全集》卷一

①光绪十五年（1889），诗人自家乡浏阳赴兰州父亲任所，途经崆峒，写了这首诗。诗赞美群峰高耸、奇险壮美的崆峒山，取喻灵动，富有气势；末二句寓有诗人关心时事、不甘寂寞的进取精神。崆峒，山名，在今甘肃省平凉市，为道教名山。　②"斗星"句：喻崆峒山之高。斗星，北斗星。　③"莽荡"句：广大山河笼罩在兵气中。莽荡，旷远貌。剑气，宝剑的精气。《太平御览》卷三四三引《雷焕别传》："晋司空张华夜见异气起牛斗，华问焕见之乎，焕曰：此谓宝剑气。"这里喻天色。　④"隔断"句：言峰顶突出于白云之上。尘寰，尘世，人世间。李群玉《送隐者游罗浮》："自此尘寰音信断，山川风月永相思。"　⑤"划开"句：安维俊《游崆峒题》诗："天门可阶升。"崆峒山有天门，是通往山顶的一道狭口，十分陡险。"天门铁柱"，是崆峒山的十二景之一。以上两句仍写山之高。　⑥"松拏"二句：言松树之高可拏霄汉，松枝盘曲犹如龙斗；生满青苔的山石像群兽奔跑。这两句诗，形象飞动，富诗情画意。安维俊《游崆峒题》"松柏高摩云"，可与"松拏霄汉"互参。挟兽奔，喻山上群石布列的险奇。挟，夹在腋下。　⑦武陵源：即桃花源。指陶渊明《桃花源记》中所描绘的桃花源。这里是用以反衬崆峒山景色之美。

# 狱中题壁[①]

望门投止思张俭[②],忍死须臾待杜根[③]。我自横刀向天笑,去留肝胆两昆仑[④]。

中华书局版《谭嗣同全集》卷二

①光绪二十四年(1898)八月慈禧太后发动政变,康有为出逃,作者被捕。此诗写于狱中,故题《狱中题壁》。这首诗高度凝炼地表现了谭嗣同以身许国、慷慨赴难的真挚的爱国热忱和崇高的献身精神,多少年来一直赢得广大读者的崇敬。　②“望门”句:张俭,东汉人,有才德,延熹中太守翟超请为东部督邮,后因弹劾宦官侯览,被诬结党造反。朝廷下令逮捕他,时人慕其名,张俭“望门投止”,人人“破家相容”(《后汉书·张俭传》)。此喻康有为。望门投止,指人在困迫之中,见有家门就进去,以求避难安身。　③“忍死”句:杜根,东汉人,字伯坚,性方实。安帝初举孝廉,为郎中,时邓太后临朝,权在外戚。杜根便与他人联名上书,请求邓太后还政安帝。太后怒,命人把他装入布袋,于殿上击杀之。执法者以杜根忠正,阴使人不用力,杜根诈死三日而后逃走。后邓氏被诛,杜根复官拜为侍御史。(事详《后汉书·杜根传》)作者政变前夕曾电唐才常:“速偕同志,来京相助。”(唐才常《戊戌闻见录》)唐才常接电后速往汉口与哥老会联系,选壮士多人赴京,但此时尚未到京。所谓“忍死”指此。须臾,片刻。待杜根,等待唐才常来京。一说,系作者自喻,意谓“忍死”待复出如杜根。　④去留肝胆:谓一去一留仍肝胆相照。两昆仑:梁启超《饮冰室诗话》:“所谓两昆仑者,其一指南海(康有为),其一乃侠客大刀王五。”北京大学中文系1955级《近代诗选》:“两昆仑,似指康有为与作者自己,即所谓一‘去’一‘留’。政变前夕,康有为出京,作者拒绝出奔,准备牺牲,并曾在劝梁启超出走时说:‘不有行者,无以图将来;不有死者,无以酬圣主。’”昆仑,喻人格崇高。

# 二四　梁启超

梁启超(1873—1929),字卓如,号任公,又号饮冰室主人,广东新会人,一生致力于社会变革和西学的宣传,先后主持和创办过《时务报》、《清议报》、《新民丛报》和《新小说》,为传播西方资产阶级的政治、哲学、历史、法学、教育和文学作出过巨大的贡献。他还领导了近代文学革新运动,发起诗界革命、文界革命、小说界革命和戏剧改良,有力地推进了中国文学的革新和近代化。在创作上,他的新文体诗歌、小说、戏剧和翻译,在中国近代文学史上都有一定的地位。著有《饮冰室合集》。

## 志未酬①

志未酬②,志未酬,问君之志几时酬?志亦无尽量,酬亦无尽时。世界进步靡有止期,吾之希望亦靡有止期。众生苦恼不断如乱丝,吾之悲悯亦不断如乱丝。登高山复有高山,出瀛海更有瀛海③。任龙腾虎跃以度此百年兮,所成就其能几许④!虽成少许,不敢自轻。不有少许兮,多许奚自生⑤?但望前途之宏廓而寥远兮,其孰能无感于余情?吁嗟乎,男儿志兮天下事,但有进兮不有止,言志已酬便无志。

《清议报》全编卷一六文苑下

①这首诗作于光绪二十七年(1901),最先发表在《清议报》上。诗抒写作者在变法失败后,仍要继续奋斗的积极进取精神。作法打破传统形式、格调,成为一种"新体诗"。 ②酬:实现,达到。 ③"出瀛"句:《史记·孟子荀卿列传》记邹衍谈天地,谓九州之内有稗海环绕,九州之外,更有大瀛海环绕。④其:副词,表推测。 ⑤奚(xī 西)自生:从何而生。奚,疑问词,何。

## 少年中国说[①]

日本人之称我中国也,一则曰老大帝国,再则曰老大帝国。是语也,盖袭译欧西人之言也[②]。呜呼!我中国其果老大矣乎?梁启超曰:恶[③],是何言!是何言!吾心目中有一少年中国在。

欲言国之老少,请先言人之老少。老年人常思既往,少年人常思将来。惟思既往也,故生留恋心;惟思将来也,故生希望心。惟留恋也,故保守;惟希望也,故进取。惟保守也,故永旧;惟进取也,故日新。惟思既往也,事事皆其所已经者,故惟知照例;惟思将来也,事事皆其所未经者,故常敢破格。老年人常多忧虑,少年人常好行乐。惟多忧也,故灰心;惟行乐也,故盛气。惟灰心也,故怯懦;惟盛气也,故豪壮。惟怯懦也,故苟且;惟豪壮也,故冒险。惟苟且也,故能灭世界;惟冒险也,故能造世界。老年人常厌事,少年人常喜事。惟厌事也,故常觉一切事无可为者;惟好事也,故常觉一切事无不可为者。老年人如夕照,少年人如朝阳。老年人如瘠牛,少年人如乳虎。老年人如僧,少年人如侠。老年人如字典,少年人如戏文。老年人如鸦片烟,少年人如泼兰地酒。老年人如别行星之陨石,少年人如大洋海之珊瑚岛。老年人如埃及沙漠之金字塔[④]，少年人如西伯利亚之铁路。老年人如秋后之柳，少年人如春前之草。老年人如死海之潴为泽[⑤]，少年人如长江之初发源。此老年与少年性格不同之大略也。梁启超曰：人固有之，国亦宜然。

梁启超曰：伤哉，老大也！浔阳江头琵琶妇，当明月绕船，枫叶瑟瑟，衾寒于铁，似梦非梦之时，追想洛阳尘中春花秋月之佳趣[⑥]。西宫南内，白发宫娥，一灯如穗，三五对坐，谈开元天宝间遗事，谱霓裳羽衣曲[⑦]。青门种瓜人，左对孺人，顾弄孺子，忆侯门似海、珠履杂遝之盛事[⑧]。拿破仑之流于厄蔑[⑨]，阿剌飞之幽于锡兰[⑩]，与三两监守吏，或过访之好事者，道当年短刀匹马，驰骋中原，席卷欧洲，血战海楼，一声叱咤，万国震恐之丰功伟烈[⑪]，初而拍案，继而抚髀[⑫]，终而揽镜：呜呼，面皴齿尽，白发盈把，颓然老矣！若是者，舍幽郁之外无心事[⑬]，舍悲惨之外无天地，舍颓唐之外无日月，舍叹息之外无音声，舍待死之外无事业。美人豪杰且然，而况于寻常碌碌者耶？生平亲友，皆在墟墓；起居饮食，待命于人。今日且过，遑知他日；今年且过，遑恤明年。普天下灰心短气之事，未有甚于老大者。于此人也，而欲望以拏云之手段[⑭]，回天之事功[⑮]，挟山超海之意气[⑯]，能乎不能？

呜呼，我中国其果老大矣乎？立乎今日以指畴昔，唐虞三代[⑰]，若何之郅治[⑱]；秦皇汉武，若何之雄杰；汉唐来之文学，若何之隆盛；康乾间之武功，若何之烜赫。历史家所铺叙，词章家所讴歌，何一非我国民少年时代、良辰美景赏心乐事之陈迹哉！而今颓然老矣！昨日割五城，明日割十城，处处雀鼠尽，夜夜鸡犬惊。十八省之土地财产[⑲]，已为人怀中之肉；四百兆之父兄子弟[⑳]，已为人注籍之奴[㉑]。岂所谓"老大嫁作商人妇”者耶[22]？呜呼，凭君莫话当年事，憔悴韶光不忍看！楚囚相对[23]，岌岌顾影；人命危浅，朝不虑夕。国为待死之国，一国之民为待死之民。万事付之奈何，一切凭人作弄，亦何足怪！

梁启超曰：我中国其果老大矣乎？是今日全地球之一大问题也。如其老大也，则是中国为过去之国，即地球上昔本有此国，而今渐澌灭[24]，他日之命运殆将尽也。如其非老大也，则是中国为未来之国，即地球上昔未现此国，而今渐发达，他日之前程且方长也。欲断今日之中国为老大耶？为少年耶？则不可不先明国字之意义。夫国也者，何物也？有土地，有人民，以居于其土地之人民，而治其所居之土地之事，自制法律而自守之，有主权，有服从，人人皆主权者，人人皆服从者。夫如是斯谓之完全成立之国。地球上之有完全成立之国也，自百年以来也。完全成立者，壮年之事也；未能完全成立而渐进于完全成立者，少年之事也。故吾得一言以断之曰：欧洲列邦在今日为壮年国，而我中国在今日为少年国。

夫古昔之中国者，虽有国之名，而未成国之形也。或为家族之国，或为酋长之国，或为诸侯封建之国，或为一王专制之国。虽种类不一，要之，其于国家之体质也，有其一部而缺其一部。正如婴儿自胚胎以迄成童，其身体之一二官支[25]，先行长成，此外则全体虽粗具，然未能得其用也。故唐虞以前为胚胎时代，殷商之际为乳哺时代，由孔子而来至于今为童子时代，逐渐发达，而今乃始将入成童以上少年之界焉。其长成所以若是之迟者，则历代之民贼有窒其生机者也。譬犹童年多病，转类老态。或且疑其死期之将至焉，而不知皆由未完全未成立也；非过去之谓，而未来之谓也。

且我中国畴昔，岂尝有国家哉，不过有朝廷耳。我黄帝子孙，聚族而居，立于此地球之上者既数千年，而问其国之为何名，则无有也。夫所谓唐、虞、夏、商、周、秦、汉、魏、晋、宋、齐、梁、陈、隋、唐、宋、元、明、清者，则皆朝名耳。朝也者，一家之私产也；国也者，人民之公产也。朝有朝之老少，国有国之老少。朝与国既异物，则不能以朝之老少而指为国之老少明矣。文、武、成、康[26]，周朝之少年时代也；幽、厉、桓、赧[27]，则其老年时代也。高、文、景、武[28]，汉朝之少年时代也；元、平、桓、灵[29]，则其老年时代也。自馀历朝，莫不有之。凡此者谓为一朝廷之老也则可，谓为一国之老也则不可。一朝廷之老且死，犹一人之老且死也，于吾所谓中国者何与焉？然则，吾中国者，前此尚未出现于世界，而今乃始萌芽云尔。天地大矣，前途辽矣，美哉我少年中国乎！

玛志尼者[30]，意大利三杰之魁也。以国事被罪，逃窜异邦。乃创立一会，名曰“少年意大利”，举国志士，云涌雾集以应之。卒乃光复旧物，使意大利为欧洲之一雄邦。夫意大利者，欧洲第一之老大国也。自罗马亡后[31]，土地隶于教皇，政权归于奥国，殆所谓老而濒于死者矣。而得一玛志尼，且能举全国而少年之，况我中国之实为少年时代者耶？堂堂四百馀州之国土，凛凛四百馀兆之国民，岂遂无一玛志尼其人者！

龚自珍氏之集有诗一章，题曰《能令公少年行》[32]。吾尝爱读之，而有味乎其用意之所存。我国民而自谓其国之老大也，斯果老大矣；我国民而自知其国之少年也，斯乃少年矣。西谚有之曰：“有三岁之翁，有百岁之童。”然则，国之老少，又无定形，而实随国民之心力以为消长者也。吾见乎玛志尼之能令国少年也，吾又见乎我国之官吏士民能令国老大也。吾为此惧。夫以如此壮丽浓郁翩翩绝世之少年中国，而使欧西日本人谓我为老大者，何也？则以握国权者皆老朽之人也。非哦几十年八股，非写几十年白折[33]，非当几十年差，非捱几十年俸，非递几十年手本[34]，非唱几十年诺[35]，非磕几十年头，非请几十年安，则必不能得一官，进一职。其内任卿贰以上[36]，外任监司以上者[37]，百人之中，其五官不备者[38]，殆九十六七人也。非眼盲，则耳聋；非手颤，则足跛；否则半身不遂也。彼其一身饮食步履视听言语，尚且不能自了，须三四人在左右扶之捉之，乃能度日，于此而乃欲责之以国事，是何异立无数木偶而使之治天下也！且彼辈者，自其少壮之时，既已不知亚细、欧罗为何处地方，汉祖、唐宗是那朝皇帝，犹嫌其顽钝腐败之未臻其极，又必搓磨之[39]，陶冶之，待其脑髓已涸，血管已塞，气息奄奄，与鬼为邻之时，然后将我二万里山河，四万万人命，一举而畀于其手。呜呼！老大帝国，诚哉其老大也！而彼辈者，积其数十年之八股、白折、当差、捱俸、手本、唱诺、磕头、请安，千辛万苦，千苦万辛，乃始得此红顶花翎之服色[40]，中堂大人之名号[41]，乃出其全副精神，竭其毕生力量，以保持之。如彼乞儿拾金一锭，虽轰雷盘旋其顶上，而两手犹紧抱其荷包，他事非所顾也，非所知也，非所闻也。于此而告之以亡国也，瓜分也，彼乌从而听之[42]，乌从而信之！即使果亡矣，果分矣，而吾今年既七十矣八十矣，但求其一两年内，洋人不来，强盗不起，我已快活过了一世矣；若不得已，则割三头两省之土地[43]，奉申贺敬，以换我几个衙门，卖三几百万之人民作仆为奴，以赎我一条老命，有何不可，有何难办！呜呼！今之所谓老后老臣老将老吏者，其修身齐家治国平天下之手段，皆具于是矣。西风一夜催人老，凋尽朱颜白尽头。使走无常当医生[44]，携催命符以祝寿，嗟乎痛哉！以此为国，是安得不老且死，且吾恐其未及岁而殇也。

梁启超曰：造成今日之老大中国者，则中国老朽之冤业也；制出将来之少年中国者，则中国少年之责任也。彼老朽者何足道？彼与此世界作别之日不远矣，而我少年乃新来而与世界为缘。如僦屋者然[45]，彼明日将迁居他方，而我今日始入此室处。将迁居者，不爱护其窗栊，不洁治其庭庑[46]，俗人恒情，亦何足怪。若我少年者，前程浩浩，后顾茫茫，中国而为牛为马为奴为隶，则烹脔鞭箠之惨酷[47]，惟我少年当之；中国如称霸宇内，主盟地球，则指挥顾盼之尊荣，惟我少年享之，于彼气息奄奄与鬼为邻者何与焉！彼而漠然置之，犹可言也；我而漠然置之，不可言也。使举国之少年而果为少年也，则吾中国为未来之国，其进步未可量也；使举国之少年而亦为老大也，则吾中国为过去之国，其澌亡可翘足而待也。故今日之责任，不在他人，而全在我少年。少年智则国智，少年富则国富，少年强则国强，少年独立则国独立，少年自由则国自由，少年进步则国进步，少年胜于欧洲则国胜于欧洲，少年雄于地球则国雄于地球。红日初升，其道大光[48]；河出伏流[49]，一泻汪洋；潜龙腾渊，鳞爪飞扬；乳虎啸谷，百兽震惶；鹰隼试翼[50]，风尘吸张；奇花初胎，矞矞皇皇[51]；干将发硎[52]，有作其芒[53]；天戴其苍，地履其黄[54]；纵有千古，横有八荒[55]，前途似海，来日方长。美哉我少年中国，与天不老；壮哉我中国少年，与国无疆！

“三十功名尘与土，八千里路云和月。莫等闲白了少年头，空悲切。”此岳武穆《满江红》词句也[56]。作者自六岁时即口受记忆，至今喜诵之不衰。自今以往，弃“哀时客”之名，更自名曰：“少年中国之少年。”作者附识。

中华书局影印本《饮冰室合集》第二册

①本文作于光绪二十六年(1900),文章从驳斥日本和西方列强污蔑我国为“老大帝国”入手,说明中国是一个正在成长的少年中国。本文所说的“国”,是理想的资产阶级共和国。文章认为封建专制制度和封建官吏已经腐朽,希望寄托在中国少年身上,并且坚信中国少年必有志士,能使国家富强,雄立于地球。反映了作者渴望祖国繁荣昌盛的爱国思想和积极乐观的民族自信心。文章紧扣主题,运用排比句法,层层推进,逐次阐发,写得极有感情,极有气势。 ②欧西:指欧美西方世界。 ③恶(wū乌):叹词,犹“唉”,含有否定的意思。 ④金字塔:古代埃及王墓,以石筑成,底面为四方形,侧面作三角形之方尖塔,望之状如“金”字,故译名“金字塔”。金字塔与下句“西伯利亚铁路”对举,取其古雅而无实用意。 ⑤死海:湖名,一名咸海。因水中含盐量高,鱼类不生,故名。在约旦、以色列和巴基斯坦间。潴(zhū诸):聚积的水流。 ⑥“浔阳”六句:用白居易《琵琶行》诗所写的故事。琵琶妇原是长安歌女(此处误为洛阳歌女),老大嫁作商人妇。商人离她经商而去。在浔阳江头的夜晚,枫叶瑟瑟,她回想往事,有不胜零落之感。浔阳江,在今九江市北,长江流经九江市的一段。 ⑦“西宫”六句:就白居易《长恨歌》所咏唐玄宗与杨贵妃事,用元稹《行宫》“白头宫女在,闲坐说玄宗”诗意,谓安史之乱后,白头宫人忆及当年事,倍感凄凉。西宫,唐太极宫;南内,唐兴庆宫。李隆基自四川返京后,先居兴庆宫,后迁西宫。霓裳羽衣曲,本名《婆罗门》,源出印度,开元中传入中国。传说李隆基梦游月宫,听诸仙奏曲,默记其调,醒后令乐工谱成。 ⑧“青门”四句:用汉初邵平故事。邵平在秦末为东陵侯。秦亡后,在长安东门外种瓜为生。(见《三辅黄图》)此句谓邵平回想当年的繁华,颇为感伤。青门,汉长安东门。孺人,古代大夫之妻称孺人,明、清两代七品官的妻子封孺人。珠履,用珠子装饰的鞋。杂遝(tà踏),杂乱。 ⑨拿破仑:即拿破仑一世。法国资产阶级政治家、军事家。他于1804年为法国皇帝,曾称霸欧洲。1814年各国联军攻破巴黎,拿破仑被流放于厄尔巴岛。厄蔑:即厄尔巴岛,在意大利半岛和法国科西嘉岛之间。
⑩阿剌飞:指埃及民族解放运动领袖阿拉比,曾率众推翻英、法殖民统治。

1882年，英国侵略军进攻埃及，阿拉比领导军队抗击，战败被流放于锡兰。⑪丰功伟烈：丰功伟绩。烈，功绩。贾谊《过秦论》："及至始皇，奋六世之馀烈，振长策而御宇内。" ⑫抚髀（bì婢）：《三国志·蜀志·先主传》裴注引《九州春秋》："备住荆州数年，尝于（刘）表坐起至厕，见髀里肉生，慨然流涕。还坐，表怪问备，备曰：'吾常身不离鞍，髀肉皆消；今不复骑，髀里肉生。日月若驰，老将至矣，而功业不建，是以悲耳！'"髀，大腿。 ⑬幽郁：深沉的忧郁。⑭拏云：上干云霄之意。李贺《致酒行》诗："少年心事当拏云。" ⑮回天：使天地倒转，喻改变局势。 ⑯挟山超海：喻英雄壮举。《孟子·梁惠王上》："挟泰山以超北海。" ⑰唐虞三代：指唐尧、虞舜和夏、商、周三代。⑱郅（zhì至）治：至治，把国家治理得太平强盛。郅，极，至。 ⑲十八省：清初全国共分十八个省。光绪末年增至二十三省，但人们习惯上仍称十八省。 ⑳四百兆：即四亿，当时中国有四亿人口。 ⑫注籍之奴：注入户籍的奴隶。这里指失去自由的人。 ㉒老大嫁作商人妇：白居易《琵琶行》中的诗句。 ㉓楚囚相对：喻遇到强敌，窘迫无计。《晋书·王导传》载，晋元帝时，国家动乱，中州人士纷纷避乱江左。"过江人士，每至暇日，相要出新亭饮宴。周颢中坐而叹曰：'风景不殊，举目有江河之异。'皆相视流涕。惟（王）导愀然变色曰：'当共戮力王室，克复神州，何至作楚囚相对泣邪？'"㉔澌灭：消亡，消失。 ㉕官支：五官、四肢。 ㉖文、武、成、康：周朝初年的几代帝王。周文王奠定了灭商的基础；周武王灭商建立周朝；成王、康王把国家治理得非常强盛，史称"成康之治"。所以下句将其比作周朝的少年时代。 ㉗幽、厉、桓、赧（nǎn蝻）：指周幽王、厉王、桓王、赧王。幽王宠褒姒，废申后，申侯联合犬戎攻周，幽王被杀，西周灭亡。周厉王暴虐，被流放于彘（今山西霍县）。周桓王时，东周王室衰落。周赧王死后不久，东周灭亡。㉘高、文、景、武：指汉初四代皇帝。汉高祖灭秦、楚，建立汉王朝。文帝、景帝发展生产，国家强盛，史称"文景之治"。武帝重武功，国力强盛。 ㉙元、平、桓、灵：汉元帝、平帝、桓帝、灵帝。汉元帝时，西汉开始衰落；汉平帝死后不久，王莽篡国，西汉灭亡。桓帝、灵帝是东汉末年的两代帝王，其执政期间外戚、宦官专权，政治黑暗，为东汉灭亡种下了祸根。 ㉚玛志尼（1805—1872）：意大利爱国者。罗马帝国灭亡后，意大利受奥地利帝国奴役，玛志尼创立"少年意大利党"，创办《少年意大利报》，发动和组织资产阶级革命，完成意大利的独立统一事业。他与同时的加里波的、喀富尔并称"意大利三杰"。

下文“旧物”，指国家原有的基业。　㉛罗马亡后：罗马帝国曾跨欧亚两洲，后分裂为二。西罗马亡于476年，东罗马亡于1453年。下文“土地隶于教皇，政权归于奥国”，是指1815年后，意大利分为几个邦国，其中罗马教皇国势力甚大，都受奥地利的控制。　㉜《能令公少年行》：龚自珍抒怀之诗，收入《定庵全集》，原意是说一个人不追求名利，放宽胸怀，就能长葆青春。这里取其长葆青春意。　㉝白折：清代科举应试的试卷之一。殿试取中进士后，还要进行朝考，以分别授予官职。朝考用白折，即用工整的楷书写在白纸制的折子上。　㉞手本：明清官场中下级晋见上级时用的名帖。　㉟唱诺(rě惹)：古代的一种礼节。对人打恭作揖，口中出声，叫唱喏。诺，当作“喏”。下文“请安”，系清代问候的礼节，男子打千，即右膝微跪，隆重时，双膝跪地，呼“请某某安”。　㊱卿贰：卿是朝廷各部的长官，贰指副职。㊲监司：清代通称各省布政使、按察使及各道道员为监司。　㊳五官不备：指五官功能不全。　㊴搓磨：磋磨，切磋琢磨。原是精益求精意，这里指磨去棱角、锋芒。　㊵红顶花翎：大官的帽饰。清代官员帽顶上顶珠的颜色、质料，标志着官阶的品级，一品官用红宝石顶珠。花翎，用孔雀翎做的帽饰，以翎眼多者为贵，五品以上用花翎，六品以下用蓝翎。　㊶中堂：明清时对大学士的称呼。明代大学士实际掌握宰相的权力，在内阁办公，中书居东、西两房，大学士居中，故称“中堂”。清代包括协办大学士均用此称。　㊷乌：何，哪里。　㊸三头两省：闽奥方言，三两个省。　㊹走无常：迷信说法，阴司用活人为鬼役，摄取后死者的魂。充当这种鬼差者，称走无常。　㊺僦(jiù就)屋：租赁房屋。　㊻庭庑(wǔ五)：庭院走廊。　㊼脔(luán峦)：切成小块的肉，这里用作动词，宰割之意。箠：棍杖。这里用作动词，捶打之意。　㊽其道大光：语出《周易·益》：“自上下下，其道大光。”光，广大，发扬。　㊾伏流：水流地下。《水经注·河水》：“河出昆仑，伏流地中万三千里。”　㊿鹰隼(sǔn笋)：指鹰类猛禽。　51矞(yù玉)矞皇皇：形容艳丽。《太玄经·交》：“物登明堂，矞矞皇皇。”司马光集注引陆绩曰：“矞皇，休美貌。”52干将：古剑名，后泛指宝剑。发硎(xíng刑)：刀刃新磨。硎，磨刀石。53有作其芒：发出光芒。　54“天戴”二句：是说少年中国如苍天之大，如地之广阔。　55八荒：八方荒远之地。《说苑·辨物》：“八荒之内有四海，四海之内有九州。”　56岳武穆：岳飞，死后谥武穆。

# 二五 章炳麟

章炳麟(1869—1936),字枚叔。因慕顾炎武的为人,改名绛,号太炎。浙江馀杭人。他富于民族思想,先后担任《时务》、《昌言》等报编辑,并创爱国学社,鼓吹革命。光绪二十九年(1903)因发表《驳康有为论革命书》和《革命军序》,坐《苏报》案被捕入狱。光绪三十一年(1905)出狱,东渡日本,参加同盟会,主持《民报》。辛亥革命后,参加孙中山的军政府,旋因反对袁世凯称帝而被幽禁。他曾"七被追捕,三入牢狱,而革命之志终不屈挠"。(鲁迅《关于章太炎先生二三事》)辛亥革命后,日渐脱离政治,专意治学。在经学、史学、文字音韵和文学诸方面都有深湛造诣。文学成就主要在政论散文,见解精辟,文字简洁,结构严谨,逻辑性强。著有《章氏丛书》。

## 序《革命军》[①]

蜀邹容为《革命军》方二万言[②],示余曰:"欲以立懦夫[③],定民志[④],故辞多恣肆,无所回避,然得无恶其不文耶[⑤]?"余曰:凡事之败,在有其唱者[⑥],而莫与为和,其攻击者且千百辈,故仇敌之空言[⑦],足以堕吾实事[⑧]。

夫中国吞噬于逆胡[⑨],二百六十年矣,宰割之酷,诈暴之工[⑩],人人所身受,当无不昌言革命。然自乾隆以往,尚有吕留良、曾静、齐周华等[11]，持正议以振聋俗，自尔遂寂泊无所闻。吾观洪氏之举义师[12]，起而与为敌者，曾、李则柔煦小人[13]，左宗棠喜功名[14]，乐战事，徒欲为人策使，顾勿问其韪非枉直[15]，斯固无足论者。乃如罗、彭、邵、刘之伦[16]，皆笃行有道士也[17]。其所操持，不洛、闽而金溪、馀姚[18]。衡阳之《黄书》，日在几阁[19]；孝弟之行，华戎之辨，仇国之痛，作乱犯上之戒，宜一切习闻之。卒其行事，乃相缪戾如彼[20]。材者张其角牙以覆宗国[21]，其次即以身家殉满洲，乐文采者则相与鼓吹之[22]。无他，悖德逆伦[23]，并为一谈，牢不可破。故虽有衡阳之书，而视之若无见也。然则洪氏之败，不尽由计画失所，正以空言足与为难耳。

今者风俗臭味少变更矣[24]，然其痛心疾首、悬悬必以逐满为职志者[25]，虑不数人。数人者，文墨议论，又往往务为蕴藉，不欲以跳踉搏跃言之[26]，虽余亦不免是也。嗟夫！世皆嚣昧而不知话言[27]，主文讽切[28]，勿为动容，不震以雷霆之声，其能化者几何！异时义师再举，其必堕于众口之不俚，既可知矣。今容为是书，一以叫咷恣言[29]，发其惭恚[30]，虽嚣昧若罗、彭诸子，诵之犹当流汗祇悔[31]；以是为义师先声，庶几民无异志，而材士亦知所返乎！若夫屠沽负贩之徒，利其径直易知，而能恢发智识，则其所化远矣。藉非不文[32]，何以致是也！

抑吾闻之，同族相代，谓之革命；异族攘窃[33]，谓之灭亡。改制同族[34]，谓之革命；驱逐异族，谓之光复。今中国既已灭亡于逆胡，所当谋者，光复也，非革命云尔，容之署斯名何哉？谅以其所规画，不仅驱除异族而已，虽政教、学术、礼俗、材性[35]，犹有当革命者焉，故大言之曰“革命”也。共和二千七百四十四年四月㊱。

一九〇三年六月十日《苏报》

①光绪二十九年(1903),邹容作成《革命军》一书。书中从历史、政治、思想、文化等方面揭露清朝封建专制统治的腐朽黑暗,提出了建立“中华共和国”的设想,在社会上产生了很大的影响。本文是章炳麟同年为《革命军》作的序。文中高度评价了《革命军》在宣传民族民主革命方面的重大意义,并充分肯定了其平易浅显的语言风格。见解深邃,文笔简练古朴,逻辑性强。 ②邹容:字蔚丹,四川巴县人。受维新思想的影响,非经薄儒,具有强烈的叛逆精神。光绪二十八年(1902)留学日本,接受了西方资产阶级民主思想,回国后极力鼓吹反清革命。光绪二十九年因作《革命军》在上海被捕,光绪三十一年死于狱中,年仅二十九岁。 ③立懦夫:使懦弱的人坚强起来。语本《孟子·万章下》:“懦夫有立志。” ④定民志:坚定民众的意志。语本《周易·履》:“君子以辩上下定民志。” ⑤得无:是否。不文:没有文采。 ⑥唱:倡导。 ⑦空言:浮泛的大道理。 ⑧堕:通“隳(huī 灰)”,毁坏。 ⑨逆胡:指满清。 ⑩诈暴:欺诈、残暴。 ⑪吕留良:明清之际的著名理学家。字庄生,号晚村,浙江石门人。明亡后,削发为僧,谋图恢复。著有《维止录》、《晚村文集》。曾静:湖南永兴人,受吕留良著作的影响,派弟子劝说川陕总督岳钟琪举兵反清,为岳告发。他和弟子都被杀害,吕留良被开棺戮尸。齐周华:浙江天台人,乾隆时因上疏替吕留良辩解被处死刑。 ⑫洪氏:洪秀全。义师:指太平天国起义。 ⑬曾、李:曾国藩与李鸿章,二人都镇压过太平天国起义。柔煦(xù 绪):温柔和顺。这里指对清王朝俯首帖耳,毫无气节。 ⑭左宗棠:湖南湘阴人,也曾统军镇压太平军和捻军。 ⑮韪(wěi 委)非:是和非。 ⑯罗、彭、邵、刘:罗泽南、彭玉麟、邵懿辰、刘蓉。他们都是读书人,也都效忠清王朝,镇压太平军和捻军。 ⑰笃行有道:诚实而有学问。 ⑱洛闽:此指北宋程颢、程颐兄弟所代表的洛学和朱熹所代表的闽学。二程为洛阳人,朱熹曾在福建建阳学院讲学,故分别以洛、闽名其学说。金溪、馀姚:指陆九渊和王守仁的心学。陆是江西抚州金溪人,王守仁是浙江馀姚人。 ⑲衡阳:指王夫之。王夫之是衡阳(今属湖南)人。《黄书》:王夫之的政论著作,内容主要是总结历代汉族统治者败于异族

的历史教训,富有民族思想。日在几阁:每日放在书桌和书架中。此句谓表面看来,似乎经常读这类书。 ⑳诊戾(zhénlì 诊利):悖谬。这里指其行为和平日所学截然不同。 ㉑材者:有才干的人。宗国:本民族的国家。㉒乐文采者:喜欢舞文弄墨的人。 ㉓悖德逆伦:违背伦理道德。 ㉔风俗臭(xiù 秀)味:社会风气。 ㉕职志:职责、志向。 ㉖跳踉搏跃:动手动脚,与人厮打。这里喻文章写得恣肆奔放。 ㉗嚚(yín 银)昧:愚昧。㉘主文讽切:通过形象含蓄的方式进行规劝。 ㉙叫咷(táo 逃)恣言:大声疾呼,畅所欲言。 ㉚惭恚(huì 惠):惭愧和愤恨。 ㉛流汗祇(qí 其)悔:惭愧得出汗,非常后悔。祇悔,大悔。《周易·复》:“不远复,无祇悔。”㉜藉非:若非。藉,假如。 ㉝窃攘:侵夺。 ㉞改制:改变制度。㉟材性:指人的天赋、本性。 ㊱共和二千七百四十四年:即 1903 年。公元前 841 年,中国历史开始有准确年代,称“共和元年”。自共和元年算起,至作者写这篇文章的时间,是二千七百四十四年。作者不承认清朝,所以采用此种纪年。

# 二六　徐自华

徐自华(1873—1935),字寄尘,号忏慧,浙江石门(今桐乡县)人。秋瑾盟姊,曾任湖州浔溪女学校长,在秋瑾帮助下投身革命。秋瑾就义后,她冒着生命危险将她营葬于西湖西泠桥畔。徐自华是南社著名的女诗人,著有《忏慧词》、《听竹楼诗稿》等。

## 满　江　红

### 感怀用岳武穆韵①

岁月如流,秋又去、壮心未歇。难收拾、这般危局,风潮猛烈②。把酒痛谈身后事③,举杯试问当头月。奈吴侬身世太悲凉④,伤心切。　亡国恨,终当泄。奴隶性,行看灭。叹江山已是,金瓯碎缺⑤。蒿目苍生挥热泪⑥,感怀时事喷心血。愿吾侪炼石效娲皇⑦,补天阙⑧。

中华书局版《徐自华诗文集》卷三

①这首词写于秋瑾就义之后,步岳飞《满江红》(怒发冲冠)韵写成。上阕悲悼秋瑾,下阕感蒿目时艰,风格悲壮、凄凉。　②风潮猛烈:秋瑾就义后,浙江各地的光复军馀部和会党纷纷举事,要为秋瑾报仇。在日本的同盟会总部也派人回国,到上海策动起义。　③身后事:1907 年秋瑾就义前,曾两次向徐自华嘱托,愿"埋骨西泠"。　④吴侬:吴语称己称人皆为"侬"。这

里相当于“我们”。　⑤金瓯：黄金之瓯，多用以喻国家疆土之完固。⑥蒿目：极力远望。《庄子·骈拇》：“今世之仁人，蒿目而忧世之患。”　⑦吾侪（chái 柴）：我辈、我等。　⑧天阙：古时宫门外有双阙，故常称帝王的居所或朝廷为天阙。这里指江山社稷。

## 金　缕　曲

### 送秋璿卿妹之沪时将赴扬州①

送子春申去②，好无聊、做愁天气，风风雨雨。萍梗江湖成浪迹，十事九同意忤；谁解得、用心良苦。仆仆尘劳嗟不已，问今宵别后何时聚？君去也，留难住。　临岐记取叮咛语③，慎风霜、客中珍重，勤传鱼素④。闻说扬州烟景好⑤，载酒虹桥秋暮⑥。有几许，豪游佳句。劳我蒹葭秋水感，望伊人不见知何处⑦？空目断，江南路。

中华书局版《徐自华诗文集》卷三

①这首词作于1906年。这年的四月，秋瑾（字璿卿）离浔溪到上海创办《中国女报》，作者与其妹蕴华均捐款资助，并写了这首词送别。词作蕴藉委婉，情真意切。　②春申：春申江，亦即黄浦江。　③临岐：临别。岐，岐路，岔道，此指二人分手处。　④鱼素：即书信。　⑤烟景：春天的美景。李白《春夜宴从弟桃花园序》：“况阳春招我以烟景，大块假我以文章。”⑥虹桥：在扬州，近瘦西湖，亦称红桥，为游览胜地。　⑦“劳我”二句：《诗经·秦风·蒹葭》：“蒹葭苍苍，白露为霜，所谓伊人，在水一方。”后用这个典故指慕念异地的友人。劳，忧愁，愁苦。蒹葭（jiān jiā 尖夹）秋水感，指对友人的怀念之情。

# 二七　金天羽

金天羽(1874—1947),原名天翮,后改名天羽,字松岑,号鹤望,笔名有壮游、金一、爱自由者、天放楼主人等。江苏吴江人。他早年肄业于江阴南菁书院。1903年赴上海参加爱国学社,与章太炎、邹容、蔡元培等人交往,一起鼓吹革命。他曾撰《女界钟》,提倡妇女解放;又编译俄国虚无党史《自由血》,旨在反清。他的思想在当时是相当激进的。金氏的诗兼学诸家之长,取其神而遗其貌,且风格多样。陈衍评之曰:"松岑诗才调纵横,在画家为能品,近代中与龚定庵颇相似。"著有《天放楼文集》、《天放楼诗集》。

## 读黑奴吁天录[①](六首选一)

花旗南北战云收,十万奴星唱自由[②]。轮到黄人今第二[③],鸡栏豚栅也低头。

有正书局一九二七年版《天放楼诗集》

①这首诗作于光绪三十年(1904)。《黑奴吁天录》是美国女作家斯托夫人的一部描写美国农场主虐待黑奴的小说,由林纾和魏易翻译,光绪二十七年(1901)以"武林魏氏藏版"印行。林纾翻译这部小说,旨在以黑奴受虐待作为前车之鉴,唤醒中国同胞,团结起来,反对殖民主义的奴役和侵略。这首诗正是揭示了这一点。　②"花旗"二句:美国南北战争期间,总统林肯于1862年9月22日颁布《解放黑奴宣言》,规定自1863年元旦起,南方叛乱各

州的黑人奴隶成为自由人。1865年南北战争结束后,宪法修正案第十三条明确规定废除农奴制。　③黄人:指中国人。今第二:又是今天世界上第二种黑人。

# 二八　秋　瑾

秋瑾(1877—1907),原名闺瑾,字璿卿,别署鉴湖女侠,留学日本时改名瑾,易字竞雄,浙江山阴(今绍兴)人。光绪三十年(1904)夏赴日本留学,次年参加光复会和同盟会,同年年底回国,宣传革命并组织光复军起义。光绪三十三年(1907)徐锡麟起义失败,同年六月六日(阳历7月15日)殉难。她还是近代著名的女诗人,其诗具有丰富的时代内容,悲叹淋漓,慷慨激昂,闪烁着绚丽的爱国主义和革命英雄主义的光辉,风格雄浑豪放。著有《秋瑾集》。

## 题芝龛记[①](八首选一)

莫重男儿薄女儿,平台诗句赐蛾眉[②]。吾侪得此添生色[③],始信英雄亦有雌。

上海古籍出版社版《秋瑾集》

①这组诗大约是秋瑾少女时代的作品。诗通过对秦良玉和沈云英的歌颂,旨在表现作者反对重男轻女这种封建思想的馀毒。《芝龛记》是董榕的传奇(1751年),主要叙述明代女将军秦良玉、沈云英战功的故事。全诗八首,此为第三首。　②"平台"句:指明思宗(崇祯)赋诗赞秦良玉事。《明史·秦良玉传》:"崇祯三年,永平四城失守。良玉与翼明奉诏勤王,出家财济饷。庄烈帝(崇祯的谥号)优诏褒美,召见平台,赐良玉彩币羊酒,赋四诗旌其功。"平台,在北京紫禁城内。明代为皇帝召见大臣的地方。蛾眉,亦作"娥眉",本指

女子长而美的眉毛，这里借指女子。语出《诗经·卫风·硕人》："螓首娥眉。"蛾，以蛾的触须比拟眉毛的弯状。　③吾侪（chái 柴）：我辈。添生色：增光彩。

## 宝　刀　歌[①]

汉家宫阙斜阳里[②]，五千馀年古国死[③]。一睡沉沉数百年[④]，大家不识做奴耻。忆昔我祖名轩辕[⑤]，发祥根据在昆仑[⑥]；辟地黄河及长江，大刀霍霍定中原[⑦]。痛哭梅山可奈何[⑧]，帝城荆棘埋铜驼[⑨]。几番回首京华望，亡国悲歌泪涕多。北上联军八国众，把我江山又赠送。白鬼西来作警钟，汉人惊破奴才梦[⑩]。主人赠我金错刀[⑪]，我今得此心雄豪。赤铁主义当今日[⑫]，百万头颅等一毛。沐日浴月百宝光[⑬]，轻生七尺何昂藏[⑭]！誓将死里求生路，世界和平赖武装。不观荆轲作秦客，图穷匕首见盈尺。殿前一击虽不中，已夺专制魔王魄[⑮]。我欲只手援祖国，奴种流传遍禹域[⑯]，心死人人奈尔何？援笔作此《宝刀歌》。宝刀之歌壮肝胆，死国灵魂唤起多。宝刀侠骨孰与俦[⑰]？平生了了旧恩仇。莫嫌尺铁非英物[⑱]，救国奇功赖尔收。愿从兹以天地为炉、阴阳为炭兮，铁聚六洲。铸造出千柄万柄宝刀兮，澄清神州。上继我祖黄帝赫赫之威名兮，一洗数千数百年国史之奇羞[⑲]！

上海古籍出版社版《秋瑾集》

①这首诗从"几番回首京华望"句看，当写于光绪三十年（1904）春末秋瑾离开北京后数年，或作于日本。她秉性伉爽，关心国运，喜酒好剑。此诗即借咏宝刀抒忧国之愤，言其推翻清专制政权之志。　②"汉家"句：言汉族的

政权久已丧失。传为李白所作之《忆秦娥》词有“西风残照,汉家陵阙”句,此借用其意。 ③五千馀年:中华民族,从黄帝降生算起至写此诗为四千六百一十五年(据刘光汉《皇帝纪元大事表》,见《左庵外集》卷一四),此为约数。 ④数百年:自清兵1644年(顺治元年)入关至写此诗之年,历时二百六十年。 ⑤轩辕:即黄帝,因他生在轩辕之丘,故名轩辕氏。他是古代传说中的一个人物,向来被视为汉族的祖先。 ⑥“发祥”句:在古代传说中,黄帝是夏族(又称华族,即后来的汉族)首领,夏族曾居陕甘一带,而昆仑山的北支穿过甘肃、陕西,故诗中说“发祥在昆仑”。发祥,语出《诗经·商颂·长发》:“浚哲维商,长发其祥。”又,《后汉书·班固传》:“发祥流庆。”李贤注:“言发祯祥以流庆于子孙。”后因称帝王出生和始建基业之地为发祥地。昆仑,在新疆、西藏之间,是我国西北最高的山脉之一,由帕米尔高原之葱岭发脉,其北支出青海,穿甘肃,入东北。 ⑦“辟地”二句:指汉族开发中原。相传黄帝与蚩尤打仗,战败蚩尤,由陕、甘一带逐渐向东发展,进入黄河、长江流域。霍霍,刀光闪闪发亮。刘子翚《谕俗》诗:“晚电明霍霍。”中原,此指中国本土。狭义的中原主要是指黄河中下游,在古代,这里是汉族生活的中心。

⑧“痛哭”句:明末农民起义军攻入北京,崇祯帝吊死煤山。崇祯是汉族最后一个封建皇帝,故诗人用其事,说明汉族统治的天下从此中断了。梅山,应作“煤山”,清代改名为景山,在北京紫禁城神武门外(今北京市景山公园内)。秋瑾《某宫人传》:“众攻陷京城,怀宗(即崇祯帝)见势不佳……自缢于梅山。”可证诗中“梅山”确系“煤山”之误写。 ⑨“帝城”句:写明亡于清。荆棘埋铜驼,《晋书·索靖传》:“靖有先识远量,知天下将乱,指洛阳宫门铜驼叹曰:‘会见汝在荆棘中耳!’” ⑩“白鬼”二句:帝国主义侵略的炮火惊醒了沉睡的中国人,想安安稳稳地做清王朝的奴才都已不可能。 ⑪金错刀:刀名,柄和环上都是用黄金雕错的,故名。此句当脱胎于张衡的《四愁诗》:“美人赠我金错刀。” ⑫赤铁主义:即铁血主义。主张扩张军备,实行武力政策。普鲁士首相俾斯麦1862年9月曾在议会上公开宣称:“当前的种种重大问题不是演说词与多数议决所能解决的……要解决它只有铁与血。”(见周一良等主编《世界通史·近代部分》)此处意为主张用革命暴力推翻清王朝。

⑬“沐日”句:写宝刀经日月光辉的照射而发出夺目的奇光异彩。 ⑭“轻生”句:慷慨为国献出生命的人是多么的气宇轩昂啊!七尺,古代的尺比现制短,一般男子大多身高七尺,此代指人。昂藏,仪表雄伟,气宇不凡。李白《赠

潘侍御论钱少阳》诗:“绣衣柱史何昂藏,铁冠白笔横秋霜。” ⑮“不观”四句:用荆轲刺秦王的故事。见《史记·刺客列传》。见,同“现”。盈尺,刚满一尺,指匕首的长度。 ⑯奴种:自甘做奴隶的人。禹域:《尚书·禹贡》:“禹别九州,随山川,任土作贡。”后用“禹域”指称中国。 ⑰孰与俦:无与比者之意。 ⑱尺铁:此指宝刀。 ⑲“愿从”六句:诗人以革命浪漫主义的艺术手法,抒发了她准备造就人才、组织革命力量、推翻清王朝的强烈的革命愿望。以天地为炉、阴阳为炭兮,语出贾谊《鹏鸟赋》:“且夫天地为炉兮,造化为工;阴阳为炭兮,万物为铜。”贾谊是以冶铸为喻,阐明天地间合散变化之理。这里“愿从兹”三句,是以浪漫主义手法写铸剑,实指组织革命力量。六洲,指亚洲、欧洲、非洲、澳洲、北美洲、南美洲,即全世界。

## 日人石井君索和即用原韵[①]

漫云女子不英雄[②],万里乘风独向东[③]。诗思一帆海空阔,梦魂三岛月玲珑[④]。铜驼已陷悲回首[⑤],汗马终惭未有功[⑥]。如许伤心家国恨,那堪客里度春风[⑦]?

上海古籍出版社版《秋瑾集》

①这首诗约作于光绪三十一年(1905),秋瑾在日本。日人石井索和,诗人便写了这首七律。诗抒写赴日留学,国势艰危,忧心如焚。沉郁顿挫,工稳而流畅。石井,疑指日人石井菊次郎,他曾在清政府外务部任职。(见《徐锡麟信札》其三)索和(hè 贺),作诗而要求别人和诗。 ②漫云:如今言“甭说”。 ③乘风:即乘风而行的意思。此用列子乘风的典故,兼用宗悫“愿乘长风破万里浪”的典故(见《宋史·宗悫传》)。 ④“诗思”二句:横渡大海发人诗兴,三岛夜月又萦人梦魂。诗思,如今言作诗的灵感。三岛,日本本部是由本洲、四国、九州三大岛组成,故又称日本为“三岛”。《明史·外国三·日本》:“日本……有五畿、七道、三岛。” ⑤“铜驼”句:言1900年八国联军攻陷北京事。铜驼,一般代指京都宫庭,这里指北京。参见前《宝刀歌》注。

⑥“汗马”句:言自己尚未为祖国立下什么功绩。汗马,因战马疾驰而流汗,故称战功为汗马功劳。这里诗人以“汗马”自喻。语出《韩非子·五蠹》:“弃私家之事,而必汗马之劳。” ⑦“那堪”句:哪允许我袖手旁观、虚度年华呢?客里,指客居日本。

## 对　酒[1]

不惜千金买宝刀,貂裘换酒也堪豪[2]。一腔热血勤珍重,洒去犹能化碧涛[3]。

上海古籍出版社版《秋瑾集》

①吴芝瑛《记秋女侠遗事》提到,秋瑾在日本留学时曾购一宝刀,诗当写于此时。这首诗表现了秋瑾轻视金钱的豪侠性格和杀身成仁的革命精神。②貂裘换酒:以貂皮制成的衣裘换酒喝。多用来形容名士或富贵者的风流放诞和豪爽。秋瑾以一女子,而作如此语,其豪侠形象跃然纸上。 ③“一腔”二句:要珍惜自己的满腔热血,将来献出它时,定能化成碧绿的波涛(意即掀起革命的风暴)。勤,常常,多。碧涛,用《庄子·外物》典:“苌弘死于蜀,藏其血,三年而化为碧。”苌弘是周朝的大夫,忠于祖国,遭奸臣陷害,自杀于蜀,当时的人把他的血用石匣藏起来,三年后化为碧玉。后世多以碧血指烈士流的鲜血。

## 黄海舟中日人索句并见日俄战争地图[1]

万里乘风去复来[2],只身东海挟春雷[3]。忍看图画移颜色[4],肯使江山付劫灰[5]!浊酒不销忧国泪[6],救时应仗出群才[7]。拚将十万头颅血，须把乾坤力挽回[8]。

上海古籍出版社版《秋瑾集》

①这首诗约作于光绪三十一年(1905)夏历十二月秋瑾第二次由日归国途中。去年末爆发的日俄战争刚结束。船过黄海，见日俄战图，她心有所感，适值日人索句，于是写了这首诗。诗抒发对日俄帝国在中国领土上进行争夺战争的气愤和誓死投入革命、拯救民族危亡的决心。　②乘风：见前《日人石井君索和即用原韵》注。去复来：秋瑾光绪三十年仲夏东渡，翌年春回国；是年六月再次赴日，同年十二月返国。　③春雷：借指启聩振聋的革命道理。　④忍看：反诘之词，意为“哪忍看”。图画：指地图。移颜色：指中国的领土被日俄帝国主义侵吞。　⑤“肯使”句：岂能让祖国河山被日、俄帝国主义的侵略炮火化为灰烬！劫灰，劫火之灰，佛家语。这里指被战火毁坏。⑥“浊酒”句：言其忧国忧民的愁苦之深。　⑦出群才：出类拔萃的人物。出群，犹超群。　⑧乾(qián 钱)坤：天地，此指中国危亡的局势。

# 二九　高　旭

高旭(1877—1925),字天梅,又字剑公、钝剑,江苏金山(今上海金山县)人。早年即倾向革命,光绪三十年(1904)留学日本东京政法大学,后参加同盟会,任同盟会江苏分会会长。他在南社诸子中很激进,把作诗作为唤醒民众奋起反清反帝的“觉世书”。诗作率直抒写,突破传统格律,属于“诗界革命”范围的新派诗。著有《天梅遗集》。

## 海上大风潮起作歌[①]

弄三寸管现活剧,此何人哉亚之豪[②]。一自凤鸟鸣高冈,天下不敢啼鸱鸮[③]。困顿压抑风尘底,悲凉萧瑟员吹箫[④]。亡国惨状不堪说,奔走海上狂呼号。非种未锄气益奋[⑤],雄心郁勃胸中烧[⑥]。拟将大网罗天鹏,安得阔斧斫海鳌?鼠子跳梁豺狼横,中原万里莽蓬蒿[⑦]。危哉死矣痞痟夫[⑧],盍进大黄与芒硝[⑨]。

翻倒鹦鹉碎黄鹤[⑩],趋迫上途乘风鏖[⑪]。打破局面贵速拙[⑫],昭苏万象权我操[⑬]。相期创造新世界,簸山荡海吼蒲牢[⑭]。沐日浴月热潮涌,鱼鳖瑟缩魍魉逃[⑮]。自由钟铸声初发[⑯],独夫台上风萧萧[⑰]。当头殷殷飞霹雳[⑱],鲁易十四心旌摇[⑲]。

何来咄咄此妖孽[20]，助桀为虐狐狸骄。文明有例购以血，愿戴我头试汝刀[21]。有倡之者必有继，掷万髑髅剑花飘[22]。中夏侠风太冷落[23]，自此激出千卢骚[24]。要使民权大发达[25]，独立独立呼声嚣。全国人民公许可，从兹高涨红锦潮[26]。

嗟哉丑虏剧凶恶[27]，百计凌虐心何劳。割我公产赠与人，台、青、旅、大亲手交[28]。东三省地今又送[29]，联虎狼秦如漆胶[30]。绞我膏血恣淫乐，忍使遍地哀鸿嗷。天崩地岌云惨澹，苍鹰搏击饥乌哮[31]。俎上之肉终啖尽[32]，日掀骇浪飞惊涛。两重奴隶苦复苦[33]，恨不灭此而食朝[34]。扬州十日痛骨髓[35]，嘉定三屠寒发毛[36]。以杀报杀未为过，复九世仇公义昭[37]。

堂堂大汉干净土，不须异类污腥臊[38]。还我河山日再中[39]，犁庭扫穴倾其巢[40]。作人牛马不如死，淋漓血灌自由苗。独立檄文《民约论》，谁敢造此无乃妖[41]！少所见应多所怪，狺狺跖犬纷吠尧[42]。冷血动物悉蠕蠕[43]，鸡鸣风雨独嘐嘐[44]。请看后人铸铜像，壁立万仞干云霄。廿一纪首廿纪末，伟人名姓全球标[45]。香花供养买丝绣[46]，笔舌突过汗马劳。一战华戎从此决[47]，万年福祉庆同胞。鼕鼕法鼓震东海[48]，横跨中原昆仑高。

民国刊本《天梅遗集》

①这首诗作于光绪三十年(1904)。作者以海上大风潮起，喻民主革命风暴的到来。他热烈地歌颂革命者的战斗精神，无情地揭露了封建专制的暴虐和残酷，勇敢地喊出了中国人民不愿作双重奴隶的呼声，并充满信心地预示着革命胜利的前景。诗感情充沛，热情奔放，有浓郁的战斗气息，体现了革命鼓动诗的艺术特色，是高旭的代表作之一。　②“弄三寸管”二句：写革命者。三寸管，毛笔。活剧，指现实活生生的事情。　③“天下”句：即“天下

鸱鸮不敢啼”。鸱鸮，猫头鹰一类的鸟。　④员：伍员，即伍子胥。吹箫：用春秋时代伍子胥吹箫乞于吴市的故事，比喻革命者的处境。　⑤非种未锄：汉代刘章《耕田歌》：“非其种者，锄而去之。”此指清王朝未被推翻。⑥郁勃：郁积蓬勃。　⑦莽蓬蒿：一片荒芜衰落景象。　⑧痞痡夫：此喻中国积弱不振的病夫形象。痞，一种病症。《玉篇·疒部》：“痞，腹内结病。”痡，痡积，一种病症。病者面黄肌瘦，肚腹膨大，精神萎靡不振。　⑨“盍进”句：诗人自注：“用吉田松阴语。”按，吉田松阴即日本维新志士吉田矩方。盍，何不。大黄、芒硝，两种泻药猛剂，此喻革命的暴力手段。　⑩“翻倒”句：意谓革命应敢于打破一切障碍。李白《江夏赠韦南陵冰》：“我且为君捶碎黄鹤楼，君亦为我倒却鹦鹉洲。”诗用此语。　⑪鏖（áo 敖）：苦战。⑫“打破”句：诗人自注：“亦吉田语。”《天梅遗集》卷一《题松阴先生幽室文稿》自注：“公有‘何如轻快拙速，打破局面，然后徐图占地布石之为胜乎’云云。”速拙，即拙速。《孙子·作战》：“兵闻拙速，未睹巧之久也。”谓用兵宁拙，而贵在神速。　⑬昭苏万象：万象苏醒、万象更新。此含推翻封建制度、改造旧世界意。权我操：“我操权”的倒置。　⑭“簸山”句：形容巨大的革命声势。蒲牢，古代传说中的兽名，善鸣，声势大。班固《东都赋》：“于是发鲸鱼，铿华钟。”《文选》李善注引薛综曰：“海中有大鱼曰鲸，海边又有兽名蒲牢。蒲牢素畏鲸，鲸鱼击蒲牢，辄大鸣。凡钟欲令声大者，故作蒲牢于上。”按，今日本钟上多作兽纽，即蒲牢的图形。　⑮鱼鳖、魍魉：均喻反动势力。瑟缩：局缩畏惧。　⑯自由钟：悬于美国费城独立宫外广场中。1776 年，美国颁布《独立宣言》，曾撞此钟致敬。这句诗谓革命胜利意。　⑰独夫：此指封建专制君主。　⑱殷殷：震动声。　⑲鲁易十四：今通译路易十四，法国封建专制暴君。他亲政后，加强专制统治，宣称“朕即国家”，强化中央集权。按，依法国资产阶级革命时间言，此处应作路易十六。　⑳妖孽：此指外国侵略者。　㉑“文明”二句：谓历史表明，革命要有流血牺牲，革命者不怕杀头。　㉒髑髅：头骨。剑花：剑的光芒。　㉓中夏：犹中原。《晋书·王珣传》：“时温经略中夏，竟无宁岁。”此指中国。侠风：豪侠、勇武之风。㉔卢骚：法国资产阶级启蒙思想家，其《民约论》（现通译作《社会契约论》）在近代中国影响很大。此泛指资产阶级革命者。　㉕民权：孙中山提倡的人民管理国家的权力，包括选举权、罢免权、创制权和复决权，又称“四权”。欧美资产阶级所提倡的人权，亦有类此含义，但不尽相同。　㉖红锦潮：指革命的浪潮。　㉗丑虏:此指清统治者。　㉘"台青"句:1895年,《马关条约》规定,将台湾全岛及所有附属各岛屿、澎湖列岛和辽东半岛割让给日本;1898年,德国强租胶州湾,俄国强租旅顺和大连。青,指青岛,在胶州湾。　㉙"东三省"句:指1900年沙俄出兵侵占东北三省;1902年虽签订了《中俄交收东三省条约》,但沙俄根本不履行条约,拒不撤兵。　㉚"联虎"句:喻清政府与列强勾结起来,亲密无间。虎狼秦,屈原说秦国是"虎狼之国"(见《史记·屈原贾生列传》)。这里借喻世界列强。　㉛"苍鹰"句:喻人民惨遭清王朝的凌虐迫害。　㉜俎上之肉:砧板上的肉。比喻受人宰割,无逃避的馀地。《晋书·孔坦列传》:"今犹俎上肉,任人脍截耳。"　㉝两重奴隶:指中国人民同时为清王朝和帝国主义的奴隶。　㉞灭此而食朝(zhāo招):迫切盼望早日推翻清王朝。《左传·成公二十年》:"齐侯曰:'余姑剪灭此而朝食!'"意谓消灭了敌人以后再吃早饭。　㉟扬州十日:顺治二年(1645),清军南下,明将史可法与全城人民誓死坚守扬州,城破后,清兵大肆屠杀十天。　㊱嘉定三屠:顺治二年,清军下江南,嘉定(今属上海市)人民坚决反抗,曾遭到三次大屠杀。　㊲复九世仇:春秋时,齐襄公灭纪,为其远祖哀公复仇。《公羊传·庄公四年》论此事:"远祖者几世乎?九世矣。九世犹可复仇乎?虽百世可也。"按,从顺治至光绪恰九朝。　㊳异类:指满洲贵族。按,此处含大汉族民族主义偏见。　㊴日再中:此谓国复兴。《周易·丰》:"日中则昃,月盈则食。"此反用其意。　㊵犁庭扫穴:即犁庭扫闾。《汉书·匈奴传》:"固已犁其庭,扫其闾,郡县而置之。"意谓平其庭以为田,扫荡其闾以为墟,喻灭亡其国家。　㊶"谁敢"句:这是顽固派对《民约论》的诋毁之词。　㊷狺(yín吟)狺:《楚辞·九辩》:"猛犬狺狺而迎吠兮。"朱熹注:"狺,犬争吠声。"底本原作"啨",误,迳改。跖犬纷吠尧:《战国策·齐策》:"跖之狗吠尧,非贵跖而贱尧也,狗固吠非其主也。"此喻少见多怪。　㊸冷血动物:当时斥责不关心国事、怯懦退缩者的习用语。　㊹"鸡鸣"句:《诗经·郑风·风雨》:"风雨潇潇,鸡鸣胶胶。"诗化用其句,写革命者不怕风险,坚持斗争。嘐嘐,亦作"胶胶",鸡叫声。　㊺标:表彰。　㊻买丝绣:李贺《浩歌》:"买丝绣作平原君。"诗本此,极言革命者为人所景仰。　㊼华戎:华,华夏,此代指汉族;戎,中原人对西北各族的泛称,此代指满族。　㊽法鼓:佛教名词,一种法器。佛教于法堂设两面鼓,东北角者称法鼓,西北角者称茶鼓。末二句以法鼓声震东海喻革命声威之广远。

## 三〇 马君武

马君武(1881—1940),原名道凝,字厚山,改名和,号君武,以号行,广西桂林人。他曾留学日本和德国,在东京参加同盟会,任秘书长兼广西主盟人。他是南社著名诗人。后从事教育,任广西大学校长。他的诗以宣扬爱国主义和鼓吹新学、新思潮为其思想特色。他在作品中以达尔文的进化论和赫胥黎的天演论为武器,宣扬发愤图强、保国保种的思想,号召人民起来拯救祖国危亡。君武诗风格爽朗,音节响亮,句式也比较自由,属于"诗界革命"派的新派诗;常以西方典实入诗,但没有"诗界革命"初期那种满纸堆积新名词的毛病,而重在熔铸新意境,表达新思想。有《马君武诗稿》行世。

### 去　国　辞①(五首选一)

黑龙王气黯然销②,莽莽神州革命潮。甘以清流蒙党祸,耻于亡国作文豪③。鱼鸟惊恐闻钧乐④,恩怨模糊问佩刀。行矣高丘更无女⑤,频年吴市倦吹箫⑥。

华中师范大学出版社版《马君武集》

①光绪三十一年(1905)十月二十四日(11月20日),日本政府颁布《取缔清韩留学生规则》。激于义愤,马君武毅然回国,在上海中国公学任总教习兼理化教授。次年,革命党人刘静庵、胡瑛因计划支援萍浏醴起义,被捕入

狱,两江总督端方密令逮捕马君武。他遂于光绪三十三年(1907)春被迫出国,赴德国留学。这组诗即写于此时。此为第四首。　②"黑龙"句:刘禹锡《西塞山怀古》诗:"王濬楼船下益州,金陵王气黯然收。"此借喻清朝的气运殆尽。黑龙,泛指黑龙江流域,此为清王朝的发祥地。王气,旧指象征帝王运数的祥瑞之气。　③"甘以"二句:自己甘愿做革命党人遭受迫害,却羞于做亡国奴文豪。清流党祸,《新唐书·裴枢传》载,裴枢因事忤朱全忠,朱欲杀之,其部下李振说:"此等自谓清流,宜投之河,永为浊流!"于是杀裴枢等人于滑州白马驿,投尸于河。后人称此事为清流党祸,诗中作者以清流自喻。　④"鱼鸟"句:《庄子·达生篇》:"昔者有鸟止于鲁郊,鲁君说之,为具太牢以飨之,奏九韶以乐之。鸟乃始忧悲眩视,不敢饮食。"钧乐,钧天广乐的简称,神话中天上的音乐。《史记·赵世家》:"居二日半,简子寤,语大夫曰:'我之帝所甚乐,与百神游于钧天,广乐九奏万舞,不类三代之乐,其声动人心。'"此借喻革命的道理。这句诗意谓人们听到革命的言论反而感到惊恐,喻当时人们尚未觉醒。　⑤高丘无女:屈原《离骚》:"忽反顾以流涕兮,哀高丘之无女。"诗用此典。高丘,高的山丘,指神山阆风。无女,指没有理想的神女可以追求。这里借喻所以出国。　⑥"频年"句:《史记·范雎蔡泽列传》:"伍子胥鼓腹吹篪("篪"一作"箫")乞食于吴市。"春秋时伍员(字子胥)为替父兄报仇,自楚国逃到吴国,曾吹箫乞食于吴市。这里诗人是感叹自己的流亡生涯。

## 寄南社同人①

唐宋元明都不管,自成模范铸诗才②。须从旧锦翻新样,勿以今魂托古胎③。辛苦挥戈挽落日④,殷勤蓄电造惊雷⑤。远闻南社多才俊⑥,满饮葡萄祝酒杯。

华中师范大学出版社版《马君武集》

①这首诗刊于《南社丛刻》第三集,约作于宣统元年(1909)南社成立之初。作者以诗申述自己的诗歌主张:诗歌要革新,开创新意境,诗人要投入救

国斗争，积蓄创造的能力。这种诗学观，正是对“诗界革命”的继承和发展。②唐宋元明：指过去数代的诗体、格调。　③“勿以”句：不要让旧体诗僵化的形式束缚今天诗人的思想。　④“辛苦”句：借用鲁阳公挥戈返日故事，喻诗人必须要投身革命斗争，力挽祖国危亡。挥戈挽落日，见前魏源《钱塘观潮行》注。　⑤“殷勤”句：是说要尽力培养自己的革命情操，以造就惊雷闪电般的诗篇。　⑥才俊：即俊才，这里是指有卓越才能的文士。

## 《变雅楼三十年诗征》题词[①]

多谢松江高剑公[②]，殷勤万里寄诗筒[③]。浮云岂久遮红日，健翮终当遇顺风[④]。誓使华严从地起[⑤]，莫临沧海患途穷。文明开发真吾事，欧墨新潮尽向东[⑥]。

华中师范大学出版社版《马君武集》

①这首诗约写于1913年讨袁之役失败后，时马君武再次被迫出国，留学德国。当时讨袁虽然失败，但诗人对革命的前景仍充满信心，仍以传播新文明、鼓吹新学思潮为己任，诗的调子激越高昂。《变雅楼三十年诗征》是高旭搜集当代近三十年来诗人的优秀之作而编的一部诗集。是集成，高旭请在德国留学的马君武题词，君武因赋此寄赠。　②高剑公：即高旭，江苏金山县人。见前高旭小传。金山，清代属松江府。　③诗筒：《唐语林·文学》载，白居易做杭州刺史时，与元稹等朋友唱和，用竹筒盛诗往来。诗用此典。④健翮（hé 荷）：健飞的鸟。翮，羽茎，也代指鸟翼，此泛指鸟类。　⑤华严：佛教以圆满具足而无缺为华严，这里指资产阶级革命者心目中理想的社会制度。　⑥欧墨新潮：欧美国家的新思潮。

## 三一　宁调元

宁调元(1883－1913),字仙霞,又字太一,湖南醴陵人。光绪三十一年(1905)留学日本,加入同盟会,后回国从事革命活动,曾两次被捕入狱。他一生为革命奔走呐喊,先后主编过《洞庭波》、《帝国日报》,抨击时政,宣传革命,锋芒毕露,无所顾忌。1913年到汉口秘密参加讨袁活动,事泄被捕,在武昌遇难。诗作风格以沉郁雄浑为主,慷慨激昂而又悲凉苍劲。三年狱中生活,写诗六百馀首,今人编有《宁调元集》。

### 感怀四首[①](选一)

十年前是一重囚[②],也逐欧风唱自由[③]。复九世仇盟玉帛[④],提三尺剑奠金瓯[⑤]。丈夫有志当如是[⑥],竖子诚难足与谋[⑦]。愿播热潮高万丈,雨飞不住注神州。

湖南人民出版社版《宁调元集》卷一

①这组诗写于光绪三十二年(1906),时诗人刚自日本归国。这是第三首,抒写诗人的革命壮怀和对美好未来的憧憬。慷慨激昂,想象奇特。

②重囚:诗人自比。言十年前受各种旧思想的束缚,尚不懂革命的道理,如同禁闭的囚犯。《列子·杨朱》:"重囚累梏,何以异哉?"唐人卢重玄《解》云:"举俗之人咸以百年为一生之期,而复昼夜哀苦之所减矣,泰然称情者无多时焉。称情之事不过称声色美味,而复以刑赏名教之所束缚,不得肆其情,亦何以异

乎囚系桎梏者？此皆滞情之言也。”谓人受刑赏名教的束缚，不能按其天性肆其情，无异“重囚”。诗用其意。　③逐：追随。欧风：指欧美资产阶级民主自由、平等博爱之学说。　④复九世仇：见前高旭《海上大风潮起作歌》注。盟玉帛：即会盟。春秋时代，诸侯会盟朝聘，均以玉、帛为信物，故云。《淮南子·原道》：“合诸侯于涂山，执玉帛者万国。”这里指建立革命组织。　⑤提三尺剑：《汉书·高帝纪》：“吾以布衣提三尺取天下。”师古注：“三尺，剑也。”金瓯：见前张维屏《三元里》诗注。　⑥“丈夫”句：此用刘邦的话。刘邦年轻时去咸阳服役，正碰上秦始皇出游，十分威风。他叹息道：“嗟乎！大丈夫当如此也。”（见《史记·高祖本纪》）　⑦“竖子”句：刘邦与项羽争夺天下，在鸿门宴上，项羽的谋士范增几次示意，要项羽杀死刘邦，项羽不听。后刘邦见势不妙，乘机退席逃跑。范增怒曰：“唉！竖子不足与谋。夺项王天下者，必沛公也。”（见《史记·项羽本纪》）竖子，鄙视的称呼，犹今言“这小子”。

## 武昌狱中书感[①]（四首选一）

拒狼进虎亦何忙[②]，奔走十年此下场[③]！岂独桑田能变海[④]，似怜蓬鬓已添霜[⑤]。死如嫉恶当为厉[⑥]，生不逢时甘作殇[⑦]。偶倚明窗一凝睇，水光山色剧凄凉。

湖南人民出版社版《宁调元集》卷四

①这组诗共四首，作于1913年（民国二年）。是年诗人到汉口筹划讨袁活动，被捕，囚于武昌监狱。诗前有序云：“自共和始创，专制既除，一纪于兹。九州之内，商不安业，农不归耕，在朝无百年长治之谋，在野存旦夕苟延之想。……虎去狼来，一蟹不如一蟹；风凄雨苦，后人还哀后人。”诗抒发了对时事的愤慨，表现了誓死不屈的斗争精神。此为第四首。　②拒狼进虎：狼刚赶走，虎又进来了。这里指清朝被推翻，革命果实又被袁世凯抢走。　③奔走十年：诗人1904年参加革命团体兴中会，到1913年在武昌被捕，前后恰十年。　④桑田能变海：桑田变为大海，喻世事变化之大。《神仙传·麻姑》：

“麻姑自说云:接侍以来,已见东海三为桑田。”这里喻时事变化之速。 ⑤“似怜”句:连同上句,暗用李白《短歌行》“麻姑垂两鬓,一半已成霜”语意。这里也是写自己,时作者年已三十。 ⑥“死如”句:意谓自己嫉恶如仇,死后也要变成厉鬼击贼。据《左传·成公十年》载,晋景公因冤杀大夫赵同、赵括,夜梦大厉(恶鬼)披发及地,搏膺而呼曰:你杀死我的孙子不义,我现在要报仇。后景公大病,医治无效,不久掉到厕所坑里淹死了。 ⑦甘作殇:甘愿为国而牺牲。殇,此指国殇,为祖国而牺牲的人。按,“岂独”四句,原作“吉网罗钳新伎俩,牛头马面旧跳梁。烂羊满地都如梦,纸虎横空暂任狂”。(见《南社》第八集)后经作者修改如此。

## 三二　苏曼殊

苏曼殊(1884—1918),名戬,字子谷,后改名玄瑛,原籍广东省香山县(今珠海市),出身富商之家,母亲是日本人。他青年时代即倾向革命,参加过中国留日学生革命团体青年会和拒俄义勇队。后削发为僧,但仍与革命志士交往,并参加南社。他多才多艺,能诗善画,又写小说,还精通多种外文。诗多是抒写爱情之作,缠绵绯恻,哀感顽艳,一往深情,在近代知识青年中曾产生过较大影响。有些诗表现了对国家民族命运的关注,表现了一定的爱国情感和民主革命思想,风格丽色天然,优美和谐,别具神韵。柳亚子曾概括为“思想的轻灵,文辞的自然,音节的和谐”。有《曼殊全集》、《燕子龛诗》。

### 以诗并画留别汤国顿①(二首)

蹈海鲁连不帝秦②,茫茫烟水著浮身③。国民孤愤英雄泪④,洒上鲛绡赠故人⑤。

①这两首诗作于光绪二十九年(1903),系诗人现存最早的作品。作者是年二十岁,离日本归国,是诗系留别汤国顿之作。汤国顿,即汤睿。国顿,一作觉钝、觉顿,号荷庵,广东番禺人,是诗人居留日本时的好友。辛亥革命时任中国银行总裁。1916 年被军阀龙济光刺杀。　②“蹈海”句:典出《史记·鲁仲连邹阳列传》。鲁仲连,战国时齐人,常周游各国。一次他到赵国游

历,正碰上秦兵围攻赵国都城邯郸,魏国使者新垣衍劝赵王尊秦为帝,鲁仲连坚决反对,并表示,如秦国"肆然而为帝,则连有蹈东海而死耳! 吾不忍为之民也"。这里是借来表达他不愿为清王朝之民。 ③"茫茫"句:承上句,谓寄身于日本。著(zhuó浊),同"着",安置,寄托。 ④孤愤:本系《韩非子》篇名,此指孤寂的悲愤。 ⑤鲛绡(xiāo消):传说中鲛人所织的绡。《述异志》卷上:"南海出鲛绡纱,泉室(鲛人)潜织,一名龙纱,其价百馀金。以为服,人水不濡。"此指绘有画的生绢。故人:老朋友,此指汤国顿。

海天龙战血玄黄[①],披发长歌览大荒[②]。易水萧萧人去也[③],一天明月白如霜。

花城出版社版马以君编注《苏曼殊文集》

①"海天"句:《周易·坤》:"龙战于野,其血玄黄。"诗用此典,借喻帝国主义侵略战争所造成的悲惨局面。龙战,群雄并峙,互相争夺,此喻列强侵略中国。 ②"披发"句:苏轼《潮州修韩文公庙记》:"公不少留我涕滂,翩然披发下大荒。"曼殊由此变化而来,用以抒发诗人无边的哀愁。大荒,广野,极言其旷远。 ③"易水"句:荆轲至易水上曾有歌曰:"风萧萧兮易水寒,壮士一去兮不复还!"这里诗人以荆轲自喻,借以表示他归国反清的决心。

## 过　蒲　田[①]

柳阴深处马蹄骄,无际银沙逐退潮[②]。茅店冰旗知市近[③],满山红叶女郎樵[④]。

花城出版社版马以君编注《苏曼殊文集》

①这首诗写于宣统元年(1909)夏秋作者旅居日本期间。诗中画面是动态的,清丽隽永。蒲田,日本本州地名。 ②银沙:白沙。 ③冰旗:挑

在店门外标志卖冰的旗子。按，曼殊极喜食冰，有时“日饮冰水五、六斤”（章炳麟《曼殊遗画弁言》）。　④樵：樵采。此指收集落叶。

## 东居杂诗①（十九首选一）

流萤明灭夜悠悠②，素女婵娟不耐秋③。相逢莫问人间事，故国伤心只泪流④！

花城出版社版马以君编注《苏曼殊文集》

①这组诗作于1914年，时作者在日本。这是其中的第二首。抒写为国事而伤心，蕴藉柔婉，言简情深。　②流萤：飞行不定的萤火虫。　③“素女”句：李商隐《霜月》：“青女素娥俱耐冷，月中霜里斗婵娟。”此反用其意。素女婵娟，指素娥和青女。素娥，月中女仙嫦娥的别称。青女，神话传说中的霜雪之神。　④故国：祖国。

# 三三　柳亚子

柳亚子(1887—1958),原名慰高,字安如;更名人权,字亚卢;再更名弃疾,字亚子,后遂以亚子行。江苏吴江人。宣统元年(1909)与陈去病发起神交社,后又与陈去病、高旭等人组织南社,为南社中最活跃、成就和影响最大的诗人。他极富民族思想,推崇明末清初的顾炎武、陈子龙、夏完淳和近代诗人龚自珍的作品。论诗尚"唐音",对清末形式主义和拟古主义诗派及淫靡的诗风极力排斥。诗作大多是政治抒情诗,风格豪放,凌厉雄迈,受龚自珍的影响极大,尝自称"我亦当年龚定庵",又慷慨悲壮似陆游。著有《磨剑室文集》、《磨剑室诗集》、《磨剑室词集》。

## 放　歌[①]

天地太无情,日月何无光?浮云西北来,随风作低昂[②]。生我胡不辰[③]?丁斯老大邦[④]。仰面出门去,泪下何淋浪!听我前致辞,血气同感伤。上言专制酷,罗网重重强。人权既蹂躏[⑤],天演终沦亡[⑥]。众生尚酣睡,民气苦不扬。豺狼方当道[⑦],燕雀犹处堂[⑧]。天骄闯然入[⑨],踞我卧榻旁。瓜分与豆剖,横议声洋洋。世界大风潮,鬼泣神亦瞠。盘涡日以急,欲渡河无梁[⑩]。沉沉四百州[⑪],尸冢遥相望[⑫]。他人殖民地,何处为故乡?下言女贼盛[⑬],兰蕙黯不芳[⑭]。女权痛零落,女界遭厄殃。邪说起何人[15]？扶抑分阴阳[16]。无才便是德，忍令群雌盲。服从供玩好，谬种流无疆。明明平等权，剥削无尽藏[17]。会稽首刻石，罪魁仇秦皇[18]。变本复加厉，蠢尔南朝唐。刖刑施无辜，岸狱盈闺房[19]。同胞二百兆[20]，心死热血凉。钗愁与鬟病[21]，漫漫长夜长。我思欧人种，贤哲用斗量。私心窃景仰，二圣难颉颃[22]。卢梭第一人[23]，铜像巍天阊[24]。《民约》创鸿著[25]，大义君民昌。胚胎革命军，一扫秕与糠[26]。百年来欧陆，幸福日恢张[27]。继者斯宾塞[28]，女界赖一匡。平权富想像，公理方翔翔[29]。谬种辟前人[30]，安诩解剖详。智慧用益出[31]，大哉言煌煌。独笑支那士，论理魔为障[32]。乡愿倡瞽言[33]，毒人纲与常[34]。横流今泛滥，洪祸谁能当[35]？安得有豪杰，重使此理彰！仰天苦无言，长歌一引吭。

上海人民出版社版《磨剑室诗词集》卷一

①这首诗写于光绪二十九年(1903)，时诗人年十七。是诗系五言古诗，作者以激昂愤慨的感情，叹封建专制酷虐，民气不扬，人权蹂躏，国家危亡，又叹女权零落，妇女遭受种种痛苦。　②低昂：高低起伏意。傅玄《杂诗》："良时无停景，北斗忽低昂。"　③"生我"句：《诗经·大雅·桑柔》："我生不辰。"此句意谓我出世为什么不逢好时候呢？　④丁：碰上。《后汉书·岑彭传》："我喜我生，独丁斯时。"斯：这。　⑤人权：泛指人身权利和民主权利。⑥天演：谓自然进化，意为物竞天择，适者生存。　⑦"豺狼"句：《后汉书·张皓传》："豺狼当道，安问狐狸。"此指坏人当权。　⑧"燕雀"句：《孔丛子·论势》："燕雀处屋，子母相哺，煦煦焉其相乐也，自以为安矣。灶突(烟囱)炎上，栋宇将焚，燕雀颜色不变，不知祸之将及己也。"比喻国人处境危险而不自知。　⑨天骄："天之骄子"的略称。汉时匈奴自称为天之骄子，见《汉书·匈奴传》。此借指帝国主义。　⑩"盘涡"二句：意谓处在霸权瓜分的漩涡之中，想拯救祖国危亡而又无良策。河无梁，《吴越春秋·勾践伐吴外传》："越乃还军，军人悦乐，遂作河梁之诗，曰：'渡河梁兮渡河梁。'"河梁，桥梁。

⑪四百州:我国全土之称。《图书编》:“裁省天下四百馀州县官。”吕东莱《紫微诗话》:“李芳州赠汝州太守诗:‘安得吾皇四百州。’” ⑫尸冢(zhǒng踵):坟墓。 ⑬女贼:此指封建卫道者。他们专以封建纲常伦理迫害妇女。 ⑭兰蕙:均是香草,喻女子。 ⑮邪说:此指重男轻女。 ⑯“扶抑”句:宣扬男权,压制女权。 ⑰无尽藏:一点不剩。 ⑱“会稽”二句:意谓秦始皇登会稽山,刻石训诫妇女,是迫害妇女的罪魁祸首。据《史记·秦始皇本纪》载,秦始皇立石刻颂秦德,碑文中有“有子而嫁,倍死不贞”、“妻为逃嫁,子不得母”等语。 ⑲“变本”四句:意谓变本加厉迫害妇女的是南唐李后主,他是妇女缠足的始作俑者。刖刑,断足,古代的一种酷刑。这里指缠足。相传女子缠足始于南唐李后主时(见《道山清话》)。岸狱,监狱。岸,通“犴”。《诗经·小雅·小宛》:“宜岸宜狱。”陆德明释文:“《韩诗》作犴,音同。乡亭之系曰犴,朝廷曰狱。” ⑳二百兆:两亿,指全国妇女数。 ㉑钗、鬟:妇女的首饰和发式,此代指妇女。 ㉒“二圣”句:卢梭和斯宾塞这二位圣人难以有人与之抗衡。颉颃(xiéháng偕杭),鸟飞上下貌,引申为相抗衡。这里用其引申义。 ㉓卢梭:法国资产阶级启蒙思想家。 ㉔“铜像”句:法国曾为卢梭塑铜像以纪念他的功绩。巍天阊,高耸天门。 ㉕《民约》:即卢梭所著的《民约论》,今译作《社会契约论》。 ㉖“胚胎”二句:意谓卢梭的政治学说孕育了法国资产阶级革命,推翻了法国封建专制制度。秕与糠,诗中喻腐朽的封建势力。秕,子实不饱满。 ㉗恢张:扩大。 ㉘斯宾塞:英国的社会学家、唯心主义哲学家、不可知论者,又是实证论的主要代表之一。他著有《女权篇》,提倡男女平权,故云“女界赖一匡”。诗人有《为第一次全国妇代会志庆》诗,其二云:“少诵斯宾塞尔篇。”自注:“西哲斯宾塞尔著有《女权》篇,亡友马君武译本,余少时最喜诵之。” ㉙翔翔:振翅高飞貌,此可引申为发达。 ㉚“谬种”句:应视为“辟前人谬种”。辟,屏除,《荀子·解蔽》:“是以辟耳目之欲。”可引申为驳斥,如辟谣。此用引申义。 ㉛用:因而。 ㉜魔为障:魔为“魔罗”之略,也称魔障,佛教语。意译障碍。全句意谓探求真理受到种种障碍。 ㉝乡愿:本指乡里中言行不符、伪善欺世的人。《论语·阳货》:“乡原(“原”通“愿”),德之贼也。”引申指识见短浅、随波逐流的人,这里指世俗之见。讆(wèi卫)言:伪言,说假话。 ㉞纲与常:指封建的三纲(即君为臣纲、父为子纲、夫为妻纲)、五常(即仁、义、礼、智、信)。 ㉟“横流”二句:此言封建道德的邪说到处泛滥,如洪水猛兽,谁能

阻挡。《孟子·滕文公》:“禹抑洪水而天下平,周公兼夷狄驱猛兽而百姓宁。”朱注:“邪说横流,坏人心术,甚于洪水猛兽之灾。”

## 吊鉴湖秋女士[①](四首选一)

漫说天飞六月霜[②],珠沉玉碎不须伤[③]。已拚侠骨成孤注[④],赢得英名震万方。碧血摧残酬祖国[⑤],怒潮呜咽怨钱塘[⑥]。于祠岳庙中间路,留取荒坟葬女郎[⑦]。

上海人民出版社版《磨剑室诗词集》卷五

①光绪三十三年(1907)六月六日(7月15日),秋瑾因发动皖浙起义,失败被捕,英勇就义于绍兴轩亭口。噩耗传来,诗人赋诗四章哭之。诗赞扬秋瑾为革命而献身的精神,对烈士表示崇高的敬意和深深的悼念。这首诗于昂扬的旋律中流露出哀悼深情,意浓情真,倍加感人。鉴湖秋女士,秋瑾别署鉴湖女侠,故称。此为第四首。　②漫说:甭说。六月霜:《太平御览》卷一四引《淮南子》云:“邹衍事燕惠王尽忠,左右谮之王,王系之狱。仰天哭,夏五月,天为之下霜。”张说《狱箴》:“匹夫结愤,六月飞霜。”柳诗取其含冤之意。③珠沉玉碎:喻秋瑾的死。珠沉,黄庭坚有悼秦少游词《千秋岁》云:“重感慨,波涛万顷珠沉海。”玉碎,喻坚贞不屈而死。《南史·王僧达传》:“大丈夫宁当玉碎,安可以没没求活。”以上二句意思是,不必说秋瑾是含冤而死,也无须为她的死而悲伤。按,秋瑾殉国后,悼词甚多,但多是从“冤”字着眼。柳亚子强调了秋瑾为祖国自觉献身的爱国主义精神。　④“已拚”句:豁出性命,组织起义,为革命作最后一次的努力。秋瑾有诗云:“拚将十万头颅血,须把乾坤力挽回。”(《黄海舟中日人索句并见日俄战争地图》)可帮助理解此句诗意。孤注,即孤注一掷。《元史·伯颜传》:“今日我宋天下,犹赌博孤注,输赢在此一掷耳。”比喻在情况危急时用尽全力做最后一搏。柳诗意指秋瑾为拯救祖国危亡做最后的努力。　⑤“碧血”句:将一腔热血献给祖国。　⑥“怒潮”句:钱塘江的潮水也为秋瑾的牺牲而饮泣、怒吼。《论衡·书虚篇》:“吴王

夫差杀伍子胥……投之于江。子胥恚恨,驱水为涛,以溺杀人。今时会稽、丹徒大江,钱塘浙江,皆立子胥之庙。盖欲慰其恨心,止其猛涛也。” ⑦“于祠”二句:于祠,于谦祠堂;岳庙,岳飞庙,均在杭州西子湖畔。于谦曾抗击蒙古瓦剌入侵,岳飞是抗金的民族英雄,与秋瑾均系爱国主义者,故三人并举;而秋瑾原墓亦在西湖畔,恰处于祠、岳庙的中间。

## 孤　愤①

孤愤真防决地维②,忍抬醒眼看群尸③?美新已见扬雄颂④,劝进还传阮籍词⑤。岂有沐猴能作帝⑥?居然腐鼠亦乘时⑦。宵来忽作亡秦梦⑧,北伐声中起誓师。

上海人民出版社版《磨剑室诗词集》卷三

①这首诗作于1915年(民国四年)。袁世凯自1912年窃取临时大总统职位后,积极推行独裁专制,并进而复辟帝制,妄想做皇帝。是诗以“孤愤”为题,对袁世凯的倒行逆施表示极大的愤慨,同时对杨度、刘师培之流的劝进活动也予以讽讥。“孤愤”系《韩非子》书中篇名,言正直、有才能之士不见容于世的愤慨。 ②决地维:《列子·汤问》:“共工氏与颛顼争为帝,怒而触不周之山,折天柱,绝地维。”诗本此。此句极言愤慨之甚。地维,地的四角。古人以为天圆地方,天有九柱支持,地有四维系缀。 ③群尸:指为袁世凯称帝出谋画策、摇旗呐喊的一群人物。尸,行尸走肉,言其无灵魂。 ④“美新”句:王莽称帝,国号“新”。扬雄上《剧秦美新》,歌颂王莽的功德。这里指杨度等人组织“筹安会”,准备上书劝进。 ⑤“劝进”句:魏帝封司马昭为晋公,进相国,加九锡。司马昭伪辞不受,阮籍代众公卿撰表劝进。(见《晋书·阮籍传》)这里指梁士诒等组织全国请愿联合会,要求变更国体,拥护袁世凯称帝。⑥“岂有”句:断言袁世凯称帝必败。沐猴,猕猴。《汉书·项籍传》:“人谓楚人沐猴而冠耳,果然。”比喻外表虽装扮得很像样,但却掩盖不了本质。后常以此讽刺窃据名位之人。这里比喻袁氏梦想做皇帝。 ⑦“居然”句:喻小人

乘机作祟。腐鼠，腐烂的死老鼠。后用为贱物之称。典出《庄子·秋水》。⑧亡秦：指群起反对袁世凯。

## 哭苏曼殊[1]（四首选二）

壮士横刀事已非，美人挟瑟欲何依[2]。七年絮语分明在[3]，重展遗书涕似縻。

①苏曼殊于1918年（民国七年）5月2日病逝于上海广慈医院，时年三十五岁。柳亚子未能赴丧，写七绝四首哭之。这里选的是第二、第三首。②"壮士"二句：作者自注："'壮士横刀看草檄，美人挟瑟索题诗。'君光复岁寄余书中语。"曼殊这两句诗反映了他对革命浪漫的看法和革命胜利后的幻想。欲何依，意为曼殊已死，美人依谁呢？　③七年絮语："壮士"两句诗是苏曼殊1912年寄柳亚子的信中所写，距此恰七年，故云。

文采风流我不如，英雄延揽志非疏[1]。千秋绝笔真成绝[2]，忍对《荒城饮马图》[3]！

上海人民出版社版《磨剑室诗词集》卷六

①英雄延揽：《后汉书·邓禹传》："莫如延揽英雄，务悦民心。"延揽，招致、接纳。疏，粗疏，引申为短浅。志非疏：即志向远大意。　②绝笔：此指画技的高超。　③《荒城饮马图》：作者自注："《荒城饮马图》，君为伯先先烈作，余得其影本。"伯先，即辛亥革命烈士赵声（1873—1911），江苏丹徒人，任香港同盟会会长。1911年，与黄兴共同领导广州起义，他发动香港的同盟会会员参加，人刚到广州，广州起义就失败了。赵声为此非常愤慨，夏历四月二十二日因忧愤积劳病死于香港。曼殊绘《荒城饮马图》，请人送香港萧公，代焚化于赵声墓前。

## 附　录：

# 参考书目

《牧斋有学集》

[清]钱谦益撰　[清]钱曾笺注　钱仲联标校　上海古籍出版社1996年排印本

《投笔集》

[清]钱谦益撰　宣统三年(1911)风雨楼铅印本

《姜斋诗文集》

[清]王夫之撰　《四部丛刊》影印本

《王船山诗文集》

[清]王夫之撰　中华书局1963年1月排印本

《南雷集》

[清]黄宗羲撰　《四部丛刊》影印本

《黄梨洲诗文集》

[清]黄宗羲撰　中华书局1962年3月排印本

《亭林诗文集》

[清]顾炎武撰　《四部丛刊》影印本

《顾亭林诗集汇注》

[清]顾炎武撰　王蘧常辑注　吴丕绩标校　上海古籍出版社1984年排印本

《梅村家藏稿》

[清]吴伟业撰　清末董康诵芬室刊本

《吴梅村全集》

[清]吴伟业撰　李学颖集评标校　上海古籍出版社 1990 年排印本

《变雅堂诗文集》

[清]杜濬撰　光绪二十年(1894)年黄冈沈氏刻本

《吴嘉纪诗笺校》

[清]吴嘉纪撰　杨积庆笺校　上海古籍出版社 1980 年排印本

《屈大均诗词编年笺校》

[清]屈大均撰　陈永正主编　中山大学出版社 2000 年排印本

《二十七松堂集》

[清]廖燕撰　日本文久二年(1862)刻本、台湾中央研究院 1995 年补编排印本

《壮悔堂文集》

[清]侯方域撰　《四部备要》排印本

《魏叔子集》

[清]魏禧撰　康熙易堂原刻本

《尧峰文钞》

[清]汪琬撰　《四部丛刊》影印本

《安雅堂诗集》

[清]宋琬撰　《四部备要》影印本

《施愚山先生学馀文集诗集》

[清]施闰章撰　康熙刻本

《施愚山集》

[清]施闰章撰　黄山书社 1999 年何庆善等点校排印本

《陈迦陵全集》

[清]陈维崧撰　《四部丛刊》影印本

《曝书亭全集》

[清]朱彝尊撰　《四部备要》排印本

《渔洋山人精华录》

[清]王士禛撰　[清]林佶辑　《四部丛刊》影印本

齐鲁书社 1994 年汇注排印本

《赵执信全集》

[清]赵执信撰　赵蔚芝等校点　齐鲁书社 1993 年排印本

《弹指词》

[清]顾贞观撰　《四部备要》排印本

《珂雪词》

[清]曹贞吉撰　《四部备要》排印本

《敬业堂诗集》

[清]查慎行撰　周劭标点　上海古籍出版社 1986 年排印本

《纳兰词笺注》

[清]纳兰性德撰　张草纫笺注　上海古籍出版社 1995 年排印本

《全校汇注集评聊斋志异》

[清]蒲松龄撰　任笃行整理　齐鲁书社 2000 年排印本

《长生殿》

[清]洪昇撰　稗畦草堂原刻本

徐朔方校注本　人民文学出版社 1958 年 5 月版

《桃花扇》

[清]孔尚任撰　康熙戊子原刻本

王季思等校注本　人民文学出版社 1959 年版

《沈归愚诗文合集》

[清]沈德潜撰　乾隆刻本

《方苞集》

[清]方苞撰　刘季高标点　上海古籍出版社 1983 年排印本

《刘大櫆集》

[清]刘大櫆撰　吴孟复标点　上海古籍出版社 1990 年排印本

《惜抱轩诗文集》

[清]姚鼐撰　刘季高标校　上海古籍出版社 1992 年排印本

《樊榭山房集》

[清]厉鹗撰　〔清〕董兆熊注　陈九思标校　上海古籍出版社 1992 年排印本

《瓯北集》

[清]赵翼撰　李学颖、曹光辅标校　上海古籍出版社 1997 年排印本

《郑板桥集》

[清]郑燮撰　上海古籍出版社 1979 年排印本

《两当轩集》

[清]黄景仁撰　李国章标点　上海古籍出版社 1983 年排印本

《船山诗草》

[清]张问陶撰　中华书局 1986 年排印本

《汪容甫文笺》

[清]汪中撰　古直笺　人民文学出版社 1958 年排印本

《大云山房文稿》

[清]恽敬撰　《四部丛刊》影印本

《柯茗文编》

[清]张惠言撰　黄立新标点　上海古籍出版社 1984 年排印本

《龚自珍全集》

[清]龚自珍撰　王佩诤校　中华书局 1959 年排印本

《龚自珍编年诗注》

[清]龚自珍撰　刘逸生、周锡馥笺注　浙江古籍出版社 1995 年排印本

《松心诗集》

[清]张维屏撰　广东高等教育出版社 1993 年排印《张南山全集》本

《魏源集》
[清]魏源撰　中华书局1976年排印本
《云左山房诗钞》
[清]林则徐撰　光绪十二年(1886)福州林氏家刻本
《林则徐诗集》
[清]林则徐撰　郑丽生校笺　海峡文艺出版社1987年排印本
《柏枧山房文集》
[清]梅曾亮撰　宣统元年(1909)上海国学扶轮社排印本
《顾太清奕绘诗词全集》
[清]西林春(顾太清)撰　上海古籍出版社1998年排印本
《柈湖文录》
[清]吴敏树撰　同治八年(1869)湖南刻本
《复庄诗问》
[清]姚燮撰　上海古籍出版社1986年排印本
《巢经巢诗笺校》
[清]郑珍撰　白敦仁笺校　巴蜀书社1996年排印本
《秋蟪吟馆诗钞》
[清]金和撰　光绪金陵书局刻本
《拙尊园丛稿》
[清]黎庶昌撰　光绪十九年(1893)上海醉六堂石印本
《庸庵海外文编》
[清]薛福成撰　光绪二十年(1894)望龙学舍重刻本
《人境庐诗草笺注》
[清]黄遵宪撰　钱仲联笺注　上海古籍出版社1981年排印本
《散原精舍诗集》
[清]陈三立撰　商务印书馆1936年排印本
《万木草堂诗集》
[清]康有为撰　上海人民出版社1996年排印本

《康南海文集》
[清]康有为撰　上海共和编译局 1914 年排印本
《岭云海日楼诗钞》
[清]丘逢甲撰　上海古籍出版社 1982 年排印本
《谭嗣同全集》(增订本)
[清]谭嗣同撰　蔡尚思、方行编　中华书局 1981 年排印本
《饮冰室合集》
[清]梁启超撰　林志钧编　中华书局 1989 年版
《严复集》
[清]严复撰　王栻主编　中华书局 1986 年版
《林琴南文集》
[清]林纾撰　中国书店 1985 年据商务印书馆《畏庐文集》影印本
《半塘定稿》
[清]王鹏运撰　光绪十三年(1887)成都薛崇礼堂刻本
《重校集评云起轩词》
[清]文廷式撰　龙沐勋校辑　同声月刊社 1943 年排印本
《彊村语业》
[清]朱祖谋撰　1932 年刊《彊村遗书》本
《蕙风词》
[清]况周颐撰　1949 年成都薛崇礼堂刊《清季四家词》本
《章太炎全集》
[清]章炳麟撰　上海人民出版社编　上海人民出版社 1982～1986 年排印本
《徐自华诗文集》
[清]徐自华撰　郭延礼辑校　中华书局 1990 年排印本
《天放楼诗集》
[清]金天翮撰　上海有正书局 1927 年排印本

《秋瑾集》

[清]秋瑾撰　上海古籍出版社编　上海古籍出版社1991年排印本

《天梅遗集》

[清]高旭撰　1934年万梅花庐刻本

《宁调元集》

[清]宁调元撰　湖南人民出版社1988年排印本

《马君武诗稿》

[清]马君武撰　上海文明书局1914年铅印本

《曼殊全集》

[清]苏玄瑛撰　柳亚子编　上海北新书局1928～1931年排印本

《磨剑室诗词集》

[清]柳亚子撰　上海人民出版社1985年排印本

《儒林外史》

[清]吴敬梓撰　张慧剑校注　人民文学出版社1958年排印本

《红楼梦》

[清]曹雪芹　高鹗撰　中国艺术研究院红楼梦研究所校注　人民文学出版社1996年排印本

《镜花缘》

[清]李汝珍撰　张友鹤校注　人民文学出版社1955年排印本

《官场现形记》

[清]李宝嘉撰　张友鹤校注　人民文学出版社1979年排印本

《二十年目睹之怪现状》

[清]吴沃尧撰　张友鹤校注　人民文学出版社1981年排印本

《老残游记》

[清]刘鹗撰　陈翔鹤校　戴鸿森注　人民文学出版社1982年排印本



文8